KB066199

팔색조의 섬

윤후명 소설전집 05

팔색조의 섬

1판 1쇄 발행 2016년 9월 7일
2판 1쇄 발행 2021년 7월 26일

지은이 · 윤후명
펴낸이 · 주연선

총괄이사 · 이진희
책임편집 · 김서해
저작권 · 이혜명
디자인 · 이다은 박민수 유승희
마케팅 · 장병수 김진겸 강원모 정혜윤 유정연
관리 · 김두만 유효정 박초희

(주)은행나무

04035 서울특별시 마포구 양화로11길 54
전화 · 02)3143-0651~3 | 팩스 · 02)3143-0654
신고번호 · 제 1997-000168호(1997. 12. 12)
www.ehbook.co.kr
ehbook@ehbook.co.kr

잘못된 책은 바꿔드립니다.

ISBN 979-11-6737-041-9
ISBN 979-11-6737-042-6 04810 (세트)

팔색조의 섬

윤후명 소설

은행나무

차례

팔색조의 섬

1

내가 그녀를 만난 것은 팔색조와 아마도 아무런 관련이 없다고 해야 옳을 것이다. 나는 분명히 팔색조를 찾아 그 작은 섬에 갔다가 그녀를 만났다. 그러나 그녀를 만나리라는 어떤 예감 같은 것은 없었다. 하기야 예감이란 한낱 쓰잘데없는 기대나 우려에서 오는 나약한 정신의 소산이라고 볼 때, 나는 분명히 어떤 예감이나마 가졌어야 했다. 나는 그만큼 지쳐 있었고 또 허물어져 있었다. 내가 팔색조에 대한 이야기를 들은 것은 처음 뭍을 떠나 낯선 섬에 발을 들여놓았을 무렵이었다. 팔색조, 이름 그대로 몸 빛깔이 여덟 가지로 알록달록한 새라고 했다. 그러나 그 새가 이름난 것은 알록달록한 아름다움도 아름다움이지만, 워낙 희귀조라는 데 더 큰 이유가 있는 듯했다.

새에 대해서 조예가 없을 뿐만 아니라 별다른 관심도 없는 내가 처음에 건성으로 들었던 것은 어쩌면 당연한 일이기도 했다. 여름을 꼬박 그 섬에서 나기로 하고 갔던 나는 하루하루가면 갈수록 지루해져서 무엇엔가 관심을 기울일 대상이 절실히 필요하다는 사실을 깨달았고, 마침내 '아, 그런 게 있었지' 하는 심정으로 팔색조를 찾게 되었다.

그 섬은 우리나라 섬 가운데서 몇 째쯤 가는 큰 섬으로서 조금만 안으로 들어가면 산협이 꽤 깊었다. 그것은 그 섬이 화산도가 아님을 알려주는 한 특징이기도 했다. 화산도라면 커다란 분화구를 정점으로 능선이 기슭까지 길게 늘어뜨려진다. 그 기슭에 바닷물이 찰랑거린다. 그래서 알기 쉽게 말하자면, 화산도는 커다란 따개비 모양이라고 할 수 있다. 그런데 그 섬은, 어렵게 말하자면, 습곡인지 융기인지 하여튼 그런 종류의 지각 운동으로 생긴 섬인 것이다. 섬 안쪽에는 깊은 내륙의 한 부분으로 여겨질 만한 곳이 많다.

그러나 나는 그 섬의 이름을 굳이 밝히지 않기로 한다. 밝히지 않아도 알 만한 사람은 알 수 있을 것이며 또 모른다고 해도 지금 하고자 하는 이야기에 아무런 지장도 주지 않을 것이라 믿는다.

섬에 의외로 깊은 내륙 같은 곳이 많다고 했다. 그렇다면 태고의 모습을 간직하여 이른바 자연 보호가 잘된 곳이라는 뜻이 된다. 물론 섬 안쪽은 이미 말한 대로 내륙의 오지 같아서 자연은 글자 그대로 자연으로 남아 있다. 하지만 섬의 바깥쪽에 있는 한 포구야말로 섬의 안쪽과는 너무나 다른 모습을 하고 있는 것이다. 게다가 이 포구, 얼토당토않게 들떠 있으며 섣부른 도시화로 얼룩진 이 포구에 처음 발을 들여놓았을 때 나는 놀라지 않을 수 없었다. 그것은 내가 상상했던 그런 포구와는 거리가 멀었다. 갈매기가 끼룩끼룩 날며 섬 아낙네가 조개를 줍는, 그리고 작고 아늑한 백사장에 고깃배가 와 닿는 그런 포구가 아니었다. 그러나 이것은 내 상상력의 허구였는지도 모른다. 왜냐하면 그 포구에는 갈매기도, 조개도, 그리고 고깃배도, 내가 생각했던 포구대로 있을 것은 다 있었기 때문이다. 그럼에도 불구하고 그것은 내가 상상했던 포구가 아니었다. 왜 그랬던 것일까. 그것은 아마도 선창 앞에서부터 줄지어 늘어서 있는 이른바 요상한 술집들 탓이었을 것이다. 그 술집들은 야단스러운 그 이름에서부터 '이곳은 예사 동네가 아닙니다'라고 말해주고 있었다. 낮에 술집 앞을 지나노라면 하늘하늘한 얇은 천으로 된 긴 잠옷을 걸친 호스티스들이 아무 거리낌 없이 문 밖까지 들락거렸다. 그저 걸쳤다는 의미뿐으로, 속살이 훤히 들여다보이는 그 잠옷 속에서 여자는 작고 까만 브래지어와 역시 작고 까만 팬티 차림이었다. 포구에 대한 내 상상력은 여지없이 깨어져버렸다. 이를테면 바닷가 모퉁이 백사장을 홀로 거닐며 알지 못한 어떤 그리움으로 눈물짓는 국민학교 분교 여선생 대신에 까만 팬티 차림의 접대부!

그리고 아예 영문자로만 씌어진, 간판에서부터 은좌, 황태자, 귀빈 성자, 목자, 러브, 파인트리, 준, 돌고래, 모두랑, 물랑루즈, 석등, 천궁회관 등등 요란한 이름의 술집들. 그러니까 그 포구를 찾아간 것부터가 잘못이라고 할 수 있었다. 어쩔 도리가 없었다. 나는 그곳에서 여름을 지나며 그곳에 관한 어떤 보고서를 작성하도록 되어 있었다. 먹고살기 위해서 맡은 일인 만큼 좋으나 싫으나 여름 동안 그 포구는 내 일터였다.

포구에서 얼마를 보낸 어느 날 나는 그 섬에 딸린 한 작은 섬에 대한 이야기를 들었다. 이미 진력이 꽤 나기 시작한 때였다.

"거길 가보셨습니까?"

작은 섬에 대해 이야기를 꺼낸 사람은 내가 그 섬에서 나쁜 인상만을 가지고 있다가 떠날까봐 걱정하고 있는 것 같았다. 그는 그곳의 동백나무를 이야기했고, 그러나 지금은 동백꽃을 볼 수 있는 계절이 아니어서 유감이라고 덧붙였다.

"동백꽃이 필 때 다시 한번 와야겠군요."

나 역시 그의 뜻에 동조한다는 듯이 말했다. 그러나 실은 나는 내가 동백꽃을 보러 일부러 어디를 찾아갈 만큼 동백꽃에 대하여 성의를 가지고 있지는 못하다는 것을 잘 알고 있었다. 동백나무의 잎과 꽃은 내게는 색깔이 너무 짙은 것이다. 그러자 그가 이야기한 것이 팔색조였다. 여름철 철새이므로 벌써 날아와 둥지를 틀었을 것이라고 그는 덧붙였다.

"하긴 팔색조가 그 섬에까지 오느냐 안 오느냐 하는 문제는 여러 사람들이 왈가왈부하고 있지만요."

더 남쪽으로 가면 팔색조가 날아와 호오이 호오이 하고 우는 소리를 어렵지 않게 들을 수 있으나 그 섬에서는 들었다는 사람과 들을 수 없었다는 사람이 반반이라는 것이었다.

"호오이 호오이 우는 것은 암놈이고 수컷은 뀌어이 뀌어이 울지만요, 암놈 소리는 꼭 숲속에서 사람이 부르는 것 같아요. 호오이 호오이."

"새가 큰 모양이지요?"

"아뇨, 참새만 해요."

처음에 섬에 갔을 때도 누군가가 그 새를 이야기해준 적이 있었다. 나는 건성으로 들어 넘겼었다. 그런 것에 관심을 기울일 만큼 여유가 있지를 못했다. 그러나 그 포구의 정떨어지는 한심한 분위기가 어쩔 수 없이 내게 새로운 무엇에의 관심을 갖지 않을 수 없게 했다. 팔색조가 아니어도 그만이었다. 그때 팔색조가 나타난 셈이었다. 그렇다고 하더라도 팔색조를 어떻게 해보겠다는 구체적인 계획은 쉽사리 세울 수가 없었다. 희귀조이므로 잡아서는 안 될 것이며, 또 내 솜씨로 잡을 방법도 없었다. 물론 내가 사진작가쯤 된다면 흔히 신문에 나듯이 '팔색조 사진 촬영에 성공' 따위로 소개하기 위해 카메라에 담기를 시도해볼 수도 있었을 것이다. 그러나 나는 어느 편이냐 하면 카메라와도 거리가 멀었다. 찍는 것은 말할 것도 없고 찍히는 일조차 젬병이었다. 어쨌든 나는 심심풀이 삼아서라도 그 새에 대해 알아보기로 하고 비로소 사전을 펼쳤다.

팔색조과에 속하는 새. 개똥지빠귀와 비슷한데 날개 길이 12~13센티미터, 꽁지 3.5~4.3센티미터, 부리 2~3센티미터이고 배면은 녹색이고 머리는 흑다색이며 중앙에 흑색 세로줄이 있음. 꽁지 무늬는 황백색, 얼굴은 흑색, 소우복과 상미통은 청색, 가슴은 담황갈색이고 목과 복부는 백색, 하복부 이하 하미층은 선홍색임. 깊은 숲속에 한 마리씩 살며, 곤충, 지렁이, 새우 등을 포식함. 5~7월에 4~6개의 알을 낳음. 여러 가지 빛이 잘 조화된 아름다운 철새로 남부 중국 및 대만 등지에서 여름에 한국과 일본 특히 제주도와 한라산 산림 속으로 와서 번식하고 가을에 는 돌아감.

어려운 말이 한두 개가 아니었다. '소우복'과 '상미통'은 도 대체 무엇일까. 하지만 개똥지빠귀를 닮았다는 데는 그 이름 부터 친밀감을 느꼈다.

내가 팔색조를 찾아 그 작은 섬으로 떠난 것은 그런지 며칠 이 지나서였다. 팔색조를 꼭 찾겠다는 결심은 아니있다고 해 야 옳다. 그 작은 섬에 팔색조가 날아와 깃든다는 데 대해서는 여러 사람들이 왈가왈부하고 있는 문제라고 했다. 그러니까 팔색조를 볼 수 있다거나 아니면 울음소리라도 들을 수 있다 거나 기대할 수는 없는 일이었다. 하지만 나는 굳이 팔색조를 찾아서 가는 것이라고 명분을 내세우고 싶었다. 그 섬에 팔색 조가 오든 안 오든 상관이 없다. 다만 확실한 것은 내가 그 섬 으로 팔색조를 찾아간다는 것이다. 그것만으로 족했다.

좁은 해안길을 걸어가면 어협 공판장 옆으로 도선 선착장이 있었다. 그곳에서는 그 작은 섬이 먼바다 위에 흐릿하게 떠 있는 것을 볼 수 있기도 했다.

"배가 언제쯤 있을까요?"

배표를 판다는 곳은 구멍가게의 한쪽을 빌려 작은 철제 책상 하나를 놓은 곳이었다. 나는 '수시로 떠남'이라고 적힌 안내판을 쳐다보며 공허한 느낌이 들었다. 수시로 떠난다는 말은 경우에 따라서는 안 떠날 수도 있다는 말과도 같았다.

"기다려보십시오. 인원이 차면 떠납니다."

"인원이 차면요?"

"글쎄요. 기다려보십시오."

책상 앞에 앉아 있는 중년 사내는 자기로서도 도저히 잘라 말할 성질의 것이 아니라는 듯 시종 어중간한 표정을 지었다.

"기다리다가 사람들이 없으면 어쩝니까?"

"할 수 없지요. 그러니까 기다려보라는 것 아닙니까?"

기다려보라는 것만이 그가 할 수 있는 말의 전부였다. 기다리다가 허탕을 치더라도 그것은 엄연히 내 탓이지 그의 탓은 아니지 않겠느냐는 것이었다. 어이가 없었으나 나는 뭍을 떠나온 지 여러 날이 지나면서 그것이 뱃사람들에게는 극히 보편화된 논조임을 얼마쯤 터득하고는 있었다. 바다의 기상 변화는 그 누구도 예측할 수 없는 것이었다. 봄철에서 여름철로 넘어오는 동안의 날씨는 특히 변덕이 심해서 걸핏하면 무슨 주의보로 뱃길을 가로막았다. 때마침 해마다 그때쯤이면 찾아드는 농무기의 안개. 여객선 앞머리마다 길게 두른 '농무기 안개 사고 예방' 플래카드. 안개란 정말 터무니없는 것이었다. 멀리까지 시야가 훤히 트여 있어도 안개만 어느 정도 끼었다 하면 배들은 꼼짝을 못했다. 게다가 그 안개가 언제 걷힐지는 아무도 모르는 그야말로 오리무중의 일이었다. 그 안개를 필두로 파랑과 호우와 폭풍들. 뱃사람들은 이런 것들에 늘상 부대끼며 살고 있는 것이었다. 뱃길이 막혔을 때의 섬사람들은 마치 수인처럼 보였다. 뱃사람뿐만 아니라 전혀 바깥으로 나갈 일이 없는 사람마저 안절부절을 못했다. 그 눈에 어린 빛은 절망의 빛에 가까웠다. 그럴 때면, 술타령하는 남정네들의 발걸음에 못지않게 여인네들의 발걸음도 심하게 뒤뚱거리는 것만 같았다.

그날 꼭 배를 타고 가지 않으면 안 될 무슨 이유는 없었다. 그러나 이왕에 길을 나섰고 또 달리 할 일도 없었던 터라 나는 선창가를 오락가락하며 기다려보기로 했다. 말이 기다린다는 것이지 이제는 나중에 배가 없다고 하더라도 탓할 생각은 없었다. 내가 그 섬에 가려는 것은 팔색조와는 아무 상관도 없음을 나는 너무 잘 알고 있었다. 팔색조가 있다고 해도 알아볼 능력이 없을 뿐만 아니라 호오이 소리나 뛰어이 소리를 듣는다고 해도 그것은 내게는 아무런 값어치가 없는 것이었다. 그렇지만 뱃사람이 그곳에는 왜 굳이 가려고 하느냐고 묻는다면 나는 팔색조 이야기를 할 수 밖에 없으리라. 팔색조를 내세우지 않고 그 상황에 대해서 설명하자면 사물과 인간을 향한 내 끝없는 갈증, 항상 막막하여 근원을 알 수 없는 그리움 따위부터 이야기해야만 했다. 도저히 그럴 수는 없는 일이었다.

다행히 배편이 마련되어서 막상 배에 올랐을 때 나는 팔색조에 대해 조그만 관심도, 흥미도 느끼지 못하고 있는 나를 발견했다. 그렇다면 무엇 때문에 저 섬에 가는가. 그것은 하나의 탈출의 시도가 아닐까 하고 나는 문득 생각했다. 모든 여행은 하나의 탈출을 꿈꾸는 뜻을 지녔다. 그러나 그 꿈은 결코 이루어질 수 없는 꿈에 불과하다. 마침내는 보금자리를 찾아 되돌아가는 것을 전제로 한 탈출이기 때문이다. 나는 공연히 우울해진 심정으로 이런저런 생각에 빠져들어갔다. 배에는 밤낚시를 하러 가는 것으로 보이는 중년 사내 일행 세 사람과 젊은 남녀 두 쌍과 나 이렇게 모두 여덟 명의 승객이 타고 있었다. 섬에는 몇 가구의 집이 있고 경우에 따라서는 민박도 가능하다고 하였다. 그러나 나는 그때까지도 하룻밤을 묵고 올지 어떨지를 결정짓지 못하고 있었다. 내가 탈출을 꿈꾸고 배를 탔다면 결코 이루어질 수 없는 그 꿈은 그것으로써 이미 목적성을 잃은 것이었다.

"이 정도면 파고가 몇 미터쯤 되나요?"

나는 무엇엔가 흥미를 나타내야 한다고 생각했다.

"한 1미터쯤 되죠."

배의 조수라고 짐작되는 청년이 좌우를 바라보며 대답했다. 1미터의 파고 높이에도 배는 상당한 경사를 이루며 기울어지곤 했다. 멀리서 보면 마치 환초(環礁) 같던 섬은 가까이 갈수록 험한 바위섬의 모습을 확연히 드러냈다. 섬의 바윗덩어리들은 미증유의 거대한 짐승의 머리뼈 같았다. 군데군데 음영이 드리워진 채 바닷물에 해맑게 씻겨진 머리뼈. 그리고 그 정수리에는 주검의 머리에서도 얼마 동안 자란다고 하는 머리털처럼 쭈뼛쭈뼛 짙은 녹색의 나무들이 자라고 있었다. 어느덧 배가 엔진을 멈추는가 하더니 다시 퉁, 퉁, 퉁, 퉁 역스크루를 돌렸다. 속력을 줄여 접안하려는 것이었다.

섬은 예전에 일본군의 중대가 주둔했다고 하듯 천연의 요새였다. 턱뼈처럼 돌출된 바위벽의 옆을 타고 온 승객들이 서둘러 사라진 뒤 나는 어슬렁거리며 그 길을 따라 올라갔다. 벼랑 아래로 햇빛이 바닷물에 부딪쳐 눈부시게 반사되었다. 벼랑에 붙어서 산나리꽃이 피어 있었다. '경고. 이 지역은 풍치 지구이므로 어로 행위 및 해산물 채취 행위를 금함. 빛바랜 경고판으로부터 갑자기 숲이 우거지면서 하늘까지 가려진 길이 굴속같이 뚫려나갔다. 섬에 도착하기 전 배에서 바라다본 느낌과는 달리 숲은 울창했다. 이런 숲이라면 팔색조가 깃들 만도 하군. 나는 팔색조가 깊은 숲속에 산다고 한 사실을 상기했다. 한참을 올라가자 대나무 숲을 지나고 드디어 동백나무 숲이 나타났다. 어느새 기울어가는 오후의 햇빛에 그 잎사귀들은 무디게 반짝이고 있었다. 어떤 동백나무는 바오바브나무처럼 꾸불꾸불 가지를 벌리고 아름드리로 자랄 수도 있음을 나는 처음 알았다. 나는 그 나무 아래 앉아서 담배를 피워 물었다.

동백나무는 섬의 뒤쪽에도 우거져 있었다. 청동빛을 띤 풍뎅이들이 둔중하게 날고 있는 나무와 나무 사이로 넓게 트인 바다가 내다보였다. 나는 빠끔히 뚫려 있는 샛길을 미끄러지면서 아래로 내려가보았다. 파도가 부딪치는 곳은 바위투성이였다. 그 바위를 조심스럽게 톺아내려가자 문득 낚시꾼들의 모습이 나타났다. 같은 배를 타고 온 사람들이었다. 그들은 이제 막 낚싯바늘에 갯지렁이를 꿰어 바다에 던지고 있는 참이었다.

"여기선 고기가 많이 잡힙니까?"

나는 알은체를 하면서 다가갔다.

"전에 왔을 땐 많이 낚았는데 두고봐야지요?"

한 사내가 이빨을 드러내며 웃음 띤 얼굴로 대답해주었다. 나는 그들과 적당히 통성명을 하고 옆에 쭈그리고 앉았다.

"빨리 깜싱이 한 마리 낚아서 서울분 잡숫게 해야 할 텐데."

장사를 하고 있다고 한 사내가 역시 웃으며 말했다. 깜싱이는 감성돔의 사투리였다. 그는 첫눈에 보아도 낚시에 꽤나 이골이 나 있는 사람 같았다. 그에 따르면 낚시터에 도착해서 몇몇 곳에 종이쪽지를 구겨 던져 물이 빙빙 도는 곳을 찾는다고 했다. 그 한가운데에 낚시를 넣으면 그저 연신 건져올리는 것만이 일이라고 했다.

"나중엔 팔이 아파서 못 건져올립니다."

그는 그런 경험이 있음을 자랑하듯 으쓱거렸다. 그때 엇 하는 소리와 함께 앞자리의 사내가 낚싯대를 채어올렸다. 과연

한 마리가 파닥거리며 달려 올라왔다.

"뭐꼬?"

"술비이, 술비이."

고기는 낚싯바늘을 의외로 깊이 삼키고 있었다. 아가리를 벌리고 낚싯줄을 세게 잡아당겼는데도 쉽사리 빠지지 않았다. 그러자 그는 가차없이 칼을 집어 아가리로부터 몸통을 자르고 낚시를 꺼냈다. 술비이의 정확한 발음은 술뱅이였다. 비단고기라고도 하고 용치라고도 한다고 했다. 갓 잡아올렸을 때의 비단고기는 이름대로 빛깔이 고왔다. 거의 말짱한 채로 두어도 일단 잡힌 놈은 금방 죽으며, 시간이 지남에 따라 맛도 훨씬 떨어진다고 했다. 첫 고기를 잡은 뒤 불과 몇 분이 지나지 않아 세 마리의 비단고기가 잇달아 올라왔다. 그와 함께 장사꾼 사내가 돌아앉아 익숙한 솜씨로 회를 뜨기 시작했다. 나는 만약에 기회가 오면 나도 저렇게 해보리라 하는 마음으로 열심히 바라보았다. 이곳에 생선회 뜨는 방법을 배우러 왔다는 생각이 들 정도였다.

어느새 시간이 상당히 흘러 있었다. 내가 자리에서 일어선 것은 비단고기를 비롯해서 노래미, 볼락 같은 생선을 맛보고 나서였다. 그때 마침 베도라치라는 물고기가 올라왔는데 단검만 한 길이의 뱀장어를 닮은 이 거무튀튀한 물고기는 쭈글쭈글하고 헐렁한 껍질을 뒤집어쓰고 있었다. 나는 그 흉측한 몰골이 끔찍해서 급히 일어났다.

"뱃시간이 급하군요. 먹다 보니 너무 늦었어요."

나는 감사하다는 표시로 허리를 약간 굽혔다. 사실 뱃시간은 아직 조금은 여유가 있는 듯했으나, 앉아 있다가 저 흉측한 물고기의 살을 먹게 되는 변을 당하는 건 도저히 견딜 수 없다고 생각했다. 나는 서둘러 왔던 길을 되돌아왔다. 섬을 떠날 것인가, 하루를 묵어갈 것인가에 대해 나는 여전히 결정하지 못한 채 무심코 선착장까지 걸음을 옮겨놓았다. 낚시꾼들에게서 회에 곁들여 얻어먹은 술이 적당히 올라 있었다. 선착장에 이른 나는 간단한 음료수와 술을 파는 가게의 노인에게 배가 언제쯤 오느냐고 물었다.

"오늘은 없습니다. 저기…… 갔습니다."

노인이 턱으로 바다를 가리켰다. 저쪽에 희끗희끗 이는 물결을 헤쳐나가는 작은 배가 있었다.

"틀렸군요. 빨리 온다고 왔는데."

나는 낙망한 듯 말했다. 그러나 노인의 말을 들어본즉, 비록 내가 섬을 떠날 의지를 가지고 선착장에 왔다고 하더라도, 내

쪽에서 늦은 것은 아니었다. 갑자기 파도가 높아지기 시작하여 배가 예정보다 좀 빠르게 떠나가고 말았다는 것이었다.

"하, 참 낭패로군요."

나는 멀어져가는 배를 바라보며 어이없는 표정을 지어 보였다. 물론 나는 조금도 낭패를 했다거나 어이없는 심정이 아니었다. 오히려 내 의지로 그렇게 결정하지 않아도 좋게 된 것이 다행이라는 생각이었다.

"민박을 하셔야겠네요."

우두커니 서 있는 나를 위로하듯 노인이 말했다.

"민박을요?"

"쭉 올라가다가 첫 번째 집에 들르십시오. 제 집입니다요."

노인은 돌멩이로 굴과 소라 껍데기를 깨어 살을 꺼내면서 말했다. 나는 고개를 끄덕였다. 모든 일은 이미 그렇게 되도록 되어 있는 것이었다.

"그러지요."

나는 허망한 꼴이 되었다는 투로 긴 나무걸상에 걸터앉아 소주 한 병과 안주 한 접시를 시켰다. 노인이 소라를 깨는 동안 멀리 보이던 도선은 어느덧 시야에서 사라져버리고 말았다.

내가 그 여자를 만난 것은 처음 섬에 와서 담배를 피워 물었던 그 동백나무 아래에서였다. 나는 어둠이 깔린 무렵에야 길을 다시 올라갔고, 민박 할 집도 정하지 않은 채 동백나무 아래 멍하니 앉아 숨을 돌리고 있었다. 바로 그때 그녀가 내게로 다가왔던 것이다. 내게로 다가왔다기보다는 그 동백나무 아래로 다가왔다고 하는 편이 옳을 것이었다. 그 동백나무의 위용에 비추어 내 인간의 몰골은 내가 생각해도 초췌했다. 모든 인간은 자연 앞에서는 남루한 것이겠지만, 그때의 나는 한층 더 그랬다고 하는 표현이 가능하리라. 게다가 날은 이미 어둑어둑해지고 있었다. 나는 그 섬에 내가 문득 와 있다는 것이 공연히 서글퍼져서 유배지에 온 죄수라도 되는 양 고개를 숙이고 무슨 생각엔가 젖어 있었다. 팔색조의 울음소리라도 생각하고 있었는지 모른다.

"여기 사시는 분인가요?"

어느 틈에 다가왔는지 몰랐다. 저녁 어스름 속에서 지나치게 맑은 목소리에 퍼뜩 고개를 들었다. 순간 그것이 왜 팔색조의 울음소리를 연상시켰을까.

"아뇨. 배를 놓쳤지요."

나는 아까처럼 낭패한 표정을 지었다.

"아, 네."

그녀는 말하면서 알겠다는 듯이 약간 고개를 숙였다. 여기 사는 사람이냐는 물음은 그녀가 그 섬사람이 아니라는 뜻을 내포하고 있었다. 그렇다면 그녀 역시 배를 놓친 사람이라고 짐작되었다.

"댁은?"

나는 던지듯 물었다.

"글쎄요……."

그녀는 잠시 말꼬리를 흐리면서 모호한 웃음을 지어 보이다가 수월하게 털어놓았다.

"이 섬엘 자주 오는 편인데 저도 오늘은 실수를 했군요. 파도가 늘 말썽이에요. 배가 없으면 꼼짝없이 사로잡히니까요."

"사로잡힌다……."

나는 그 말에 언뜻 놀랐다. 섬에서 뱃길이 막히면 언제나 갇힌다고만 생각해왔던 나였다. 갇힘과 사로잡힘은 본원적으로 다른 것이다. 짐승이 함정에 빠질 때 그것은 갇힘이 아니라 사로잡히는 것이다.

"그러니까 이 가까운 섬에 오는 것도 모험이에요. 어쩌면 이렇게 사로잡힐 기회를 스스로 엿보는 거니까요. 이렇게 한 번쯤 사로잡혔다가 풀려나면 오랫동안…… 오랫동안…… 괜찮아요."

그녀의 말뜻을 나는 알 것도 같고 모를 것도 같았다.

"괜찮다니요?"

나는 뭔가 홀린 느낌으로 어리숙하게 물었다. 나는 내 정신이 왜 이렇게 갑자기 혼미한 지경에 빠지고 있는 건지 안타까웠다.

"말하자면 정신 건강 같은 거라고나 할까요. 삶의 의욕이 생겨요. 물론 자기로서는 최선을 다해야지요. 그러고 나서 돌아갈 수 없게 되어 사로잡히는 꼴이 되면…… 그렇지만 이런 기회가 좀처럼 없어요. 안 그렇겠어요?"

나는, 그녀가 나 역시 그녀처럼 사로잡히는 꼴이 되었음을 즐거워하고 있다고 느꼈다. 즐거워하고 있는 것이 아니라면 위로하고 있는 것인지도 몰랐다. 그렇지 않고서야 처음 보는 남자에게 그토록 술술 이야기를 꺼낼 까닭이 없었다. 어쨌든 그녀의 말대로 나도 사로잡힌 몸이었다. 비록 묵어갈 것인지 그냥 갈 것인지 망설였다고는 할지라도 나도 최선을 다했다고 여겨졌다. 나는 비로소 그녀의 모습을 자세히 훑어보았다. 이십 대 후반쯤 되어 보였다. 여자 나이를 가늠하는 데 서툴렀지만 나는 그렇게 어림했다. 아직은 완전히 어두워지지 않은 동백나무 그늘 아래 마치 옛 구리거울 속에서처럼 떠올라 있는 그 흐린 얼굴.

"그런데 왜 여기 앉아계셨던 거예요?"

그녀가 낮은 바위에 걸터앉으면서 물었다. 그녀가 핸드백에서 담배를 꺼낸 것은 그때였다. 그와 함께 나는 '당신을 기다리고 있었소' 하는 투로 농담을 던지고 싶은 충동이 일었다.

"팔색조를 아십니까?"

도대체 터무니없는 되물음이었다. 그녀 역시 무슨 뚱딴지 같은 말이냐는 듯 어리둥절해서 나를 바라보았다.

"팔색조라뇨?"

"전 그 새가 이 섬에 있는지 확인하려고 왔거든요. 아십니까?"

나는 한없이 진지한 표정을 지었다. 그녀가 팔색조를 모르는 듯해서 조금은 안심이 되었다.

"몰라요. 전 새에 대해서는 관심이 없어요. 그 새를 찾아서 어떻게 하려는 건가요? 말려서 박제로 만들 건가요?"

"아, 박제……."

나는 뜻밖의 말에 입을 다물었다. 그런 방법이 있었다. 그것을 알고 있었으면서도 나는 내 생각 속에서 떨쳐버리려고 했었다. 왜였을까. 만약에 그 새를 어떻게든 잡을 수만 있다면 박제를 해서 내 방에 놓아두고자 한 욕망 때문이 아니었을까. 나는 정신이 거듭 혼미해짐을 느꼈다.

"그래서 그 새를 찾으셨어요?"

그녀가 자신의 말이 좀 지나쳤다 싶었는지 부드럽게 물었다.

"아뇨. 아직은……."

나는 얼버무렸다.

"그렇담 왜 돌아가려고 하셨어요?"

"어쩐지 틀렸다 하는 생각이 들었지요. 이곳에는 그런 새가 오질 않는다……."

꾸며낸 말이 나도 모르게 자연스럽게 흘러나왔다. 나는 팔색조는 아예 생각조차 없었었다.

"좀 성급한 판단은 아닌가요?"

"그렇진 않은 것 같습니다. 여긴 환경이 그 새가 오기에 적당치 않습니다."

나는 새의 생태에 대해 많은 연구를 했고 또 조예가 깊은 사람이기라도 한 양 단호하게 말했다. 그러자 나야말로 꼼짝없이 사로잡혀버린 몸이라는 생각이 들었다. 나는 가슴이 답답하여 공연히 목을 빼고 머리를 좌우로 휘둘러보기도 했지만 답답함은 시간이 갈수록 급격히 가중되어왔다.

"아무래도 뭘 좀 마셔야겠군요."

나는 그녀에게 기다리라는 시늉을 하고 가게를 찾아나섰다. 그녀는 도대체 어떤 여자일까. 가늠할 수가 없었다. 단지 파도 때문에 배를 놓친 여자로서 무료한 시간을 때우기 위해 내 옆으로 온 여자? 그런 것만은 아닐 것이라고 여겨졌다. 그렇다면? 수수께끼였다. 나는 내 생각의 공간이 허공과 같이 텅 비어가고 있음을 느꼈다. 이것이 현실인 것마저 실감이 나지 않았다. 그녀의 존재뿐만이 아니라 내가 그 섬에 와 있다는 사실조차도 가공의 사실처럼 느껴졌다. 어떻게 된 일이냐고 나는 머리를 갸우뚱거리면서 몇 병의 음료수와 술과 비닐봉지에 든 대구포 등을 사들고 동백나무 아래로 돌아갔다.

그로부터 그날 밤 일어난 일을 곧이곧대로 옮겨 적을 용기도 없으려니와 기억 자체도 도통 흐릿하기만 하다. 우선 구리거울 속에 떠오른 얼굴처럼 희미한 그녀의 얼굴부터가 머리에 또렷이 떠오르지 않는 것이다. 그리고 쓰잘데없이 팔색조 이야기를 꺼냈고 박제 이야기를 한 뒤로부터는 그녀와 나 사이에 뚜렷이 오간 이야기조차 없었다. 다만 서로 권하며 술을 마신 것밖에는. 나는 나무들을 스쳐가는 바람 소리를 간간히 들었고 그 바람 소리가 그녀와 내가 속삭이는 소리라고 생각했던 기억이 어렴풋이 났다. 그리고 모든 일이 희미하고, 희미하고, 끝없이 희미했다. 그녀가 동백나무 아래 나타났을 때, 그때부터 섬 전체가, 아니, 세상 전체가 몽혼된 것이 아니었는지.

나는 그날 밤 어느 순간 속에서 박제의 새와 인간의 말로 사랑을 속삭이고 있었다. "내가 널 잡아 박제로 만들었지. 넌 썩지 않고 영원히 그 모습으로 날 사랑하게 될 거야." "아, 아, 당신은 어리석어요. 당신은 내게 사로잡힌 몸이에요." 나는 새의 딱딱한 부리에 입을 맞추었다. "새도 혓바닥이 있던가?" "남잔 다 바보예요. 혓바닥 없는 새가 어디 있겠어요. 자, 보세요. 밀렵꾼 선생님." 박제의 새가 차고 딱딱한 부리를 들이밀었다. "당신은 날 박제로라도 해서 갖고 싶으신가요? 그긴 안 될 말이에요. 오늘 밤만 우리는 서로의 것이에요. 우리는 최선을 다하고도 이 섬을 빠져나가지 못한 거예요. 사로잡힌 꼴이지요. 파도가 늘 말썽이에요. 하지만 내일이면 우린 모두 자유로운 몸이 될 거예요." 꿈이었던가, 생시였던가, 내가 껴안았던 그 뜨거운 몸이 박제된 새의 몸뚱이였던가…….

다음날 그녀는 굳이 같은 배를 타고 나가지 않겠다고 고집했다. 나 역시 무엇엔가 고즈넉해져서, 아침이건만 그 노인에게 다시 안주와 소주 한 병을 시켜놓고 그녀를 먼저 보냈다. 노인이 돌멩이로 소라를 까는 동안 떠나가는 도선 위에서 그녀가 한 번인가 손을 흔들었다.

나는 포구로 돌아와서야 그녀의 신상에 대해서 아무것도 파악하지 못했다는 사실에 새삼스럽게 놀랐다. 그럴 만한 시간은 충분히 있었다. 그럼에도 불구하고 알아둘 생각조차 하지 못했다니 도무지 납득할 수 없는 일이었다. 그날 밤의 일만으로 그녀와의 관계를 단절할 특별한 까닭도 없었다. 그러면서도 나는 담담히 그녀를 보냈었다. 돌이켜볼수록 안타까운 노릇이었다. 아마 그렇게 만났듯이 손쉽게, 필연적으로 다시 만나게 되리라고 여겼음에 틀림없었던 듯했다. 그 뒤 나는 그 섬에 대한 보고서고 뭐고 다 뒷전으로 밀어둔 채 혹시 어디선가 그녀를 만날 수 있을까 하여 거의 매일같이 돌아다녔다. 그 작은 섬에도 몇 번 갔었다. 그러나 그녀의 모습은 어디에서도 찾을 수가 없었다.

그런 채 여름은 지나가고 있었다. 여름이 가고 떠날 날이 성큼 다가오고 있었으나 나는 그녀를 찾는 일을 그만둘 수가 없었다. 날이 가면 갈수록 그녀의 모습은 희미해져갔고, 그에 따라 나는 거의 미칠 지경이 되어 그녀를 찾아다녔다. "여자 때문에 미치다니, 세상에 별 녀석이 다 있군" 하고 스스로를 매도하면서 실제로 나는 제정신이 아니었다.

그러던 어느 날이었다. 마침 며칠 전에 돈이 바닥이 나서 집에서 부친 우편환을 환급하기 위해 우체국에 들른 나는 그 자리에 얼어붙듯 서버리고 말았다. 그녀가 있었던 것이다. 그녀는 창구에 붙어서서 막 일을 마친 다음인 듯했다. 나는 피가 거꾸로 흐르는 느낌이 들었다. 숨이 꽉 막히고 온몸에 경련이 일었다. 섬에서와 달리 옷차림이 집에서 입는 그대로 수수한 것이었을 뿐 그녀가 확실했다. 나는 정신을 가다듬고, 돌아서 나오는 그녀에게로 가까이 갔다.

"저…… 안녕하십니까?"

내가 앞에 멈춰 서자 그제서야 그녀도 나를 쳐다보았다. 구리거울 속에 떠오른 것 같은 얼굴……. 시선이 잠시 당황하듯 비껴갔는가……. 그러나 내가 앞에 서 있음에도 불구하고 그 얼굴은 조금도 흐트러지지 않았다. 그 얼굴은 오히려 무슨 영문인지 빨리 말해보라는 지극히 사무적인 얼굴이었다.

"저, 절 모르시겠습니까?"

당황한 것은 나였다. 그녀가 나를 몰라볼 리가 만무했다. 혹시 내가 잘못 본 것인지도 모르지만 그럴 리도 만무했다.

"누구시죠?"

그녀는 차갑게 잘라 말했다.

"저…… 팔색조……."

"네?"

그녀의 차가운 눈길이 내 얼굴을 스쳐갔다.

"저는…… 그…… 섬에서……."

나는 더듬거렸다.

"무슨 말씀이신지 도대체 모를 말씀이세요."

"섬에서…… 파도가…… 배를 놓쳐서……."

등줄기에 진땀이 흘렀다.

"사람을 잘못 보신 모양이군요."

"아닙니다. 그렇지는 않을 것입니다. 틀림없습니다."

나는 단호히 말하면서도 허둥대고 있었다. 그녀가 과연 섬
에서의 그 여자가 틀림없다면 이토록 시치미를 뗄 수 없으리
라 싶기도 했다. 나는 머리를 흔들었다. 그와 함께 그녀는 경멸
하는 투로 내게 마지막 시선을 던지고 옆으로 움직여 나갔다.

"틀림없습니다. 당신이 틀림없습니다. 그 뒤 나는 그 섬에서
팔색조를 찾았습니다!"

나는 그때처럼 팔색조 운운의 거짓말을 꾸며대 소리쳤다.

그 말에는 그녀도 동요의 빛을 나타냈다. 아주 미세한 동요였다. 그러나 나는 결코 그것을 놓치지 않았다. 틀림없는 그녀였다. 순간, 그렇다면 그녀가 나를 모르는 체하는 것에는 어떤 까닭이 있다는 데 생각이 미쳤다.

"아무튼 그건 제가 모르는 일이에요."

그녀는 여전히 시치미를 떼고 말했다.

"아, 그렇군요."

나는 더 이상 무슨 말을 하더라도 그녀로 하여금 나를 아는 사람이라고 말하게 할 수 없다는 것을 알았다. 나는 가벼운 목례를 그녀에게 던졌다. 그러나 그 목례조차도 그녀는 휙 뿌리치다시피 하고 바깥으로 나가버렸다. 나는 아연한 채 그런 그녀의 뒷모습만 우두커니 쳐다보았다. 그런 일을 마지막으로 섬에서의 지난여름은 막을 내렸다.

그렇다. 혹시 내 눈이 틀렸는지도 모른다. 그러나 나는 지금도 우체국에서의 그녀와 섬에서 그녀가 동일인임을 믿는다. 그녀는, 섬에서의 암시처럼 그날 하룻밤만 우리들의 것으로 남겨놓았던 것이다. 그녀가 나를 몰라본 체한 것이 아니라 진실로 몰라보았다고 하더라도 그녀를 탓해서는 안 될 것이다. 섬에서의 그녀의 행동은 결코 일상의 행동이 아니었다. 그것은 사로잡힌 몸으로서 새로이 자유롭고자 하는 몸부림이었다. 그것을 모르고 나는 일상의 그녀를 찾아 헤맸던 것이다. 내가 그녀를 찾아 헤맨 것은 그녀를 내 박제로 하려던 데 지나지 않았다. 사랑 가운데는 한순간에 스쳐지나감으로써 더 영원한 사랑도 있을 것이었다. 그녀가 택한 그런 방법을 나는 어리석게 모르고 있었다. 그리하여 내 귓전에 영원히 호오이 호오이 부르고 있을 그 소리를 없애버린 것이다. ……그래서 이제 누군가 내게 그 섬에 팔색조가 오는가 안 오는가 묻는다면 다음과 같이 되물을 수밖에 없음을 밝혀두고자 한다.

그대의 마음이 영원히 그 새가 우는 소리를 듣고자 원하는가, 그렇지 않은가…….

2

아침 내내 기다렸으나 그는 오지 않았다. 그는 그날 죽겠노라고 하면서 내게 몇 푼의 돈을 빌려갔었다. 그렇다고 내가 다급해하지 않는 것을 아는 다음에야 못 올 것이 없을 터인데, 무슨 불의의 사고라도 일어난 게 아니라면 좋으련만. 그는 배 위에 올라가 용접을 한다고 했다. 생명을 걸어놓는 일이라고까지 말했다. 멀리서 보아도 배는 웬만한 아파트보다 덩치가 컸으면 컸지 결코 작지는 않았다. 그 위까지 올라가는 것만 해도 힘이 든다고 했다. 산소통에 호스에 마스크까지 다 합치면 40킬로가 넘십니다. 거기다 배는 올라가는 통로의 구멍이 원체 좁아요. 호스를 잘못 말면 걸려서 올라가도 않십니다. 그는 말을 할 때면 게거품을 물곤 했다. 조장이 그날 해야 할 넓이를 정해줍니다. 그는 손가락을 들어 대충 방 넓이만 하게 네모꼴을 그려보였다. 아래를 내려다보면 까마득해요. 그러나 갑판 일은 그래도 낫십니다. 탱크 속에 기어들어가 하면 죽십니다. 배는 탱크가 무지 많아요. 아구리는 쪼만하지요. 용접 불꽃에서 나는 연기, 독합니다. 독해요. 목구멍이 꽉 막히고 눈알이 쎄리 아픕니다. 그는 웃음을 띠었다. 나는 그의 말을 충분히 납득할 수 있었다. 폐소공포증이 있는 나로서는 독한 연기가 아니더라도 그 조그만 구멍 속으로 기어들어간다는 것 자체가 견딜 수 없는 일일 것이었다. 그에 관해서라면 나는 나중에 무덤 속에 어떻게 들어갈까 하는 것까지도 견딜 수 없어 하는 것이다. 배를 만드는 과정은 크게 나누어 절단과 용접으로 보면 된다고 했다. 쇠를 잘라서 붙이는 거죠. 그것이 뱁니다. 그렇다면, 이 두

가지 중에 어느 한 가지를 택해야 한다면 나는 자르는 쪽보다는 붙이는 쪽을 택할 수밖에 없었다. 절단이라는 말에서는 외과 병동의 그 팔다리가 잘려나가는 광경이 떠올랐다.

그는 오지 않았다. 지난밤 철야 근무에 들어갔으면 아침에 나왔을 텐데 안 오는 것을 보니 무슨 사정이 있는 모양이었다. 낮에 하루 종일 근무를 하고도 철야 근무를 계속하고 다시 낮에도 내처 일해 돈을 버는 지독한 사람들도 있다고는 했지만, 그는 그러지는 못하는 사람이었다. 우선 체력이 달렸다. 그러니까 철야 근무를 끝마치고 숙소에 들어가 그냥 곯아떨어졌는지도 몰랐다.

나는 벌렁 드러누운 채로 한 손을 뻗어 방바닥에 떨어져 있는 신문을 집어 들었다. 며칠 된 신문은 물인지 술인지를 엎질러놓은 자국으로 군데군데 누런 얼룩이 져 있었다. 며칠인가 묵은 그 신문은 이미 구석구석 내 눈이 훑고 내려간 것이었다. 구직, 모집, 매매, 임대, 전세, 광고들. 혜원 엄마 모든 것을 용서할 테니 돌아오시오. 애들이 찾고 있소. 초재혼오직성실행복그룹. 자동차 사고로 또 애꿎은 사람들이 죽고, 이란의 호메이니와 이라크의 후세인은 알 수 없는 전쟁을 싫증도 나지 않는지 꾸준히 계속하고 있었다. 레바논은 엉망진창이 되어버렸다.

배 만드는 데는 그만이었다는 레바논 삼나무들도 절단이 나고 있을 것이다. 조계종에서는 종권 싸움을 벌이고 교황 요한 바오로 2세는 부지런히 지구를 돌고 있었다. 그러자 조그만 기사가 눈에 들어왔다. 그것도 읽은 적이 있었으나 왠지 읽지 않은 것처럼 새로운 느낌이었다.

임란(壬亂) 때 우리 수군이 사용했던 것으로 보이는 대포의 일종인 현자통포(玄字筒砲)가 거제군 신현읍 고현만(古縣灣) 바다 밑에서 발견됐다. 이 포는 개펄 속에 깊이 묻혀 있어서인지 녹도 슬지 않은 원형의 모습을 간직하고 있다.

그렇군. 세계 방방곡곡의 일을 다룬 가운데 이 기사처럼 내가 누워 있는 방에서 가까운 곳의 이야기는 없었다. 매립 공사를 하는 곳은 시내버스를 타고 몇 정거장만 가면 된다고 들었다. 그렇군. 나는 생각난 듯 자리에서 윗몸을 일으키며 머리를 주억거렸다. 그런 게 있었군. 그러고 보니 옥녀봉 아래 길가 한쪽으로 이순신 장군의 승전 기념비가 서 있던 기억이 살아났다. 아니, 그러고 보니 언젠가 그도 내게 말해준 적이 있었다. 조선소 일을 관두고 준설공사 하는 데로 갈까봐요.

　내가 그를 처음 안 것은 지난달 중순이었다. 그는 자기 이름이 이 아무개라고 밝혔다. 이것도 그의 연락처를 적어놓는 과정에서 알게 된 것이었다. 6월 중순이라면 거제도에 거처를 정한 지 벌써 한 달이 넘었을 무렵인데도 나는 엉거주춤한 채로 하루하루를 보내고 있었다. 나는 잠시도 방 안에 붙어 있지를 못하고 밖으로 나돌았다. 밖에 무엇이 있어서도 아니었다 햇빛은 아직은 완두콩빛을 띠며 여렸고, 만(灣) 안의 바닷물은 흐렸다. 내게 주어진 임무는 열심히 일하는 사람들의 현장에 대한 접근이었다. 그 일은 이제까지의 내 삶이 '현장'을 떠난 삶, 신선이나 유령의 삶, 허풍선이의 삶이었음을 전제하고 있는 듯 느껴졌다. 그동안 나는 '현장'에 있지 않고, 어디를 헤매고 있었더란 말인가. 출퇴근 버스에 시달리며 직장 생활을 하고, 술 취해서 돼먹지 않은 울분을 토하고, 밥 먹고 똥 싸고, 결혼하고, 그리고 이혼한 그것 모두는 구름 위에서 있었던 일이었는가. 꼭두의 그림자 놀이 같은 것이었는가. 하기야 막막하기는 했다. 간신히, 간신히 견뎌온 것이기는 했다. 그러나 그것이 비록 자갈짐을 지고 철근을 자르는 일이 아니었다고 해서 현장이 아니었단 말인가.

나는 쓴 입맛을 다시며 현장으로 접근해갔다. 조선(造船) 공업은 절단에서 시작하여 용접으로 끝난다고 보면 된다고 했다. 야적장에는 철판과 철골들이 쌓여 있었다. 골리앗이라는 이름을 가진 거대한 크레인이 움직이고, 드라이 도크에서는 기능공들이 분주하게 오갔다. 몇만 톤짜리의 배에 달라붙어 있는 그들은 난쟁이 나라에 간 걸리버에게 달라붙어 있는 난쟁이들을 연상시켰다. 아니다. 그 크기로 서로 견주면 코끼리와 그 몸에 붙은 눈에 보일 듯 말 듯한 진드기 같다고나 할 것이다. 완성되어가는 배는 쇠를 잘라서 붙여놓은 것이라기보다 개미가 흙 속을 뚫어 길을 내고 집을 짓듯이 본디 산더미만큼 커다란 쇳덩어리를 이리 뚫고 저리 저며놓은 것처럼 보였다. 그곳이 바로 '현장'이었다. 그러나 여기서 '현장'에 대한 이야기는 자세히 할 생각이 없다. 이른바 세계 정상급에 속하는 조선소의 크기가 어느 정도이고, 몇만 명의 사람들이 밤낮을 도와 일을 하고 얼마의 돈을 벌어들이고 하는 일이 중요하지 않다는 이야기는 아니다. 나는 지금 이연식이라는 내 친구를 이야기하고자 하는 것이다. 그의 허락도 없이 내가 그를 친구라고 부르는 것을 그가 어떻게 생각할지는 몰라도, 지금 이 시간만은 그를 그렇게 부르고 싶은 충동을 어찌할 수가 없다. 구태여 따진다면 그는 내 친구도 무엇도 아니다. 이미 말했듯이 나는 그와 헤어질 때에야 비로소 그의 이름이나마 알 수 있었고, 그것마저도 곧 잊어버릴 작정이었다. 더군다나 나는 잊어버린다는 일에 남다른 재능이 있는 편이다. 그를 잊어버리기 위해서는 그가 그의 연락처라고 써준 종이쪽지를 쓰레기통에 구겨넣어버리면 그만이었다. 그는 솔직하게 그의 학력이 '국졸'이라고 밝혔는데, 그러나 그가 연락처라고 써준 종이쪽지의 '교안'이라는 글자를 보고 나는 적이 실망하지 않을 수 없었다. 전화번호의 '교환'이라고 적고 있었던 것이다. 물론 나는 현장에 접근했던 결과 그 전화번호로 통화하기가 불가능하다는 것을 잘 알고 있었다. 그 전화는 그가 잠을 자는 기숙사의 전화번호이기는 하지만 관리자가 전화를 받아 그에게 용건을 전해준다는 식으로 제도화되어 있었다. 내가 그 전화로 그에게 전할 용건이 있을 까닭이 없었다. 나는 내 방으로 돌아오자마자 전화번호가 적힌 종이쪽지를 구겨서 비닐봉지 쓰레기통 속에 던져넣었다. 그런데 이상한 일이었다. 자리에 벌렁 드러눕자 이상하게도 그 종이쪽지가 궁금해지는 것이었다. 그가 과연 '교환'을 '교안'으로 썼단 말인가. 나는 그가 내 앞에서 연락처를 적을 때 그 글자를 확인했었다. 그런데 그것이 몹시 궁금해지

는 것이었다. 그의 언동으로 보아 '교환'을 '교안'으로 적어서
는 안 되었다. 그의 언동은 나무랄 데가 없는 것이었다. 세상살
이의 경험이 보잘것없는 나에게 그의 경험은 경이로운 것이었
다. 조선소에서 용접공으로 일하고 있는 그는 중국 음식점의
주방에서 칠 년이라는 세월 동안 일한 경력이 있었고 그 경력
으로 사우디아라비아의 건설 현장까지 갔다온 사람이었다. 사
우디아라비아에서 건설 역군들의 입맛을 돋구던 그는 그러는
사이에 용접일도 배웠다고 했다. 처음에 부산의 중국 음식점
에 배달 소년으로 들어간 그는 하루에도 몇 차례씩 프라이팬
에 대가리를 얻어맞으며 일했다고 했다. 그런 과정에서 틈틈
이 요리하는 법을 익혀 나중에는 다른 중국 음식점에 주방장
으로까지 갈 수 있게 되었다고 했다. 그는 주방장으로서의 그
의 경력에 대단히 만족스러워하는 것 같았다.

내가 그를 처음 본 것은 외포(外浦)로 가는 배 안에서였다.
그날도 나는 선창으로 나갔으나 외포로 가는 배를 타게 될 줄
은 몰랐었다. 내가 아무런 준비도 없었음은 발에 슬리퍼를 꿰
고 있었던 것만으로도 충분히 증명할 수 있겠다. 나는 벌써 며
칠째 선창을 배회하는 일이 중요한 일과처럼 되어 있어서, 그
날도 그곳으로 어슬렁거리며 나갔었다. 선창에 무슨 볼일이

있었던가. 아니었다. 아무 일도 없었다. 그러나 나는 매일 적어도 한두 번, 많을 때는 서너 번까지 선창으로 나갔다. 그 무렵 아침에 눈을 떠 멍하니 담배 연기를 내뿜고 있을 때면 멀리서 뱃고동 소리가 뿌우 하고 들려왔다. 물론 그 소리를 매일 들을 수 있는 것은 아니었다. 해마다 5월에서 6월까지의 기간은 '해상(海上) 농무기(濃霧期) 안전 강조 기간'으로서 하루가 멀다 하고 바다에 안개가 끼어 배들이 운항을 멈췄다. 선창의 여객선 배표 매표소의 창구 위에는 걸핏하면 '안개 주의보 발효 중'이라든가 '해상에 안개가 끼어 모든 선박의 운항이 중지되고 있음' 따위의 안내문이 종이쪽지에 써붙여져 있었다. 볼펜이나 사인펜으로 써붙여놓은 이 종이쪽지에는 모든 사람이 무력하기 짝이 없었다. 그런 가운데 내가 기다리는 것은 팔색조를 보게 되는 순간이리라, 나는 속으로 깊이 알고 있었다. 폭풍우주의보보다 파랑주의보에 무력한 것은 그래도 납득이 되는 일이지만 안개주의보는 좀 허무맹랑하다는 생각이 든다. 잔잔한 바다가 훤히 내다보여도 꼼짝을 못하는 것이다. 폭풍우주의보나 파랑주의보가 내리면 실제로 비바람이 몰아치거나 하얗게 이빨을 드러낸 파도가 몰려오거나 하는 광경을 볼 수 있었다. 그럴 때의 파도는 '바다의 무법자'라는 상어 떼가 출몰하는 것과 같은 느낌을 주었다. 바다 한가운데서 일어나는 흰 물결을 상어의 이빨이라 할까 지느러미라 할까. 밤에 선창으로 나가보면 낚싯줄을 던지고 있는 사람이 틀림없이 몇 사람은 있었다. 고기를 낚겠다는 것보다는 바람을 쐬러 나왔다고 하는 게 더 적절한 표현인지도 모른다. 대부분의 경우 두서너 마리의 새끼고기를 낚는 데 지나지 않기 때문이다. 낚시하는 사람의 옆에는 또 의례껏 한두 사람이 붙어앉아 장기 훈수하듯 몇 마디씩 거들곤 했다. 물론 선창에는 낚시도 하지 않고 우두커니 앉아 밤바다를 바라보고 있는 사람도 꽤 있었다. 어느 날 저녁이었다. 바다가 잔잔했던 만큼 날씨는 바람 한 점 없이 무더웠다. 나는 선창의 폐선을 이용해서 만들어놓은 잔교(棧橋) 위에서 담배를 피워 물고 서성거리고 있었다. 바다에는 어둠이 내렸으나 멀리 조선소는 밝은 서치라이트로 영상처럼 바다 저쪽에 떠 있었다. 그때 가까운 바다에서 첨벙 물소리가 들려왔다. 무슨 소리일까. 그러자 누군가가 숭어가 뛰는 소리라고 말했다. 그 말을 이어받아 다른 누군가 소리쳤다. 죠스다! 거짓말인 줄 알면서도 모두들 주위를 둘러보았다. 〈죠스〉가 식인 상어를 다룬 미국 영화로서 화제를 일으킨 뒤로 얼음과자의 이름에도 등장할 만큼 널리 알려졌다고는 해도, 그런 상어가 거제도 해안에 나타날 리는 없다고 나 역시 생각했다. 옥포 바다에서 낚이는 고기는 어린애 손바닥만 한 도다리나 어린애 고추만 한 노래미 정도가 아니었던가. 그러나 며칠이 지난 날 우연히 능포에 갔을 때 상어를 본 나는 자못 놀랄 수밖에 없었다. 물론 육지에 있을 때도 여러 번 상어를 본 적은 있었다. 그러나 거제도의 상어는 달랐다. 그것들은 어디론지 실려가기 위해 선창의 시멘트 바닥에 나뒹굴어져 있었는데, 내 키보다 훨씬 큰 크기도 크기려니와 유난히 흉악스러워 보이는 것도 사실이지만, 그래서 웬만한 사람들은 죽은 상어 앞에서도 짐짓 몸을 사리는 것이 사실이지만, 그 선창에 있던 상어는, 특히 그중의 한 마리는 내 주의를 끌기에 충분한 것이었다. 나는 한동안 그놈을 이리저리 살펴보았으나, 내 사십 년 가까운 인생 편력의 사전 가운데 그것을 상어라고 단정지을 수 있는 근거가 없었다. 처음에 나는 그것이 진짜 물고기 종류라는 것도 선뜻 믿기 어려웠다. 그것은 온몸이 온통 빈틈없는 흑회색인데다가 생김새도 단순하게 도형화된 느낌이 짙어, 나는 혹시 착색한 찰고무로 만든 것이 아닐까 의심했다. 어떻게 보면 짙은 먹회색이며 또 어떻게 보면 짙은 흑청색인 그놈의 살갗은 또 유난히 탄력성이 있어 보였다. 도무지 수상쩍었다. 찰고무 따위로 만들어 어떤 목적으로 바다에 띄워놓은 것인 듯도 싶었다. 나는 강에서 은어를 낚을 때 암놈을 줄에 묶어 물에 회유시키면 숫놈이 따라온다는 그 방법을 알고 있었다. 그처럼 이것을 바닷물에 띄워 상어들을 꾀게 하려는 것인지도 모른다. 아무래도 무리한 추측인 줄 알면서도 나는 고개를 갸웃거리지 않을 수 없었다. 그렇게 그놈은 괴이한 모습을 하고 있었다. 그러나 그놈이 새까만 찰고무 덩어리가 아니라 죽어 있는 생물임을 보여주는 단서가 있기는 했다. 그것은 대가리의 윗부분에 엉겨붙어 있는 검붉은 선혈이었다. 그 핏자국은 아마도 뱃전에 끌려 올라와 버둥대다가 몽둥이에 맞았거나 갈고리에 찍혀 뿜어져나온 것이리라. 하지만 나는 그것도 옆에 나뒹굴어져 있는 보통의 상어에게서 묻은 것이 아닐까 해서 몇 번인가 자세히 살폈다. 옆의 상어도 대가리가 터진 채 그런 핏자국이 엉겨붙어 있었다. 그러나 아무래도 그건 핏자국이 아니었다. 분명히 그 몸 안에서 뿜어져나온 것이었다. 나는 어리석게도 끝까지 반신반의하다가 나중에는 결국 뱃사람에게 물어보고 '그것도 상어'라는 대답을 듣고 나서야 '그것도 상어'라는 새로운 지식을 얻을 수 있었다. 뱃사람들의 대답은 하나같이 퉁명스럽다. 그래서 나는 '이것도 상어입니까?'라고 묻고 '그것도 상어'라는 대답을 들었을 뿐 그 상어의 이름이 무엇인지는 물어보지도 못했다. 몇 번의 경험으로 인해 그런 것 따위의 호기심이야말로 뱃사람들에게는 짜증스럽고 가소로운 것으로 받아들여진다고 느꼈기 때문에 내 쪽에서 지레 입을 다물었던 것이다. 그래서 나는 내가 묵고 있는 방으로 돌아와 간단한 자료나마 들춰보지 않으면 안 되었다. 그런 성의가 있었던 것은 역시 그 먹회색 상어가 내게 준 충격 때문이리라. 상어는 일반적으로 몸이 원추형으로서 골격은 연골, 입은 머리 부분 밑에 옆으로 째지고 지느러미는 칼처럼 생겼으며 껍질은 단단하고 거칠어 이 모양의 비늘로 덮여 있다는 것, 대개는 태생(胎生)이고 흉포 민활하지만 온순한 놈도 있다는 것, 살은 먹으며 지느러미도 말려 사용한다는 것 등이 밝혀져 있고 상어의 종류가 열거되어 있었다.

그 결과 나는 우리나라에 생각보다 훨씬 많은 종류의 상어가 분포되어 있음을 알았다. 이른바 죠스가 될 수 있음직한 큰 상어도 살고 있는 것이었다. 그러나 이상한 일이었다. 상어 가운데 그 어느 것도 내가 본 그 상어라고 짚어 말할 수 있는 상어는 없었다. 모양도 모양이지만, 우선 등이고 배고 따질 것 없이 온몸이 흑회색이거나 흑청색인 상어가 없는 것이었다. 따라서 나는 그 상어의 이름을 밝히는 데는 실패한 채 '그것도 상어' 정도로만 아는 데 만족해야 했다.

나는 그날 한낮의 옥포 앞바다를 바라보며 그런 상어의 이빨 혹은 지느러미를 생각하다가 문득 외포로 가는 배 위에 오른 것이었다. 외포에 가서도 상어를 볼 수 있기를 기대했다.

요즘의 목선들은 앞으로 치솟은 용골이 없는 대신 둥글게 나무를 깎아 댄 그곳에 낡은 자동차 타이어를 내붙여 선창의 시멘트 구조물에 부딪쳐도 충격을 덜 받도록 만들어져 있었다. 내가 그 타이어 위에 발을 딛고 배로 올라서자, 사람들이 앉게 되어 있는 밑창에 번듯이 누워 있는 웬 사내가 눈에 들어왔다.

"이 배 외포 갑니까? 외포에는 팔색조라는 새가 온다지요?"

나는 엉겁결에 물었다. 사실 나는 그 며칠 전부터 이미 그 배가 덕포를 거쳐 외포까지 가는 배임을 알고 있었다. 아침에 그 배가 닿으면 외포에서 온다는 아낙네들이 멸치며 갈치며 피조개를 가득 담은 플라스틱 함지를 머리에 이고 내렸었다. 그러니까 내 물음은 일종의 인사에 지나지 않았다. 그런데 그의 대답이 좀 뜻밖이었다.

"모르겠는데요."

그는 외포라는 곳이 있는지 없는지도 모른다는 표정이었다. 그러면서도 배에 타고 있는 게 우스웠다. 그러나 나는 그에 대해서는 묻지 않았다. 조선소에는 전국 각지에서 별의별 사람들이 다 몰려오는 것이다. 사실 한낮에 어디로 가는지도 모를 배 안에서 가수(假睡) 상태에 들어 있는 것쯤은 하등 이상한 광경이 아니었다.

그래서 나는 잠자코 그의 옆에 자리를 잡았다. 그러는 사이 어느 결에 선창에는 사람들이 모여들고 오징어 장수의 '두 마리에 천 원 지글지글 불고기' 외치는 소리가 들려왔다. 오징어 장수가 버너의 불꽃을 올리고 오징어를 구워 팔게 되면 육지와 연결되는 여객선이 들어오거나 나갈 시각이 임박했음을 알 수 있었다. 조금씩 왁자지껄한 소리가 들려옴과 함께 그가 몸을 뒤채며 지그시 감았던 눈을 다시 떴다.

"잠이나 한숨 잘라 했더니……. 이 배도 곧 뜰 모양이지요?"

"글쎄요."

나 역시 알 길이 없었다. 저것이 외포 가는 배인 것만은 틀림없다 하고 나는 올라탄 데 지나지 않았다. 그 밖에 모든 것은 미지의 것이었다.

"이 배가 어디로 간다고요?"

그가 다시 물었다.

"글쎄요, 나도 얼결에 탔는데…… 외포라나요. 바람이나 쐴까 해서……."

나는 얼버무렸다. 그러나 이 얼버무림이 그로 하여금 친근감을 느끼게 한 모양이었다. 그는 공범을 만났다는 듯이 소리없이 이빨을 드러내며 웃음을 지어 보였다. 그러자 그와 더불어 정말 배가 뜰 때가 되었는지 한 무더기의 사람들이 한꺼번에 올라타고 뱃사람인 듯한 사람도 올라타서 뱃전에 놓여 있는 짐을 아래로 내려놓으라는 둥 뒤쪽으로들 좀 가라는 둥 이것저것 지시를 하기 시작했다. 그 틈에 사내는 배에서 훌쩍 뛰어내렸다. 나는 그가 다시 대낮의 햇빛에 부신 눈을 퀭하니 뜨고 서 있는 것을 보았을 뿐, 그는 곧 내 관심 밖으로 사라져버렸다. 햇빛은 바닷물에 부서지며 일렁였고, 선창에서 일하는 소년이 배를 묶었던 밧줄을 끌렀다. 배가 뜰 모양이었다. 나는 배에 탄 낚시꾼들에게로 눈길을 돌렸다. 방파제로 가는 사람들, 누런여로 가는 사람들, 보리께로 가는 사람들일 게다. 누런여가 어디인지, 보리께가 어디인지 선창의 한켵에 '누런여, 보리께 밤낚시 선박 대여'라는 안내문이 너덜너덜 붙어 있는 것을 나는 보았다.

퉁퉁퉁퉁, 퉁퉁퉁퉁.

드디어 엔진 소리가 들려왔다. 그때 누군가가 옆으로 다가
와 알은체를 했다.

"잠도 안 올 거 같고 나도 외포까지 바람이나 좀 쐬어야겠어
요."

아까의 사내가 어느새 다시 배를 탔는지 이빨을 드러내며
씩 웃었다. 그러나 그 얼굴은 잠이 많이 모자라 피로한 기색이
역력했다. 나는 따라 웃어주었다. 그는 자기가 조선소에서 용
접일을 하고 있는데 철야 근무를 하고 나와 잠을 자려던 참이
라고 했다.

"왜 하필이면 여기서?"

"씨언한 바람 불지요. 안 좋십니까. 숙소에 가 누워 있으믄
이상하이 잠이 안 와요."

아닌 게 아니라 유난히 퀭하다 싶은 그의 눈은 붉게 충혈까
지 되어 있었다. 그러나 그가 선창에 나와 어디로 가는지도 모
르는 배 안에서 잠을 청하게 된 것은 그날 아침 배편으로 오기
로 되어 있는 친척을 마중 나왔다가 못 만났기 때문임을 나는
곧 알았다. 배는 바다로 나갔다. 곧 방파제 밖 바다로 나갔을
때, 갑자기 파도가 높아지면서 배는 그야말로 가랑잎처럼 흔

들리기 시작했다.

"아, 파도가 높군요."

나는 뱃전을 움켜잡으며 말했다. 경험이 없는 나로서는 은근히 겁이 났다. 그래도 나는 여유를 가진 양 보이기 위해 웃음을 띠어 보였다. 그러나 순식간에 내 얼굴이 석고처럼 굳어 가는 것을 느낄 수 있었다. 파도는 넘실거리며 밀려와 작은 배를 사정없이 밀어붙였다. 파도에 높이 솟구쳤던 배는 파도와 파도 사이의 고랑으로 곤두박질치듯 내려가곤 했다. 그가 안전화의 끈을 풀어놓았다. 그는 나중에 그렇게 한 것은 만약에 배가 뒤집히면 헤엄치기 쉽도록 그랬노라고 내게 실토해주었다. 그 역시 겁을 집어먹고 있었던 것이다.

"이 파도, 괜찮나?"

나는 일하는 소년에게 걱정스럽게 물었다.

"괜찮아예."

소년은 뱃전에 앉은 사람들을 한가운데로 모여 앉게 하고 나서 자신은 다시 맨 앞쪽 용골 부분에 가서 앉았다. 소년이 높은 파도에도 불구하고 앞머리에 가 앉는 것이 내게는 다소 위안이 되었다. 과연 이 정도 파도는 괜찮은 모양이로군. 그러나 괜찮다고 위안하는 마음과 실제의 느낌은 또 달랐다. 뱃사람이 괜찮다고 했는데도 나는 결코 괜찮지가 않았다. 아무리 날고 기는 뱃사람일지라도 불의의 파도에는 어쩔 수 없는 것이다. 육지에서 빤히 보이는 곳에서 배가 뒤집혀 많은 희생자를 낸 몇 해 전의 사건을 나는 잊지 않고 있었다. 파도는 갈수록 높아져갔다. 나는 내가 이제 여유를 가진 양 짐짓 웃어 보일 수도 없게 되어버렸음을 알았다. 앗, 또 온다. 나는 그렇게 소리치며 집채만 한 파도를 맞았고, 눈을 질끈 감은 채 겪지 않으면 안 되었다. 큰 파도가 지나갔을 때 내가 할 수 있었던 안도의 말은 궁하게도 한 가지밖에 없었다. 죽여주는군. 한때 나는 바다에 관해서 생각하면서 원양 어선을 탔으면 하고 꿈꾸기도 했다. 누군가가 원양 어선을 타고 사모아로 갔었다는 이야기를 듣고 그곳을 동경하기도 했었다. 사모아 여자와 사랑한 끝에 돌아오지 못하는 사람도 있다고 했다. 그렇게 된다면 돌아오지 못한다고 하더라도 대수로울 게 없을 것이다. 멀고 먼 남태평양의 섬 한 끝에서 외로운 사랑을 하면서 죽어가리라. 따분할 때면 배를 타고 바다에 나가 몽둥이로 상어라도 때려 잡으며 살아가리라. 그리하여 작은 섬처럼 살다가 죽어가리라. 터무니없는 꿈이었다. 도대체 연안의 작은 파도에도 견딜 재간이 없는 보잘것없는 내 몰골이었다.

처음 거제도로 오고자 한 무렵 나는 꽤나 피폐해 있었다. 모든 것이 뒤죽박죽이 되어 있었다. 그리하여 나는 여름을 보내기로 하고 기차를 타고 부산으로 내려가 다시 배를 탔다. 198톤짜리 18노트의 속력을 내는 쇠배였다. 배가 왼쪽으로 영도를 끼고 부산항을 벗어나 침로를 서남쪽으로 하였을 때, 나는 비로소 떠나왔구나 하는 느낌으로 갑판의 데크에 몸을 기댔다. 그 설레는 기대감 속에서 알지 못할 안도감이 함께 있었다. 이런 감정은 먼 나라를 여행할 때도 느끼지 못했던 것이었다. 로마의 어느 날, 〈로마의 휴일〉인지 하는 영화에서 공주를 쫓아다니다가 사랑하게 되는 기자 녀석처럼, 돌로 새겨놓은 흉측한 얼굴의 벌린 아가리에 손을 넣고 사진을 찍으며 스스로 얼마나 바보처럼 여겨졌던가. 옛날에는 나쁜 짓을 한 것이 분명한 사람이 이 속에 손을 집어넣으면 안에서 정말 잘라버렸다고 했다. 그리고 한없이 걸었던 파리의 밤 뒷골목, 오페라 극장 근처였던가. 실비라는 이름을 가진 작고 어린 여자가 다가왔었다. 그녀는 멜빵 달린 바지를 입고 "굿 서비스"라고 영어로 말하면서 손가락 세 개를 들어 보였다. 그녀가 푸른 눈동자에 담겨 보이는 삶의 고달픔의 빛이 얼마만큼 진실일까 하고 나는 가늠하고 있었다. 손가락 하나가 백 프랑의 뜻이었다.

'굿 서비스!'의 값은 새끼 갈치가 서른 함지쯤 되었다. 그날 밤 늦게 파리에는 보슬비가 내렸다. 아니, 실비였다. 그러나 실비, 나는 실비를 맞으며 실비에게 말하고 있다는 사실이 매우 이상하게 생각되었다. 그러나 실비, 그것은 내게 아무 의미가 없어. 나는 실비와 내가 그렇게 노천 카페에서 같이 실비를 맞고 있다는 것 때문에 슬펐다.

실비.

그대는 어차피 이 실비 속에서 헤어져가야 하며 또 그러고는 영원히, 우주가 소멸할 때까지 영원히 우리는 마치 서로가 태어나지도 않은 것처럼 다른 거리에서 살다가 죽어가야 하지 않느냐. 실비. 그런 생각이 들자 나는 모든 것이 우스꽝스러워져서 눈물이 날 지경이었다. 바다 밑에 사는 전복은 그 넓은 바다에서 일생 동안 옮겨다니는 생활 반경이 몇 미터쯤 밖에 안 된다고 했다. 얼마나 한심한 이야기란 말인가. 그것은 전복과 같은 생활 반경밖에는 못 갖는다는 뜻이 아니고 무엇이겠는가. 우리 모두가 그런 것이다. 제아무리 한반도를 누비고 다녀도, 나아가 제아무리 지구를 누비고 다녀도 그것은 전복의 몇 미터와 다를 바가 없는 것이다. 그날 밤 나는 공연히 이런 저런 감상에 빠져서 잠을 못 이루었다. 기대감이고 안도감이고 없었던 파리의 나날이었다. 실비.

'이 잔교는 개인 소유의 잔교이므로 허가 없이는 사용할 수 없습니다.' 배는 '해상농무기 안개 사고 예방'의 플래카드를 두르고 그 잔교에 닿아 나를 내려놓았다. 나중에 몇 번인가 그 잔교로 나와 만(灣) 안의 바다를 바라볼 기회가 있었는데, 그때 보니 그 잔교는 낡은 나무배에 윗뚜껑을 해 덮은 것이었다. 나는 그곳을 배회하다가 마침내 그를 만났고 그와 나는 곧 가까운 사이가 되었던 것이다.

외포는 먼 뱃길은 아니어서 그래도 다행이었다. 나는 어질어질한 머리를 흔들며 배에서 내렸다. 어디에도 상어는 없을 것이 분명한 포구는 한적했고, 깨액 깨애액 소리를 지르며 날고 있는 갈매기 떼 아래 눈부신 폭양만 쏟아지고 있었나. 넘실거리는 파도에 시달려온 여파일까, 갑자기 모든 것이 죽은 시계처럼 정지된 것만 같았다. 그 풍경 속에 팔색조는 어디에도 없는 듯싶었다. 선창 옆으로 짚을 덮어 쌓아놓은 그물더미들은 마치 초분(草墳)처럼 보였다. 배는 십 분 뒤에 다시 돌아가 저녁 무렵에야 또 오도록 되어 있었다.

"어떻게……막바로 돌아갑니까?"

다른 사람들이 사라져간 다음에도 그는 내 옆에 엉거주춤

서 있었다. 십 분 뒤에 다시 돌아가기에는 시간이 너무 촉박했고 저녁까지 기다리기에는 너무 많은 시간이 남아 있었다. 나는 그에게 그렇게 말했으나 실은 저녁배를 타고 돌아갈 마음이었다. 저녁 무렵에는 바람이 좀 잔다고, 들어서 알고 있었던 것이다. 너무 촉박한 시간도 시간이려니와 그 파도를 겪으며 돌아갈 엄두가 도무지 나지 않았다.

"저녁에 일 들어가야 하는데……. 하기사 십 분은 너무 짧네요."

"이따가 같이 갑시다."

나는 구멍가게를 발견하고 그곳으로 앞장서 갔다. 그는 하는 수 없다는 듯 어정어정 뒤따라왔다. 그러나 구멍가게에 이르렀을 때는 그가 어느새 앞장을 서서 안으로 들어가 대뜸 소주 한 병을 집어들었다. 아무리 외진 포구의 구멍가게라고는 하지만 안주가 될 만한 것은 아무것도 없었다. 그 흔한 말린 생선 종류도 없었다. 주인 역시 빠끔히 내다볼 뿐 이렇다 저렇다 말이 없었다. 이리저리 휘둘러보던 그는 샛노랗고 작은 참외 몇 개를 집어들었다. 우리는 앞에 놓여 있는 평상에 자리를 잡았다. 그도 이미 저녁배를 탈 생각을 굳힌 듯했다.

안주가 형편없었기 때문에 나온 말일 것이다. 그때 그는 자

신이 중국 음식점에서 일한 경험을 이야기하기 시작했다. 그
것이 뭐 그리 훌륭한 경력은 아닐 터인데도 그는 아무 스스럼
없이 털어놓았다. 그는 짬뽕 국물과 고추잡채와 새우튀김과
오향장육에 대해 진지하게 이야기했다. 간혹 장난으로 시킨
음식은 결국 종업원들의 몫으로 돌아온다고 했다. 그는 발음
이 유달리 거센 편인데다가 오향장육을 그냥 짱육이라고 했는
데, 나는 처음에는 알아듣기 힘들었다.

"짱육 잘 해놓으면 참 맛있습니다. 밤에 관공서 높으신 양반
들도 오셔서 잘 드십니다. 돼지고기 기름에 양념을 잘 해야지
요. 입에서 살살 녹십니다."

나는 그가 자신의 솜씨를 자랑하고 있음을 알았다. 그래서
나는 용접일보다 중국집을 차려 일하는 게 더 낫지 않느냐고
물었다.

"백번 낫지요. 지금 일용직 일 하는데 술 한잔하믄 남는 거
업십니다. 술을 안 마실 수도 없거. 그렇지만 중국집 차릴 돈이
있십니까. 또 돈도 돈이지만 중국집 차릴라믄 결혼부터 해야
되지요."

그는 자신의 빈 술잔에 술을 따르면서 말했다.

"결혼을요?"

"예, 마누라를 카운타에 앉혀놓고 주방에서 일해야 되는 거라요. 안 그라믄 말캉 도루묵이라요."

나는 결혼의 의미에서 사랑이니 뭐니 하는 것 따위는 그에게 조금도 해당되지 않는다는 사실에 나도 모르게 흠칫 놀랐다. 기실 사랑…… 운운하면서 만났다가 헤어졌을 때의 감정은 허구에 얼룩진 영육뿐이었다.

"그럼 어서 결혼을 해야겠군요."

나는 그의 결혼관이 왠지 가장 진실하고 건강한 결혼관인 것 같아서 그의 결혼을 축복하듯 중얼거렸다.

"모르겠습니다. 여자가 있어야지요. 요즘 계집아들 까지기만 까져서."

그는 술잔을 비우고 또 스스로 따랐다. 그러고는 결혼을 하려고 해도 방을 구할 수가 없어서 못한다고 말했다. 그 말을 듣자 나는 얼핏 마렉 후라스코의 《제8요일》이 떠올랐다. 그러나 그런 작품이 있다는 말을 하지는 않았다. 그 작품에서는 방이 없어서 떠돌아다니던 남녀가 결국 슬프게 헤어지고 말기 때문이었다. 방도, 여자도 없는 사람에게 사랑이 어떻고 저떻고 헤어짐이 어떻고 저떻고 이야기할 필요는 없는 것이었다. 어쨌든 방이 없었다. 조그만 섬 구석에 세계 정상급이라고 자랑하는 엄청난 규모의 공장이 들어서고 몇만 명의 근로자가 모여들었으니 당연한 일이기도 했다.

방이라면 한때 나도 꽤나 애를 먹었었다. 잘 곳이 없었다. 집안은 풍비박산이 되어버렸고 공교롭게 직장마저 잃어버린 나는 그래도 보잘것없는 자격지심은 남아 있어서 친구 집조차 찾아갈 수가 없었다. 그것은 잘한 일이었다. 그러다가 한 여자를 만나게 되었다. 아니, 정확하게 말하면 새로 만나게 된 여자는 아니었다. 예전에 일 관계로 그럭저럭 안면은 있는 여자였다. 그녀와 살림을 차렸을 때는 꽃들이 한창 다투어 피던 봄이었다. 그녀가 간신히 마련한 돈으로 얻은 방이었다.

저쪽 언덕으로 오면 꽃이 흐드러지게 피었어.

그녀는 만족스럽게 말하고는 했다. 하지만, 나로서는 실림을 차리게 되었다는 사실에 대한 놀라움에 빠져 있었을 뿐이었다. 그러다가 불현듯 무의미한 성희에 한동안 몰두한 뒤 밖으로 산책을 나가는 일상이었다.

옛 생각에 잠깐 젖어 있는데 그가 내게로 얼굴을 돌렸다.

"언제 한번 오십쇼. 내 음식 한번 맛있게 해서 드릴게."

"그럽시다."

"해삼 같은 거…… 일본에서 말린 거 들여오는데 그거 불라 놓으믄 무지하게 커집니다. 해삼탕 드셔보셨지요. 비싼 겁니다. 중국 요리에서는 못 해먹는 게 없십니다. 별별 음식이 다 있십니다."

그는 제비집 요리에 대해서도 이야기했다. 나는 그가 흥을 내는데 맞추어 상어지느러미 요리며 북경 오리구이 요리를 꺼내볼까 하다가 그만두었다. 그의 몫을 잘못 건드려 오히려 흥을 깰 필요는 없었다. 그래서 "제비집을 다 먹는단 말이지요?" 하면서 놀라는 시늉을 지어 보였다. 나는 예전에 아버지가 해마다 봄이면 제비집 요리를 빠뜨리지 않고 먹던 것을 회상했다. 제비집 요리는 부스럼에 특효라고 했고, 그냥 제비집이 아니라 바닷제비가 해초로 지은 집이었다. 제비집 요리에 신이 난 그는 이어서 사우디아라비아에서의 경험을 털어놓으며 다시 해외 취업을 해볼까 하고 브로커에게 돈까지 주어놓았다고 밝혔다. 이번에 그가 가고자 하는 곳은 사이판이라고 했다. 사이판! 나는 이 주방장 출신의 사나이가 카운터에 앉혀놓을 아내를 찾아헤매는 역정이 도무지 신출귀몰하다는 느낌이었는데 그러는 동안 어느덧 마음 한구석에는 그의 세상살이의 방법에 경탄의 염이 일었다. 사이판 그곳이라면 2차 대전 말기에 미국군과 일본군이 큰 격전을 치른 섬이었다. 어릴 적부터 배우지도 못하고 떠돌아다니는 신세였다는 그가 전 세계를 무대로 생활하고 있는 것이었다. 그러한 용기가 어디서 나오는지 부러웠다. 하기야 그의 생활 설계는 밑도 끝도 없이 즉흥적인 느낌이 없지 않았다. 이미 말했듯이 "준설 공사 하는 데로 갈까봐요" 했던 것도 그랬고, 또 "여기서는 회사 관두고 약초캐러 다녀도 괜찮겠어요" 하기도 했었다. 언젠가 산에 가보니까 약초가 '무지' 많더라고 했다. 그의 어머니가 지금도 고향에서 약초를 캐는데, 그래서 약초에 대해서 안다는 것이었다.

"따지고 보믄 이것도 약초라요. 흔해서 그렇지."

그는 길가의 엉겅퀴를 꺾어 들고 말했다. 그러나 그때 나는 웬일인지 건성으로 들었다. 무엇보다도 나를 감동시키고 있는 것은 그의 알 수 없는 솔직성이었다. 웬만한 사람이라면 음식점의 주방에서 일한 경력을 일부러 털어놓지는 않을 것이었다. 그런데도 그는 거리낌이 없었다.

"사우디에 가니까 거기 사람들은 비늘 없는 생선은 안 먹십디다. 메기나 짱어 같은 거 안 있십니까."

사우디아라비아 같은, 강이 없는 나라에 민물고기인 메기가 있을 까닭이 없겠지만, 나는 주방장으로서의 그의 관찰이 공연한 것은 아니라고 여겨졌다. 그리고 그런 이야기에 곁들여

짤막하게나마 그가 들려준 이야기는 나로서는 새롭고도 흥미로웠다. 사우디아라비아에서는 여자를 돌에 묻어 죽인다는 이야기였다. 어느 날 동료들과 먹을 것을 싸가지고 차를 몰고 놀러 가는 길에 길가에 묶여 있는 여자를 보았다고 했다. 무슨 잘못을 저질렀는가 했는데 곧 4톤 트럭이 와서 자갈을 부려놓더라고 했다. 그러더니 주민들이 몰려나와 묶여 있는 여자에게 돌을 던지더라고 했다. 거기까지 보다가 그들은 끔찍해서 그 자리를 피했다는 것이었다.

"돌아오다가 보니까 돌이 아주 덮였습디다. 외간 남자랑 놀아났다는 거라요."

도둑질을 하면 그 물건을 훔친 손을 댕강 자르고, 또 간음을 하면 생명형에 처한다는 말을 들었지만, 그런 방식을 이야기 듣기는 처음이었다. 나는 그가 겪은 경험에 거듭 경탄하면서 아울러 죽음을 불사한 남녀 관계란 도대체 어떤 것일까, 막막한 느낌에 젖지 않을 수 없었다. 육체란, 욕망이란 그렇게도 무모한, 슬픈 것이었다.

참외를 깎으며 술 한 병을 비웠으나 시간은 아직도 아득하게 남아 있었다. 우리는 구멍가게 옆에 붙어 있는 다방으로 들어갔다. 허술하기 짝이 없는 구멍가게나마 하나밖에 없는데

다방이 있다는 것은 포구에 걸맞지 않은 구조이기는 했다. 그러나 알고 보니 그 다방도 구멍가게와 같은 주인이 차려놓고 있는 것이었다. 손님이라곤 한 사람도 없었다. 부산에서 왔다는 레지의 말에 따르면 저녁 무렵에 고깃배가 들어오면 손님이 있다고 했다.

"우리 콜라 주고 아가씨도 한잔하소."

그리고 셋이서 나란히 콜라를 마시고 나자 그는 이내 머리를 의자 뒤로 기댔다.

"아무래도 좀 자야겠네."

그는 기어들어가는 목소리로 말하고는 눈을 감아버렸다. 이내 정신없이 잠 속으로 빠져드는 것 같았다.

"아아, 심심해."

레지는 못 견디겠다는 듯 한숨을 내쉬었다. 그 한숨 때문에 나는 그녀가 이곳에서 감시를 받으며 꼼짝 못하고 잡혀 있는 것이나 아닐까 생각했다. 그래서 매일매일 어떻게 지내느냐고 제법 동정 어린 질문을 던졌다.

"이제 며칠 안 남았어요. 한 달 계약으로 왔거든요. ……아, 심심해."

말투로 보아 그녀는 '아, 심심해'라는 말이 입버릇 같기도 했는데, 입버릇 치고는 그 말은 그래도 절실한 울림을 가지고 있었다.

"한 달?"

"예, 바닥이 빤하니까 한 달이면 사람들이 싫증을 내걸랑요. 소개소를 통해 왔는데 다 됐어요. 너무 심심해 죽겠어요."

그녀가 컵을 들고 일어섰다. 그녀는 적어도 잡혀 있는 여자는 아니었다. 하지만 젊은 여자가 소개소를 통해서 외딴 곳에 와 있다는 것만 해도 여러 가지 말 못할 사정이 있을 것이었다. 이제 심심한 것은 그녀뿐이 아니었다. 애초에 나는 혼자 오기로 하고 배를 탔건만 그가 잠들고 혼자 남으니 갑자기 외딴 섬에 버림받은 것처럼 여겨져 망연할 뿐이었다. 레지의 입버릇이 아니더라도 내 입에서 '아, 심심해' 소리가 저절로 나오려고 했다. 생각해보면 그날따라 내가 만나고 있는 사람들은 한결같이 내게는 어렵기만 한 삶을 살아가는 사람들이었다. 카운터에 앉힐 여자를 찾아 헤매는 주방장 출신의 용접공, 한달 계약으로 외딴 포구에 와서 날짜를 헤아리고 있는 다방 레지. 단지 먹고살기 위해 살아가는 삶이 이토록 이해하기 힘든 궤적들을 그리고 있는 것은 아닐까. 한참을 우두커니 앉아 있던 나는 갈매기 울음소리라도 들어야겠다는 충동으로 밖으로 나왔다. 나오면서 보니 그 다방 이름은 '나그네'였다. 나는 아까의 평상에 나와 앉아 도무지 어쩔 수 없는 시간을 하염없이 기다려야만 하는 것이 자못 이상스러워서, 내가 왜 이렇게 되었을까 하는 물음만 되씹고 있었다.

"혼자십니까?"

그때 한 청년이 다가와서 친절하게 물었다.

"아뇨 다방에서 자고 있는데…… 모르는 사람이긴 하지만……. 같이 배를 탈까 하고요."

나는 곧이곧대로 대답했다. 사실 나는 그 용접공과는 아무런 관계도 없는 사이였다. 그러자 청년이 구멍가게 여주인과 알은체를 하며 소주 한 병을 꺼내 들고 왔다.

"아, 그러십니까. 마침 심심하던 차에 잘됐군요. 저는 여기 다니러 왔습니다. 옛날 살던 곳이지요. 자, 한잔 받으십쇼. 반갑습니다."

나는 엉겁결에 술잔을 받았다. 그렇게 호락호락 응해준 것이 잘못이었다. 청년은 유별나게 친절을 베풀며 곧 연거푸 술잔을 권했다. 나는 청년의 호의를 아무런 적의 없이 받아들였다. 그는 객지에 나가 작은 사업을 하다가 마땅치 않아서 잠시 쉬는 길에 다니러 왔다고 했다. 그 말에 따라 나는 나 역시 일거리가 신통치 않아서 바람이나 쐴 겸 여기저기 다니고 있다고 적당히 얼버무렸다. 그리고 올 때 파도 때문에 혼났다는 것과 갈 때도 그렇다면 큰일이라고 덧붙였다. 그러자 청년이 그때다 싶었는지 속삭이듯 말했다.

"잘됐군요. 저한테 자가용이 있는데요. 지금 답답해서 드라이브를 가려던 참이었어요. 어떻습니까? 육로로 가시지요. 파도는 여전한데요. 저랑 같이 가셔도 좋습니다. 저는 매일 드라이브를 합니다. 물론 무료입니다."

나는 그가 지나치게 친절한데다가 무료라고 하는 데 의구심이 없지는 않았지만, 술 탓인지 솔깃하게 귀가 기울여졌다. 그와 함께 '세상을 위험한 눈으로만 보아서는 안 된다. 세상에는 아무 저의 없이 친절을 베푸는 선량한 사람도 있는 것이며, 그것을 비뚤어진 눈으로 보는 것은 내 인간성이 비뚤어졌다는 것밖에 아니다.' 그런 생각도 들었다. 그러나 무엇보다 나를 솔깃하게 한 것은 그놈의 높은 파도였다. 파도는 여전한데요. 그의 그 말이 나를 꼼짝없이 사로잡고야 말았다. 나는 배에서 내렸을 때부터 실은 육로로 가는 방법은 없을까 나름대로 용의주도하게 살폈었다. 육로로 가는 길은 상당히 우회하는 길이었다. 차편도 있기는 했으나 정확한 시간을 알 수 없다고 했다.

다방에서 나왔을 때도 가장 마음에 걸린 것은 파도였다. 겁이 났었다. 파도가 여전하다면 큰일이었다. 게다가 육로의 우회하는 길을 가보고 싶다는 호기심도 조금은 있었다.

"걱정 마세요. 안 그래도 저는 달려볼 생각을 했어요. 말 나온 김에 지금 가시죠. 태워다드리겠습니다."

청년은 이미 내 마음이 기울어지고 있음을 간파하고 있는 듯했다.

"글쎄…… 다방에 자고 있는 사람도 있고……."

"아, 그 사람, 모르는 사람이라면서요? 뭐 어떻습니까. 그 사람, 깨서 배 타고 가겠지요."

하기야 그랬다. 그와 나는 우연히 만났고 내가 그렇게 사라진다 하더라도 잘못이라고 할 수는 없는 일이었다. 그렇다고 해서 일에 시달린 결과 곤한 잠에 골아떨어져 있는 그를 깨워 자초지종을 말하고 싶지는 않았다. 어떻게 생각하면 일부러 깨워서 자동차로 가자고 하는 것이 그에게 부담을 줄지도 모르는 일이었다.

"자, 더 늦기 전에 가십시다. 경치도 볼 만합니다."

청년이 재촉했다.

"글쎄……."

나는 망설이면서도 어느덧 엉거주춤 엉덩이를 들고 있었다. 그와 함께 구멍가게 모퉁이로 잠에서 방금 깨어나 부숭숭한 얼굴을 한 그가 문득 모습을 나타냈다. 그는 나를 보자 아직 배는 안 떠났구나 하고 안도감을 느끼는 듯했다. 나는 잠든 그를 내버려두고 가려고 했던 것이 다소 겸연쩍기도 해서 청년의 호의를 설명하고 함께 자동차로 가는 것이 어떠냐고 동의를 얻듯 말했다. 그는 아직도 잠에서 덜 깨어 도대체 뭐가 뭔지 모르겠다는 표정을 지으며 '아무렇게나 합시다' 하고 선뜻 동의했다. 그런데 그가 따라 나서자 그때부터 청년의 태도가 이상스럽게 부자연스럽게 변한 것이 내 눈에도 확연하게 드러났다. 그때 나는 청년이 친절 뒤에 무슨 흉계를 감추고 있음을 눈치챘다. 뭔가 있다. 호의로만 볼 수 없는 뭔가 있다. 그런 채로 우리는 골목길을 지나 차를 대기시켜 놓은 곳까지 갔다. 차에는 동료인 듯한 또 한 청년이 타고 있었다.

청년의 말대로 차창 밖에 내다보이는 경치는 볼 만했다. 산언덕 굽이를 돌아 갈 때마다 숲 사이로 언뜻언뜻 나타나는 바다는 마치 맑게 닦아놓은 거울 같았다. 그러나 나는 이미 결코 마음이 편하지 않았다. 게다가 청년은 아까의 친절과는 달리 여간 난폭하게 차를 모는 것이 아니었다. 뭔가 계산이 틀렸다고 여기고 있다고 나는 생각했다. 그가 나타나 합류했기 때문이라고 나는 단정했다. 하지만 끝까지 경계하지 않으면 안 된다. 나는 긴장했다. 주머니에 든 몇 푼의 돈이 문제가 아니었다. 실로 엉뚱한 변을 당할지도 모르는 일이었다.

"한숨 자고 났더니만 살 것 같네요. 잠이 최고라요. 이리 콘디숀이 좋으믄 몇 놈이 덤벼도 꺼떡없지요."

그러자 그가 무슨 생각을 했는지 갑자기 안전화의 끈을 조여맸다. 나중에 그는 처음부터 수상한 낌새를 눈치채고 있었노라고 내게 말해주었는데, 그가 그런 말과 함께 안전화의 끈을 조여매는 기색을 알아차린 청년들이 그들의 어떤 계획을 포기했음을 나는 여실히 알 수 있었다. 청년들은 비록 그가 나타났으나 그래도 그 어떤 계획을 포기하지는 않았었다고 여겨졌다. 그러나 그의 한마디 말이 쐐기를 박았음이 틀림없었다. 얼마 지나지 않아 차는 조그만 삼거리에 닿았고, 청년은 의외로 시간이 늦어 더 이상 가기가 곤란하니 여기서 버스를 기다렸다가 타고 가라고 말했다. 청년은 자신의 행동이 오로지 호의로 나타난 것임을 알리려는 듯 애써 친절을 가장했으나 그것은 아까와는 달리 궁색하기 짝이 없어 보였다. 우리가 내리자 차는 온 길을 허둥지둥 되돌아 달려갔다.

"짜식들. 객지 사람 등쳐먹을라고 한 거라요. 수틀리게 나오믄 콱 박아뻐릴락 했드만."

그는 말하고 나서 이빨을 드러내며 씩 웃었다. 내가 비록 그보다 나이는 몇 살 더 먹었다 하더라도 그때 그는 마치 내 형님 같았다.

그날 버스를 타고 돌아온 우리는 간단히 악수를 하고 헤어졌다. 그때 그는 그의 연락처라면서 '교안' 몇 번의 전화번호를 적어주었던 것이다. 그러나 나는 그에게 전화하지 않았다. 그렇게 우리는 헤어져도 그만이었다. 하지만 우리 관계는 아직은 좀 더 지속되도록 되어 있었던 모양이었다. 며칠 뒤 언젠가 상어를 보았던 능포 바닷가에 역시 어슬렁거리며 나갔다가 그를 만난 것이었다. 우리는 반갑게 해후했다. 막걸리라도 먹을까 하고 나왔다고 말하며 그는 이빨을 드러내고 웃는 웃음을 씩 웃었다. 나는 워낙 갈 곳도 없는 동네지만 혹시 상어라도 볼 수 있을지 몰라 나왔다고 말해주었다. 내 말은 진심이었다. 나는 예전에 보았던 그런 괴물 같은 상어를 또 한 번 보고 싶었다. 답답한 마음이 왜 그런 데서 위안을 찾으려 하는지도 모를 일이었다. 그러나 상어는 볼 수 없었고, 예전 상어를 배에 싣던 곳에서는 뱃사람이 유난히 짙은 초록빛의 복어를 칼로 내리쳐 다듬고 있었다. 주둥이 잘린 복어가 뱃전을 파닥거렸다. 방파제는 인가와 바다 사이의 좁은 길로 한참을 가야 되고, 그 방파제 너머 자갈이 깔린 작은 바닷가가 펼쳐져 있었다. 우리는 방파제가 시작되는 곳에 자리잡고 있는 간이 주점에서 막걸리를 시켜 먹었다. 그는 외포에 갔을 때처럼 또 여러 가지 이야기를 털어놓았다. 하지만 나는 건성으로만 들었다. 다만 삼 년 뒤면 여기서도 결혼하기가 수월해질 거라고 말한 것은 또렷이 기억난다. 막걸리를 두 병이나 마신 우리는 누구의 제의랄 것도 없이 방파제 너머 자갈 바닷가를 거닐었다. 이미 해가 뉘엿뉘엿하는 저녁 무렵이었다. 그가 삼 년 뒤면 여기서도 결혼하기가 좀 수월해질 것이라고 말한 것은 그때쯤 전자제품 공장이 들어서서 여공들이 많이 오기로 되어 있기 때문이라는 것이었다. 그러면 여자를 골라잡을 기회가 있지 않겠느냐는 것이었다. 그가 여자 이야기를 하는데 나는 왜 어처구니없는 상어 생각만 나는지 알 수 없었다. 상어가 아닌지도 몰랐다. 나는 다만 무슨 생각인가 하려고 애쓰고 있었다.

"삼 년 뒤, 나도 올 수 있었으면."

"오십쇼. 팔색조 올 때가 좋겠군요."

그의 입에서 팔색조가 나오리라고는 예상 못한 일이었다.

팔색조라면, 그를 처음 만났을 때 내가 한 말 어디엔가 등장했을 것이었다.

"음…… 팔색조……."

나는 머리를 끄덕였다. 그렇지. 여기는 그 새가 날아드는 섬이었지. 나는 무슨 생각엔가 잠겼다. 그때였다. 그가 바닷가의 물이 쏴르르쏴르르 밀려가는 자갈 위에서 무엇인가를 집어들었다.

"이게 뭘까요?"

그의 말에 나는 다가갔다. 생천 처음 보는 생물이었다. 그와 나는 한동안 그것을 들여다보았다. 게처럼 딱딱한 껍질의 둥그런 몸통에 긴 꼬리까지 달린 그 생물은 죽어 있었다.

"별 이상한 게 다 있구만. 이런 건 중국 음식에서도 못 해먹는 거라요."

그는 그것을 다시 바다로 던졌다. 무엇인지 정말 알 수 없었다. 가오리연같이 생긴 그 동물은 껍질로 봐서 갑각류의 무슨 동물이었다. 그걸 버리고 난 뒤 우리는 바닷가를 떠났다. 그리고 그것이 그와의 마지막 만남이었다.

나는 신문을 접으며 자리에서 일어났다. 불현듯 현자통포라는 포가 발견되었다는 그곳으로 가보리라는 마음이 들었다.

물론 그 포는 거기서 볼 수 없을 것이다. 그러나 그것은 어쨌거나 좋았다. 나는 그 땅만이라도 밟아보고 싶었다. 이제 그가 오지 않는 것이 확실한 이상 방구석에 틀어박혀만 있을 수는 없는 일이었다. 늘 그렇듯이 어디론가 쏘다녀야 한다면 임진왜란 무렵의 포가 발견된 곳이 가까운 데 있다는 것은 구실도 좋은 구실이었다. 나는 옷을 챙겨입었다.

포구가 멀리 내려다보이는 언덕길을 감돌아 넘으니 낮은 지대가 펼쳐졌다. 그러나 오른쪽으로 바다가 다가왔다가 사라지곤 하면서 왼쪽으로 산줄기가 뻗어내려오고 있어 군데군데 올망졸망한 논배미가 있을 뿐 땅은 좁았다. 목적지가 가까워 오자 바다를 향한 곶(岬)들이 산봉우리처럼 솟으며 작은 만으로 바다를 깊이 끌어들이고 있었다. 버스는 먼지가 풀썩풀썩 이는 정거장에 가서 멎었다. 사람들은 횟집의 수조 안을 헤엄치는, 생명의 진이 다 빠진 물고기들처럼 흐느적이며 움직이고 있었다.

"바닷가는 어디로 갑니까? 멉니까?"

나는 수레의 냉차 장수에게 냉차 한 잔을 시켜 마시고 나서 물었다.

"바닷가요?"

냉차 장수가 의아한 표정을 지었다.

"바닷가…… 매립 공사를 하잖아요."

나는 매립 공사장에 무슨 볼일이 있다는 듯이 매립이라는 말을 강조했다. 삼십대 후반의 나이에 아무 일도 없이 볼 것 없는 황량한 바닷가를 홀로 어슬렁거리기 위해 찾아간다면 올바른 눈으로 쳐다보지는 않을 것이 싫어서였을 것이다.

"저기…… 저쪽."

냉차 장수는 턱으로 건너편을 가리켰다. 그는 매립 공사 따위에는 관심도 없다는 표정이었다. 냉차 장수가 가리킨 쪽으로 나는 무작정 발걸음을 옮겨놓았다. 주택과 음식점과 술집이 뒤섞여 있는 길이었다. 물고기나 가리비조개나 아니면 꽃게들. 언젠가 옥포의 선창에서는 은백색의 가루에 듬뿍 재워놓은 듯한 새끼 갈치를 한 함지 가득 단돈 천 원으로 팔았다. 갑자기 집들이 물러나고 매립 공사장이 황량하게 앞에 다가섰다. 그리고 여기에도 흔한 경고판이 있었다.

이 지역은 청정 수역이므로 방뇨하거나 담배 꽁초를 버리면 벌금 4천 원에 처함

낡고 오래된 경고판이었다. 그 경고판은 예전에는 거기서부터 바다가 시작되었음을 알려주고 있었다. 그러나 이제는 그곳은 물의 한가운데였다. 나는 이미 만을 반쯤 메꾸어놓은 저만치, 바다가 물러가 있음을 보았다. 대포가 발견된 곳은 어디쯤일까. 흙을 가득 실은 덤프 트럭이 지나가는 옆으로 나는 흙더미를 뛰어넘으며 더 나아갔다. 새로 만들고 있는 선착장이 나타나고 물에 띄워놓은 작은 배 위에 사람 모습이 보였다. 남자가 배 밑창의 뚜껑을 열고 물고기를 잡아내 여자와 함지에 담고 있었다. 나는 석축 가까이 내려갔다.

"무슨 고깁니까?"

남자와 여자가 함께 나를 돌아보았다.

"도다리."

남자는 대답하면서 사겠느냐고 묻는 얼굴로 쳐다보았다. 손바닥같이 납작한 가자미와 광어는 눈이 어느 쪽에 붙었느냐로 구별한다고 하였다. 두 눈이 오른쪽에 몰려 있는 게 가자미였고 왼쪽에 붙은 게 광어였다. 도다리는 어느 쪽에 붙었다던가. 나는 도다리라면 살 생각이 없다는 뜻인 양 웃음을 띠고 일어섰다.

며칠 뒤였다. 나는 외딴 바닷가로 무작정 발걸음을 옮겼다. 그리고 무심코 바다를 등지고 빙그르 돌아섰을 때 의외로 낯선 풍경을 보았던 것이다. 저것이 무엇일까. 허물어진 성벽 같은 구조물이 저쪽 둔덕 한가운데 우뚝 서 있었다. 저것이 무엇일까. 허물어진 성벽 같은 그 구조물은 공룡처럼도 보였다. 나는 그곳으로 허덕이면서 바삐 달리다시피 걸어갔다. 보리밭을 지나고 그 기괴한 구조물들이 한층 가까워졌어도 나는 여전히 정체를 알 수 없었다. 무슨 저런 것이 바닷가 둔덕 위에 서 있단 말인가. 더 가까이 가자 그것은 대칭형으로 마주 보고 있는 두 개의 구조물이었으며, 빛깔이 흑갈색이기는 했으나 돌과 시멘트를 이용해 만들어놓은 것이 분명해 보였다. 그곳이 우리나라의 남해안 섬이 아니라면 나는 그것을 로마 시대의 무슨 유적쯤으로 보았을 것이었다. 그것도 검투사들이 드나드는 문쯤이 제격이었다. 그 구조물은 그러나 몹시 조잡스럽게 쌓아올려진 것이었다. 하지만 무엇에 쓰이던 것인지 알 길이 없었다. 그때 나는 한옆에 서 있는 안내판을 보았다. 나는 우뚝 멈춰 섰다.

　　포로 수용소

지정 문화재 이외의 문화재 사적 제24호

육이오 때 북한군 포로들의 수용소가 여기에도 있었던가. 나는 이 섬에도 이런 게 있었다는 사실부터가 놀라웠다. 나는 안내문을 읽어내려갔다.

1951년 2월 1일부터 이곳에 이 수용소를 설치하고 공산군 포로를 수용하였다. '반공 포로'와 '친공 포로' 간에 유혈 살상이 자주 발생하고 심지어 1952년 5월 7일에는 수용소 사령관 도드(Francis T. Dodd) 준장이 포로들에게 납치되어 3일 만에 석방되는 불미스러운 사건이 발생하기도 하였다.

그리고 이승만 대통령이 자신의 결단에 의하여 반공 포로 27,000여 명을 석방하여 자유를 찾게 함으로써 세계를 놀라게 한 일화는 유명하다. 1953년 7월 27일에 성립된 휴전 협정으로 수용소는 폐쇄되고 포로들은 판문점을 통해 북으로 송환되었다.

나는 놀랐다. 이것이…… 나는 갑작스럽게 내 앞에 닥친 사태에 아연할 수밖에 없었다. 가슴이 뛰고 다리가 후들거렸다. 포로 수용소에 대해서는 일찍이 말을 들었고 또 언젠가 한번은 찾아보리라고도 생각했었다. 그런데 실로 우연한 계기로 나는 나도 모르는 사이에 그 역사의 한가운데에 와 있었던 것이다. 내가 애초부터 그곳을 찾아오기로 작정하고 물어물어 거기까지 왔더라면 나는 어느 정도 숙연해지기는 했을지언정 그토록 이상한 감회에 사로잡히지는 않았을 것이다.

이것이…… 이것이…… 이것이…… 예전의 포로 수용소였다. 나는 전쟁의 와중에서 자신도 모르는 사이에 포로가 되어 이곳에 와 있는 어떤 사나이처럼 여겨졌다. 나는 이곳까지 왔으나 단순히 소일 삼아 온 것뿐이었다. 그런데 그것이 비극의 한가운데, 역사의 한가운데였던 것이다. 이 어처구니없는 사태를 어떻게 해석할 것인가. 나는 망연자실해서 주위를 휘둘러보았다. 그리고 나는 밭 가장자리로 적자색의 유난히 선연한 꽃들이 피어 있는 것을 보았다. 무슨 꽃일까. 그러고 보니 그 꽃은 어릴 적부터 수없이 많이 보아온, 그렇다, 엉겅퀴꽃이었다.

몇 해 전만 해도 나는 엉겅퀴꽃이 어떻게 생겼는지 몰랐었다. 엉겅퀴라는 이름을 꽤 많이 들어서 익숙하게 알고 있었고, 또 들녘 어디서도 그 톱니처럼 생긴 잎사귀와 보랏빛 꽃도 흔히 보아왔었다. 길을 가면서도 만나게 되는 꽃이었다. 그러니까 나는 엉겅퀴와 그 꽃을 잘 알고 있었던 셈이다. 그런데도 내가 그것이 어떻게 생겼는지 몰랐었다고 하는 것은, 그 이름과 실체를 각각 따로따로 알고 있었다는 말에 다름 아니다. 따라서 나는 엉겅퀴꽃을 엉겅퀴꽃이라고 부르지 못했었다. 이런 일이 어디 엉겅퀴 한 가지뿐이며, 나 혼자만의 일일 것인가. 누군가가 지적했듯이 우리들은 풀들이면 그저 '이름 모를' 풀들로 지칭하고, 새들이면 그저 '이름 모를' 새들로 지칭하며 살아온 것이다. 하물며 '이름 없는' 식물과 동물이라고 불리는 것들도 수없이 많았다. 그러나 이 세상에 생명을 가진 것들 중에 이름 없는 것은 없다. 그런 것이 있다면 생물학자들이 눈에 불을 켜고 달려들어 스웨덴의 린네는 못 되더라도 일본의 나까이는 되어야겠다는 듯 스스로의 성을 붙여 이른바 학명을 만들고 학계라는 데 발표해 명성을 드높이게 되는 호재(好材)가 되었다. 한번은 무슨 동굴을 학술적으로 탐험했다는 기사를 신문에서 본 적이 있는데, 그 속에서 벼룩인지 진드기인지 아무튼 그 비슷한 걸 잡는 '큰 성과'를 올렸다고 했다. 그것이 오늘날 그 방면 학문의 실상이었다. 그렇게, 우리가 들녘에서 보는 하찮은 풀이라도 이름 없는 것은 없었다. 애써 찾아다니며 채집하고 분류하고 연구함으로써 권위를 쌓는 사람들이 붙여 놓은 이름도 있지만, 그렇지 않은 것, 이를테면 옛사람들이 부르기 쉬운 대로 아무렇게나 붙여놓은 이름도 많을 것이다. 이들 이름 가운데는 밤나무 축에는 들지 못해도 그래도 밤나무에 끼워주겠다는 뜻으로 붙인 너도밤나무 같은 넉넉한 이름도 있는 반면에 지나치게 상스럽다고 여겨지는 것들도 꽤 많았다. 도대체 며느리밑씻개는 무엇이며 개불알꽃은 무엇이란 말인가.

조개 종류에도 사전이나 도감(圖鑑)에 버젓이 올라 있는 야릇한 이름들이 있었다. 그럼에도 불구하고 우리들은 '이름 모를'이나 '이름 없는'을 되풀이해왔다. 제 이름을 불러보는 기회를 가져야 한다. 나 역시 그런 기회를 못 가졌기 때문에 어디서나 흔하디흔하게 볼 수 있는 엉겅퀴마저도 그 이름을 엉겅퀴로 부르지 못하고 지내온 것이었다.

따지고 보믄 이것도 약초라요. 그가 종종 걸음을 멈추고 무슨 풀인가를 꺾어 들고 하던 말이었다. 그는 길가의 엉겅퀴도 그냥 지나치지 않았다. 엉겅퀴는 그가 나에게 가르쳐주지 않았다고 하더라도 여러 군데서 흔히 보았던 꽃이긴 했다. 언젠가 한 회사의 홍보 책자에 그려진 엉겅퀴의 도안도 나는 알고 있었다. 삐죽삐죽한 톱니꼴의 잎사귀와 그리고 머리털이 곤두선 인형의 얼굴 같다고나 할까, 작은 파인애플 같다고나 할까, 그런 꽃이 도안으로 처리되어 있었는데도 금방 알아볼 수 있었다. 그것이 엉겅퀴 도안임을 듣고 '아, 이것이 엉겅퀴!' 하고 나는 자못 감격스러운 눈으로 한동안 들여다보았었다. 그것이 엉겅퀴였다. 들녘이나 시골 길가에서 흔히 보았던, 그 씨방 주머니가 두툼한 보랏빛 꽃이 엉겅퀴꽃이었다. 그러나 이렇게 설명하는 과정에서도 알 수 있듯이 그 홍보 책자 《엉겅퀴》로써 알게 된 엉겅퀴는 단순한 도안을 통해서였다. 역시 꽃을 직접 보고 확인하는 것과는 다른 것이었다. 그렇다고 해서 서울에 아예 처박혀 살다시피 하는 나로서는 당장에 직접 보고 확인할 방법이 없었다. 하루하루 먹고살기에도 바쁜 마당에 그것을 확인한답시고 교외로 나간다? 있을 법도 하지 않은 일이었다. 누가 알면 정신 병동에나 가보라고 할지도 모를 일인데, 사실은 나도 그렇게까지 해서 시외버스를 탈 생각은 추호도 없었다. 게다가 나는 엉겅퀴꽃이 언제 피는지에 대해서도 모르고 있었다. 엉겅퀴 따위는 당연히 뇌리에서 완전히 사라진 채 삶의 와중에서 겪을 일 다 겪으며 지낸 나날이었다.

그런데 그곳에서 엉겅퀴꽃을 본 순간, 나는 걸음을 멈추고 한동안 응시했다. 환각에 사로잡힌 느낌이었다. 그 꽃은 예전에 보던 엉겅퀴와 같은 꽃인데도 나는 전혀 다른 꽃을 보는 느낌이었다. 무엇 때문일까. 그것은 같은 꽃이면서 다른 꽃이었다. 알 수 없는 노릇이었다. 아마도…… 비로소…… 엉겅퀴라는 이름과 그 실체를 처음 일치시켜보게 된 경험이라고 할 수 있었다. 거기서, 수용소의 잔해 아래서, 전쟁의 상흔 아래서 처음으로 엉겅퀴를 엉겅퀴라고 부를 수 있게 되었다! 엉겅퀴꽃! 나는 그 꽃을 본 순간, 속으로 소리쳤었다. 그 꽃은 예전부터 그 어느 꽃에 못지않게 많이 보아온 꽃이었으나, 그러나 그날 처음 본 꽃이기도 했다. 착각이 아니었다. 그것은 단순한 꽃이 아니었다.

나는 근처의 밭 사이를 무슨 생각인지 모를 생각에 잠겨 정처 없이 거닐었다. 여기도 엉겅퀴꽃, 저기도 엉겅퀴꽃이었다. 어느 밭인가, 누가 버렸는지 붉은 고무장갑 한 짝이 손목을 흙에 파묻은 채 우그러진 손가락을 위로 뻗고 있었다. 나는 그것이 고무장갑인 줄 알면서도 흠칫하고 그 자리에 서서 한동안 내려다보았다. 고무장갑이 틀림없었다. 그런데 또한 알 수 없는 일이었다. 내 눈은 그 고무장갑을 자꾸만 사람의 손으로 보고 있는 것이었다. 잘라진 손모가지로 보고 있는 것이었다. 예전 수용소 안에서의 어처구니없는 동족상잔으로 잘라진 그 누구의 팔이 이제 무엇을 말하고자 흙을 뚫고 손가락을 뻗은 것이었다. 나는 아무 생각도 없이 공연히 속이 울먹거려졌다. 내가 무슨 생각을 하고 있는 것인지조차 몽롱해져서 갈피를 잡을 수가 없었다. 그와 함께 고무장갑의 손가락이 가리키고 있는 듯한 곳으로 눈길을 옮기자, 녹슨 철조망 아래 거기에도 엉겅퀴꽃이 몇 송이 피어 있었다. 그 빛깔은 방금 잡아서 저며놓은 어떤 생명의 살코기 빛깔처럼 선연하고, 선명하고, 선연했다. 그것은 내게는 단순한 꽃이 아니었다. 물기에 흐린 눈동자로 조금이라도 더 자세히 보려고 나는 한 발짝 한 발짝 그 꽃에게로 다가갔다. 비극의 그날에도 저 꽃은 말없이 피었을 것이다. 그리고 오늘날에도 저 꽃은 말없이 피어왔다. 그날의 일들을 저 꽃만큼 생생하게 알고 있는 것은 이 세상 어디에도 없다. 그리고 그날의 일들은 아직까지 계속되고 있다. 어떻게 된 노릇이란 말인가. 나는 가슴 저 속에서 무겁고 어둡게 쿵쿵거리는 동계를 느끼며 다가갔다. 그리고 이제야말로 누군가를 다시금 깊게 사랑하지 않으면 안 된다는 강렬한 충동을 받았다. 모든 것을 다시 시작하리라. 나만이 피울 수 있는 한 송이 꽃을 피우리라.

그리고 나중에 엉겅퀴를 두고 다음과 같은 짧은 시를 쓰게
되었다.

엉겅퀴꽃 가시

늘 하염없이 걸어오던 들길
엉겅퀴꽃 가시를 보고 배웠네
하염없이 걷는다는 건
그 가시를 본다는 것
가시로 사랑을 말한다는 것

처음에 말했듯이 그는 오지 않았다. 나는 그와 무슨 이야기
든 나누고 싶어서 이제나저제나 하고 기다렸다. 그는 며칠 동
안 나타나지 않았다. 이곳저곳 돌아다녔어도 어느 바닷가에서
도 그를 만날 수 없었다. 처음에는 그저 그러려니 하다가 점점
궁금증이 더해갔고, 마침내는 용접공으로 일하는 몇몇 사람들
을 붙들고 수소문한 결과, 뜻밖에도 그가 갑판에서 실족해 떨
어져 죽었다는 말을 들었다. 드문 일도 아니라고 했다. 뭐? 드
문 일도 아니라구? 아, 나는 할 말을 잃고 말았다. 나는 그와

좀 더 사귀지 못한 것이 못내 아쉬웠다. 우리는 그렇게 헤어져
야만 했던가.

그가 내 옆에서 그렇게 사라져간 것을 안 나는 문득 그와의
마지막 날의 이상한 생물에 생각이 미쳤다. 그리고 여러 가지
책을 뒤적거리며 그것이 투구게라는 게의 일종임을 알아낼 수
있었다. 투구게. 그런데 종내 알 수 없는 일이었다. 투구게는
중국과 일본 남부 연안에 서식하고 있는 게였다. 그것이 확실
히 먼 나라에 사는 투구게라면 한반도의 남해안까지 와서 죽
어 있다는 사실을 설명할 길이 없었다. 나는 강남상어라는, 일
본에 사는 상어가 부산 앞바다에서도 잡힌 적이 있다는 기록
을 상기했다. 하지만 게가? 투구게는 고생대의 캄브리아기(紀)
의 삼엽충과 비슷한 유생기를 지내는 동물로 살아 있는 화석
이라고 불릴 만큼 오랜 계통을 유지하고 있으며, 점차 사라져
가고 있다고 했다. 과연 그 투구게가 바다 밑을 어기적거리며
기어 그곳까지 온 것인지 나는 쉽사리 의문을 풀 수가 없었다.

그런 어느 날이었다. 나는 밤바다에 나가 밤낚시를 하는 사
람들 앞에 우두커니 앉아 있었다. 누군가가 다시 죠스를 들먹
일 만도 한 밤이었다. 이것저것 쓸데없는 상념에 잠겨 있던
나는 문득 다시 투구게를 떠올렸다. 수많은 투구게들이었다.

그놈들은 어기적거리며 바다 밑을 기고 있었다. 태평양 바다 밑이었다. 오랜 세월을 거쳐 지구의 숨겨진 곳에서 기어나온 투구게들이었다. 투구게들, 투구게들, 투구게들은 서로 밀치고 엎치며 바글바글 기었다. 그러자 누군가가 말하는 것이었다.

"오십쇼. 난 여기서 요리를 하고 있어요. 마누라는 카운터에 앉아 있고요. 생선 한 마리 맛있게 해드릴께요."

상어 중에서도 온순한 상어일까, 이빨이 드러나며 씩 웃음이 다가왔다. 그리고 또 말하는 것이었다.

"이 바다 밑에서 투구게도 잡고 약초도 캐고 있어요. 투구게, 요리하면 좋아요. 엉겅퀴 이것도 약초라요. 난 곧 부자가 될 거라요. 팔색조 올 때 오십쇼."

새들이 무리지어 날고 게들이 바글거리며 기고 꽃들이 함박 피어나는 곳에서 그는 웃고 있었다. 그의 한 손에 들려 있는 것은 투구게였고, 다른 한 손에 들려 있는 것은 엉겅퀴꽃 한 묶음이었다. 어디선가 팔색조의 울음소리가 들려오고 있었다.

3

거제도에서의 일은 끝났다. 실제로 무슨 '일'은 없었고, 나는 그곳에서 4개월을 지낸 것이었다. 그리고 마무리 작업 때문에 다시 1개월 정도를 더 보내야 했다. 하지만 마무리 작업이 무엇인지 알지는 못했다. 그런데도 그래야 할 것 같았다. 여러 날 만에 도착하는 증기선을 기다리는 마음이었다. 올림픽호가 그 증기선인 것 같았다. 나는 그날까지 부둣가의 마른 불가사리들을 밟고 다니며 증기선을 기다리는 심정이 무엇인지 알고 싶었다. 그리고 육지로 가서 동해남부선의 열차를 탈 것이라고 다짐했다. 초량역이나 부산진역이나 어디서 그 밤열차를 타고 강원도까지 북상하고 싶었다. 1개월 뒤에 과연 그렇게 했는데, 그때의 시가 '동해남부선'이라는 제목을 달고 그대로 남아 있다.

바다에 레일이 깔린다

달빛을 타고 달려가던 그 밤

열차는 언제까지 멈추지 않는다

나는 수평선을 향하여 이제껏 달려왔는데

달빛은 어디까지 비추는지

파도는 어디까지 밀려오는지

그 밤 이후 잊지 못했다

달빛 바닷길을 열차는 달린다

떠나온 지 몇몇 해인지

이 세상이 없을 곳으로 달린다

달빛 속에서 나는 세상도 없고 나도 없는

그곳으로 지금도 밤열차를 타고 간다

'마무리 작업이 무엇인지 알지는 못했다'고 했지만 나는 아마도 팔색조를 보고 가야 하리라고 생각한 게 틀림없었다.

말했다시피, 나는 한 권의 소설도 없이 소설가의 자격으로 그 섬에 발을 디뎠다. '소설가의 자격'이라니? 그 무렵 웬일로 대우그룹에서 소설가로 하여금 근로 현장에 가게 하여 글의 소재를 구하거나 집필하게 하는 계획을 세웠는데 거기 참여하지 않겠느냐는 제의가 들어왔던 것이다. 나는 서울역 앞의 대우 건물에 가서 담당자를 만났다.

"산으로 가겠습니까, 바다로 가겠습니까?"

담당자는 다짜고짜 물었다.

"예?"

무슨 뜻인지 몰라 어리둥절 그를 쳐다보았다.

"우리 회사가 산에도 있고, 바다에도 있어서 그중에 택하시라는 겁니다."

그리하여 나는 산 아닌 바다를 택했고, 부산을 거쳐 여객선 올림픽호를 타고 거제도 장승포항에 도착하게 되었다. 회사로서도 이 최초의 계획을 어떻게 치를까 고심한 듯 관계자는 옥포호텔에 숙소를 정해주었다. 하지만 호화판 시설의 그곳은 당시의 나로서는 소화할 수 없는 공간이었다. 그래서 이야기 끝에 근로자 숙소의 방 한 칸을 얻었고 그곳은 그 뒤 몇 개월 동안 내 둥지가 되었다.

그 무렵 대우조선이 커짐에 따라 거제도는 날로 번창하고 있었다. 헬리콥터로 봉급을 실어온다는 대우조선을 가까이한 신흥 선창가의 술집들에는 아가씨들이 늘어났고, 나 같은 건달이 소설가라고 기웃거리고 있었다. 나는 특별히 소재를 구한다거나 취재를 한다거나 하는 일도 없이 섬 이곳저곳을 걸어서 돌아다녔다. 방파제와 등대는 의례 거치는 이정표였다. 방파제와 등대에 대한 글을, 소설이든 시든 써야 할 텐데, 하는 강박관념에 사로잡힌 시간이기도 했다.

등대로 가는 방파제에는 말라죽은 불가사리가 언제나 별처럼 널려 있었다. 그것이 내게는 큰 위안이자 숙제였다. 또한, 그 바닷가에서는 포로 수용소장 도드(Dodd) 준장이 묵었던 숙소가 바라보였다. 섬에는 아직도 그렇게 여기저기 육이오 전쟁의 흔적들이 남아 있었는데, 도드 준장의 숙소는 대표적인 것이었다. 그 앞 바닷가 황톳길에 피어 있던 엉겅퀴꽃을 나는 지금까지 잊지 못한다. 포로 수용소장이던 그는 포로들에게 사로잡히지 않았던가. 그가 살던 집을 바라보며 피어 있던 그 엉겅퀴꽃!

그러던 어느 날 한 여성이 장승포의 경남수퍼에 와서 지세포 쪽에 방을 얻었다면서 '그곳이면 소설이 써질 것 같다'는 말을 하고 있었다. 지세포는 좀 외곽 쪽의 마을이었다. 소설을? 나는 아직 소설 한 권 없는 문학도에 불과하지 않은가. 소설을? 나는 그녀의 말에 놀라 남몰래 그곳을 혼자 몇 번 가기도 했다.

거제를 떠날 때 가보니 그곳은 놀랍게 변해 있었다. 나는 쿠바의 아바나 바닷가를 연상하며 한 편의 시를 쓰기도 했다.

말레콘 카페

– 쿠바 이야기 2

강릉 바닷가 앞길에 카페가 있었다

그 앞길을 나는 아바나 말레콘이라고 부르고 싶었다

낯선 곳에 가면 늘 그랬다

그것이 지구의 일이라고

그것이 문학의 일이라고

그것이 나의 일이라고

오래전 끊은 술을 마시는 내가

말레콘 카페에 홀로 앉아 있었다

아바나 앞바다의 '말레콘'은 방파제 이름일 뿐이었다. 그런데도 그림이며 사진에 종종 등장하고 있었다. 뒷날 어느 사진가가 그곳 사진을 찍어와서 서울 서촌의 '류가헌' 사진 전문 화랑에서 전시회를 열기도 했으며, 내가 쿠바 시장에서 단돈 10달러에 사온 화가 다닐로의 그림도 그곳을 그린 것이었다. 하지만 위에 쓴 시의 어느 구절에 그녀가 있는지 나는 모른다. 또 그녀가 소설을 썼는지 어땠는지도 알 길이 없다. 그러나 분명히 어디엔가 그녀가 숨어 있으리라 생각해본다.

거제도를 떠나기 며칠 전에 지세포에 갔던 날은 부슬비가 내리던 날이었다. 그런데 무엇인가 길에 붉은 것들이 부지런히 움직이고 있지 않은가. 눈이 나쁜 나는 가까이 다가가 살펴보았다. 그것은 영락없는 개구리들이었다. 그런데 배 쪽에 붉은빛이 역력했다. 개구리는 개구리인데…… 도대체? 그러다가 무당개구리라는 이름이 떠올랐다. 한두 마리가 아니었다. 수많은 무당개구리들이 길을 건너고 있었다. 생전 처음 보는 풍경이었다. 이게 무슨 조화란 말인가. 나는 그런 일이 벌어질 줄은 상상조차 할 수 없었다. '로드 킬'이니 뭐니 짐승들이 차에 치여 죽는 일은 알고 있었어도 무당개구리는 도무지 난감한 노릇이었다. 그런 순간, 소설을 쓴다는 그녀의 모습이 문득 스쳐지났다. 그리고 이것이 불길한 일은 아닐 거라고 판단했다. 소설이란 그냥 개구리보다는 무당개구리의 영역일 거라고…….

그리고 다음날 나는 이제껏 미루고 있던 일을 실행하기에 이르렀다. 거제도에 처음 갔을 때부터 그 일은 숙제처럼 다가왔었다. 길을 오락가락하며 시간을 보낸 일은 그렇게 많았어도 그 숙제를 해야겠다고 마음먹은 것은 처음이었다. 그것은 거제도에서 멀지 않은 곳에 떨어져 있는 작은 섬인 지심도에 다녀오는 일이었다. 그 섬은 거제도에 자리잡고 있는 사람들 누구나 추천하는 섬이었다. 그곳에는 해군이 관할하는 유난히 큰 등대도 있었다.

통통배를 타고 도착하여 그 섬에 오르자마자 나는 매료되었다. 국립공원 한려수도의 동쪽 시발점이라는 이 섬에 왜 이제야 왔단 말인가. 나는 나를 질책했다. 그 섬은 깊은 원시림으로 뒤덮여 있었고, 특히 동백나무가 빽빽히 우거져 있었다. 몇 가구 민가가 있는 마을을 지나 섬의 반대쪽은 벼랑 아래로 현해탄의 물결이 눈부시게 펼쳐지고 있었다. 더군다나 한자 이름으로는 '지심도(只心島)'였다. '지'가 '이', 즉 이것이라는 뜻이라는 걸 나중에 알고 놀라지 않을 수 없었다. 그로부터 나는 몇 번 연거푸 그 섬에 갔다. 그리고 얼마 지나지 않아 팔색조라는 새가 깃드는 섬이라는 사실을 알았다.

"팔색조를 어디서 볼 수 있을까요?"

나는 주민에게 물었다.

"글쎄요. 방문을 열어놓으믄 그 새가 날아 들어오기도 합니다."

철새인 그 새에 매료되어 이것저것 알아볼 기회도 가졌다. 여러 빛깔의 아름다운 새라는 점은 이미 이름에 나타나 있었다. 하지만 내가 직접 확인할 길은 없었다. 백과사전에 따르면 천연기념물 204호인 이 새는 중국, 일본, 한국에 산다고 했다.

상상을 동원한 나는 그 이름으로 단편소설 한 편을 쓰기에 이르렀다. 그리고 이 소설은 내가 아끼는 작품이 되었고, 텔레비전에 단막극으로 방영되기도 했다.

하지만 지세포라는 곳은 팔색조와 멀리 떨어져 있었다. 그러나 '소설이 써질 것 같다'는 그녀의 의미망 속에 왠지 함께 들어 있다는 생각을 뿌리칠 수 없는 것은 무엇 때문인지 알 길이 없는 것이다.

"언제 팔색조가 오면 불러주세요. 기다리겠습니다."

나는 연락처를 건넸다.

"그러지요."

주민은 손쉽게 대답했고, 나는 선착장으로 향한 언덕길을 힘없이 걸어내려왔다. 그러나 팔색조를 보기 위해 다시 그 섬에 가는 일은 이럭저럭 미뤄지고 결국 없었던 것으로 잊혀지고 말았다. 흔히 겪는 과정이기는 했다.

그 뒤 세월이 제법 지났다. 거제 예술회관이 문을 연다고 지심도와 나를 관계 지어 김형석 초대관장의 기획으로 '지심도, 사랑을 품다'라는 그림 전시회가 열리게 되었다. 뜻밖의 일이었다. 참여 화가는 김범석, 김상연, 김성호, 김해성, 민정기, 송필용, 심점환, 엄윤영, 이광호, 이봉관, 이인, 이진용, 장태묵, 최

석운, 한생곤이었다. 교보문고에서 책도 한 권 냈다. 이들 화가들과의 만남으로 나는 그림 그리기에 좀 더 다가가게 되었다고 말할 수 있다. 이것이 2009년, 두 번째 거제도행이었다.

이번에 거제도에 세 번째로 가서 지세포를 거쳐 숲속길을 달려 거제 해금강을 바라보았다. 군함포라는 포구를 거쳐 도달한 전망대였다. 예전에 없던 일주도로가 뚫려서 이제는 섬을 한 바퀴 도는 길이 열렸다고 했다. 내가 한 반년에 이르도록 걸어서 길을 찾던 거제도는 거대한 변화를 맞고 있었다. 그 속에서 나는 누구에겐가 묻고 있었다.

그녀는 과연 소설을 썼을까. 무당개구리들은 어디로 갔을까.

아무것도 알 수 있는 것은 없었다. 그녀의 소설은 그렇다 하더라도 무당개구리들은? 나는 뒷산 산나무 그늘에 서서 '밀레콘'을 내려다보며, 붉게 길을 건너던 그놈들이 어디엔가 숨어 있으리라는 생각으로 멀리 섬 사이 틔어 있는 현해탄의 바다를 바라보았다. 벼랑 밑 바다는 깊이 반짝이고 있었다. 저 바다가 우리와 일본을 갈라놓고 있구나. 맑은 날엔 건너편 대마도까지도 볼 수 있다고 했다.

대마도는 그렇다 하더라도 이번 역시 팔색조를 볼 수 없었다. 또 한 번 선착장의 불가사리들을 건너뛰며 돌아와서 '시첩

(詩帖)'이라고 적어놓은 노트에 시를 적어놓은 것이 수확이긴 했다. 여기에 두 편의 시를 가져와본다. 제목은 두 편 다 '불가사리'이다.

(1)
불가사리를 주우며
거제도 방파제를 걸어
하루를 보내곤 했다
별이 꽃피기를 기다리듯이

(2)
별을 바다에 던지면
별은 춤추며 사라진다
그건 오페라 극장의 작은 쥐
늘 그렇듯이 하나의 머리
두 다리
두 팔

어느 것이 어떻다는 설명은 붙이지 않기로 한다. (1)은 내가 쓴 것이며 (2)는 〈고엽(枯葉)〉이라는 시로 잘 알려져 있는 프랑스 시인 자크 프레베르가 쓴 것이다. 이브 몽탕이 부르는 노래 가사를 대부분 기억할 것이다. 거제도에 머물렀던 나는 불가사리들과 함께 방파제에서 시간을 보내곤 했다. '함께'라고 했지만 그것들을 밟지 않으려고 이리저리 발걸음을 옮기며 걸었다는 게 맞을 것이다. 방파제는 선착장을 겸하고 있어서 배가 닿으면 사람들이 오르내리는 곳이기도 했다. 나는 그곳에서 가져온 불가사리를 벽에 붙여놓기까지 했다.

'불가사리=별'

손쉽게 이어지는 상상이다. 다섯 개의 위족이 별빛처럼 뻗쳐나오는 형상은 우주의 저쪽에서 온 것만 같다. 방파제를 걷는 동안 나는 다른 우주를 내게로 불러들인다. 그러므로 방파제는 우주로 향한 길목이 된다. 아니다. 거창하게 말할 필요가 없다. 지금 내 앞에 펼쳐지는 모든 풍경이 우주로 향한 길목이 아닐 수 없다.

문학청년 때부터 만나온 동료 K시인이 어느 날 자크 프레베르의 시집 《장례식에 가는 달팽이의 노래》를 내게 말없이 전해주었다. 그 시집을 선물한 뜻은 아직까지 헤아리기 어렵지만, 말하듯이 쉽게 써진 시집을 펼치면서 다가오는 게 없을 수 없었다. 더군다나 프레베르는 초현실주의에서부터 출발했다 하니 무엇인가 전해지는 것이 크다고 받아들여지는 것이다. 초현실주의라는 사귀기 어려운 것을 만나면 나는 여전히 그 옆을 맴돌기만 하지 않았는가. 그래서 나 같은 '맴돎이'들은 늦도록 현실의 먼 고갯마루를 오르내리며 '이게 진실이야' 하고 헛똑똑이가 되어 있지 않았는가. 더군다나 나는 아직도 초현실주의라면 그저 그 옆에라도 서 있고 싶어 하는 것이다. 사실 우리가 사는 이 세상은 애초부터 초현실의 어떤 모습으로 우리를 감싸고 있다고 한마디 참견하고 싶기도 한 것이다. 달리 혹은 마그리트 같은 이름을 부르면 벌써 초현실은 현실로 인정받는다고 말하면서.

그러나 번역자가 말하고 있듯이 나도 프레베르를 그리 좋아하는 편은 아니었다. 그의 대중적인 이미지 때문이었다. 물론 위의 시는 불가사리들은 별이라는 초현실을 말하고 있음에 틀림없다. 그렇지만 역시 불가사리와 별은 프레베르에 와서는 쉬운 타협을 맺고 있다고 말할 수밖에 없다.

오래전 삼십 년 저쪽에서 나는 그녀에게 바닷가 섬에 가서 살자고 했었다. 그러므로 나는 그때 거제도 방파제를 향해 올림픽호 여객선을 타고 온 참이었다. 새로운 진정한 삶을 시작하자면 거기 딸린 작은 섬에서 시작해야 한다고 나는 원(願)을 세워두고 있었다. 그 섬은 환상을 내게 안겨주었다. 그래서 다른 군더더기 없는 섬의 확장만을 내 삶의 영역으로 삼고 싶었다. 그 내포(內包)만을 내가 꿈꾸는 사랑의 영역으로 삼지 않으면 안 된다. 그래서 멀리 올라와 그곳으로 동행하는 길만이 남아 있었다. 술에 취한 채로 수원역에서 열차를 타고 부산까지 가서 다시 여객선을 타는 여정이었다. 그러지 않으면 내 인생은 처음부터 미완이라고 나는 점지하고 있었다. 여객선 터미널의 긴 의자에 지친 몸을 누이고 비둘기의 꾸룩거리던 소리를 듣고 있던 나는 지금 여기에 있다.

거제도에 머물게 된 까닭은 언젠가 말했거니와, 그랬기에 나는 김우중 회장님을 몇 번 만날 기회도 있었다. 회장님의 77세 희수연이 열렸을 때는 여러 사람들이 '내 희수연 때는 회장님이 와서 축배를 들어주십시오!' 하고 술잔을 들고 축하를 올렸다. 그러나 그보다는 무엇보다 슬픈 일로서, 선재라는 아드님이 졸지에 세상을 떠나고 기념 미술관을 만들었는데, 그곳에서 열렸던 어느 전시회의 포스터를 가져온 나는 거기에 거제도의 동백나무와 꽃을 그려서 아직도 가지고 있다는 사실을 병기하고 싶은 것이다. 그 이름을 붙인 미술관이 경주에 있었는데, 나는 그 건물에 초록색과 청람색의 불가사릿빛이 깃들어 있음을 굳이 내 눈에 담아내고 싶어 했다. 불가사리는 자체가 튀기 때문에 소재로 나타내기 어렵다 해도 방파제에 널려 있던 불가사리들은 그 빛깔을 보여주고 있었다. 초록색을 바탕으로 한 라피스 라줄리의 빛깔을 별빛이라고 해도 좋을 것이다. 별은 그렇게 보석이 된다. 그래서 우리가 별을 바라보는 삶을 채택할 수 있는 것이다. 서울의 혜화동에 가면 해장국집 벽에 다음과 같은 글이 붙어 있었다.

> 밤하늘을 길잡이로 삼아 그 형세로 갈 길을 알고 별빛이 비추는 길을 가던 시절은 얼마나 행복했던가. 영혼 속에 타오르던 불길은 별의 움직임과 같았기에 세계는 광활하지만 내 거처나 다를 바 없었다.

누구의 무슨 글인가? 난데없이 루카치의 유명한 글귀가 다가온다. 이런 글귀가 여기?《소설의 이론》이라는 책으로 소련 시대를 풍미했던 루카치가 태어난 헝가리까지 열차를 타고 갔던 나는 지금도 그 흡연 칸 의자에 앉아 있는 듯하다. 나는 부다페스트를 조망하는 성 위에서 도나우강의 '그루미 선데이'를 내려다보며 밤을 맞이한다. '두나, 두나, 네 이름 아름답다……' 고등학교 학생의 음악 교과서에서 배웠던 두나, 도나우의 다른 이름. '별빛이 비추는 길을 가던 시절은 얼마나 행복했던가.' 나는 산등성이 고갯길을 넘어 집으로 돌아오던 날들을 회상했다. 버스에서 내려 삼십 분을 걸으면 사자암 밑의 집이었다. 그 길을 걸어 집으로 돌아오며 문학을 생각하던 나는 얼마나 행복했던가.

지심도에 처음 갔던 그 세월은 저만치 멀리 지나갔다. 초등학교의 작은 분교에 부부 교사가 키우고 있던 토끼도 이제는 볼 길이 없다. 토끼도, 토끼장도, 아니 분교 자체도 한 칸 교실만 덩그마니 남기고 텅 빈 채 이름만 남겨놓았고, 현해탄을 내려다보는 높은 벼랑 위의 옛 일본군 낡은 포대만이 앙상한 과거를 말하고 있다. 포대를 둘러싸고 있는 지하호(地下壕) 속에 들어가 그 과거를 되짚어보려 애쓴다. 바깥의 바닷물결에 반짝이는 햇빛은 유난히 밝아 눈부시건만 파도마다 간직하고 있는 역사의 갈피는 애잔하다. 삼십대의 늦은 나, 그곳에서 겨우 한 권의 소설을 손에 들고자 하는 신인인 나는 새로운 인생을 시작하고 있었다. 지금 섬에는 그곳에 날아드는 팔색조가 내

책에 씌어 있다고 하는 기념 조형물이 세워져 있기도 하다.

그런 점에서 팔색조는 내게 하나의 출발점이라고도 할 수 있었다. 시와 소설을 함께 쓰는 문학인으로 새로운 출발을 하리라. 나는 다짐하고 있었다. 릴케처럼 시도 쓰고 소설도 쓰는 문학인이 되리라. 서양의 문인들은 대부분 시와 소설을 함께 쓰는데 우리는 그렇지 않은 아쉬움이 무엇보다 컸던 것이다. 우리에게 널리 알려진 릴케, 라이나 마리아 릴케는 로댕의 비서로도 일했다고 했다.

로댕과 릴케

로댕의 화실 마당에

불상이 놓여 있었다고 릴케는 말한다

그 말에 나는 인사동으로 가서

박종민 조각가의 작은 대리석 불상을 구한다

조금이라도 로댕의 생각을 배울까

그리하여 로댕이 〈생각하는 사람〉에게 불어넣은 생명을

나도 얻을까 하는 것이다

모든 모습은 생각을 낳는다는데

생각이 철학을 낳아 세상은 영혼을 갖춘다

그리하여 릴케도 그 세상을 얻었구나

《두이노의 비가》가 있고 《말테의 수기》가 있구나

어느 날 나를 싣고 갈 배가 노를 저어오면

나도 내가 쓴 글을 싣고 가야 한다

나는 내 거룻배에 나를 싣는다. '두이노 성'에 스스로를 가둔 '말테'가 말없이 한글 홀소리 닿소리 납글자를 배에 싣는다. 삼십대의 나는 문선공(文選工)처럼 일하고 식자공(植字工)처럼 시를 쓰는 청년이었다. 그것이 내 모습이다.

아니다. 나의 글자는 바람 소리와 같다. 몽골의 먼 땅을 바람 소리는 불어온다. 그것은 호오이의 노랫소리와도 같다. 그리고 나를 부른다. 고구려 유리왕자가 가슴에 품고 온 거울에서 울리는 바람 소리. '편편황조(片片黃鳥)……'의 〈황조가(黃鳥歌)〉와 같다. 황조는 어느 순간, 팔색조와 같다. 후배 소설가가 알타이 산맥에 갔다가 가져온 잣기름 한 병에도 그 노랫소리가 배어 있다고 여겨졌다. 호오이, 호오이, 그곳 유랑가수들이 읊는 톱슈르의 노랫소리, 알타이의 바람 소리, 그리고 투바 공화국의 나무 인형도 가슴에 팔색조를 안고 있다.

중국의 시장을 가다가 불가사리를 만난다. 책상다리 말고는 무엇이든 다 먹는다는 중국사람들은 불가사리도 튀겨서 먹고 있었다. 얼마 전에 전염병이 퍼지기 시작했을 때, 낙타고기를 먹지 말라는 경고를 했던 사람들이 있었다. 그다음에 박쥐 튀김이었다. 낙타 고기와 박쥐 튀김? 둔황에 갔을 때, 사막을 가로질러 가는 낙타와 함께 신장(新疆)의 총소리가 들리던 밤이 기억되었다. 결혼식을 축하한다고 했다.

　인도차이나의 아침은 생전 처음 들어보는 새소리로 시작되었다. 무엇이라고 옮겨 적기 어려운 그 새소리 역시 내게 새로운 출발이라고 여기고 싶었다.

　　그왜우 그왜우,

　　그렇게 우는 소리를 처음 들었다

　　누구는 쓰왜우라고도 했다

　　아니

　　왜 그래 왜 그래

　　소리라고도 했다

　　인지반도 태국의 칸차나부리에서

　　미얀마행 디젤열차를 타고 옛날로 달려

소년은 어느 날로 돌아간다

전쟁이 끝나고 새를 키우던 집의

소녀가 열차의 저쪽에 앉아 있다

저걸 키워 밥벌이를 한다우

인지반도의 새는 빨간 부리로 날아가고

아침에 배가 고파 울던 그 소리

저녁에 님이 그리워 울던 그 소리

그왜우, 그왜우,

옛 소녀는 어느 먼 곳에 있을까

중학교 때 학교 밑 철길 옆에 앉아서 지나가는 열차 가운데 몇 대가 '미카 열차'인지 내기를 하던 때가 생각되었다. '그왜우'라는 새울음은 상상하기 어려워 지은 울음소리였다. 나는 새소리를 머리에 담고 경부선 물금역까지 심부름을 가야 한다. 소녀가 새를 받아오던 집이 있는 곳의 이름, 물금. 아무도 모르던 동네 이름에 시골 열차는 멎고 떠났다. 인도차이나의 이름 모를 동네와 같았다.

나는 동남아로 여행을 가면서 코끼리를 타지 않으리라 했다. 언젠가 텔레비전에서 어린 코끼리를 길들이는 프로그램을 보았기 때문이다. 그것은 야생마를 길들이듯 하는 게 아니었다. 로데오라고 잘 알려진 야생마 길들이기는 날뛰는 녀석 위에 얼마 동안 올라타고 성질을 누그러뜨리면 끝나는 게 전부였다. 물론 워낙 길길이 날뛰므로 올라타고 있기가 쉬운 노릇은 아니었다. 웬만해서는 사람이 굴러떨어지고 마는 것이었다.

그런데 코끼리는 어떤가. 코끼리는 달랐다. 길들이는 사람은 손에 표창을 들고 있었다. 뾰족하고 날카로운 것이었다. 머리에 올라탄 사람은 코끼리가 말을 안 들으면 그 표창으로 찔러서, 코끼리는 피까지 흘렸다. 코끼리가 말을 잘 들을 때까지 그러는 것이었다. 놀랍고 잔혹한 일이었다. 코끼리는 표창의 무서움을 알고 있었다. 그러므로 길들지 않을 수 없는 것이었다. 그 광경을 본 나는 어디든 여행을 가면 코끼리는 타지 않으리라 결심했었다. 표창의 동조자가 될 것이기 때문이었다.

지난해 마침내 동남아로 여행을 가게 되었다. 가까운 지역이므로 미루다가 이제까지 못 가고 있었던 나라들이어서 '마침내'가 되었다. 가본 사람들은 알겠지만 일정 중에는 거의 코끼리를 타는 과정이 들어 있었다.

"아, 이런……."

나는 망설이지 않을 수 없었다. 코끼리의 귀 뒤로 표창이 박혀 있는 것만 같았다. 내가 올라타는 순간 그 표창이 코끼리를 쑤셔댈 것만 같았다. 동남아 여행에서 그걸 피할 수 없다는 사실을 나는 생각하지 않았었다. 더군다나 코끼리는 사람을 태우고 다른 마을로 간다는 것이었다. 그러면 일행과 다시 만나기가 곤란하다고 했다.

"아, 이런……."

하는 수 없이 나는 표창 대신에 바나나를 비롯한 먹이를 들고 코끼리 머리 위의 망루 같은 곳에 기어올라갔다. 올라가보니 코끼리는 더욱 거대한 동물이었다. 역사적인 전투에 코끼리를 앞세운 부대가 활약하는 까닭을 알 수 있었다. 아니, 그보다 《서유기》의 주인공 모델인 현장 스님이 천축에서 공부를 하고 난 뒤 코끼리 여러 마리에 식물 종자를 가득 싣고 돌아왔다는 기록이 떠올랐다. 나는 높은 망루 위에 앉아 아열대의 숲과 냇물과 오솔길을 지났다. 현장스님의 여행이 위대했다면 내가 그 여행을 뒤따른다는 엉뚱한 상상에 빠져들었다.

대학 때의 어느 수업 시간인지, 인도의 세계관을 그림으로 나타내자면 아래쪽에 거대한 거북이가 있고 그 위에 역시 거대한 코끼리가 있는 모습으로 되어 있다는 말을 들었었다. 도무지 터무니없는 말이었다. 인도 철학은 배우지 않았는데 그 말이 왠지 잊히지 않아서 내 책꽂이에 그 모습을 만들어놓기도 했다. 책꽂이의 그 코끼리가 커서 나를 태우고 가는 상상에도 빠져들었다.

코끼리는 우거진 밀림을 헤치고 나와서 오솔길을 지나갔다. 아마도 이웃 마을로 향하고 있는 모양이었다. 그 마을에서 뗏목을 탈 것이라고 했다. 여기가 태국일까, 미얀마일까. 아무튼 노강(怒江)의 지류쯤으로 여겨졌다. 오래전에 영문학자 이가형 선생한테 들은 바 있는 강이었다. 그리고 선생에게서 들은 그대로 일본군에 끌려가서 말을 끌고 가는 짧은 소설도 썼었다. 그러자 어디선가 새소리가 들려왔다. 특이한 소리는 아침에 잠에서 깨어나서도 들었었다. 무슨 소리일까. 처음에는 새소리로 판단하기 어려웠다. '그왜우, 그왜우'라고 적어야 할까. 도저히 새소리라고 여기기는 어려운 울음소리였다. 그래도 아침 열차를 타고 가던 기억과 함께 나는 〈인지(印支)반도의 새〉라는 한 편의 시를 쓸 수 있어서 다행이었다.

코끼리 등에 올라타고 숲속을 지나며 한 줄의 시를 생각하는 나는 행복하지 않을 수 없었다. 한참을 뒤뚱거리며 간 코끼리 무리는 어느 마을에 도착했다. 강가에 망고나무가 자란다는 마을이었다. 나는 망고나무를 본 적이 없었다. 그것만 해도 여행의 목적은 달성했다고 여겨졌다. 세월은 이렇게 변했는데 나는 여전히 과거에 살고 있었다. 종이 한 장, 연필 한 자루는 물론 귤 한 알이 소중했다. 그러니 망고는 말해 무엇하랴.

그런데 뜻밖에도 그 마을에서는 코끼리똥으로 종이를 만든 다고 했다.

"코끼리똥으로 종이를? 예전에는 말똥으로 종이를 만들었 는데. 마분지라는 거 아닙니까. 그렇다면 이건 코끼리 상을 붙 여 상분지(象糞紙)?"

놀라지 않을 수 없었다. 일찍이 말똥종이 즉 마분지(馬糞紙) 라고 부르며 그림 숙제를 하던 종이가 있었으나 실제 말똥으 로 만드는 현장은 본 적이 없었다. 종이를 귀하게 여기는 습성 은 내게는 가히 '트라우마'에 가깝다. 종이를 함부로 쓰는 풍조 에 절망하기도 한다. 종이는 나무를 잘라 만든다는 당연한 사 실이 나를 그렇게 만든다. 게다가 종이는 인류학의 바탕이 된 다고 여기고 있었다. 종이 없이 어떻게 오늘날의 우리가 존재 할 수 있었겠는가. 결승문자, 쐐기문자로 시를 쓰는 광경을 상 상한다. 차라리 그러고 싶기도 하다. 어두운 고콜불을 밝힌 골 방에서 머리를 조아리고 쐐기문자를 파서 한 줄의 시를 완성 하는 수도자가 되리라. 아니, 옛날에 대나무에 글을 써서 남겼듯이 써서 죽간시(竹簡詩)라고 이름지으리라. 이쯤 들어 다시는 돌아오지 않을 세계를 그리워하는 마음은 내게는 점점 짙어지기만 한다. 문명이란 이제 내게는 거추장스러운 겉치레에 불과하다는 생각만 커져간다. 하물며 전쟁 무렵에 등피를 닦아 불을 밝히던 때가 그립기도 하다. 등피를 닦는 일은 내 몫이어서 매일 검정을 닦아내곤 했다. 그리고 '남포'의 심지를 올렸다. 그 불빛 아래서는 시를 읽어야 하리라. 도대체 발전이란 무엇이며 편리란 무엇인가. 페르시아의 시인은 '시집 한 권과 포도주 한 병이면 이 황야도 낙원'이라고 읊었지만 나는 풀밭의 꽃마리라는 예쁜 이름의 한 줄기 하늘색 꽃에 견줄 것이 무엇이냐고 쓰고 싶은 것이다.

　스리랑카에서는 나뭇잎으로 패엽경(貝葉經)을 만드는 것을 보았다. 넓적한 나뭇잎을 따서 무두질을 해서 종이 대용을 만드는 작업은 숭엄하게 보였다. 이집트의 파피루스나 마분지, 죽간, 패엽 등등은 모두 종이의 대용이었다. 이중섭에게는 담배 은박지가 종이의 대용이었다. 이번 동남아에서 대개는 코끼리똥 종이였다. 먹이로 식물을 많이 먹기에 지질이 좋은 모양이었다. 그 종이는 생각보다 하얗고 깨끗했다. 더군다나 그 종이에 코끼리가 그림을 그리는 쇼도 벌어지고 있었다. 나는 그 종이에 그린 그림도 한 장 사고 수첩도 한 권 샀다. 여기 발표하는 시는 그 수첩에 적은 것임을 밝힌다. 뒤늦게나마 쑥스럽게 코끼리에게 고마움을 보내기로 한다.

"코끼리가 그 종이에 그림도 그려요."

안내자가 설명했다. 아닌게 아니라 코끼리가 그림을 그리는 쇼도 하고 있었다. 그것도 문명의 한 장면이라는 생각이 들었다. 문명을 벗어나서 자연으로 가고 싶었다. 꽃 한 송이 한 송이가 생명의 그리움을 일깨워주는 살아 있음 자체, 그것이 자연의 모습이라고 되새기고 싶었다.

누구나에게든 '별이 비추는 길'이 앞에 있다. 나도 그 길을 가려고 짐을 나선다. 오래전에 배가 떠나던 방파제에 불가사리 같은 별들이 있었다. 나는 그 방파제를 걸으며 '별빛에 길을 찾던 행복한 길'을 가려고 한 편의 시를 쓰는 읽는 나를 그려보았었다. 그 시 속에서 '그왜우 그왜우' 우는 새가 울음소리를 보내오고 있는가. 새소리가 한 편의 시가 되어 나를 이끌어가고 있었다. 그와 함께 팔색조는 지금 먼 하늘을 날아가고 있었을 것이다. 나는 바다 위의 섬을 아득히 바라보았다.

그와 함께 나는 내게 묻고 있었다. 상어와 투구게들이 어울리고 있는 이 섬에서 그대의 마음은 영원히 그 새가 우는 소리를 듣고자 원하는가……

달빛의 향내

1

나는 그 구절을 다시 들여다보았다. 너무나 뻔해서 새삼스럽게 들여다볼거리도 없는 글자들이었다. 어디에도 무슨 비밀이라거나 마술 같은 구석은 없었다. 그런데도 나는 아주 오래전부터 그 구절에서 빠져나오지 못하고 있는 것이다. 얼마나 오랜 시간, 오랜 세월이 흘렀는가. 따져보면 십 년 정도의 세월이 아니었다. 도대체 알 수 없는 노릇이었다. 그러나 나는 또한 알고 있었다. 이제 나이를 먹어, 무심코 몇십 년 전의 일이 머리에 불쑥 떠오를 때 느끼는 시간의 얇음. 과거란 별게 아니라 현재의 다른 모습이라고, 또 미래도 그러하다고 누군가 말했었지. 그래, 그 시간의 뒤섞임. 뒤섞여 얇게 한 장으로 펼쳐지는 박막(薄膜)의 시간. 인생이란 박막의 시간 속에 한 장의 시디로 구워진다.

　나는 지금 어디로 가고 있을까. 명분이야 없지 않았다. 나는 이름 모를 꽃을 찾아 남해의 섬으로 왔으며, 섬마을 길을 그저 돌아다니고 있을 뿐이었다. 그리고 내가 때때로 들여다보며 의지하고 있는 글 구절은 다음과 같은 것이었다.

　　노인이 그 여자를 하나의 꽃가지로 변하게 하니 품속에
　　간직하였다.
　　(老人以其女變作一枝化納之懷中)
　　나라로 돌아온 거타지는 꽃가지를 꺼내어 여자로 변하게
　　하여 함께 살았다.
　　(旣還國居陁出化枝變女同居焉)

　이 무슨 뚱딴지 같은 소리냐고 할지 모른다. 그러나 앞에서 말했다시피 나는 오래전부터 이 구절을 잊을 수가 없었다.《삼국유사》에 나오는 것이었다. 그 앞뒤 이야기야 어찌되든 상관 없었다. 단지, 꽃가지로 변신한 여자와, 그걸 품속에 넣어 다니다가 다시 여자로 만든 남자가 있었다. 물론 우리나라를 비롯하여 동서양 어디에든 꽃으로 변한 사람의 이야기는 많다. 딸

118

네 집에서 구박받고 죽어서 할미꽃이 된 할머니라든가 눈에 갇혀 굶어 죽어서 동자꽃이 된 동자승이라든가 물속의 자기 모습에 반해 물가의 수선화가 된 나르키소스라든가 또……. 그렇지만 여자가 꽃가지로 변하고 그 꽃가지가 다시 여자로 변하는 기묘하고도 신비한 이야기는 없었다. 그래서 《삼국유사》에도 '기이(紀異)'라는 편명에 끼어 있을 것이다.

'여자=꽃'의 비유는 너무 낡아서 어디에 써먹을 수도 없지만, 여기에는 뭔가 다른 점이 있었다. 일찍이 나는 이것이 어떤 종류의 사랑 이야기라고 받아들였다. 나는 비유로서의 꽃이 아닌 실제의 꽃을 위해 남 모를 시간의 노력을 기울여왔다. 일찍이 술꾼으로 우왕좌왕하면서도 늘 식물 쪽으로, 식물 쪽으로 가서 의탁했던 내 마음을 누가 알 것인가. 그러나 누가 알든 모르든 내게는 그것이 생명을 다스리는 일이었다. 내 부서진 삶을 추스르는 일이었다.

그러자 언제부터인가 사람들은 묻곤 했다. 가장 좋아하는 꽃은 무엇입니까. 가장 아름다운 꽃은 무엇입니까. 이런 물음들에 나는 대답할 말을 잊어버릴 수밖에 없었다. 잊어버리는 게 아니라 할 말이 없다. 그러나 사람들은 물음을 멈추지 않는다. 책에 대해서 '한 권의 책'을 권해주길 원하는 것과 같은 맥락이다.

어느 날 나는 가장 아름다운 꽃 하나를 소개하고자 하는 마음에 책상 앞에 앉는다. 왜 그런 마음이 생겼는지는 나도 모른다. 게다가 나는 지금 그것이 무슨 꽃일까, 오래오래 내 마음속에 넣어두었던 의문을 풀겠다는 뜻을 밝히면서, 누군가의 조력을 구하고도 있는 것이다.

이야기는 다소 진부하게 여길지도 모르는 옛날 책《삼국유사》를 다시 펼치고 시작해야 한다. '진성여왕과 거타지'라는 항목에 내 눈길은 머문다. 거기에 도대체 알 길 없는 이야기가 있는데, 줄거리를 될 수 있는 대로 짧게 요약해본다.

신라 진성여왕 때 정치가 어지러워져서 곳곳에 도적들이 벌떼처럼 일어났다. 아찬 벼슬의 양패는 사신으로 당나라로 향하며, 진도(津島)를 가로막고 있는 도적들 때문에 군사들을 데리고 갔다. 도중에 풍랑을 만나 이웃 섬 곡도(鵠島)에서 제사를 지냈더니 한 노인이 나타나 활 잘 쏘는 사람 하나를 남겨두고 가면 된다고 알려주었다. 그리하여 제비에 뽑힌 사람이 거타지라는 군사였다. 혼자 남은 거타지가 시름에 겨워 앉아 있을 때, 서해의 용이라는 노인이 나타나서 부탁하였다.

"늘 새벽 무렵에 중 모습을 한 사람이 나타나 주문을 외면서 다른 자손들을 다 잡아먹어서 지금은 우리 부부와 딸 하나만 남았을 뿐이오. 그놈을 활로 쏘아주시오."

거타지는 그러겠다고 대답하였다. 아닌 게 아니라 이튿날 새벽에 그자가 나타나 주문을 외며 용의 간을 빼내려고 하였다. 거타지는 즉시 활을 쏘았다. 활에 맞고 죽은 그자는 실은 늙은 여우였다. 그러자 노인이 나타나 청하였다.

"당신 덕분에 내 목숨을 보전하였으니, 부디 내 딸을 아내로 삼아주시오."

"그러겠습니다."

거타지는 두말없이 그 청에 따르겠다고 하였다. 그러자 노인은 그 딸을 꽃가지 하나로 만들어 거타지의 품속에 간직하도록 하고, 두 마리 용에게 그의 배를 호위시켜 당나라로 가게 해주었다. 당나라 황제는 사연을 듣고 신하들의 윗자리에 앉혀 연회를 차리며 금품과 비단으로 후하게 대접하였다. 이윽고 임무를 마치고 신라 본국으로 돌아온 거타지는 품속의 꽃가지를 꺼냈다. 마침내 꽃가지는 여자로 변했고, 거타지는 그녀와 함께 살았다.

내가 '때때로 들여다보고 의지하고 있는 글 구절'이 등장하는 이야기인 것이다. 거타지라는 사람이 품속에 넣어온 꽃가지 여자. 세상에 이토록 신비하고 아름다운 이야기가 있을까. 품속에 넣은 그 꽃은 무슨 꽃이었을까. 그 꽃은 얼마나 아름다웠고, 그녀는 또 얼마나 아름다웠을까. 도무지 황당했던 이야기는 내 머릿속에 영롱하게 어린다. 딸을 꽃가지로 만든 노인, 그 꽃가지를 품속에 넣어온 남자, 꽃가지에서 다시 태어난 여인.

풍랑 많은 어느 계절에 신라와 당나라 뱃길이었던 남쪽 바다의 섬에 가면 그 꽃을 볼 수 있으리라 믿는다. 이름 없는 꽃은 없으며, 이렇게 확실한 꽃에 이름이 더욱 없을 수 없으니, 이름도 알 수 있으리라 믿는다. 그 꽃을 찾아 남쪽 바다의 섬으로 가고 싶다.

지금 사랑이 없는 사람일지라도 그곳에 가면 필경 사랑의 꽃가지 하나를 품속에 넣어올 수 있을 것이다. 아니, 생활에 얽매여 가기 어려운 사람은 그 섬을 꿈꾸는 것만으로도 가능할 것이다. 가장 아름다운 꽃은 마음의 꽃이기도 하기에……. 그 이름 가르쳐줄 인연을 기다리는 동안 품속에 사랑의 꽃가지 하나를 소중하게 품을 수 있으리니.

이와 같이 마음먹기는 했어도 내가 막상 그 꽃을 찾아 서울을 떠나기까지는 다시 세월이 꽤 흘렀다. 앞에서 보았듯이 거타지가 꽃가지를 얻은 섬은 진도로 향하던 길목의 곡도였다. 그러나 그 곡도라는 섬을 알 길은 없었다. 그 대신 진돗개와 삼별초와 〈진도아리랑〉과 홍주로 잘 알려진 저 진도(珍島)가 머리에 와닿았다. 하기야 '나루 진(津)'과 '보배 진(珍)'으로, 한자는 엄연히 달랐다. '나루 진'을 이름으로 가진 섬은 남해안에 없었다. 어쩌면 고유명사가 아니라 보통명사일까. 이런저런 망설임은 나로 하여금 선뜻 집을 나서지 못하게 했다.

하지만 나는 결국 진도(珍島)로 향했다. 《삼국유사》를 펼치거나 식물에 대해 알아본다거나 할 때마다 그 이야기가 떠올랐고, 자꾸만 마음에 걸리는 무엇이 커지면 커졌지 사그라들지 않았다. 매듭을 지어야 한다. 그 꽃을 알아내야 한다. 그러나 한편 그러지 못하리라는 것도 충분히 짐작이 되었다. 섬의 표기가 다른 것은 그렇다 하더라도, 도무지 그 꽃을 알아내겠다는 뜻부터가 엉뚱하다고 탓함을 받을 만했다. 결과가 헛되든 말든 상관이 없었다. 매듭을 지어야, 결판을 내야 했다. 못찾으면 그것으로 그만이었다. 내가 할 일에만 최선을 다하면 임무는 완성되는 것이었다.

거제도, 남해도, 완도 등의 제법 큰 섬이 있기는 했으나, 역시 발음만이라도 같은 섬을 먼저 찾는 게 순서가 아닐까 여겨졌다. 인용문에서 보듯이 그 섬에 후백제의 도적 떼가 출몰하기에 거타지가 따라가게 된 섬이므로, 아무래도 전라도의 남서쪽에 자리잡은 진도를 손꼽을 수밖에 없었다.

진도에 처음 가보는 것은 아니었다. 첫 번째는 친구 아버지의 칠순 잔치에 참석하기 위해서였고, 두 번째는 〈진도아리랑〉에 대해 뭔가 보고서를 작성하기 위해서였다. 첫 번째는 술이 억병으로 취해 뭐가 뭔지 그만 필름이 끊어져버려서 되돌아볼 근거조차 잊은 여행이었다. 그러나 두 번째는 좀 달랐다. 어쩌다가 한 여자와 포장마차에서 스쳐지나는 만남이 있었다. 어쨌든 두 번 모두 꽃이라는 건 아예 근처에도 얼씬거리지 않은 여행이었다. 그때도 그 꽃은 분명 뇌리에 맴돌고 있었을 텐데 알 수 없는 일이었다. 아니, 뇌리에 맴돌고 있었음에도 일부러 회피했을 가능성이 컸다. 넘기지 못할 먹이를 덥석 물 수는 없을 터였다.

때마침 '풍랑의 계절' 가을이었다. 그런데 진도로 향하면서 문득 두 번째 여행에서 만난 여자의 모습이 새삼 또렷이 되살아났다. 떠올리려 해봐도 점점 어슴푸레 흐려지던 모습, 실상 잊어버려도 그만인 얼굴이었다. 꽃과는 더더구나 아무런 관계도 없었다. 그런데 꽃을 찾아가는 여행에 여자가 나타난 까닭은 무엇일까. '꽃=여자'의 등식 때문은 결코 아닐 것이다. 나는 여자와 만난 지난날을 더듬기 시작했다.

2

그것은 두번째 진도에 도착한 다음날 새벽의 일이었다. 이른 잠이 깬 나는 바닷가를 어슬렁거리며 하루를 맞이했다. 오른쪽으로 산모롱이를 낀 길이 눈에 들어온 것은 그런 어느 순간이었다. 특별히 보려고 해야 보이는 길이 아니리 훤히 열린 해안도로였다. 그때까지 눈에 들어오지 않았다는 사실이 오히려 믿기지 않았다. 그 길을 비로소 눈여겨보게 된 것은 누군가가 산모롱이를 돌아 사라지는 모습이 보인 때문인 것도 같았다. 나는 새삼 눈을 부볐다.

산모롱이를 돌아가는 길은 내게는 늘 그리움을 안겨주었다. 그 길은 모습을 감추며 어디로 가는가. 내가 모를 곳으로 가는 길이 있기에 나는 살아 있음을 안타까이 여길 수 있다고 생각되었다. 삶이란 안타까운 것이었다. 안타깝기 때문에 그리움의 길을 걸으며 가슴에 아득함을 쌓는 것이었다. 그래서 나는 〈진도아리랑〉을 '산모롱이를 돌아가는 그리움, 삶의 안타까움'에 맞추려는 구상을 머릿속에 굴리고 있었다. 그리고 거기에 알맞춤한 현장을 찾아내 구체성을 띤 리포트를 제출하겠다고 마음먹었다. 바로 그 현장이 눈앞에 나타났다는 느낌이었다. 마을 구비마다 여러 산모롱이들이 있기는 했다. 하지만 바다와 동떨어져 있어서, 섬이라는 환경을 아우르지 못하는 아쉬움이 있었다. 그런데 바닷가 산모롱이를 돌아가는 길이 내 앞에 열려 있었다. 그리고 누군가가 그리로 가고 있었다.

나는 산모롱이를 돌아 사라진 사람의 뒤를 쫓아가기라도 하듯이 부지런히 걸었다. 왼쪽의 바다는 여전히 흐리게 울렁거리고, 오른쪽의 산기슭은 여기저기 노란 각시원추리꽃을 보듬고 길을 에둘러 있었다. 그리고 어느새 산모롱이를 돌았는가 싶자, 뜻밖에 포장집이 몇 채 나란히 서 있었다. 반가움이 밀려들었다. 어떤 사람들은 포장마차라고도 하겠지만, 도심에서 바퀴를 굴려 옮겨다니는 그것과는 달리 제법 버젓한 붙박이 구조가 아무래도 '집'이었다. 좀 더 정확하게는 천막이라고 해야 할 것이었다. 아무려나 상관없는 일이었다. 다만 그런 곳이 있다는 것만으로도 행복했다. 숙소에서는 눈에 들어오지 않아, 그런 곳에 무엇이 있으리라곤 생각조차 할 수 없었기에 더했다.

아까 그 사람도 그중 어느 집을 찾아들었으리라. 게다가 아침 식사 시간이 되려면 아직 꽤 기다려야 할 것이므로 무언가 간단한 걸 먹을 수도 있었다. 내 지난 삶에서 포장집들은 빼놓을 수 없는 공간이었다. 특히 경기도 안산에서는 하루도 거르지 않고 그곳을 들락거리는 내가 있었다. 밤에 들어가 새벽 포장을 걷을 때야 일어선 날도 많았다. 그 안에서 내가 누리고 있었던 여유가 몽골 초원의 천막집 게르에 불을 피우고 들어앉은 안온함 같은 것임은 나중에 알았다. 유목민은 천막을 택한다. 그런 까닭에, 나는 어쩔 수 없이 몽골 유목민의 후예였다.

누군가가 탁자에 앉아 있는 집은 한 군데뿐이었다. 여자였다. 산모롱이를 돌아가는 사람을 본 것 같다고 했는데, 그때는 남자인지 여자인지도 단정하지 못했다. 포장집 안에 앉아 있는 여자가 그 사람이라는 확신이 들었다. 아무려나 달리 갈 데도 마땅히 없었다. 아직 새벽이었고, 길에는 아무도 오가지 않았다. 그쪽으로는 마을이 한참 멀었다.

"뭐 좀 없을까요?"

안으로 들어간 나는 기웃거렸다.

"뭐매운탕은 있어도 그냥 뭐는 없어."

냉장고와 수족관에 가려진 구석에 허리를 굽히고 있던 아낙네가 얼굴을 들었다.

"뭐…… 매운탕……."

잠깐, 무슨 말인가 하다가, 그럼 있는 걸로 달라는 대꾸로 맞받았다. 그와 함께 나는 뭐라는 이름의 물고기가 헤엄치는 앞바다를 그려보았다. 일컬어 뭐의 바다였다. 뭐의 바다에 이르러 나는 어떤 여자를 만났다.

예전에 온 섬이어서 분명히 낯설다고는 할 수 없는 곳이었다. 그런데도 떠돌이니 나그네니 하는 말을 떨쳐버릴 수 없었다. 따지고 보면, 이 문제는 첫 번째 왔을 때부터 내게 달라붙어 있는 것이었다. 단순히 섬의 풍광 때문만은 아닐 것이었다. 풍광이야 고려 시대의 유적이 있다곤 해도, 다도해의 다른 섬들과 굳이 구별할 것이 별로 없었다. 그러나 그런 것 때문에 내가 떠돌이가 되고 나그네가 되는 건 아니었다. 문제는, 나 자신에게도 내가 낯선 존재로 여겨진다는 것이었다.

새벽에 눈을 뜬 나는 이곳이 어디일까, 내가 왜 이곳에 와 있을까, 하고 창문부터 열었다. 이곳이 어디인지, 내가 왜 이곳에 와 있는지, 하는 따위는 사실 부질없는 질문이었다. 세상 여러 곳을 돌아다녔지만, 외딴곳에서 늘 겪는 감정이었다. 창문을 여는 순간의 짧은 기다림이 망설임과 함께 빛그늘을 던졌다. 나는 무엇인가 늘 기다려온 것임에 틀림없었다. 무엇을? 모를 일이었다. 하지만 나는 머릿속으로 한마디 깨달음을 정리해두고 싶었다. 삶이란 기다림이다. 지금 창문이 내게 준 말이라고 생각되었다. 여기 있는 동안, 창문을 열 때마다 한마디씩 정리해둔다면 제법 무슨 명상록이 못 될 것도 없겠지, 하며 쿡쿡 웃음이 나왔다.

삶이란 기다림이다.

그럴듯했다. 그런데, 과연 그렇다면, 내가 기다려온 그것은 무엇이었을까. 알 수 없었다. 기다리고, 기다리고, 기다려온 나머지 나는 나이 들어 엉뚱하게 국토의 남쪽 끝 섬에 와서 아침 창문을 열고 있지 않은가. 엉뚱하게,라니? 정확하게 말해, 나는 〈진도아리랑〉에 대한 리포트를 써서 한 문화재 보호 단체에 제출하는 일을 하려고 온 것이었다, 리포트는 '시간-현재'의, '공간-현장'의 생동감을 살려야 한다는 단서가 붙어 있었다. 그러니 '어디'나 '왜'는 도무지 어울리지 않았다. 〈진도아리랑〉은 가사도 그때그때 즉흥적으로 붙여서 종류가 많은데다가 지나치게 현실적인 내용을 담고 있었고, 또 의외로 생겨난 역사가 짧았다.

전복아, 해삼아, 나를 따라오너라.
내 새끼덜 핵교 보낼 엽전하고 바꾸자.
아리아리랑 서리서리랑 아라리가 났네.
아리랑 응응응 아라리가 났네.

나는 〈진도아리랑〉 가운데 하나를 흥얼거리며, 쓸데없는 망
상에 쏠려 있는 나 자신에게서 벗어나려고 멀리 창밖을 내다
보았다. 흐린 바다가 저쪽에 밀려들어와 있었다. 지나온 삶의
순간들이 떠올랐다가 사라져갔다. 구체적으로 어떤 순간들인
지 곰곰 들여다볼 여유도 없이 사라져가는 얼굴들, 집들, 거리
들, 산과 강과 바다……. 나는 여전히 그런 가운데 그림자처럼
서성거리고 있었다.

황량한 바닷가였다. 상당히 길게 펼쳐진 백사장으로 보아
한여름에는 해수욕장이 됨 직했다. 그러나 아직 철이 이른 바
닷가는 아무것도 없이, 양식장에서 쓰던 것인 듯한 플라스틱
부표가 한둘 나뒹굴 뿐이어서 더욱 을씨년스럽기만 했다. 나
는 바닷가를 잠깐 거닐다가 왠지 맥이 빠져 뒤돌아섰다. 흔히

산책을 한다고 말하는 사람들을 만나면, 그 말뜻이 어렵게 여겨졌었다. 아무 생각 없이 거닌다? 아니면 무슨 생각에 골똘히 빠져서 거닌다? 두 가지 다 나로서는 알 수 없는 세계였다.

바닷가 둔덕 위에 바람개비가 돌아가고 있었다. 여섯 개의 반구(半球)가 긴 쇠막대 끝에 달려 있는, 쇠로 만든 바람개비였다. 창문을 열고 내다볼 때는 눈에 띄지 않은 게 이상했다. 어디선가, 전력을 생산하려고 삐죽삐죽한 모습의 바람개비들이 길게 늘어서서 돌고 있는 광경을 본 적이 있는데, 그런 종류 같았다. 나는 둔덕 위로 올라가 안내판을 들여다보았다.

구성: 동력전달장치 - 회전축 - 종속기 - 발전기 - 변전시
스템 - DC에서 AC로 변환 - 220V 전원 사용
구조: 높이 21M, 회전축 6.5M
제원: DC12V 0KW 15A

자세히 풀이하진 못해도, 전력을 생산하는 바람개비임을 알려주고 있었다. 그렇다고 실제 생활에 요긴하게 쓰이고 있다고는 보이지 않았다. 21미터 위에서 6.5미터 길이의 바람개비는 느릿느릿 돌아가고 있었다. 특별히 갈 곳이 없는 나는 바

람개비처럼 느리게 발걸음을 옮겼다. 저쪽 오른쪽 산모롱이를 낀 바닷가 옆길이 눈에 들어온 것은 그 어느 순간이었다. 그리하여 부랴부랴 발걸음을 빨리했던 것이다.

다른 탁자가 구석에 모여 있는 통에 여자와 비스듬하게 자리를 잡고 마주 앉다시피 한 나는 그제서야 '뽕할머니집'이라고 검은 페인트로 쓰여 있는 상호를 읽었다. 입구의 걷어올린 천막자락에 가려 있어서 얼른 눈에 띄지 않았던 것이다. 예전에 왔을 때 이미 '뽕할머니'에 대해 들은 적이 있기는 했지만, 기억은 흐렸다. '뭐매운탕'이 끓여지는 동안 나는 천막 바깥으로 나와 주위를 훑어보았다. 멀지 않은 곳에 바다를 바라보며 호랑이와 노파의 돌 조각상이 서 있었다. 그리고 돌 조각상 밑에 붙여놓은 설명서에서 그곳이 '뽕할머니'의 전설이 어려 있는 바닷가라는 사실을 알았다. 게다가 해마다 음력 2월 말에서 3월 초에 걸쳐 바다가 갈라져 건너편 앞 섬까지 길이 열리는 바로 그 지점이었다. 밀물과 썰물의 드나듦 차이로 길이 열리는 현상을 두고 '모세의 기적'을 갖다붙인 신문 기사를 본 적도 있었다. 나는 돌 조각상 밑의 설명을 읽었다.

먼 옛날 회동마을에 호랑이의 피해가 심해서 마을 사람들이 모도라는 섬으로 피하면서 뽕할머니 한 분을 남겨놓고 말았다. 헤어진 가족을 만나고 싶은 뽕할머니는 매일 용왕님께 기원하였고, 용왕님의 꿈을 꾼 다음날 바닷길이 열려 가족들과 만날 수 있었다.

내가 서 있는 곳이 회동이고, 오른쪽 건너편 섬이 모도였다. 바다가 갈라져 생긴 길로 많은 사람들이 오가는 사진도 커다랗게 붙어 있었다. 그 장면은 텔레비전에서도 본 적이 있었다. 길이 드러나기를 기다리고 있던 사람들이 이때다 하고 모여들어 인산인해를 이룬다. 사람들의 손에 조개며 소라며 낙지 들이 잡혀 나오고, 긴 길은 북새통을 이룬다. 진도뿐만 아니라 충청도의 어디에서도, 경기도의 어디에서도 같은 현상이 일어나고 있었다. 프랑스의 몽생미셸도 그랬던 것 같았다. 모세가 홍해를 갈랐다는 게 그런 현상을 이용했다는 설도 나는 알고 있었다. 또한 고구려의 시조 주몽이 부여에서 도망쳐 나올 때 군사들에 쫓기자 앞에 가로막힌 강에 물고기와 자라들이 떠올라 다리를 놓아주었다는 이야기와도 이어지는 것일까, 나는 상상력을 동원했다. 신화란 자연 현상과 인간의 교감을 나타낸다는 소박한 생각 때문이었다. 그런데 막상 뽕할머니가 왜 뽕할머니인지는 알 길이 없었다.

뭐매운탕은 낙지와 조개, 새우를 넣고 끓인 탕이었다. 혼자 먹기에는 너무 많은 양이었다. 아침 식사 전인데, 이걸로 때우겠구나 싶었다. 나는 자연스럽게 그녀에게 권했고, 그녀의 그릇에도 몇 국자 나누어줬다.

"어디서 오셨나요?"

이 시간에 바닷가 포장집에 홀로 앉아 있는 여자란 어떤 여자일까, 궁금했다. 나는 눈에 띄지 않게 그녀의 반응을 관찰했다. 내 물음에 그녀는 육지에서 왔다고만 대답하고, 희미하게 웃음을 지었다. 다행인 것은, 내 접근을 귀찮게 여기지는 않는 듯한 태도였다.

"아까 이쪽 길로 해서 오는 걸 봤는데, 맞지요?"

나는 멀리 바람개비 아래서 본 모습을 떠올렸다. 앞에서 산모롱이를 들먹였지만, 그 모습을 못 보았다면 나는 그냥 발길을 돌려 숙소로 돌아갔을 것이었다.

"아뇨."

전혀 뜻밖의 대답이었다. 그녀는 그 길이 아니라 반대쪽으로 왔다고 덧붙였다. 그녀가 허깨비가 아닌 다음에야 혹시 다른 사람을 잘못 보았을 수도 있는 노릇이었다. 그러나 보라에 가까운 남색 블라우스 빛깔을 보자 아까 그 모습이 틀림없다는 생각이 들었다. 나는 머리를 갸우뚱했다. 하지만 굳이 따질 일은 아니었다. 그녀가 어느 쪽 길로 왔든, 바다가 갈라져 왔든 물고기가 다리를 놓아 왔든 아무 문제가 되지 않았다. 그녀가 현재 내 앞에 앉아 있는 사실만 받아들이면 그만이었다. 그녀가 '아뇨'라고 부인하고 있어도, 나는 받아들이지 않는 마음이었다. 내가 멀리 바람개비 밑에서 본 그 사람은 어김없는 그녀였다. 또한 그래야만 내 행동은 스스로에게 설득력을 갖는 것이었다.

대화는 끊어질 듯, 그러나 끊어지지 않고 이어졌다. 나는 〈진도아리랑〉은 입에서 꺼내지도 않은 채, 섬에 대해 무엇인가 쓸 요량으로 왔다고 신분을 밝혔다. 그녀는 그저 바람이나 쐴까 해서 왔다고 대답하고 있었다. 대화는 그곳의 아름다운 해안선과 섬들을 거쳐 진돗개로 옮겨가고 있었다. 당연하고 평범한 순서였다. 우리나라의 꽤 많은 사람들에게 그렇듯이 내게도 진돗개에 얽힌 사연은 있었다. 진도대교를 건너와서 진돗개 전시용 철망 막사를 보았을 때도 떠오른 사연이었다. 봉천동으로 이사하면서 모래내의 아는 집에서 진돗개를 데려왔는데, 어느 날 감쪽같이 사라져 그 먼 곳으로 다시 돌아가 있었던 것이다. 복잡한 도심을 가로지르는 몇십 리의 거리였다. 게다가 혹시 무슨 일이 생길까봐 통 속에 넣어 꼭꼭 싸매다시피 데려온 터라 그야말로 귀신이 곡할 노릇이었다. 개가, 진돗개가 그 길을 기억해둔 능력은 과연 초능력이라고 해야 했다. 그 뒤로 나는 '진'이라 이름 붙인 녀석에게 결코 정을 주지 않았다. 녀석도 마찬가지인지 나를 보는 눈초리에 냉기가 어려 있음을 나는 놓치지 않았다. 그리고 다른 이야기로, 무슨 사연 축에는 들진 않아도, 진돗개의 혈통을 지키기 위해 섬의 잡종개들을 모조리 잡아먹은 시기가 있었다는 끔찍한 삽화도 있었다.

"하여튼 고려 시대에 삼별초 군대가 몽골과 싸운 섬다워요."

나는 화제를 진돗개에서 돌리고 싶었다. 삼별초의 항쟁과는 떼려야 뗄 수 없는 섬이었다. 그렇지만 도대체 무엇이 그런 섬답다는 것인지, 말을 한 나로서도 자세히 설명할 길은 없었다.

"삼별초……"

그녀는 눈을 깜박이며 귀를 기울였다. 삼별초는 고려의 특수 군대로서, 고려가 몽골의 침략에 대항하기 위해 강화도로 조정을 옮겨 버티다가 못 견디고 항복하게 되자, 끝까지 싸움을 결의하고 새로운 왕을 받들어 세워 진도에 들어온 집단이었다. 하지만 그들도 끝내 몽골군의 공격에 견디지 못하여 섬

멸당하고야 말았다.

"어디던가, 고갯길에 그 새로운 왕의 무덤을 알려주는 팻말이 있는 걸 보셨나요?"

"못 보았어요."

그녀는 머리를 저었다. 나는, 왕의 무덤과 그가 탔던 말의 무덤은 있으나 함께 죽은 왕자의 무덤은 어디에 있는지 알지 못한다고, 아는 대로 들려주었다.

"그렇담, 왕자는 어디로 갔을까요?"

"글쎄, 몽골로 잡혀갔는지도."

나는 막연하게 상상했다. 붙잡힌 왕자가 몽골군에 이끌려 어느 산모롱이를 돌아가는 뒷모습이 눈에 어렸다.

"삼별초, 슬픈 역사에요."

그녀의 말소리가 먼 곳에서인 듯 들려왔다. 애초에 나는 역사니 전통이니 하는 딱딱한 이야기는 꺼내고 싶지 않았었다. 그런데 이야기를 하는 동안, 나는 〈진도아리랑〉의 어떤 요소가 삼별초에 닿아 있음을 궁구해보아야겠다는 생각이 들었다. 아니, 이야기를 하는 동안이 아니라 그녀가 '슬픈 역사'라고 말한 데서 빌미를 얻은 것도 같았다. 빌미는 문득 강렬한 욕구가 되었다. '산모롱이를 돌아가는 그리움, 삶의 안타까움'에 뿌리 깊은 근거를 둘 수 있다고 여겨졌다.

뭐매운탕의 만남은 오래지 않아 끝났다. 포장집을 나온 우리는 각각 반대쪽으로 향하고 헤어졌다. 그녀가 바람개비 쪽으로 난 길을 걸어오지 않은 건 틀림없는 사실인 듯했다. 그뿐이었다. 언제까지 그녀가 섬에 머물지는 모르는 일이었다. 나역시 그랬다. 나는 〈진도아리랑〉에 대한 나름대로의 결론만 얻으면 떠나리라는 계획이었다. 말하자면 결론이 마음속에 진도특산의 홍주처럼 발갛게 무르녹기를 기다리는 날들이었다. 새벽에 황량한 바닷가 바람개비 아래 섰을 때도 그 결론이란 건오리무중이었다. 그러나 순식간에 나는 달라져 있었다. 결론이선뜻 다가와 있다는 느낌에 나는 놀랐다. 그렇다고 해서 삼별초의 '슬픈 역사'와 연결된 결론이라고 단정지을 자신은 없었다. 다만, 무엇인지 확연하진 않아도 느낌은 가까이 다가와 있었다.

우리는 아무런 다른 약속 없이 헤어졌다. 그럼에도 불구하고, 불과 몇 걸음도 못 가서, 다시 만나자는 약속을 못 한 것을나는 후회했다. 이야기를 나누는 도중에 그녀가 어제도 왔었다는 말을 들은 때문이었을 것이다. 나는 아마도, 어제도 왔었고 오늘도 왔으니 당연히 내일도⋯⋯ 하고 지레짐작을 했는지 모른다. 만나자는 약속을 할 만한 계제가 아니긴 했다. 내일 또 만나게 되면 만나는 거지요, 하고 자연스러움을 연출하려 했던 듯싶었다. 지나치게 이리저리 재보는 게 나의 병폐였다. 섣부른 짓이었다. 매사에 맺고 끊지 못하는 성격 탓이었다. 그렇게 미적거려서 이도저도 안 된 일이 한두 가지가 아니었다.

약속은 없었을지언정 나는 그녀를 만나게 되리라고 믿고 싶었다. '가까이 다가와 있는 느낌'을 놓치지 않으려면 그녀를 만나야 했다. 그녀가 내게 제시할 것은 아무것도 없으리라는 사실을 모르지 않았다. 그것은 온전히 내 몫이었다.

밤새 자는 둥 마는 둥 뒤척거리던 나는 다시 새벽과 함께 문밖으로 나갔다. 내 발걸음은 나도 모르게 바람개비 아래로 향했다. 정해진 길이 있는 건 아니었다. 마침내는 포장집으로 가야 할 발걸음이었다. 나는 그 길을 바람개비 아래서부터 시작하고 싶었다. 바람개비는 여전히 느릿느릿 돌아가고 있었다. 모든 것이 그대로였다. 안심이었다. 나는 어제와 똑같이 시작하고 있는 것이다. 그러므로 아직은 흐릿하기만 한 '결론'의 정체를 확연히 붙잡을 기회를 마련하고 있는 것이다.

나는 바람개비를 올려다보고 나서 산모롱이로 눈길을 돌렸다. 아무도 없는 길만이 산모롱이를 돌아가고 있었다. 바람개비를 스치는 바람 소리가 들려왔다. 아무도 없는 길은 고즈넉하기만 했다. 그런데 이상한 일은, 아무도 없는 줄 알건만 내 눈은 어제의 그녀를 보고 있다는 것이었다. 그녀가 산모롱이를 돌아가고 있었다. 남색 블라우스 차림이었다. 나는 어제와 똑같이 그 뒤를 쫓아 발걸음을 옮겼다. 자칫 늦으면 놓칠지도 모른다는 조바심이 일었다. 각시원추리꽃도 그대로 노랗게 피어 있었다. 곧이어 호랑이와 뽕할머니 조각상이 나타났다. 방금 그녀가 사라진 산모롱잇길이었다. 그런데, 웬일일까. 포장집은 앙상한 뼈대만 드러내놓고 있었다.

"무슨, 무슨 일이라도 있나요?"

나는 뭐매운탕을 끓여주던 아낙네에게 물었다. 아낙네는 의자들을 포개놓는다, 술병들을 모아놓는다, 바삐 움직이고 있었다.

"태풍이 온다니까."

아낙네는 별다른 반응을 보이지 않았다. 태풍의 기운은 어디에도 없었다. 그러고 보니 남지나해 어디선가 태풍이 발생해 올라오고 있다는 기상예보를 들은 기억이 어렴풋이 되살아났다. 하지만 내 눈은 아까부터 그녀의 모습을 찾고 있었다. 산모롱이를 돌아 사라진 그녀는 거기 어디에서도 눈에 띄지 않았다.

"지금, 아무도 지나간 사람이 없나요?"

나는 그녀라고는 밝히지 않았다.

"없지, 누가 있어. 여기도 곧 정리하고 들어가야 하는데."

아낙네는 영문을 모르겠다는 얼굴이었다. 믿을 수 없는 일이었다. 그녀는 어디에도 없었다. 그렇다면 내가 본 것은 허상에 지나지 않는 것일까. 나는 어제 그녀를 만난 사실조차 현실의 일이 아닐지 모른다는 엉뚱한 생각이 들었다. 그럴 리는 없었다. 무엇보다도 내 마음속에 홍주처럼 발갛게 녹아 있는 느낌의 용액이 흐르고 있는 것이었다. 삼별초의 '슬픈 역사'가 아니라도 좋았다. 그리움과 안타까움의 모습을 구체적으로 보여준 것은 그녀라는 사실, 그것만이 중요했다.

"그 여자, 저쪽 바다에 약혼자 뼛가루를 뿌렸단 얘길 하던가? 어제저녁에 또 왔었어. 태풍이 오기 전에 가야겠다고."

나는 아낙네의 말을 한쪽 귀로 흘러버렸다고 생각했다. 그녀와 내가 앉아 있던 포장집이 앙상한 뼈대로만 남아 있는 꼴을 더 이상 보기가 싫었다. 나는 뒤돌아서서 걷기 시작했다. 나역시 떠날 때가 되었다고, 누군가 내 속에서 외치는 소리가 들려왔다. 그녀가 떠나고 난 다음 산모롱잇길에 남은 그녀의 그림자가 외치는 소리라고 나는 받아들였다.

멀리서 다가오는 태풍을 감지한 듯 바람개비가 어느덧 긴장한 채 돌아가고 있었다.

나는 처음에 여자를 만났을 때의 말을 머리에 떠올렸다. 아뇨. 분명히 그렇게 대답했다. 나는 누군가 산모롱이를 돌아가는 사람을 쫓아온 것이었다. 포장집을 지나쳐 앞쪽으로 가는 사람은 없었다. 내가 쫓아온 사람은 여자여야 마땅했다. 그러나 본인이 아니라는 데야 할 말이 없었다. 그럼 좀 전에 산모롱이를 돌아간 사람은 어디로 간 것일까. 나는 그 사람을 뒤따라오지 않았던가.

그리고 마치 허깨비를 본 듯 포장집에 이르렀던 그 이튿날의 일. 여자는 애초에 있지도 않았다는 결론 아닌가. 모든 게 뒤죽박죽이었다. 그러니 하루 전에 여자를 만나 이러쿵저러쿵 대화를 나눈 사실도 환상의 일종인지 몰랐다. 아닌 게 아니라 나는, 나이 들어간다는 것이 환상도 현실임을 깨달아가는 과정이라고 느낀 적이 많았다. 특히 사랑 문제에서 그랬다.

사랑은 환상을 먹고 자란다.

환상이라는 숙주가 있어야만 살아갈 수 있는 기생물인 것이다. 따라서 죽음이란, 소멸이란 환상 속에서 이루어진다. 세상에 어떻게 죽음, 소멸이 있을 수 있단 말인가. 한때 '삶은 뜬구름 하나 일어남(浮雲起)이요, 죽음이란 뜬구름 하나 사라짐(浮雲滅)이라'고 옛날 말씀을 읊조리기도 했지만, 그래도 해석되지 않는 게 '멸(滅)'의 세계였다. 그러니 환상만이 우리를 구제한다……. 나는 여자와의 만남도 그렇게 치부하여 해결하려 했다.

　나는 섬의 곳곳을 훑다시피 헤매고 다녔다. 여자와 만났던 바닷가 산모롱잇길 옆에는 여전히 각시원추리가 노랗게 피어 있었다. 당연히 포장집도 그대로였다. 그렇지, 각시원추리! 여자와의 만남에 그 꽃이 피어 있었더랬지. 나는 비로소 환상의 실체를 보는 듯했다. 각시원추리가 피어 있는 한 여자도 존재하는 것이었다. 환상만을 보았다 해도 존재하는 것이었다.

　그러나 각시원추리가 내가 찾는 꽃은 아니었다. 각시원추리든 원추리든 섬의 곳곳에서 발견되었는데, 그것은 품속에 넣어 다닐 만한 식물이 못 되었다. 요컨대 풀이 아니라 나무여야 한다는 전제가 따르지 않겠는가. 그래야 품속에 넣고 중국에 갔다가 신라로 돌아오지 않겠는가. 내가 너무 고지식하게 그 꽃가지를 해석하고 있는 것일까. 그것은 실제의 꽃가지가 아니라 하나의 상징에 지나지 않는 것일까. 실은 그런 생각 때문에 나는 오랜 시간 서울을 떠나오지 못했던 것이다. 하지만 상징이라 할지라도 어떤 실마리는 있을 것이라는 강한 유추 혹은 유혹이 나를 자꾸만 들쑤셔대는 걸 나는 견딜 수 없었다.

사랑은 환상을 먹고 살며, 그 환상의 근거는 어디엔가 있을 수밖에 없다.

거타지의 꽃가지는 속삭이고 있었다. 그렇다면 내가 그 꽃을 못 만난다 해도, 찾아 헤매는 공력만으로도 사랑과 환상의 근거를 내 안에 마련할 수 있지 않을까, 나는 점점 믿음을 굳혔다. 한 이름난 산악인이 티베트 야생화를 좋아한 나머지 몇 년 동안 하나의 꽃만 찾아다닌 일화도 나를 부추겼다. 김춘수 시인의 유명한 시에서 '내가 그의 이름을 불러주기 전에는/ 그는 다만/ 하나의 몸짓에 지나지 않았다' 하는 구절도 새삼스러웠다.

그 꽃을 찾아 그 이름을 불러주지 않으면 안 된다.

나는 남쪽 지방에 꽃피는 여러 나무들의 이름과 생태를 기록했다. 서향, 목서, 태산목, 비파, 유자, 비자, 치자, 후박, 동백, 남천, 후피향, 차, 사스레피, 굴거리…… 많은 나무들이 있었다. 기후의 온난화로 어느새 서울 가까이까지 올라온 것들도 꽤 여럿이었다. 이 꽃들 가운데 어느 하나가 거타지의 꽃, 거타지의 여자일까. 아니면 내가 모르는 어떤 종류의 새로운 꽃일까. 아니, 뜻밖에도 나무가 아니라 풀의 한 종류일지도 모른다. 나는 찾아 헤매지 않으면 안 된다. 이미 찾았는데도 미처 그것인 줄 모르고 있다면 더더욱 큰일이 아닐 수 없다. 사랑을 사랑인 줄 모르는 그 어둠 속에 나는 있는 것일까. 답답한 나머지 한 편의 시를 쓰기로 했다. 제목조차 단도직입적으로 '꽃'이었다. 누군가 김춘수 시인의 시 제목이라고 지적해도, 상관없는 일이었다.

사랑을 알고 나서

꽃과 함께 피어난 너의 모습

언제나 그대로

남아 있다

꽃이 졌는데도 그대로

남아 있다

사랑이

꽃 피고 지는 사이를 오가며

있음과 없음 사이를 오간 것이다

그리하여 우리는 하나가 되어

있음과 없음도 하나가 되어

꽃 하나 받드는 마음이 된다

언제까지 내가 그 꽃을 찾아 헤맬지는 나로서도 알 길이 없었다. 아마도 '있음과 없음 사이'를 찾아 헤맨다 해도 하는 수 없는 일이다. 다만 그러는 동안 내가 그 이야기를 사실로서 믿게 되었다는 것은 큰 소득이 아닐 수 없는 것이다. 그것은 즉, 거타지의 꽃을 내 꽃으로 받아들이는 과정이었다. 그리고 누구나 그런 꽃 한 가지 가슴속에 넣어 가지고 있다는 것도 새로운 믿음이었다. 그 꽃은 어디엔가 있다. '꽃 하나 받드는 마음'이 있는 한……. 그렇지 않다면 이 세상에 사랑이란 존재할 수 없다…….

바람개비를 날릴 듯 풍랑이 몹시 이는 날, 그 시를 읽으며 마음속에 꽃가지 하나를 품는 사람으로서 섬을 헤매리라. 그리하여 스스로 거타지가 되어 소중하게 그 꽃가지를 꺼내게 될 때…… 그때를 위해.

3

내 옆에 있는 여자가 과연 그녀일까.

구드래의 나루에서 그녀가 이끄는 대로 유람선을 타고 가면서도 나는 의문이 일었다. 배는 어느새 낙화암 아래 닿고 있었다. 낙화암 아래라고도 할 수 있고, 고란사 아래라고도 할 수 있었다. 아무리 비철의 저녁 무렵이기는 해도 다른 손님이 없어 유람선을 마치 전세라도 낸 듯 나와 그녀 두 사람만 타고 백마강을 거슬러오른 것은 제법 호젓한 일이었다. 언젠가 오래전에 직장 동료들과 한낮에 낙화암 아래서 유람선을 타고 얼마쯤 내려갔다가 다시 제자리로 돌아오는 뱃놀이를 한 적이 있기는 했었다. 그러나 저녁 무렵 백마강을 거슬러오르며 낙화암을 올려다보는 감회는 어딘가 별다른 것이었다. 게다가 구드래라는 옛 지명도 뭔가 고즈넉한 마음을 불러일으키는 데 한몫을 톡톡히 하고 있다는 생각이 들었다.

"덕분에 호강을 하는군."

나는 그녀를 바라보며 말했다. 오후 한나절 동안 여기저기 내가 보고 싶은 곳에서부터 이름도 모르는 곳까지 안내를 해주고 마지막으로 구드래에서 낙화암으로의 뱃길을 잡아준 그녀에게 새삼 고마움을 느끼지 않을 수 없었다. 하기야 그녀는 예전 프랑스 파리에서도 내 충실한 여행 안내자였다. 그걸 내가 잊을 리는 없었다. 그러나 나는 그때의 그녀와는 다른 여자로서의 그녀를 만나고 있다는 느낌에 다소 난감해 있는 것이 사실이었다. 그녀의 얼굴은 조금 피곤하게 보이긴 했으나 을씨년스런 저녁빛에도 여전히 환한 미소를 띠어 내 말에 대답하고 있었다.

"제가 영광이지요."

나는 곧 그녀와 헤어지고 나서도 그녀의 얼굴을 명확하게 떠올릴 수 있으리라 생각했다. 나는 예전에 그녀를 앞세워 다니며 겪었던 이국의 풍물들과 지금 백제 옛 도읍의 풍물들이 망막에 겹쳐, 정신이 혼란스럽기까지 했다.

저다지도 정확한 얼굴이 아까는 그렇게 떠오르지 않았다니.

몇 시간 전에 부여 땅을 밟기 위해 버스 터미널에 내리면서도 나는 그 얼굴이 왠지 막막하기만 하여 당황하지 않았던가.

이상한 일이었다. 버스가 도심지로 들어서기 시작했을 때, 갑자기 나는 그녀의 얼굴이 어떻게 생겼었더라 하는 걱정이 일었다. 왜 그런 걱정이 생겼는지 도무지 알 수 없었다. 쓸데없는 걱정임을 알면서도, 그녀의 얼굴이 감조차 잡히지 않는 데는 오금이 다 저릴 지경이었다. 전날 전화로 반갑게 대화도 나누었고, 또 혹시 내 쪽에서 그녀를 못 알아본다고 하더라도 그녀 쪽에서 어련히 알아볼 텐데 무슨 문제가 있으랴 하고 달래 보아도 소용이 없었다. 그러면 그럴수록 그녀의 모습은 조바심과 함께 희미해져갈 뿐이었다. 그러고 보니 그녀의 얼굴이 어떻게 생겼는지에 대해 한 번도 곰곰 더듬어본 적이 없었다는 생각이 들었다.

그 전날 나는 비로소 그녀를 생각해내고, 새삼스럽게 연락을 한다는 게 뭣하지 않을까 망설이다가 결국 묵은 수첩을 들춰 그녀의 전화번호를 찾았다.

"혹시 부여에 오시게 되면 꼭 연락 주셔야 해요."

그 몇 달 전, 몇 번의 교양 강좌가 끝나고 이른바 쫑파티가 있던 날, 그것도 다 마칠 무렵이 되어서 그녀는 굳이 내게 수첩까지 꺼내달라고 주문하더니 맨 뒷장에 집 전화번호를 적어주었다.

그 자리에는, 허울 좋게 특강이라는 걸 맡아 그 사설 단체의 강좌에 그저 왔다 갔다 하던 나와 같은 처지에 있는 몇 사람과 함께 참석하게 된 것이었다. 그런데 그녀가, 부여가 집이라며 전화번호를 적어준 것은 나로서는 좀 뜻밖이었다. 우리가 같은 자리에 있는 마지막 순간일지도 모른다는 생각이 그 행동에 어떤 작용을 했을 수도 있을 것이다.

아무려나 그런 과정이야 상관없는 일이었다. 나는 그녀의 전화번호를 확인하며, 그녀가 대전 엑스포 때 도우미로 일했던 까닭에 강좌가 거의 다 끝나서야 내 앞에 나타났던 것을 상기했다. 그 가을, 나는 대전의 그 사설 단체에 특강을 한답시고 들락거렸음에도 불구하고 엑스포 행사에 대해서는 별 생각을 하지 않았었다. 그런 어느 날 그녀가 나타나 내가 강좌에 나온다는 말을 듣고도 도우미 일을 하느라고 그동안 특강에 들어올 수 없었다고 고개를 숙였던 것이다. 처음 그녀가 모습을 나타냈을 때 나는 전혀 알아보지 못했었다. 눈이 나쁜 탓만은 아니었을 것으로 여겨진다. 그때도 나는 '도우미'라는 조어가 과연 가능한가 하고 엉뚱한 생각부터 했던 기억이 난다. 그러다가 어느 순간 '아!' 하고 눈을 크게 떴던 것이다.

내가 그녀를 머릿속에 떠올리고 전화번호를 찾은 것은 물론 그녀가 한 말 때문이었다. 혹시 부여에 오시게 되면 꼭 연락을 주셔야 해요. 부여엘 다녀와야겠다고 마음먹자 그녀의 말이 마치 잊어버렸던 암호처럼 다가왔던 것이다. 올림픽에 버금가게 큰 행사였다는 대전 엑스포에서 일본 사람들에 의해 백제제(百濟祭)라는 행사가 치러졌었다는 사실을 뒤늦게 알고, 거기 가보지 못한 것을 은근히 후회했을 때도 전혀 떠오르지 않던 그녀였다. 그런데 부여라고 하니까 '아, 엑스포의 도우미!' 하고, 그녀의 말이 다가온 것이었다. 아니, '엑스포의 도우미!' 가 아니라 실상은 '프랑스 여행의 안내자!'라고 해야 옳을 것이다. 그러나 그 사연은 길다.

강좌가 끝날 무렵 뜻밖에 강의실에 나타난 그녀는 언제나 맨 앞자리에 앉아 내 두서 없는 말을 열심히 경청하곤 했었다. 앞에서 '특강을 한답시고' 그곳을 들락거렸다고 밝혔듯이 정말 내 특강이란 두서가 없음은 물론이고 아예 주제조차 없는 것이었다. 어떤 시간은 이야기가 엉뚱하게 흐르다가 그만 섣부른 사랑 이야기로 빠져버리기도 했던 것이다.

이랬던 설정이므로 이제 와서 그 내용을 일일이 밝히기도 어렵고 또 그럴 필요도 없을 것이다. 그러나 말이 나온 김에 기억을 더듬어보면, 그 횡설수설 중에는 플라톤, 아리스토텔레스, 맹자, 장자 같은 이름들이 뜬금없이 나열되어 있어서 지금도 누가 듣고 있지나 않은지 등골에 식은땀이 날 지경임을 고백하고 넘어가기로 한다. 그녀들이 사회에 도움이 될 만한 건 어떻게 출세를 하고 남들 보기에 '삐까번쩍' 하게 되느냐 하는 방법일 텐데, 엉뚱하게, 이데아라는 게 있어서 인간 정신은 그것을 원형으로 삼는다고 누구는 말했다느니, 꿈속에서 자기가 나비가 된 것을 보고 내가 나비인지 나비가 나인지 모르겠다고 누구는 말했다느니, 그야말로 횡설수설했던 것이다. 그런 가운데 〈정읍사〉라는 백제 시대의 노래에 대해서도 몇 마디 했던 기억도 새롭다.

물론, 섣부른 사랑 이야기로 빠져버리기도 했다고 말했듯이 다른 이야기도 없을 수 없었다. 무려 두 시간 동안을 메워야 하니까 당연한 귀결이기는 했다. 대전에 있다는 사실이 나로 하여금 어린 시절 얼마 동안 그곳에 살았던 추억을 불러일으켰고, 그래서 그 시절 이야기도 으레 곁들여졌었다. 그곳은 내가 국민학교에 입학을 한 곳이었고, 그 뒤 다른 도시로 갔다가 4학년 때 다시 와서 일 년을 지낸 곳이었다. 그 4학년 때, 동급생 남자 몇과 어울려 한 여학생의 집에 놀러가서 장난을 치다가 마침내는 여자애의 스커트를 들치고 팬티를 끌어내리기까지 했던 기억이 내게는 늘 새로웠다. 오랜 세월이 지났건만 그 장면은 대전이라는 도시가 어떤 식으로든 등장하기만 하면 가장 먼저 망막에 어리곤 하는 것이었다. 대전에는 죄송스럽기 짝이 없어도 그 일이 어린 내게 그만큼 충격을 주었다는 뜻이 되겠다. 그러나 그 시절 이야기가 곁들여졌다고 해서 이 이야기를 이렇게 시시콜콜하게 한 것은 아니었다.

여자애는 우리의 집요한 공격을 막다가 방바닥에 쓰러진 채 울음을 머금고 악을 쓰며 발버둥을 쳤으나 별수없이 무참하게 아랫도리를 드러내고 말았었다. 장난으로 시작한 그것은 나중에는 결코 장난이 아니었음을 나는 지금도 분명히 알고 있다. 우리가 어떻게 그 집에 갔으며, 그 집에는 왜 어른들이 없었는지 하는 앞뒤 사정은 물론 그 여자애의 얼굴조차 전혀 기억에 남아 있지 않다. 그런데 이상하게도, 씩씩거리는 그 여자애의 빨갛게 약이 오른 얼굴과, 버둥거리던 두 다리 저 안으로 하얗게 드러난 그 부분의 대조만은 지금까지도 선명하게 뇌리에 살아 있는 것이다.

왜 그 장면이 그렇게 내게 충격을 주어서 몇십 년이 지나도록 잊혀지지 않게 되었는가 하는 점은 나로서는 명쾌히 분석할 능력이 없다. 다만, 그 빨갛고 하얀 빛깔의 대조를 통해 나는 내가 비로소 사춘기의 문을 열고 들어가고 있음을 깨닫게 된 것이라고, 다소 몽롱한 짐작을 해보는 정도인 것이다. 그리고 고백하건대, 철부지 어린아이들의 것 말고는, 시커멓든 새카맣든 하여튼 털이 없이 하얀 그대로의 그것을 본 것은 오로지 그때뿐이었다!

대전에 대한 추억을 대충 되돌아본다는 게 어이없게 별스럽게 되어버렸지만 역시 사실은 사실이니만큼 어쩔 수 없는 일이다. 그러므로, 대전여고 교정에서의 박쥐잡기, 이사를 하고서도 학교를 옮기지 않아 대흥동에서 선화동까지 하염없이 걷던 등하교, 고아원 친구와의 방죽에서의 고기잡기, 미국놈들 똥은 그냥 이렇게 맹물이래 하고 누군가 알려주던 미군 부대 하수도 옆 공터에서의 술래잡기, 보문산 계곡의 물놀이……등을 뒤섞던 내 엉터리 특강에 대해서는 이제 생략해도 좋겠다는 생각이 든다. 그러니까 나는 엉터리 특강에 추억을 첨가시킴과 함께 강의를 마쳤고, 그리고 그녀도 부여로 떠났다는 이야기가 되는 것이다. 우리가 과연 그렇게 헤어질 수밖에 없었던 것인지에 대해서 나는 솔직히 얼떨떨하다고 말하지 않으면 안 되리라. 뜻밖에 나타난 그녀를 향해 나는 머뭇거리다가 그만 마지막을 맞이하고 만 것이었다. 그렇다면 그녀는 왜 별다른 말이 없었던 것일까. 지난 일은 한낱 남루(襤褸)에 지나지 않아서 애써 덮어두려 했던 것일까. 나는 그녀와 마지막 헤어진 광경이 새삼스레 눈에 밟혔다.

그러므로 느닷없이 내 전화를 받은 그녀가 "어머, 선생님!"

하고 얼마 동안 말문을 열지 못한 것은 당연한 일이라 하겠다. 나는 지금 무얼 하고 지내느냐는 둥 아직도 부여에 그냥 있느냐는 둥의 허드렛말 끝에, 부여에 한번 간다 간다 하면서도 쉽게 엄두를 내지 못했었는데 마침 일이 생겼다고 말했다. 그 말에 혹시 그녀가 부담을 가질지 몰라 부여만 그런 것이 아니라 경주도 역시 벼르고 있지만 통 기회가 잡히지 않고 있다고 나는 덧붙였다. 아닌 게 아니라 사실이 그랬다. 경주 남산은 언젠가 단단히 날을 잡아 야무지게 답사를 하리라 하면서, 여전히 미답의 산으로 남아 있었다. 부여에 갈 일이 생겼다는 내 말만 듣고 그녀는 마치 기다리고 있던 날이 왔다는 듯 반겼다. 쫑파티 때 공연히 그런 말을 했다고 후회하는 빛을 보일까봐 연락할까 말까 망설인 나는 역시 때 묻은 사람이었다. 그녀는 정말 내 전화를, 나를 기다리고 있었던 것일까.

일의 내용을 묻는 그녀에게 나는 그냥 부여를 돌아보는 것이라고만 대답한 다음 안내를 부탁하고 서둘러 전화를 끊었다. 전화를 끊고 나자 나는 무엇 때문에 그렇게 서둘렀는지 모르겠어서 혼자 고개를 저었다. 헤어진 뒤 처음 한 전화이기도 했으니 뭔가 더 할 말이 있을 것이었다. 하다못해 가령, 도우미를 하며 백제제라는 행사를 보았는지에 대해서 물어볼 수도 있었을 것이라는 생각도 들었다.

아니, 굳이 무엇을 묻고 말고가 아니라 전화를 끊는 데도 절차 내지는 리듬이라는 게 있을 텐데 그것조차 무시하고 만 것은 잘못된 것이었다. 나는 아무래도 프랑스에서의 우리들의 만남과 그리고 그 결말을 여전히 삭이고 있지 못하고 있는 것이었다. 실은 그녀에게 연락을 한 속뜻도 거기에 있는지 몰랐다. 그녀와 예전 일을 어떻게든 이야기하지 않으면 안 된다.

그런데, 버스에서 내리면서도 조바심을 씻어버릴 수 없었던 내 앞에 환하게 웃음을 짓는 그 얼굴은 너무도 친숙하게 나타났던 것이다. 구태여 '너무도'라고 할 것까지는 없을지 몰라도 내게는 그렇게 받아들여진 까닭을 설명할 길은 없다. 그녀는 다시 뵙게 되어 영광이라고, 다소 의례적인 인사를 했고, 우리는 근처의 커피 전문점에 잠깐 들어가 앉아 여정(旅程)에 대해 이야기를 나누었다.

막상 여정에 대한 이야기라고 하니 여간 거창하게 들리지 않는데, 내가 가보고자 하는 목적지는 능산리 고분군이라고 하는 곳뿐으로, 그 밖의 다른 곳은 시간이 나면 그저 들러보겠다는 식에 지나지 않았다. 실은 내려온 김에 부여에 대해서는 뭔가 뿌리를 뽑고 갔으면 하는 마음이 없지 않았으나, 그럴 경우 몇 날 며칠이 걸릴지 막막한 심정에서 나는 지레 포기하고 있었다고 해야 한다. 다음에 알뜰하게 시간을 내리라. 그러고 보면 나는 매사에 늘 '다음에, 다음에'를 앞세워 인생을 회피해 왔는지도 모른다.

"이번에 백제 시대의 향로가 거기서 나온 거 아시죠? 그걸 취재하는 겁니다. 그건 서울로 가져왔지만 그걸 파낸 자리는 아직 그대로 있대요."

내게 일거리를 맡기는 편집자는 말했었다. 여태껏 발견된 그 어떤 향로보다도 뛰어난 그것이 왜, 어떻게 그곳에 묻혀 있었는가, 그 비밀은 무엇인가 하는 걸 추적해보는 기획으로, 그러자면 결국 그 출토지에 우선 다녀와야 하지 않을까, 그것이 좀 번거롭지 않을까, 그는 내게 상의했었다. 향로는 바로 능산리 고분군이 자리잡고 있는 곳에서 나왔다고 했다. 나는 언젠가 부여에 다시 한번 가보려 했던 계획이 이렇게 실현되는구나, 했었다. 오래전 그때는 단체로 가서 백마강에 배를 띄우고 유람을 하고 온 것이 그저 기억에 남아 있을 뿐이었다.

나는 뭔가 다른 부여를 기억에 심고 싶었다. 아니, 그 뒤 부여와 연결되는 몇몇 이야기들을 접하게 되면서 나는 그곳에 점점 관심을 기울이지 않을 수가 없었다. 그리하여 편집자가 건네준 자료들을 버스 안에서 읽으며 부랴부랴 부여로 간 것이었다.

"예전, 그때 말이지……."

아닌 게 아니라 나는 결국 그 말을 꺼냈다. 프랑스에서 돌아오면서 나는 매우 석연치 않은 방법으로 그녀와 헤어졌던 것이다.

"그 얘긴…… 언젠가 다시 해도 되겠죠."

그러나 그녀는 웬일인지 내 입을 막았다.

"그렇지. 새로 발굴된 향로의 비밀을 캐는 게 이번 일이지."

하는 수 없이 나는 내가 무슨 탐정이라도 되는 양 그녀에게 말했다.

"향로 얘길 신문에서 보고 저도 궁금했어요. 고향 얘기이기도 하구요."

그날 여정에 대해 내 말을 들은 그녀는 손가락으로 허공에 행선지를 짚어보더니, 바삐 돌면 능산리 고분군으로 해서 궁남지 백제탑에 낙화암까지 가능하겠다고 서두르기 시작했다. 그 결과, 저녁 무렵이 되어 우리는 낙화암 기슭에 도착할 수 있었던 것이다.

낙화암까지 둘러볼 계획을 그녀가 말했을 때부터 나는 그 낙화암에 대한 옛 한시 한 수를 머릿속에 더듬고 있었더랬다. 반나절의 짧은 여정이 끝나갈 무렵 낙화암에 이르고 보니, 다시 그 한시가 되살아나서, 나는 어쩔까 망설인 끝에 하는 수 없이 그것을 그녀에게 들려주게까지 되었다. 한시를 들려준 것을 내가 이렇게 조심스럽게 말하는 배경에는, 요즘의 이른바 신세대 여성에게 케케묵은 한시가 어떻고 주절거리는 것이 어울리지 않겠다는 염려와 더불어, 내가 한시라고 제대로 외는 게 그 한 수뿐인 주제에 알은척하는 태도가 스스로 우스꽝스럽게 여겨진 때문이었다.

그 시는 다음과 같다.

> 낙화암 바위에 꽃은 아직 있는데(洛花巖畔花猶在)
> 비바람은 지금도 그치지를 않네(風雨當年不盡吹)

내가 이 시를 유일하게 외고 있게 된 연유는 바로 이 시를 붓글씨로 써넣은 액자가 집의 거실 벽에 걸려 있는 데 지나지 않는다. 더 밝히기로 한다면 이 시를 내가 무슨 큰 뜻을 품고 붙여놓은 것도 아니라는 점이다. 오래전에 동리자(東里子)께서 여러 사람에게 글씨를 써서 나누어줄 적에 그중에서 내게 온 것일 뿐이었다. 그러므로 이 시를 쓴 사람이 조선 시대 인종 임금 때의 홍춘경(洪春卿)이라고 밝혀져 있음을 내가 알고 있다고 하더라도 이 또한 별 의미는 없는 것이었다.

"얼마 안 있으면 저 바위틈 어딘가에 진달래가 필 거야. 꽃이 떨어져버렸다는 뜻의 낙화암인데 꽃은 여전히 있게 되는 거라고. 알겠지?"

나는 그녀에게 시의 뜻을 그렇게 새겨주고 나서 벼랑을 손으로 가리켜 보이기까지 했다. 백제 왕국의 마지막 날, 저 벼랑 밑으로 떨어져내린 많은 궁녀들의 모습이 어떠했을까, 나는 예전에 왔을 때도 똑같은 상념에 젖었었다.

우리가 그렇게 고란사를 지나 낙화암 위의 정자인 백화정에 올랐을 때는 어느덧 석양이 백마강에 아슴아슴 물들었다가 마악 스러지는 참이었다. 곧 땅거미가 질 것이었다. 백마강이라면 얼핏 "백마강 달밤에 물새가 울어……" 하는 유행가 가사에 따라 달밤이 연결되어야 하겠지만 내게 그것까지 누릴 여유는 없었다. 그날이 달이 뜨는 날인지도 알 수 없는 일이었고, 뜬다 해도 백마강의 달밤을 누리기 위해 하루를 묵어간다는 것은 있을 수 없는 일이었다. 비록 그렇다고 하더라도 백마강의 달밤에 대한 상상은 나로 하여금 "둘하 높이곰 도두샤, 어긔야 머리곰 비취오시라 (……) 어긔야 어강됴리 아으 다롱디리"
하는 〈정읍사〉의 한 구절을 떠오르게 하기에 충분한 것이었다.
한 여인이 멀리 일하러 간 남편을 기다리는 마음을 달빛에 견
주어 어두운 밤길에 남편의 발길을 비추게 해달라는 내용으로
서, 그것이 백제의 대표적인 노래여서일 것이었다. 나는 그 노
래를 백제의 대표적인 노래일 뿐만 아니라 삼국 시대의 대표
적인 노래로 치고 있었다.

날이 어두워지고 있는데도 그녀는 나를 이끌고 산등성의 사
비루까지 오르고서야 비로소 한숨을 놓는 기색이었다. 그리
고 우리는 그 유서 깊은 유적지를 걸어나왔다. 그 여행은 끝난
것이었다. 앞에서 말했던 대로 일거리만으로 따지자면 그것은
이미 애저녁에 끝났었다. 말했다시피 능신리 고분군을 보는
것으로 그만이었다.

"낙화암이 말이지, 저 강원도 영월이라는 곳에도 있다는 걸
알아?"

거리로 나와서야 나는 그 말을 꺼냈다. 그녀가 안내하는 낙
화암 옆에서 공연히 그런 말을 해서 주제를 흐리지나 않을까
저어해서 참았던 말이었다. 강원도 영월에도 낙화암이 있는 것
이 사실이긴 해도, 부여의 그것이 시쳇말로 '원조'가 아닌가 말

이다. '원조'라는 표현도 어림없다 할 정도로 그 둘은 거의 8백 년에 가까운 시간을 사이하고 있었다. 아니, 사실을 말하자면 '원조'니 뭐니 하는 문제가 아니었다. 나는 영월에 함께 가서 낙화암 앞에 서 있었던 한 여자를 염두에 두고 있었던 것이다.

"영월에도 낙화암이요? 삼천궁녀가요?"

그녀가 눈을 동그랗게 떴다.

"아냐, 삼천궁녀는 무슨."

나는 손을 내저었다. 백제의 마지막 날에 낙화암에서 삼천 궁녀가 백마강으로 뛰어들었다? 예전에 나도 그렇게 들었었고, 그것은 항간에 그럭저럭 통용되는 이야기였다. 그러나 나는 그것이 그저 많은 궁녀의 다른 표현이라고 해석하고 있었다. 게다가 그녀는 영월 그곳에서도 백제의 마지막 날에 부여에서와 마찬가지의 사태가 일어난 것으로 듣고 있는 것이었다.

"거기선 일곱 명이었지, 아마도."

나는 무슨 말인가 하여 내 얼굴만 쳐다보는 그녀를 향해, 자세하지 않은 기억을 더듬으며 말했다. 다섯이었던 것도 같고 여섯이었던 것도 같았다. 그 숫자야 한두 군데 알아보면 금방 확인이 될 것이었다. 나는 영월의 낙화암에 대해 예전에 보고 들은 대로 설명했다.

영월의 낙화암은 조선 시대 단종 임금의 죽음과 관련된 것이었다. 단종이 숙부인 수양대군에게 왕위를 빼앗기고 유배된 영월에서 결국 사약을 받고 목숨을 잃자 그곳에서 그를 모시던 궁녀들이 강물에 몸을 던졌다는 벼랑이 영월의 낙화암이었다. 단종이 묻혀 있는 장릉에 갔다가 위패를 모셔놓은 곳에 그 궁녀들의 이름이 있는 것을 보고 우연히 옆에 있던 관리인에게 이것저것 묻다가 그런 곳이 있다는 사연까지 알게 되어 찾아간 것이었다.

동강이라는 강을 내려다보고 있는 그곳은 그러나 이름을 듣고 상상했던 것에 비하면 초라하기 그지없었다. 그리 높지 않은 벼랑 아래 강물은 시퍼렇게 꽤 깊어 보였으나, 옆에 세워놓은 기념비서은 초라하다 못해 조잡하기까지 한 깃이었다. 하지만 영월 땅은 온통 단종에 관한 옛이야기로 점철된 곳이어서 처음 그곳에 간 나는 자못 숙연해 있었다. 단종이 스스로의 처지를 두견새에 비겨 읊은 시를 한글로 옮겨놓은 것이 팸플릿에 있어서 그걸 한번 읽기도 했었다.

나는 그런 시가 단종이 마지막에 머물던, 오늘날의 시내 한복판에 있는 유적지의 자규루(子規樓)라는 누각에도 새겨져 있더라는 이야기까지 그녀에게 들려주었다. 참고로 그 시를 인용한다.

> 한 마리 원한 맺힌 새 궁중에서 나온 뒤로
> 외로운 몸 짝 없는 그림자 푸른 산속을 헤맨다.
> 밤이 가고 밤이 와도 잠 못 이루고
> 해가 가고 해가 와도 한(恨)은 끝이 없구나.
> 두견새 소리 끊어진 새벽 멧부리엔 달빛만 희고
> 피를 뿌린 듯한 봄 골짜기에 지는 꽃만 붉구나.
> 하늘은 귀머거리인가, 애달픈 이 하소연 어이 듣지 못하
> 는지
> 어찌 수심 많은 이 사람의 귀만 홀로 밝은고.

하기야 내가 그녀에게 위의 시를 그대로 다 외워서 들려줄
수 있었던 것은 아니다. 대충 그런 시였다는 정도로 설명한 데
지나지 않는다. 어쨌든 이렇게 단종이 지은 시에 이야기가 이
르자, 그제야 나는 부여의 낙화암을 둘러보고 나와서 왜 굳이
다른 낙화암을 구태여 그렇게 자세하게 설명한단 말인가 하는
생각이 들었다. 전혀 쓸데없는 일이었다.

"그 낙화암, 가봐야겠네요."

그렇게 말하고 있었지만, 그녀가 큰 흥미를 갖고 있는 것처럼 보이지는 않았다. 나는 건널목에서 발걸음을 멈추었다.

"그 낙화암은 내가 안내를 해야겠군."

나는 웃음을 머금었다.

"정말요? 언제 가죠?"

"정말?"

나는 그녀가 큰 흥미를 갖고 있는 것처럼 보이지 않다가 갑자기 빠른 반응을 보이며 내 안내를 '정말'로 받아들이고 있는 것에 놀랐다. 나는 그저 그녀가 하루 동안 내게 할애해주는 노력에 대해 말로나마 고마움을 표시한 것이었다.

"그 낙화암은 나중에 정말 가기로 하구요. 오늘은 서울로 가시더라도 저녁을 먹고 가셔야죠."

그녀가 내 팔을 잡아끌었다. 아닌게 아니라 나는 얼마 전 배에서 내릴 무렵부터 거기 선창가에 있는 음식점에서 식사를 할까 어쩔까 망설였었다. 그러나 오후 내내 강행군으로 돌아본 유적들의 의미가 너무나 강해서였는지 쉽사리 음식점에 들어가 퍼더버리고 앉기가 싫었다. 배를 탄 '구드래'라는 이름의 나루에 와서는 일본에서 백제를 '구다라'라로 일컫는다는 사실까지 일깨워져서 제법 생각이 어지러워지기도 했었다. 그

부분의 지식이라곤 실로 쥐꼬리만 한 주제여서 더욱 그랬을 것이었다. 얼마 전에 일본에 갔을 때, 구다라라는 이름을 처음 배웠었다.

"여기 온 김에 기념품이라도 하나 사고."

나는 웬만한 곳에 가면 늘 하는 대로, 길가에 즐비하게 늘어선 기념품 가게로 들어가 이것저것 살피다가 향 한 통을 사들고 나왔다. 생각지도 않게 향을 산 것은 아마도 향로 때문일 것이었다. 기념품 가게라야 지역 특성은 거의 보이지 않고 전국 어디서나 볼 수 있는 흔한 목각품들이 주종을 이루고 있었다. 목탁, 염주, 필통, 목기, 인형, 촛대, 나무 기러기, 효자손…… 그리고 중국에서 들여온 수공예품들, 태평양의 섬나라에서 들여온 거북과 산호와 고둥 들.

"향은 정신을 맑게 해준다고 써 있군."

나는 갑을 그녀에게 들어보였다. 그리고 2천 원짜리 작은 나무 청둥오리 한 마리를 그녀에게 선사하고 가게를 나왔다. 알록달록하게 채색된 중국제였다.

우리는 곧 근처의 음식점으로 들어가 자리를 잡고 앉았다. 밥반찬으로 간단한 안주도 할 수 있는 집이 좋겠다고 내가 찾은 집이었다. 나중에 차를 타고 가는 동안을 감안하여 나는 소주를 시켰다. 언젠가 맥주를 마시고 버스에 올랐다가 오줌보가 터질까 혼이 난 적이 있는 것이었다.

"그 낙화암에 정말 데리고 가주시는 거예요."

그녀가 수저를 내 앞에 챙겨놓으며 말했다. 나는 고개를 끄덕거리며 언제 기회를 만들어보자고 얼버무렸다. 그러나 그녀는 그 '언제'에 대해 아무런 의심이 없는 듯이 보였다. 내게는 그것은 차라리 불확실성을 표현하는 말이었다.

밑반찬이 나옴과 함께 나는 술을 시켜 술잔에 따랐다.

"저도 한잔 마셔도 되죠?"

그녀가 빈 술잔을 들어 내게로 내밀었다. 나는 그 술잔도 가득 채웠다. 그런 다음 우리는 술잔을 부딪쳤다.

"고마워. 오늘 이렇게……."

나는 그녀의 노고에 감사를 표시했다.

"오신 일은 잘되신 거예요?"

그녀가 술잔을 입술에서 떼며 얼굴을 찡그리고 말했다. 나는 다시 고개를 끄덕였다. 나는 능산리 고분군에서부터 궁남지로 해서 정림사 터 백제탑을 거쳐 구드래까지 이르는 길을 되돌아보았다. 능산리의 그 옛 무덤들 옆에서 발견된 향로에 대해 어떻게 접근해갈 것인가는 오리무중이었다.

용과 봉과 삼신산(三神山)을 비롯하여 여러 형태의 사람들과 동물들이 새겨져 있는 그 찬란한 향로는 왜, 어떻게 그곳 논바닥에 그렇게 파묻혀 있었을까. 하기야 1천 3백 년 전에 그것이 파묻혔을 당시에는 논이 아니라, 학자들에 따라서 공방이었으니 절이었으니 하고들 있었으나, 어쨌든 지금은 논바닥이었다.

그것을 추리해간다는 게 오리무중인 만치 나는 낮에 지나온 여러 유적지를 연결해서 관광 코스를 만들면 우리나라 사람들뿐만 아니라 특히 일본 사람들을 불러들이기가 꽤 좋으리라는 생각을 공글렸다. 엑스포에 와서 백제제를 올리기도 한 백제계 사람들에게는 더욱 그럴 것이었다. 이렇게 외국 관광객 유치에까지 알게 모르게 신경을 쓰는 것이 나로 하여금 애국자가 되게 하는 데는 기여할지 몰라도 그것은 내 일에는 아무런 소득이 없는 일이었다. 나는 술잔을 기울였다.

"제가 한잔 따라드릴게요."

"그럴까."

나는 빈 술잔을 내밀었다. 나는 그녀에게 도우미를 할 때 일본 사람들이 와서 백제제라는 걸 한 걸 보았느냐고 물으려다가 그만두었다. 내가 그 본고장까지 갔다 온 바에야 새삼 엑스포를 들먹일 것은 없다는 판단에서였다. 지난해 봄, 조선일보사에서 실시하는 '일본 속의 한국 문화 탐방' 여행에서 마침 그 백제제의 원형을 찾아 일본으로 간다는 공고를 보고 나는 몇백 명의 일행과 함께 8천 톤 급의 선샤인 후지호에 올랐던 것이다.

대마도를 돌아 이틀 만에 이른 남구주(南九州)의 백제촌은 본래 이름이 아니라 새로 붙여놓은 이름이었다. 마을 언덕 위에 새로 지어놓은 정자가 부여 낙화암의 백화정을 그대로 본떠 지었고 이름도 똑같이 붙인 것 하며, 마을에 부여의 기와집과 같은 집인 백제관을 지은 것 하며, 마을 곳곳과 관청에까지 한글 안내판을 세운 것 등등 이른바 백제 마을 만들기는 그 나름대로 꼼꼼히 이뤄지고 있었다. 옛날 백제가 멸망하자 왕족들이 피신해온 곳이라는 것이었다.

그 역사는 일본 역사와 맞물려 그리 쉬운 것은 아니어서 여기서 내가 옮기기도 뭐할뿐더러 또 옮겨놓을 필요도 없을 것이다. 다만, 간단히 줄이면 그때 일본 사람들과의 싸움에서 세상을 떠나게 된 백제 왕을 그 아들이 찾아오는 내용의 축제가 1천 년 이상 계속돼왔고, 바로 그 축제가 대전 엑스포에서 재현된 백제제라는 점만을 말하는 선에서 줄이기로 한다. 축제의 마지막은 마을 사람들이 그 아들을 배웅하며 "오, 사라바!"

하고 외치면서 끝나고 있었다. 그런데 '사라바'라는 말이 무슨 뜻인지 일본 사람들은 풀이할 수 없다는 것이었다. 함께 여행하며 강연을 한 학자들에 의하면 그것은 우리말 '살아봐'이며 어떠한 고난 속에서도 살아서 다시 보자고 외치는 것이라고 했다.

살아서 다시 봐.

솔직히 내가 그 말에 대해 들은 것은 일본에 가서가 처음이 아니었다. 나는 그보다 더 먼저 그에 대한 책을 읽었었다. 그리고 엑스포에서 열린 백제제 소식을 듣고, 아차, 그걸 놓쳤구나 했던 것이다. 그런 맥락에서 기어이 선샤인 후지호에 올랐다고 나는 말하고 싶다. 5층짜리 배의 3층 퍼블릭 라운지의 자판기에서 260엔이나 하는 기린 맥주나 사쿠라 청주를 꺼내 홀짝이면서도 나는 그 말을 줄곧 머리에 떠올리고 있었다.

살아서 다시 봐. 그것은 어쩌면 내가 여태껏 살아오는 동안 나 자신에게 해온 바로 그 말인지도 모른다고 생각되었다. 돌이켜보면 죽음에까지도 이를 혹독한 시련들이 있었다. 죽음과 같은 도피도, 죽음과 같은 이별도, 죽음과 같은 파멸도, 죽음과 같은 수모도, 죽음과 같은 절망도 모두 내 몫이었다. 그러나 나는 바로 그 말을 나 자신에게 할 수 있었으므로 살아서 지금

나를 다시 보고 있는지도 몰랐다. 영월에 다녀온 뒤로 나는 한때 사랑했던 여자와 영원히 헤어졌고, 그리하여 홀로 다시 '살아봐'를 외치고 있다고 여겨졌던 것이다.

그런 내 상황에 곁들여, 백제촌을 떠나 도착한 기리시마(霧島) 신궁에서의 일을 소개하지 않을 수 없다. 일본 속의 우리 역사를 찾는다는 여행에 끼여 있는 신궁이듯이 그곳은 우리와 같은 뿌리를 갖는다고 하는 신화의 주인공을 모시는 곳이었다. 그 주인공의 이름은 굳이 여기 적을 것까지는 없기에 생략하지만, 저녁 무렵, 일행들과 얼마쯤 떨어져 거대한 일본 삼나무 아래 우두커니 서 있던 나는 저쪽 나뭇가지에 수없이 매달아놓은 점괘 종이 쪽지에 눈길이 머물렀다. 신궁이나 신사에서 돈을 내고 자기의 생년월일에 해당하는 쪽지를 사서 보고는 나뭇가지에 묶어놓는다고 했다. 나는 호기심으로 내 생년월일의 종이 쪽지를 사서 읽어보았다.

NO HURRY. RE-MARRY IS GOOD LUCK.

다른 한자와 일본 글자도 있었다. 그러나 그 영어에 나는 놀라지 않을 수 없었다. 일본 사람들의 그 잽싼 '세계화'에는 두 손을 들 수밖에 없는 것이었다. 그리고 영어도 영어려니와 그 내용에는 쓴웃음마저 났다. 서두르지 말라? 재혼은 행운? 유명한 국립공원 온천이라는 그곳에서 그날 저녁 목욕도 하지 않고 지하층의 술집을 찾아 일본 술을 마시면서도, 다음날 버스로 수증기와 물안개가 자욱한 산언덕을 휘돌아 내려오면서도 나는 그 영어 점괘에 생각이 머물렀었다. RE-MARRY IS GOOD LUCK?

"그래, 뭔가 길을 잡아야지. 시집을 가든가."

나는 그녀가 따라준 술잔을 들면서 혼잣말처럼 중얼거렸다. 그녀는 프랑스에서 돌아온 뒤 대학에 편입을 시도했다가 실패했다고 어디선가 내게 들려주었었다. 그럼에도 불구하고 그녀는 우리들의 예전 일에 대해서는 도무지 내 변명을 원치 않는다는 것을 나는 피부로 느끼고 있었다.

"시집요? 선생님도 그런 말씀을 하세요?"

그녀는 어느새 술기운에 발갛게 물든 얼굴로 눈을 흘겨보았다. 아닌 게 아니라 그 말은 전혀 생각 없이 던진 말에 지나지 않았다. 차라리 뭔가 길을 잡아야 한다는 것은 나 자신에게 충고하는 말에 다름 아니었다. 능산리의 논바닥에 발이 푹푹 빠질 때마다 나는 문득 내가 지금 무슨 일을 하고 있는가 물으며 되뇌곤 했었다. 다시는 결혼 따위는 하지 않으리라.

하필이면 그곳에서, 오래전에 마음속에 굳게 다짐했던 스스로의 약속을 되새겨보고 있었다면, 그것은 정말 '하필이면'이 될 수밖에 없었다. 논바닥에 푹푹 빠지는 발처럼 그 만남은 지겨웠던 것일까. 그 암행(暗行)과도 같은 세월을 겨우 그렇게 비유할 수는 없는 일이었다. 그런데도 나는 종종 하찮은 어려움이라도 닥칠 때면 속으로 말하곤 하는 것이었다. 다시는 결혼 따위는 하지 않으리라. 속절없는 노릇이었다. 거기에 과거의 만남을 탓할 아무런 빌미는 없는 것이었다. 그런데도 그랬다. 그런 내가 나는 싫었다. 결혼은 무엇보다도 나 자신의 문제로 귀결되는바, 나라는 인간은 결혼을 해서는 안 되는 것인지도 몰랐다. 지구 위의 몇십 억 인구 중에 단 두 사람이 그렇게 살아야 한다는 제도가 과연? 하고 나는 어처구니없다는 눈초리를 하고 있는 사람이었다. 그런데 기리시마의 신은 영어로 덕담을 하고 있었다.

"향로의 비밀은 어떻게…… 감이 잡히셨나요?"

내가 조금은 무거운 표정이었는지 그녀가 숟가락을 들다 말고 화제를 바꾸었다. 아니, 그것은 하루종일 우리가 붙잡고 있던 화제 그 자체였으므로 본론으로 되돌아왔다고 해야 할 것이었다.

"아냐. 더 어려워졌어. 요컨대 그런 국가적인 보물이 왜, 어떻게 거기에 묻혀 있게 되었느냐…… 어떻게 생각하느냐고 내가 묻고 싶어."

나는 머릿속이 텅 비는 느낌이었다.

"글쎄요…… 도대체 그런 게 어떻게……."

그녀로서도 뾰족한 대답이 있을 리 없었다.

"신문에는 말야. 백제가 망할 때 너무너무 급한 나머지……."

나는 봉투에 넣어 들고 다니던 신문을 가리켰다. 백제의 마지막 날, 신라와 당나라의 연합군이 물밀듯이 밀려오자 향로는 공방의 우물 속에 황겁하게 감추어졌다. 신문의 추측은 거의가 그랬다. 나는 적군에 쫓겨 그곳 백마강 기슭의 낙화암 벼랑에서 떨어지는 궁녀들의 모습과, 향로를 우물 속에 황겁히 집어넣는 사람들을 함께 그려보았다.

백제가 부여 땅에 도읍을 정한 기간이 122년 동안이라고 말해준 것은 택시 기사였다. 한강 이북의 하남 위례성이라는 곳과 웅진, 즉 오늘날의 공주를 거쳐 이곳으로 온 것이 성왕 때인 서기 538년이었다. 그로부터 122년이 지나 의자왕 때인 서기 660년에 이 아름다운 나라는 신라와 당나라의 연합군에 의해 스러지고 말았다는 것이었다. 백제 도읍 당시의 이곳 명칭은 사비(泗沘), 지금도 이 고도를 감돌아 흐르는 백마강을 굽어보며 솟아 있는 부소산에서 가장 높이 우뚝 선 정자인 사비루(樓)에 이름을 전한다. 이것저것 들려주던 그 택시 기사는 향토애와 직업 의식이 뚜렷한 사람이었다.

내가 향로의 비밀을 캐러 갔다는 것은 말하자면 그 왕조의 슬픈 역사를 되새기러 간 것과도 통했다. 그녀에게는 자세한 설명을 하지 않고 있었어도 그 향로는 형태적으로 보아서는 박산(博山) 향로 혹은 봉래산(蓬萊山) 향로라고 했다. 봉래산이란 예로부터 중국에서 신선이 산다고 전해내려온 세 산 가운데 하나다. 삼신산이라는 것도 그것이었다. 능산리의 발굴 터에서 그다음 들른 궁남지라는 못의 한가운데 만들어놓은 작은 섬도 삼신산의 모양이라는 설명이 붙어 있었다.

어쨌든, 박산이든 봉래산이든 삼신산이든 모두 신문에 실려 있는 것을 그대로 옮겨놓았을 뿐 정작 내가 알아내야 할 그 '비밀'은 어디에도 낌새조차 발견할 수 없으니 답답한 일이었다.

편집자가 내게 그 일을 맡긴 것은, 언젠가 술자리에서 내가 대학 때 전공하고는 아무 관계도 없는, 미술사학자 황수영 선생의 '한국 미술사' 강의를 들었었다고 말한 것 때문이었다. 무슨 이야기 끝에 나온 그 이야기를 그는 기억하고 있었고, 마침 나를 적임자로 찍었다는 것이었다.

그러니까 그는 내가 그런 문제에 아직도 각별한 관심을 가지고 있다고 믿은 모양이었다. 하지만 나는 한국 미술사라는 그 강의의 이름에 끌려 거기를 기웃거렸을 뿐이었다. 그리고 실제로 그 강의는 내 얄팍한 욕구하고도 거리가 먼 것이어서, 위의 불상과 무슨 비석 하나만을 슬라이드로 보고 허무하게 한 학기를 끝내고 있었다. 그러므로 나는 그 일에 적격자가 아니었다. 나는 애초에 그런 사정을 충분히 설명했다. 그런데도 그는 막무가내였다. 다른 사람을 동원할 시간적 여유도 없다는 것이었다. 그리고 나야말로 기획의 의도를 가장 잘 소화할 '인물'이라고 추켜세우기까지 했다. 그때 딱 잡아떼지 못하고, 내가 언제 갑자기 인물이 됐느냐고 대꾸한 것이 잘못이었다. 그러다가 그만 깜박 넘어가고야 말았던 것이다. 아니었다. 그 어떤 대꾸 때문이 아니었다. 그 순간에 나는 분명히 한 여자를 머리에 떠올렸던 것이다. 학년과 전공은 달랐어도 그녀 역시 그 강의에 들어왔었다. 그리하여 우리는 함께 살게 되었고, 나중에 영월로 '이별 여행'을 한 뒤 남남이 되었던 것이다.

터널에서 능산리는 그리 먼 곳이 아니었다. 아직은 겨울이라고는 하더라도 날씨는 퍽 눅어서 대기에서는 벌써 어디선가 봄 향훈이 묻어나고 있었다. 나는 그녀와 함께 택시에서 내려 매표소 앞으로 걸어갔다. 그곳이 버젓이 매표소까지 있는 유적지라는 것은 미처 예상치 못한 사실이었다. 그러고 보니 어느 신문에선가, 그곳 왕릉에 놀러오는 사람들이 쉴 곳이 없어서 휴식 공간을 만들고 있는 중이라는 기사를 분명히 본 기억이 되살아났다.

능산리 고분군 매표소.

나는 5백 원짜리 어른 표 두 장을 끊었다. 백제는 언제나 내게는 안타까운 미지의 왕조였다. 위례성의 존재는 말할 것도 없고 공주를 찾아가도, 부여를 찾아가도 비운(悲運)의 아련한 냄새만 맡아질 뿐, 좀처럼 실체를 가늠하기 힘들었다. 그 어느 왕조보다도 찬란한 문화 예술을 꽃피웠다는 기록이 남아 있기에 그 감회는 더욱 간절한 것이었다. 정복당한 땅은 철저히 유린되어 유물들은 흩어지고 유적들은 파괴되었다. 그리하여 황폐한 산하와 굴절된 역사만이 거기 뒷전에 남게 된 것이다. 그러나 그 산하에 드문드문 남아 있는 흔적들만 해도 얼마나 가슴 설레게 찬란하던가. 더군다나 백제 사람들이 다른 나라에 가서 만들어놓은 탑이며 불상들은 또 얼마나 그렇게 황홀

하던가.

그런데 느닷없이 하나의 향로가 이곳에서 모습을 드러내기에 이른 것이다. 향로는 능산리 고분군 경내에서 공사를 하던 중 발견되어 열흘 뒤에 언론에 공개한 것이었다. 그와 함께 세상은 놀랐다. 그것은 휘황하고 신묘하기 그지없는 '국보 중의 국보'라고 했다.

"여기서 그 향로가 발견되었다는데…… 저기 무슨 작업을 아직도 하고 있네."

나는 손을 들어 멀리 사람들이 보이는 왼쪽 앞을 가리켰다. 그곳은 경내의 다른 곳과는 달리 완만하게 계단식 논이 이어져 있었고, 위쪽 한가운데가 푸른 비닐 천막으로 널따랗게 덮여 있었다. 향로가 발견된 곳은 지금은 논바닥이지만 옛날에는 왕실에 달린 절터의 공방이 아니었을까, 신문들은 말하고 있었다. 신문이라면, 그 문제에 관한 한 나는 읽고 또 읽어 달달 욀 지경이었다. 우리는 그쪽으로 발길을 옮겼다.

나는 은연중 긴장되었다. 나는 그 향로가 1천 4백 년 동안이나 묻혀 숨어 있던 땅을 향해 가고 있는 것이었다. 이미 어느새 '국보 중의 국보'로 꼽히는 그것은, 내가 비밀을 캐기 위해 찾아온 그것은 과연 어떤 향로란 말인가.

이쯤에서 나는 하는 수 없이 또다시 신문을 들먹이지 않을 수 없다. 우선 그 향로의 정식 이름이 '금동 용봉 봉래산 향로'라는 것은 앞에서 말한 바 있다. 흔히 국보니 보물이니 하는 것에 붙여놓은 이름들이, 우리 선량한 무지렁이들은 아예 옆에 오지도 말라는 듯 어렵다 못해 기괴하기까지 한 것에 나는 늘 혀를 찰 수밖에 없었다. 이 점에서 나는 내 무식을 한탄하기도 하면서 "이놈의 일본식 한자 이름 표기는 언제쯤 우리말로 쉽고 맑고 깨끗하게 정리되나?" 하고 한숨을 쉬곤 하는 것이다. 어디든 유적지에 가서 그 안내판 앞에 섰을 때의 한심함은 차라리 참담한 부끄러움이었던 것이다. 그러나 이 향로의 이름은 그렇게 험한 것은 아니었다. 그래도 다행이었다. 쉽게 말해 이 봉래산 향로는 동(銅) 즉 구리에 금을 입힌 것으로 용과 봉을 새긴 것이라는 뜻의 이름인 것이다.

"갈대가 많아, 여긴. 이게 갈대가 맞지?"

논흙이 마구 파헤쳐져 있는 가장자리로 억새가 아닌 갈대가 누렇게 마른 채 군데군데 우거져 있었다. 전에 어쩌다 야외에 같이 나갔을 때, 헤어진 여자는 억새를 갈대라고 하곤 했었다. 우리나라 대부분의 여자들이 그렇게들 알고 있는 것이었는데, 그것은 잘 몰라서이기도 하려니와 갈대라는 말을 좋아하고 싶어 하는 잠재 의식 때문에 더욱 그럴 것이다 하고 나는 여기고 있었다. '생각하는 갈대'니 '갈대의 순정'이니 하는 수사가 거기에 있기도 했다.

나는 장화를 신고 일하고 있는 인부에게 다가갔다.

"향로가 발견된 정확한 지점이 어디입니까? 그리고 가볼 수는 없을까요?"

바로 그 옆에 '공사 중 외부인 출입 금지'라는 안내판이 서 있었던 것이다. 지금은 비록 향로를 파낸 빈 땅일지라도 나는 될 수 있는 대로 아주 가까이서 그 땅을 보고 싶었다. 아니, 그 땅의 냄새라도 맡고 싶었다.

"저기요. 볼록 튀어나온 데가 있지요? 거깁니다. 땅이 질어요."

인부는 친절했다. 우리는 논바닥으로 내려갔다.

나는 다시 신문에 의존해야 한다. 향로는 옛날 공방 터의 구덩이 밑바닥 개흙 속에 묻혀 있었다고 했다. 그 위에 기왓장도 이리저리 덮여 있었다고 했다. 쇠를 다루던 대장간에는 어디나 담금질을 하는 물통이 있어야 되므로, 그러므로 그 구덩이는 물통 혹은 우물이라고도 했다. 나는 질척질척 엉겨붙는 논흙으로 잔뜩 무거워진 구두를 질질 끌다시피 하며 현장 가까이로 갔다. 그런 순간, 어떤 신묘한 기운이 내 몸을 휩싸고 지나가는 느낌이 든 것은 순전히 내 정신 상태 때문이었는지도 모른다. 그러므로 나는 그 느낌에 대해 어떠한 미화도 하고 싶지 않다. 그러나 그것은 아무래도 신묘한 전율이라고 말할 수밖에 없다.

향로가 발견된 것은 신문 제1면의 커다란 머릿기사였다. 그것을 요약해보면 다음과 같다. '1천 4백 년 전 백제 금동 향로 출토'라는 큰 제목 밑에 다음 제목은 '6세기 공예품 중 최고 걸작'이었다. 그리고 기사는 "국내에서 발굴된 것 가운데 가장 크면서도 조각이 화려 정교할 뿐만 아니라 고고미술학사상 획기적인 발굴로 평가된다"고 이어지고 있었다. "전체 높이 64센티미터인 이 향로는 전체적으로 뚜껑 손잡이, 뚜껑, 몸체, 받침다리 등 네 부분으로 구성되어 있다. 뚜껑 손잡이는 봉, 받침은 용의 형상이어서 이 향로가 왕실에서 사용됐음을 보여준다. 뚜껑에는 피리·비파·현·금·북 등을 연주하는 5인의 주악상이 있고, 아래로 돌아가면서 조각을 한 봉우리가 30개나 있다. 봉우리에는 지팡이를 든 사람, 머리를 감는 사람 등 각종 인물상과 코끼리·원숭이·멧돼지·뱀·새 등 동물상, 불꽃 무늬와 폭포 등 온갖 형상을 조각해놓았다. 이러한 조각은 도교의 신선 사상과 관련된 것으로 보이는데, 그러나 몸체는 활짝 핀 연꽃으로 감싸 도교와 불교 사상이 함께하고 있음을 보여준다."

제1면의 기사와는 또 달리 다른 면에 실린 여러 전문가들의 소감도 실로 감탄을 자아내게 하는 것이었다. 여기서 그 말들을 곧이곧대로 다 옮겨놓을 여유도 없고 그럴 생각도 없다. 이 향로에 대하여 더 깊이 알고 싶은 사람은 나중에 국립박물관에서 나올 학술적인 종합 보고서를 보라고 권하는 게 옳을 것이기 때문이다. 그러므로 떠오르는 대로 몇 사람의 말을 간단하게나마 대충 짚어보기로 한다.

강우방(국립박물관 한예연구실장): 이 향로의 전체적 비례감각은 백제인만이 창조해낼 수 있다. 밑에서 위로 향한 한없는 상승 작용을 빼어나게 표현하였다. 환상적으로 도교적인 것과 불교적인 것을 종합하여 장엄한 우주관을 상징적으로 형상화한, 이 세계에서 가장 아름답고 우아하고 힘찬 향로일 것이다. 이 뜻하지 않은 향로의 출현은 그동안 막연히 상상으로만 가슴에 간직해왔던 백제 미술을 현실로 만들면서 한국 미술의 백미로 영원히 남게 될 것이다.

윤무병(문화재위원): 이처럼 다양한 인물과 동물상이 조각된 백제 유물은 지금껏 나온 적이 없었다. 조형미와 보존 상태로 보아 백제 유물 가운데 최고의 걸작이다.

이영희(작가, 일본 연구가): 높은 예술 창작의 경지에 한숨이 나올 따름이다. 우리가 백제를 너무 모르고 있다는 생각도 아울러 든다. '백제의 꿈'이 살아 숨 쉬게 될 날이 언제일까.

김훈(문학평론가): 백제의 금동 향로는 신화적 세계관과 관념적 사유를 조형화해낸 금속 공예의 경이이다. 그 조형의 세계는 거대하고도 체계적이다. 체계를 갖춘 세계관에 의해 인도되는 그 거대한 틀 안에서 모든 섬세함과 치밀함이 완성되고 있다.

말했다시피 이 밖에도 더 많은 찬탄들이 있다. 그러나 그 찬탄들을 뒤로하고 나는 이제 향로가 새로이 태어난 그 모태의 비밀한 땅, 그 구덩이 바로 옆에 선 것이었다.

"백제가 망할 때 여기에 향로를 황급하게 파묻었을 거라고……."

나는 신문에서 추린 대로 그 비밀을 곱씹으면서 앞쪽의 들판을 망연히 바라보았다. 바로 옆의 등성이는 사비성의 둘레를 잇는 나성(羅城)으로, 어느덧 기우는 햇빛이 그 위에 머물러 있었다.

"어머, 벌써 나물 싹이 나네."

나는 그녀의 말에 놀랐다. 그녀는 나를 안내하는 데만 힘을 기울이는 게 아니라 자기 자신의 세계를 보고 있는 것이었다. 그녀는 어느새 몸을 굽혀 둔덕의 마른풀 사이사이 파릇파릇 돋아난 새싹들을 들여다보고 있었다.

내가 향로의 비밀 냄새를 맡고자 하는 것을 그녀가 속깊이 몰라서일까. 그렇지는 않다고 나는 믿는다. 그녀는 그녀 나름대로의 비밀을 캐고 있다고 나는 느꼈다.

"꽃다지예요."

그녀가 땅에 바싹 붙어 자라는 풀을 가리켰다. 그 이름은 예전에 동요에서 들었던 것이었다.

"시장에도 있는 건가, 그건?"

나는 어쩔 수 없이 물었다. 나는 어차피 향로의 비밀에 얽매여 있다고 강조하고 있었으나 그것은 어디까지나 짐짓 그래보는 행동처럼 여겨졌었다. 향로에 관한 여러 자료들과 엄청난 말씀들은 나를 그 비밀 속으로 이끌어가기는커녕 점점 바깥으로만 돌게 하고 있었다. 나는 나 자신의 문제조차 풀지 못해 어정쩡한 삶으로 세상을 모제비처럼 살아가고 있었다. 그러니 그녀에게 뭔가 맞장구를 쳐주지 않으면 안 되겠다는 생각으로 던진 말이 고작 그 모양이었던 것이다.

"왜요? 사서 무쳐 드시려구요?"

"아니, 그건 아냐."

나는 손을 저었다. 혼자 산다는 말과 상관없이 사람이 삼시 세끼 먹거리를 준비해야만 한다는 것은 결코 쉬운 일이 아니었다. 준비하는 것도 그렇지만 삼시 세끼를 먹어야만 한다는 것은 형벌과 같은 일이었다.

"언젠가 봄에 야외에 나가서 이걸 뜯어다가 둘이서 무쳐 먹은 적이 있는데…… 우리…… 나하고 그 사람 말야……."

나는 순간 아차 싶었다. '나하고 그 사람'이라고 나는 어느 틈에 말했던 것이다. 아득한 느낌이 머리를 스치고 지나갔다. 그것은 까맣게 잊고 있었던 일이었다. 내가 그녀와 본격적으로 살림을 차렸던 기간은 실제로는 얼마 되지 않았었다. 그런데 언제 꽃다지 나물까지 뜯어 반찬을 해먹는 행복한 시간이 있었던 것인가, 나는 속으로 묻고 있는 것이었다. 아니, 그럴 시간이야 분명히 있었다. 까맣게 잊고 있었어도 그런 시간은 내게 주어졌었다. 그러자 그녀와 내가 지금은 세상 사람들이 먹지도 않는 나물을 뜯어다가 무쳐 먹는 남모르는 비밀 제의

(祭儀)를 행했단 말인가, 하는 생각이 새로웠다. 세상 사람들이 거들떠보지도 않는 하찮은 풀잎에도 예전의 언약이 숨어 있는 것이라는 생각이 나를 한순간에 참담케 했다. 아무리 서로가 떠난 상태로 멀리 있다 하더라도 풀잎에 맺은 어느 날의 비밀이 생명으로 살아 있는 한 헤어진 것이 아니라는 생각도 들었다. 그러므로 봄이 오는 들녘에서, 한 포기 풀꽃에서 그와 같은 언약을 꺼내보고 있는 사람이 있는 게 아닌가……

그 꽃다지로 주의가 환기되었다고 해야 한다. 그제야 나는 향로가 나온 진흙 구덩이로부터 관심을 돌려 비로소 그곳을 벗어날 수 있었다. 그리고, 말했다시피 궁남지와 정림사 터를 거쳐 구드래 나루에서 배를 탔던 것이다.

"프랑스에서 오신 뒤로 또 어디 안 다녀오셨어요?"

그녀는 어느새 마지막 숟가락을 놓고 있었다.

"다녀오긴 했지. 그건 그렇고 난 아무래도 술을 좀 더 먹어야 할까봐."

나는 소주 한 병을 다시 시켰다. 무언가가 나를 붙잡고 있다고 나는 느꼈다. 향로의 비밀도 향로의 비밀이려니와 두 낙화암의 궁녀들이며 〈정읍사〉의 여인이며 '살아봐'의 절규이며 이 모든 것이 어떤 원혼처럼 내 바짓가랑이를 붙잡고 있다는 느껌이었다. 이러한 느낌이 과장이라고 쉽게 매도하지는 말아주기 바란다. 나는 왠지 정신이 아득해진다고 받아들여졌다. 그래서 "향은 정신을 맑게 해주는 거라지?" 하고 자문자답하면서 좀 전에 산 향을 풀어보기로 했다. 그 향은 침향·백단향·자단향·목향·육계·안식향·용뇌 등을 원료로 만들었다고 되어 있었다.

나는 거푸 술잔을 비우며 마치 백제의 어느 한 시절 속으로 걸어 들어간다는 환상에 젖었다. 아니다. 백제의 달빛 속으로 걸어 들어간다는 환상으로 바꿔 말하는 것이 더욱 호소력이 있겠다. 거기에 '아으 다롱디리'라는 아름다운 후렴을 달고 있는 〈정읍사〉 노래가 있음은 두말할 것도 없었다. 그러나 실제 상황에서, 나는 〈정읍사〉 구절을 외려고 노력했지만 내 입에서는 '아으 다롱디리'라는 그 후렴만 나왔다.

"머지않아 낙화암에 두견화가 필 거야. 진달래 말이야. 그럼 두견새도 울 거야. 소쩍새 말이야. 아까 단종의 시에도 소쩍새가 나왔지만 말이야."

나는 '말이야'를 되풀이해서 외고 있었다. 내가 고양되어 있었던 게 아니면 정말 환상에 젖어가고 있었던 탓이리라.

그때 그녀가 말했던 것이다.

"소쩍새, 알아요. 부여 8경이라는 게 있는데요. 다른 지방의 무슨 8경하고 달리 소쩍새 우는 거하고 노을, 부슬비, 다는 몰라도 뭐 그런 거예요. 백마강에…… 참, 또 달빛도 있고…… 달빛도요."

달빛이라는 말이 왜 그렇게 내 마음을 파고들었는지 모른다. 나는 술잔을 든 채로 달빛이 과연 비치는지 보려는 듯 바깥쪽으로 눈길을 돌렸다. 가로등 불빛만 어릿어릿 비쳐 보일 뿐이었다.

"백마강의 달빛!?"

나는 외치다시피 말하며 그녀를 바라보았다. 그녀가 의아한 눈초리로 나를 대한 것은 당연한 일이었다.

"달이 떴는지는 모르겠어요."

그녀가 내 눈길을 피하며 말했다. 그 말에 나는 지금 달이 떴고 안 떴고는 아무 문제가 되는 게 아니라고 대답했던 것 같다. '것 같다'고 표현하는 것은, 그로부터 나는 이미 환상 속으로 깊숙이 걸어 들어갔다고 말하고 싶기 때문인 것이다. 그래서 나는 앞에서 지레 '백제의 달빛' 운운했던 것이다. 그것은 결코 술 탓이 아니었다. 나는 언제인가부터 나 스스로에게 최면을 걸고 있었다고 해야 한다.

그렇다고 해서 그 시간에 내가 벌써 최면 상태에 이르렀다고 진단하는 것은 무리에 속한다. 나는 말짱한 정신이었다. 다만 나는 백마강의 달빛, 〈정읍사〉가 노래한 백제의 달빛을 향해 가고 싶었을 뿐이었다. 그 가운데서, 말짱한 정신으로 더욱 정신을 맑게 할 저 향·침향·백단향·자단향·목향·육계·안식향·용뇌 등으로 빚은 향의 향내를 맡고 싶었다. 그 향내와도 같은 달빛이 그리웠다.

4

그동안 어디 안 다녀왔느냐는 질문에 나는 그 바로 얼마 전에 다녀온 독도가 느닷없이 머리에 떠올랐다. 독도가 봉래산 향로 같은 모습이라고 연상해서도 아니었다. 그리고 배를 타자마자 만난 한 사내의 모습이 뒤를 이었다.

그때 나는 여기서 이 사내를 만나다니, 하고 내 눈을 의심할 수밖에 없었다. 독도로 향하는 일행은 예상보다 훨씬 다양한 모습이었으며 따라서 그가 어떤 경우에 속하는지 알기도 어렵게 되어 있었다. 방송국 쪽 사람일 수도 있었고, 신문사 쪽 사람일 수도 있었다. 아니면 무슨 요원일 수도 있었다. 그는 마침 충계를 올라오고 있었고 나는 내려가고 있었으므로 우리는 서로 몸을 옆으로 한 채 비켜 지나야 했다. 그래도 몸이 닿게시리 충계는 좁았다.

"이거, 좁아놔서."

그가 말했다.

"예, 그렇군요."

나는 그저 인사 삼아 대꾸했다. 그리고 스쳐지나고 나서야 나는 그를 알아본 것이었다. 그가 나를 알아본 낌새는 없었다고 짐작되었다. 설령 알아보았다 한들 무슨 까탈이 있을까만 역시 모르는 게 더 좋았다는 생각이 들었다.

해양대학의 실습선이라는 배는 선체를 온통 하얗게 도색해서, 도무지 쇠로 만들어진 배로 느껴지지 않을 정도였다. 마치 설탕이나 눈으로 만든 배 같았다. 야아, 멋있다, 처음 보았을 때 누군가가 탄성을 지르는 소리를 들었었다. 그런데 어느덧 이틀 밤째 배를 타고 있는 나는 이 배가 하얗기는커녕 시커멓게 도색된 배가 아닐까 하는 생각이 들었다. 물론 여기에는 그만큼 항해가 지루하다는 느낌이 강하게 포함되었을 것이다.

부산에서 저녁에 출항, 꼬박 밤을 지나서야 독도 앞바다. 눈비가 흩뿌리는 궂은 날씨. 그리고 다시 꼬박 밤을 지나는 귀항. 낮에 잠깐 반짝하는 청명한 시간이 있었다 하더라도 풍랑이 높아 선실에 갇혀 있다시피 했으니, 실제로 모든 것이 어두침침했다.

배는 비록 실습선이라는 이름이 붙어 있기는 해도 크고 화려한 편이었다. 승선하자마자 나누어준 '안내문'에는 본래 4천 5백 톤으로 설계했다가 예산이 부족해서 1천 톤쯤 줄여서 건조했다는 규모에 대한 설명을 비롯해서 흘수니 출력이니 최대 속도니 순항 속도니 선급이니 하는 등등이 자세히 적혀 있었다. 톤수를 말해봐야 전혀 감이 잡히지 않을 게 뻔하므로 참고 삼아 곁들이자면 그 넓이는 폭이 14.5미터, 길이 102미터였다. 거기에 선실만도 2층으로 나뉘어 1인실, 2인실, 4인실, 5인실, 10인실 등이 통로를 사이에 두고 줄지어 있었다. 그러니까 200명 가까운 사람들이 한꺼번에 '독도 방문단'이라는 플래카드 아래 모두 한 배에 탈 수 있었던 것이다.

처음 독도에 가지 않겠느냐는 제의를 받았을 때 나는 엉뚱하게 물개를 떠올렸었다. 어려서 보았던 학습 참고서 따위에 독도라는 섬은 우리나라에도 물개가 서식한다는 사실을 알리기 위해 있는 섬처럼 소개되었던 기억이 어렴풋이 되살아났던 것이다. 동해를 헤엄쳐 다니던 물개가 그 섬에 오르곤 한다며, 미끈한 몸매에 뾰족한 주둥이를 하늘로 바투 쳐들고 꼬리를 바위에 척 늘어뜨린 놈의 자태가 맵시 있게 그려져 있었다. 어떤 책의 그림은 주둥이에 난 수염이 꼭 미꾸라지의 것을 닮기도 했었고, 또 어떤 책의 그림은 주둥이 위에 수박 무늬의 공을 올려놓기도 했었다.

그런데, 말했거니와 그 기억은 어렴풋한 것이었다. 그럼에도 불구하고 그 어렴풋한 기억이 가장 먼저 내 머리를 스친 까닭을 알 수 없었다. 어쩌면 나는 전혀 틀리게 기억하고 있는지도 몰랐다. 그것이 독도가 아니라 울릉도였는지도 모른다는 생각이 뒤따랐다. 그러자 독도가 아스라이 멀리 있다는 느낌뿐의 섬임이 비로소 실감되기 시작했다. 그와 함께 돌연, 내가 이날까지 살아오는 동안 얼마만큼의 진실을 저리 아스라이 간직해온 것일까 하는, 무슨, 청맹과니의 빛 보기 같은 느낌이 가슴 언저리로 잦아드는 것이었다. 별스런 노릇이었다. 물개도 사라지고 섬도 사라졌는데, 나는 바다를 아스라이 바라보고 있는 느낌이었다. 다른 낱말을 못 쓰는 채 '아스라이'라는 낱말을 거듭 쓰는 것에 이미 내 마음의 약점은 충분히 나타났으리라.

독도행은 그렇게 결정되었다. 그 느낌은 '아스라이'였으나,

내 대답은 단호했다. 국토 순례를 겸해 독도에 가서 삼일절 행사를 치른다는 주최 측의 의도와는 별개의 것이었다. 아무렴, 꼭 가야지요.

독도에 대해 내가 가지고 있는 감정은 미미하기 그지없는 것이었다. 하나의 섬, 잘 들여다보면 독도는 동도와 서도로 나뉘어 있다고 하더라도 하나의 작은 섬일 뿐이었다. 하기야 나라는 인간은 섬이라는 대상에 대해 왠지 따옴표를 붙이고 있는 편이기는 했다. 섬은 그냥 섬이 아니라 '섬'이었다. 처음 연애를 할 때 그녀가 어김없이 '그녀'여야 하듯이 말이다. 그만큼 섬은 내게 뭔가 호기심과 상상력을 불러일으킨다. 그런 만큼 모든 섬은 내게 보물섬인 셈이다. 어린 시절 교과서에는 우리나라의 섬이 4천 몇백 개로 적혀 있었던 깃 같고, 또 남쪽 바다는 섬이 하도 많아 다도해라는 이름으로 불리기도 하나, 우리나라가 세계에서 네 번째인가로 섬이 많은 나라임을 안 것은 최근의 일이었다. 굉장하다! 나는 감탄했다. 바다가 굉장한 것은 아무것도 굉장한 것이 없기 때문이다,라고 누가 말했다던가. 나는 그 말이 상기될 때마다, 아니다, 바다가 굉장한 것은 섬이 있기 때문이다,라고 항변하고 싶었다. 그러나 이런 항변은 그 누군가 이미 하고도 남았으리라는 걸 나는 또한 믿어 의

심치 않았다. 그런 뜻에서 나는 내가 생각하는 모든 것, 표현하는 모든 것을 이미 누군가 다 하고도 남았으리라는 예상 앞에 초라하게 놓여진다. 예상이 아니라 준엄한 현실일 것이다. 그러나 그 준엄한 현실의 굉장한 바다 한가운데 나는 그래도 하나의 작은 섬으로 놓여지고 싶다고 외친다.

사람들 사이에 섬이 있다.

그 섬에 가고 싶다.

이 시를 쓴 시인은 어떤 절망을 이렇게 따뜻하게 읊었을까. 하지만 나는 스스로 절해의 고도(孤島)로서 어떠한 '사이'로도 가늠되지 않는 절대 고독의 섬을 노래하고 싶었다. 그럼으로써 내가 겪어온 이 인생의 비루먹은 추억을 묻어버리고 싶었다. 독도가 그런 섬이 되어줄 수 있을까. 어림없는 기대인지 몰랐다.

언젠가 한 여자에게 마라도로 가자고 했던 적이 있었다. 마라도는 제주도 남쪽 바다에 있으며, 우리나라에서 가장 남쪽 끝에 있는 섬이기도 했다. 남쪽에 뜻이 있는 게 아니라 '끝'에 뜻이 있었다. 끝까지, 즉 갈 데까지 가서 우리의 잘못된 관계를 청산하고 새로 출발하자. 나는 그 방법을 제안했었다. 그때 어쭙잖게 그리스 신화의 아프로디테 여신이 해마다 무슨 샘물에 가서 목욕을 하고 새로이 처녀로 태어나곤 한다는 예를 든 것은 두고두고 후회되는 노릇이었다. 처녀 좋아하시네. 지겨워. 그녀는 냉소하였다. 우리는 엉뚱하게도 영월에 다녀와서 헤어졌었다.

그 전말을 시시콜콜 얘기하기에는 나도 지겹다. 우리가 어떻게 만났고, 또 어떻게 헤어졌는지는 정말 비루먹은 추억일 뿐이다. 굳이 그걸 듣고 싶은 사람에게는 단지 내 호적 초본 한 장을 떼어주는 것으로 족할 것이다. 다만 내가 두고두고 후회된다고 한 까닭은, 아닌 게 아니라 처녀는 뭐 말라죽을 처녀며 게다가 하필이면 서양 신화까지 낯간지럽게 끌어나 냈느냐는 것이다. 그것이 내 삼십대 초반의 처연한 형해(形骸)였다.

그런데, 여기쯤에서 나는 한 사내의 존재를 끌어붙이고 넘어가기로 한다. 그는 여자가 나를 만나기 전에 사귀던 사람이었으며, 나하고도 어찌어찌 얼굴을 나는 사이였다. 나와 가까워질 무렵 여자는 그와의 관계를 청산하기 위해 나름대로 속깨나 썩이는 모양이었다. 그 과정에서 산부인과까지 간 것을 나는 알고도 모른 체하고 있었다. 인생유전(人生流轉)이라는 말은 옛날의 영화 제목만은 아니었다.

그리하여 독도행은 엉겁결에 결정되었다. 그곳을 겨냥하여 절대 고독의 섬이니 하는 따위로 분식할 마음은 털끝만큼도 일지 않았다. 이름 그대로 멀리 외따로 떨어져 있다는 점에서 독도는 어느 섬보다 고독한 모습에 걸맞는 섬이었다. 그런데 왜 나는 한 번도 그 섬을 마라도와 같은 의미로 염두에 두지 못했던가 알 수 없었다. 물론 나중에 안 바로는 그곳을 개인적으로 가기란 결코 쉬운 일이 아니었지만, 그런 사실을 떠나서 나는 아예 그곳을 염두에 두지 않았었다. 그녀가 아프로디테 여신이 되기를 거부한 뒤, 내가 문득 죽음이라는 걸 떠올리고 섬으로 갈까 망설였을 때도 독도는 후보지가 되지 못했었다. 마라도를 비롯하여 많은 섬들이 내 머릿속에 있었다. 세계에서 네 번째로 섬이 많은 나라답게 마라도, 백령도, 격렬비열도, 지심도, 보길도, 진도, 남해도…… 등등 수많은 섬들이 우선 떠올랐었다. 그러나 독도는 없었다.

독도행을 결정하면서 내 인생은 지금 어디쯤 와 있는 것일까 언뜻 생각해본 것 같기도 하다. 배를 타고 항해하는 그 외딴 시간과 공간 속에서라면 나는 그 문제를 얼마쯤 짚어볼 수도 있겠다 희망했던 듯싶었다. 게다가 5개월 동안 배를 타고 세계의 스물 몇 항구를 돌아온 친구의 항해에 자극받은 바도 없지 않았다. 5개월은 고사하고라도, 단 며칠이라도 그것은 유배와도 같은 시간과 공간을 제공할 것이었다. 조선일보사에서 실시하는 '일본 속의 한국 문화 탐방'에 끼어들어 배를 탔던 것도 그런 까닭에서였다.

그리고 일본에서와는 달리 다행히 얼마 전부터 술도 끊고 있는 참이었다. 이럴 경우 '다행히'라 할 수 있을까는 애매했으나, 피 검사를 받은 결과 의사는 절대 금주를 명했다. 큰일납니다, 이 상태로선. 의사의 말이 아니어도 나 자신도 그러리라는 낌새는 짐작하고도 남았었다. 술을 입에 대기 시작하면 끝장을 보고야 마는 버릇이 문제였다. 무엇보다 간이 성할 이치가 없었다. 의사의 말을 들으며 나는 얼마 전에 누군가에게서 받은 뇌졸중 예방약 만드는 법을 기억에 되짚고 있었더랬다. 그렇지, 달걀 흰자위 하나를 거품이 날 때까지 젓는다고 했지. 거기에 머윗잎 생즙을 다섯 작은 스푼 넣고 쉰 번 젓고, 거기에 다시 데운 곡주를 다섯 작은 스푼 넣고 서른 번 젓고, 매실 다섯 개를 생즙 내어 넣고 스무 번 저으면 다 되었다. 처음부터 끝까지 지켜야 할 것은 쇠붙이가 닿지 않도록 하는 것이었다. 할아버지를 쓰러뜨린 것이 바로 뇌졸중이었다. 그리고 쉰 살도 못 되는 나이에 이 세상에서 불려가버렸다.

잎사귀 시원스레 넓적한 머위를 심고, 겹꽃 붉고 매실 많이 달리는 만첩홍매실을 심으리라.

그러고 보니 단칸 셋방을 전전할 때도 나는 그것들을 심고 싶었다고 생각되었다. 만첩홍매실나무라는 나무 이름을 안 것도 봉천동 비탈 동네의 반지하 셋방에서였다. 내가 문득문득 죽음을 꿈꾸며 섬으로 나아가려 할 때마다 아울러 '꿈꾸는 식물'처럼 살고 싶었던 욕망은 또 어떻게 풀이될 것인지, 나는 아득했다. 여러 가구가 허덕이며 살고 있는, 카타콤 같은 그 집의 숨 막히는 방구석에서 벗어나, 그래도 숨통이 틜까 슬래브 지붕 위를 거닐며, 나는 이창복 교수의 노작 《대한식물도감》을 펼치곤 했다. 식물학만큼 내게 생명력과 상상력을 선사하는 것도 없었다. 서울은 갖가지 동물들이 못다한 욕망으로 울부짖으며 으르렁대는, 대재난의 홍수에 영원히 갇혀 있을 방주였다.

드디어 영도에서 독도행 배에 올라탈 때 사실 나는 좋은 뜻의 또 다른 방주를 연상했었다. 2박 3일의 항해가 끝나면, 뭔가를 새로이 얻을 수 있으리라. 막연한 기대라고 탓해도 어쩔 수 없다. 아무려나 독도가 내게 의미를 건넨 적은 없었지만 말이다. 의미란 항상 내가 새로 만들면 되는 것임을 나는 연륜과 함께 배운 것이었다.

그러나 좋은 뜻의 또 다른 방주라는 희망은 승선하고 나서 얼마 지나지 않아 허물어지기 시작했다. 선장과 항해사가 차례로 나와 선상 수칙이니 구명정 사용이니 몇 가지 주의 사항을 말하고 나서 곧 방 배정이 있었는데, 그로부터 나는 여간 우왕좌왕하지 않으면 안 되었다. 그 순간들이 나를 급격히 어둡게 만들고 있었던 것이다.

한마디로 말해 나는 내게 주어진 선실을 쉽게 찾을 수가 없었다. 더 여럿이 쓰는 방 대신에 4인 1실의 선실을 배정받은 것까지는 괜찮았다. F2. 이를테면 지하 2층이었다. 모호하기 짝이 없었다. 배의 구조에 대해 도무지 무식한 것 때문이기는 했다. 위와 아래의 기준이 어디인지 당황하지 않을 수가 없었다. 안내하는 대로 따라만 행동했던 선샤인 후지호의 경험은 헛것이었다. 어디가 지하 2층, 아니 수하(水下) 2층이란 말인가. 바닷물이 찰랑이는 경계를 기준한 것 같지도 않았다. 그렇다면 맨 아래층은 반지하, 아니 반수하가 될 터였다. 반수하방이라, 나는 봉천동 시절을 돌아보며 쓴웃음을 짓기도 했다. 말이 쉬워 3천 6백 톤이지 그것은 엄청나게 큰 배였다. 익숙하기 전까지는 통로는 모두 그야말로 카타콤의 미로였다. 게다가 같은 방을 배정받은 사람들과는 전혀 모르는 사이여서 나는 이 층계 저 층계를 홀로 오락가락하며 헤맸다. 다른 선실 사람들도 헤매기는 거의 마찬가지였다.

"어디가 어딘지 모르겠는걸."

"저긴 막혔습니다. 이리로, 이리로."

"내려가는 덴 어디야?"

그러던 중 나는 그 사내를 만난 것이었다.

겨우 찾아든 선실은 반수하방이 틀림없었다. 2단 침대의 윗단벽에 뚫려 있는 현창(舷窓) 바로 밑으로 파도가 기우뚱거리며 넘실거렸다. 반지하방에서 탈출하여 기를 쓰고 살아오기를 십몇 년, 기껏 와서 누운 것이 반수하방이란 말인가 하는 자조가 우스개 같지만도 않았다. 퀴퀴한 냄새마저 반지하방과 비슷했다. 식사 시간까지는 아직 여유가 있었다. 2단 침대의 윗단에 올라가 누운 나는 현창 밖으로 어두워오는 바다를 내다보았다. 그리고 내 마음이 어둡게 된 까닭을 더듬었다.

단순히 선실을 못 찾아서 그런 것은 아니었다. 그렇다면? 사내의 출현 때문에? 그럴 것이 뭐 없었다.

선실을 찾아 내 자리에 둥지를 틀고 누웠건만 궁궁궁궁 울리는 가슴은 좀체 가라앉지를 않았다. 배를 밀고 가는 기관 소리가 가슴에 전달되어 그런 것은 천만 아니었다. 알 수가 없었다. 굵은 쇳쇠 같은 고리를 앙물려 잠가놓은 동그란 현창을 열자 바닷바람이 퀴퀴한 냄새를 밀고 들어왔다. 바람이 무겁다, 하고 나는 난생처음 느꼈다. 나이를 먹어도 난생처음 느끼는 게 끝없이 있다는 건 축복이자 저주일 것이었다. 그러니까 나이 먹을수록 사랑 역시 축복뿐만 아니라 저주도 되는 것이었다.

불안했다.

비행기를 타거나 배를 탈 때마다 은근히 불의의 사고를 염려하게 되는 그런 심사와는 다른 것이었다. 항해사의 설명에 따르면 여러 대의 구명정에는 사람들 모두가 탈 수 있고 또 한 달인가 하는 기간 동안 먹을 물과 식량이 비축되어 있나고 했다. 나는 뱃전에 달려 있는 노란 구명정을 훑어보며 용변은 어떻게 처리할까, 우스꽝스러운 줄 알면서도 정말 용변 같은 생각만 했을 뿐이었다. 그럼에도 불구하고 아무런 이유 없이 밀려오는 불안감의 정체는 무엇인지 알 수 없었다.

몇 년 동안 배를 타본 경험이 그리 많지 않기는 했다. 가장 최근부터 꼽자면 부산에서 거제도까지 가는 올림픽 호의 뱃길이었고, 그다음은 캄보디아의 메콩강에서 유람선을 타고 오르내린 이른바 '메콩강 투어'였다. 한때 체류한 적이 있는 거제도에는 일 때문에 간 길이었고, 메콩강에는 캄보디아의 앙코르와트 유적을 보러 간 길이었다.

거제도에 머물 무렵에는 올림픽호와 피닉스호와 데모크라시호라는 거창한 이름들을 붙여놓은 여객선을 번갈아 타고 서울 나들이를 하며 그래도 뱃길에 친했었다. 무료한 끝에 팔색조와 아비 같은 새를 찾는다는 핑계로 여기저기 섬 구석을 돌아다니던 무렵이었다. 수박색 무당개구리들이 짝짓기를 하는 그 섬에서 나는 팔색조를 좇아 돌아다녔다. 한국 전쟁 때의 엄청난 상처인 포로 수용소는 언제 그랬었더냐 싶게 섬 한쪽에 허물어진 채 부분적인 흔적으로만 남아 있었다. 그러고 보니 내가 동백꽃을 보러 그곳에 간다는 것은 어쩌면 공연한 명분에 지나지 않았다. 예전처럼 새를 좇아간 것이라고 해도 마찬가지가 될 것이다. 예나제나 나는 그 무엇인가를 보기 위해, 그 무엇인가를 좇아간 것이라고 해야 되겠기 때문이다. 하지만 굳이 다시 말하려면 나는 팔색조를 좇아간 것이라고 해야 한다.

어느 해, 우기(雨期)를 피해 지난겨울에 간 메콩강에서는 유람선을 타고 캄보디아의 수도인 프놈펜을 옆구리에서 바라보았다. 나는 마치 예전에 본 영화에서처럼 증기선을 타고 그 인도차이나의 강을 거슬러오른다는 상상에 빠져들기를 원했었다. 나는 학구적이고 모험적인 탐험가로서 앙코르와트가 자리잡고 있는 톤레샵 호숫가를 향해 가고 있는 것이었다. 그런 도중에 배 위에서 그린 파파야를 먹고 있는 한 원주민 소녀를 만난다…… 아니, 내가 황인종이므로 그린 파파야를 먹는 소녀가 백인이라면…… 그러나 내 머리는 도무지 그쪽으로 움직여주지를 않았다. 그 도시에서 본 수용소에 대한 연상이 자꾸만 내 낭만적인 뱃길을 방해한 때문이었다.

거제도와는 또 다르게 캄보디아에는 수용소 건물이 거의 그대로 남아 있었다. 그리고 죽은 사람들이 끌려와 고문받는 사진과 그림들이 방마다 걸려 있었다. 그 나라에서 내전과 살육이 겨우 멈춘 것은 불과 몇년 전의 일로, 너무 끔찍해서 자세히 그려 보일 수도 없음에 양해를 구한다. 다만 직접적으로 보이지 않는다는 점에서 〈킬링 필드〉라는 영화로 우리에게도 알려져 있는 다른 모습만을 잠깐 이야기하는 선에서 멈추기로 한다. 말했다시피 나는 그곳에 세계의 불가사의라고 알려져 있는 앙코르와트를 보러 간 것이지 전쟁터를 보러 간 것이 아니기도 한 것이다.

프놈펜에 도착한 그날로 맞닥뜨린 게 '킬링 필드'였다. 도시를 벗어나 얼마쯤 달려가 버스에서 내리자 한 무리의 오토바이가 몰려와 서로 자기 것을 타라고 아우성이었다. 오토바이가 뒤꽁무니에 한 사람씩 태우고 움푹움푹 파인 시골길을 달려가서 내려놓은 곳이 '킬링 필드'의 현장이었다. 군데군데 널려 있는 구덩이 주위로는 살해된 사람들의 옷자락이 아직도 삭지 않고 널려 있었다. 그리고 그 가운데 우뚝 세워놓은 탑 모양의 건물 안에 층층이 쌓여 있는 무수한 해골들.

나는 현창 밖의 바닷물에 어리는 독도와 거제도의 뱃길과 메콩강의 뱃길을 번갈아 바라보면서 전쟁 속에 외톨이가 되어 갔던 나 자신을 보고 있었는지도 모른다. '모른다'가 아니라 어김없이 그랬다. 전쟁은 내 아버지를 앗아갔고, 고향에서 떠나는 길을 재촉했었다. 그리하여 몇십 년이 흘러 나는 독도로 향하는 실습선의 밑창, 반수하방에 누워 있는 것이었다. 그 뱃길에는 팔색조며 아비는커녕, 그린 파파야를 먹는 소녀는커녕, 어둠만이 내리깔리고 있었다. 그 순간 나는 내가 외돌토리임을 너무도 절실히 느끼고 있음을 알았다.

"식사 시간입니다. 모두 식당으로 모이기 바랍니다."

스피커에서 안내 방송이 들려왔다. 그 방송을 듣고도 나는 한참 동안 현창 밖을 바라보고만 있었다. 다시 육지를 밟을 때까지 나는 그 현창 밖으로 바라보이는 동그랗게 한정된 세계에서 나 홀로 살아갈 수밖에 없다는 생각이 들었다.

서울을 떠나올 때만 해도 동료들과 현실적으로 함께였었다. 그런데 언제부터인가 나는 그들과도 얼마쯤 거리를 두고 있었다. 도중에 점심을 먹을 때도 나는 어느 틈에 모르는 사람들 틈에 끼어 앉아 있었다. 술 한잔하자는 권유를 뿌리치기 위해 미리 선수를 친 것이라면 지나치게 허약한 행동이었다. 그리고 모두들 멀미를 예방한다고 '키미테'인지 뭔지를 귀밑에 붙일 때도 나는 안 붙이기를 고집하고 있었다. 배정받은 선실도 낯선 사람들과 함께였다. 이런 사소한 것들이 모두 의미심장한 것처럼 여겨졌다.

아니었다. 의미심장한 것은 아무것도 없었다. 나는 알고 있었다. 나는 스스로 홀로 있고자 한 것이었다. 알 수 없는 불안감? 그렇다. 그것도 스스로 홀로 있고자 한 데서 말미암은 것이었다.

그렇다면 불안감의 정체가 밝혀진 만큼 나는 다소 침착해져도 좋았을 것이다. 하지만 아니었다. 식당에 올라가 새우, 홍합, 굴, 소라 등 해산물에 양식으로 배부르게 식사를 하고 나서도 내 마음은 어둡기만 했다.

"저것이 뭘까요? 마치 오로라 같군요."

"설마 해가 벌써 뜨는 건 아니겠지요."

"등대 불빛인가요?"

오징어잡이배에서 뿜어져나오는 불빛이 어둠이 내리깔린 수평선 저쪽을 물들이고 있었다. 실습선은 독도를 향해 거침없이 항해하고 있었다. 항해사의 설명을 그대로 옮기면 속력은 15노트였다. 나는 갑판에서 담배 두 대를 연거푸 피우고 선실로 내려왔다. 각각의 방에서는 술자리를 벌인다, 화투를 친다, 시끄러웠다. 술꾼이 술을 끊다니 귀신이 곡하겠다고, 문을 열어놓은 채 술을 마시고 있던 일행이 나를 끌었다. 나는 배멀미 탓에 토할 것만 같다고 둘러대며 손쉽게 뿌리치고 다시 내 현창 앞으로 돌아왔다. 이제 사내의 존재는 내게서 가뭇없이 사라져버렸다. 승선 인원이 많은데다가 극도의 근시인 내 눈에도 원인이 있을 것으로, 그의 모습은 찾아볼 수 없었다.

사내의 모습이 내 눈에 띄었다 한들 내가 구태여 알은체를 하고 다가가거나 말을 걸지는 않았을 것임에 틀림없었다. 도대체가 거지 같은 과거사의 에피소드일 뿐이었다. 세상에는 온갖 종류의 만남과 헤어짐이 다 있었다. 우리가 상상할 수 없는 유전(流轉)이 있었다. 아버지와 딸이 같이 살게 되었다거나 어머니와 아들, 친구의 남편이나 아내…… 차마 입에 올릴 수 없는 관계가 엄연히 세상에 존재하고 있었다. 그런 판국에 헤어진 여자의 옛 애인? 개미가 안다면 웃다가 허리가 끊어질 일이라고 현대의 우화 작가는 말할 것이었다.

안 그래도 나는 외톨이라는 걸 의식하고 있었고, 어느 틈에 그 의식을 소중하게 여기고 있기조차 했다. 그런데 사내를 내 영역에 끌어들일 하등의 이유가 없었다. 말했다시피 내가 애초부터 일부러 사람들을 피해 홀로 있으려 한 것은 아니었다. 겉모습만으로라면 술을 끊었다는 지극히 피상적인 원인 제공이 있었다. 하지만 일행의 권유에 "술도 못하는데 뭘…… 가서 쉬어야겠어……" 하는 투로 자리를 피한 것은 곧이곧대로의 말이 아니었다. 평소에 술을 못할 사정이 있는데도 물 한 잔만 놓고 몇 시간씩 술꾼들과 어울린 경력이 있는 것이었다.

나는 식당에서 안 먹고 호주머니에 넣어온 귤 두 개를 꺼내 놓고 다시 현창을 옆으로 바라보며 비스듬히 누웠다. 캄캄한 밤이 되었으나, 현창으로는 무슨 빛인가가 희끄무레하게 비쳐 들고 있었다. 먼 오징어잡이배의 불빛인가 흐린 달빛인가. 그 빛이 비친 귤 두 개는 마치 그린 오렌지 같아 보였다. 난데없는 메콩강 유람 탓에 그린 파파야를 들먹였던 연상 작용이 마침내 그린 오렌지를 들먹이게 되었다고 해도 어쩔 수 없는 일이었다. 그곳에 가기 전까지 나는 과일 앞에 붙인 '그린green'이라는 형용사가 그냥 설익은 과일이라 붙인 줄 알았었다. 그게 아니었다. 바나나든 파파야든 오렌지든 익은 과일에 그런 종류가 따로 있었다. 더군다나 가이드는 그게 더 맛있는 거라고 알려주었다. "우리나라에서는 바나나를 먹을 때 통째로 이렇게 쭉쭉 벗기지요." 그는 바나나 껍질을 벗겼다. "그렇지만 그건 남자분들 그거, 그거 말입니다. 그걸 깐다는 욕이 됩니다. 이렇게 반을 뚝 잘라서 벗겨야 욕이 안 됩니다." 그는 혼자 재미있어 하면서 다른 바나나를 집어들고 반을 꺾어 잘라 벗겨 보이고 나서, '그린'이라는 뜻도 설명해주었다. 그 뒤 돌아와서 동네의 슈퍼마켓에 들른 나는 그린 올리브의 병조림이 있음을 보고 한 병 사기도 했다.

밤빛에 의한 그린 오렌지를 보며 나는 증기선의 현창으로 메콩강을 내려다보고 있다는 상상에 빠져들고자 했다. 그와 같이 이국 풍경을 상대함으로써 불안감을 잊으려는 계산이 작용했음을 부인하지 않겠다. 메콩강이라 했지만 앙코르와트로 가는 뱃길은 프놈펜에서 갈라져 그 지류인 톤레샵강을 거슬러오른다. 위대한 호수라는 뜻의 톤레샵 호수에 이르는 강이었다. 그리하여 마침내 호숫가의 마을 시엠립에 이른다. 세계 7대 불가사 중 하나인 앙코르와트가 있는 마을인 것이다. '마침내'라고 말하는 뜻은 아주 오래된 학생 시절 프랑스 소설가 앙드레 말로의 소설 〈왕도(王道)〉를 읽은 이래 그곳에 줄곧 어떤 영감을 지니게 되었기 때문이다. 그 소설이 바로 앙코르와트를 배경으로 하고 있었다.

도마뱀들이 어찌나 극성인지 호텔의 벽으로도 기어다녔다. 가이드는 혹시 도마뱀이 나타나더라도 놀랄 필요 없이 그냥 놔두라고 설명해주었다. 도마뱀은 사람을 해치지 않고 해충만 잡아먹는 좋은 동물이므로 현지에서는 고맙게 여겨 잡지 않는다는 것이었다. 우기를 피한 건기도 여간 끈끈한 날씨가 아니었다. 도마뱀의 반짝이는 눈알을 꼬나보자 놈은 재빨리 구석으로 숨었다.

밀림 속에 우뚝우뚝 세워져 있는 네 면의 거대한 부처 머리(佛頭)의 틈새에서도 도마뱀들은 가무잡잡하게 윤기 나는 긴 혓바닥을 날름거리고 있었다. 19세기에 프랑스의 나비 채집가 겸 탐험가가 그곳 밀림 속으로 탐험해 들어갔다. 그런데 안내를 맡은 원주민이 한사코 두려움에 떨며 가지 않겠다고 하는 지역이 있었다. 결국 그곳으로 간 그는 놀라지 않을 수 없었다. 과연 원주민이 두려워할 만한 어마어마한 폐허의 유적이 거기 있었던 것이다. 너무나 오랫동안 버려져 있던 유적이어서, 그곳은 지금도 아름드리 반안나무의 뿌리가 군데군데 뒤덮인 채 그대로 엉켜 있으며, 괴괴한 정적 속에 외경감을 불러일으키기에 부족함이 없었다. 프랑스 탐험가는 고국에 돌아와서 그 사실을 사람들에게 알렸으나 아무도 믿어주지 않는 가운데 생을 마쳤다고 한다.

그러나 증기선의 현창으로 그 풍경을 바라보았을 뿐, 나는 그 '불가사의'의 규모나 역사를 보고 들은 대로 읊을 여유도 없고 재주도 없다. 어느 고고학자의 말대로 그 웅대한 사원은 "평생을 보아도 다 못 본다"니까 말이다. 다만, 캄보디아를 온통 휘감고 어디를 가든 나타난다 싶은 길고 긴, 머리 일곱 개의 코브라뱀 '나가'의 조각들, 몇십 미터를 치솟은 하얀 스바시나무와 스퐁나무들이 머리를 스쳐가며, 그 사이로 길거리 어디서나 나를 반기던 하얀 꽃잎이 안쪽으로 노르스레 물든 참페이champey꽃은 내게는 그 무엇보다도 인도차이나의 선물이었다는 점만은 말하고 넘어가야겠다. 나는 식물학자가 되지 못한 것에 한이 맺혔다 해야 마땅한 사람으로서, 이를테면 여자를 꽃이라고 할 때 그 예쁜 얼굴에서만 꽃을 보려는 게 아니라 아래쪽 그 부분, 그 부분에서도 꽃을 보려는 사람인 것이다. 이 말이 어려운 사람은 기회를 보아 그 부분을 식물학자처럼 면밀히 살펴보기 바란다.

공항에서 뜻하지 않게 시아누크 왕을 먼발치에서나마 본 것도 특기할 경험이었다. 마침 필리핀의 라모스 대통령이 오는 걸 영접하는 행사라고 했다. 'LONG LIVE THE KINGDOM Of CAMBODIA'라는 플래카드가 걸리고, 길거리의 참페이꽃은 한들거렸다.

그 꽃에서 풍기는 약한 독특한 고린내, 고수〔香菜〕 같은 냄새.

그 꽃냄새 속에 어려서 풍기는, 저 '불가사의'의 사원에 수없이 새겨져 있는 압사라〔天女〕들의 풍염한 젖가슴의 젖내.

사원으로 향하는 길, 부레옥잠이 연보라 꽃을 피운 웅덩이 옆의 과일 가게 차일 밑에 들어갔을 때, 망고스틴·파인애플·바나나·오렌지·파파야·레몬 등 열대 과일의 향내와 함께 묻어오던 참페이꽃의 그 꽃젖내.

그와 같은 향내가 나는 만첩꽃을 심으리라.

나는 여전히 정기선의 현창을 바라보며 설레는 마음으로 설핏 잠들었던 것 같다. 그리고 한 선실의 누군가가 "등대 불빛입니다. 독도 등대!" 하고 자못 흥분된 목소리로 알리는 바람에 나는 눈을 떴다.

등대의 불빛을 보고 나서도 아침까지는 긴 시간이었다. 앞에서 잠깐 언급한 바처럼 흐린 날씨에 동해 일출을 보는 것은 고사하고, 날이 웬만큼 밝아오자 곧 눈비까지 흩뿌리는 궂은 하늘이 되고 말았다. 파도가 점차 눈에 띄게 높아지고 있었다. 목적지인 독도를 바로 코앞에 두고 그곳에 발을 딛는다는 계획이 무산되고 마는 순간이었다. 따라서 독도에서 치를 삼일절 기념 행사는 어쩔 수 없이 실습선의 상갑판에서 치러졌다. 기념사를 비롯해서 고유문(告由文), 결의문, 기념시 등을 읽고 만세삼창을 하는 순서였다. 그러는 동안 나는 독도가 봉래산 향로 같다는 생각에 사로잡혀 뭔가 골똘했다. 향로에서 참꽃이꽃의 향기가 뿜어져나온다는 생각도 곁들였다. 눈비가 강한 바람이 휘몰아치는 가운데, 마침 일본에서 또다시 독도를 자기네 영토라고 억지를 쓰는 것과 때맞춰 분위기는 상당히 비장한 기운이 감돌았다. 나는 그나마 아망위를 뒤집어써서 머리만이라도 눈비를 피할 수 있어 다행이었다. 심하게 기우뚱거리는 배의 상갑판에서 뜻깊은 행사가 치러지는 동안 나는

212

경망스럽게도 저 독도의 어디쯤에서 물개가 주둥이에 수박 모양의 비닐공을 받쳐들고 오르내릴까 생각했으니, 그 불경스러움은 지탄받아 마땅한 것이겠다.

독도에 오르지 못하는 실망감 속에 치러진 행사였지만 뭔가 비장함은 충분히 깃들어 있었음을 밝혀두면서, 나는 다시 선실로 돌아가지 않으면 안 된다. 다시 부산으로의 긴 항해가 기다리고 있는 것이다.

울릉도를 거치는 것으로 되어 있으므로 되돌아가는 뱃길은 올 때보다 훨씬 멀었다. 더군다나 그동안의 항해에 어지간히 시달려서 모두들 피곤한 기색이 역력했다. 나라고 다를 리 없었다. '키미테' 덕을 안 보고 배멀미를 안 하는 것만 해도 스스로 칭찬할 만했다.

그러나 파도는 그 무렵부터 더욱 높아지고 있었다. 담배를 피우러 갑판에 나가는 내 걸음걸이는 술 취한 사람의 걸음걸이가 되어 있었다. 이제 선실에서 현창을 연다는 것은 곤란하게 되어 있었다. 현창을 열지 말라는 안내 방송이 있기도 했으려니와 파도가 뱃전에 부딪혀 바닷물의 포말이 날려 끼쳐들고 있는 것이었다. 여차하면 파도가 쏟아져들어올지도 모르겠다는 겁까지 났다. 누구는 폭풍주의보가 내렸다고 했고, 누구는 파랑주의보가 내렸다고 했다. 아무튼 주의보는 주의보였다.

그러므로 바다가 어느 정도 잦아들기를 기다린 것이 낮 동안의 일이라고 해도 지나친 말이 아니다. 이렇게 큰 배인데다가 해양대학의 실습선인데…… 하는 위안은 저 엄청난 타이타닉호의 침몰 사실 앞에 맥을 못 추었다. 세계 최대의 호화 여객선도 침몰하는 데는 별수가 없었다. 영화의 장면들이 되살아나며 아무리 안전한 배라지만…… 하는 의구심이 머리를 내미는 것이었다. 식당 앞을 지나자 주방 사람이 전에 언제는 배가 40도나 기울어졌는데도 끄떡이 없었다고 사람들을 안심시켰다. 5개월 동안 대양을 항해해온 친구도 어제저녁에 소라를 본 김에 한꺼번에 다섯 개나 먹어서 그런지 속이 영 거북하다고, 자기 역시 이런 항해는 실상 못 겪었다고 털어놓았다. 실습선은 주의보 속에 험한 파도 위에 놓여 있었다.

불안했다.

언제부터 다시 불안해지기 시작했는지 모른다. 그렇지만 그것이 주의보 탓은 아니라고 나는 이미 진단을 내리고 있었다. 기우뚱거리며 오르내리는 반수하방의 침상에 누워, 현창으로 부딪쳐 오르는 물보라를 바라보는 것도 그리 나쁜 일은 아니라고 나는 호기마저 부릴 수 있었다. 운명이야 한낱 남루에 지나지 않는 것, 나는 시를 변용시켜 내게 읊어줄 수도 있었다. 또 내 고향인 강릉에 연관시켜 노래도 웅얼거려줄 수도 있었다…… 두둥실 두리둥실 배 떠나간다…… 물 맑은 봄바다에 배 떠나간다…… 이 배는 달 맞으러 강릉 가는 배…… 어기야 디여라차 노를 저어라……. 위도를 따져 실습선은 강릉선을 지나 꽤 내려왔을 것이었다. 나는 고향으로 가는 게 아니라 고향을 떠나고 있었다. 그 사실이 새삼스레 불안감을 조성할 리는 없었다. 그렇다면?

내가 사내를 다시 만난 것은 저녁 식사 시간을 앞두고서였다. 담배를 한 대 피우기 위해 역시 술 취한 걸음걸이로 갑판에 나서자 뱃전의 데크에 위험하게 몸을 기대고 있는 그의 모습이 눈에 들어왔다. 그리고 뜻밖에 그가 기다렸다는 듯이 내게로 걸음을 옮겨왔다. 꼼짝없이 맞닥뜨린 셈이었다.

"파도가 조금씩 자는 거 같지 않습니까?"

닻줄이 둘둘 말려 있는 도르래에 손을 짚어 몸을 가누며 그가 말을 건넸다. 요즘도 닻줄은 마닐라 삼나무 껍질을 쓰는구나, 나는 생각했다.

"글쎄요. 그런가요?"

나는 어정쩡하게 받았다. 독도에서 공연히 상륙을 시도한다

달빛의 향내 215

고 시간을 허비하지 말고 내처 뱃머리를 돌렸으면 벌써 주의보의 테두리를 벗어날 수 있었을 텐데, 하는 생각이 났던 참이었다. 내가 담배를 꺼내 입에 무는 것과 거의 동시에 그가 사파리 점퍼 호주머니에서 라이터를 꺼냈다. 불은 몇 번의 시도 끝에 가까스로 담배에 붙었다. 처음 층계에서 만났을 때 그가 나를 알아보지 못했다고 나는 믿었었다. 그런데 지금은 알아보고 있음이 분명했다. 하기야 아무려나 상관없는 일이었다. 단지 우리는 한 여자를 다른 시간, 다른 공간 속에서 사랑한 사람들일 뿐이었다. 얽혀진 관계는 전혀 없었다.

"바다에 나와보면 지구가 둥글다는 걸 알겠어요."

어디에선가 들었던 평범한 말이었다. 하지만 나는 그 말에서 그리 실감을 느끼지 못했다. 수평선을 바라보며 지구는 둥글다고 아는 사람은 보통 사람이 아니어야 한다고 여겨졌었다. 나는 무연하게 담배를 빨았다. 그야 그렇지요, 하고 그저 수긍한다는 투로 머리를 약간 끄덕거렸을 뿐이었다. 나는 빨리 담배를 피우고 선실로 내려가고 싶었다.

"망설였습니다……. 그렇지만 그냥 지나치는 것도 어쩐지……."

그가 머뭇머뭇 입을 열었다. 나는 그 옛날얘기를 그가 왜 꺼내려는지 석연치 않았고, 또 얼마쯤은 불편했다.

"다 지나간 얘긴데요……. 지구는 둥글다고 하셨지요?"

나는 짐짓 희미한 웃음을 머금었다. 그에게 어떤 감정의 꼬투리를 잡힐 필요는 없다고 판단되었다. 만약 소용된다면 그에게도 호적 초본 한 장을 떼어주면 될 것이었다.

"아예 까놓고 말씀드리죠."

그가 무엇을 망설이는지 짜증이 일었다. 식사 시간도 바짝 다가와 있었다. 상황이 상황이니만치 하루 세 끼 식사는 무엇과도 바꿀 수 없는 큰 행사이자 행복이었다. 뷔페식이지만 워낙 많은 인원이 한꺼번에 몰려들다 보니 우물쭈물하다 뒷줄에 섰다가는 그날의 특별 요리는 젓가락질도 못 해볼 우려마저 있었다. 소라가 나오면 친구처럼 많이는 아니라도 적어도 세 개는 살을 빼먹고, 바다 소리를 그리워하는 껍데기를 노래할 것이며, 빨갛게 익힌 보리새우 두 마리와 꽃게 4분의 1쪽으로 미각의 어해도(魚蟹圖)를 그릴 것이다.

소라를 연상한 것이 사내 때문일까……. 나는 마뜩잖았다. 그러자 아주아주 예전 고등학교 시절에 이 사내와 그 여자가 소라 클럽이라는 독서회에서 같이 어울렸었다고 했던 말이 가물가물 기억에 살아났다. 바다엔 소라 저만이 외롭답니다, 하고 여자는 시까지 외고 있었다……. 그가 내게 '까놓고' 말할 게 뭐 있을 것인가.

"그 여자 말입니다……. 지금 저와 살고 있습니다……. 아실 지 몰라도……."

지구는 둥글다는 말이 그 말이었을까……. 지구는 둥글 다……. 그는 사실을 말했을 뿐일 것이다. 그것에 공연히 인생 론적 의미를 붙인 것은 차라리 나였다. 그가 어떤 여자와 살림 을 차렸든 그것은 나와는 전혀 별개의 몫이었다. 별개의 인생, 별개의 세계였다. 별개의 지구, 별개의 우주에서 일어나는 일이 었다. 그 상대가 누구든, 바로 그 여자가 아니라 누구든 말이다.

"그야, 뭐……."

나는 그 사실을 들은 바는 있으나 아무런 느낌도 없다는 애 매모호한 표정을 지었다. 왜 그런 말을 하는지 어리둥절하다 는 표정으로 보이기를 나는 바랐다. 그렇게 보이고자 하는 내 심리에 반발심이 일었지만 참아야 한다고 여겨졌다. 도대체 쓸모 없는 대화에 불과했다.

"아, 알고 계셨군요. 잘됐습니다. 부산에 가서 한잔 어떨까 하구요. 이렇게 만난다는 게 어디 쉬운 일이겠습니까."

쉽게 이해가 되지 않았다. 그의 태도로 보아 그는 내게 어떤 종류인가 호의를 나타내고 있었다. 온갖 사연 끝에 드디어 사랑을 쟁취했다는 승리감? 그러나 그렇게 판단하는 것은 얄팍한 정신이라는 생각이 들었다. 그것은 그를 그만큼 야비한 인간으로 모는 것이었다. 아울러 스스로의 실패에 상처 입은 마음을 인정하는 결과를 초래하는 것이기도 했다.

저녁 식사에는 해산물이라곤 눈을 씻고 볼래야 보이지 않았다. 먹는 둥 마는 둥 식기를 주방에 반납하고 나는 서둘러 선실로 내려왔다. 현창 옆의 그 자리만이 내게 편안함을 주리라 믿어졌다. 증기선을 타고, 따스한 봄볕을 받으며, 미지의 향기에 취하고 싶었다. 그린 바나나·그린 오렌지·그린 파파야·그린 올리브······.

오징어잡이배도 항구로 돌아간 모양이었다. 오로라는커녕 등대 불빛도 멀고 먼 모양이었다. 가리개를 닫고 머리맡의 형광등마저 껐으나, 아무런 빛 한 줄기 새어들어오지 않았다. 현창은 캄캄하기만 했다. 하얗게 도색된 배가 아니라 검게 도색된 배가 물개 한 마리, 새 한 마리 없는 바다를 멀리멀리 표류하는 것이었다. 겉뿐만 아니라 모든 통로, 모든 선실마저 어두컴컴한 검은 유령선이었다. 달빛이 그렇게도 그리울 수가 없었다.

모두들 어느새 구명정에 올라 어디론가 그리운 희망의 섬을 향해 저어가고, 나만 죽음의 섬을 향한 배에 홀로 남아 있었다. 캄캄한 현창 밖으로 손을 흔들어 지나가는 새라도 한 마리 부를 수 있다면 얼마나 좋을까. 나는 내가 절규하고 있다고 생각되었다. 무엇 때문에 너는 홀로가 되어야 했으며, 불안에 떨어야 했느냐!

한국 전쟁의 어느 시기였다. 나는 까맣게 잊고 있었던 과거의 일이 되살아나는 게 신기했다. 헤어진 여자와의 과거가 환기되면서 꼬리를 물고 따라온 것이라 해도 하는 수 없었다. 어디를 어떻게 헤매다녔는지, 나는 어머니와 함께 하염없이 걸어가서 어느 바닷가에 이르렀었다. 아버지가 바로 얼마 전에 총에 맞아 세상을 떠남으로써 우리는 단 두 식구였다. 몹시 추웠고 하늘조차 어두컴컴했다는 기억과 함께 그 장면은 내 인생에서 가장 어두운 풍경으로 남아 있다. 살아오는 동안 겪은 온갖 구접스러운 사건들이야 어둡기로 따지면 말할 나위가 있을까만, 가령 한 장의 사진으로 보아서는 그렇다는 말이다. 그 어두운 풍경 속 바닷가에 그야말로 유령선같이 검은 배가 떠 있었다. 그것이 피난민들을 싣기 위한 미군의 배임은 훨씬 나중에 안 사실이었다. 그런데 알 수 없는 것은 그 배에 하필이면 내가 제일 먼저 태워졌다는 것이었다. 배 밑창으로 보내진 내가 얼마나 겁을 먹었는지는 나만이 알 수 있을 것이다. 나는 지금도 그 순간에 홀로 있게 된 공포를 괴롭게 상기한다. 그 순간 어머니는 짐보따리를 가지러 잠깐 어디로 갔다는 것이었는데, 어린 내게 그게 통할 리가 없었다. 나는 배 안이 떠나가도록 울었다. 악을 있는 대로 쓰는 그 울음소리는 실제로 배 안을 왕왕 울려, 지금까지도 내 귀에 귀울림처럼 울려오는 듯하다.

나는 그 울음소리가 마치 구조를 외치는 부르짖음처럼 현창을 통해 밖으로 터져나간다고 상상했다. 언제부터 그 하얀 증기선은 피난선으로 변했을까. 독도를 반환점으로 돌아 부산으로 향할 무렵부터 피난선이 내 머릿속을 항해하고 있었던 듯도 싶었다. 아니, 배를 탈 때부터 내가 불안했던 까닭은 거기 있었다. 아니, 서울을 떠날 때부터 내가 불안했던 까닭, 나아가서 서울을 떠날 때부터 나를 외톨이로 만든 원흉이 거기 있었다. 그것은 죽은 아버지를 뒤로하고 고향을 떠나 부산으로 향하는 피난선이었다. 그리고 한 장면, 한 장면, 끊어져 연결 안 되는 그 피난살이의 장면들이 현창에 음화(陰畵)처럼 비쳐 재생된다. 들리는 소리라곤 오로지 울음소리밖에 없다.

참페이꽃이 피어 있는 향기로운 거리에서 나는 걸음을 멈춘다. 만첩홍매실이 피어 있는 향기로운 거리이기도 하다. "그건 말이오. 꽃향이 아니라오. 맡아보시오. 자, 죽은 사람들의 피비린내." 누군가 현창 밖에서 "여보슈, 귀 좀 빌립시다" 하고는 속삭인다. "떠나간 사람, 죽은 사람 옆에서 꽃향은 더 짙다오. 존재란⋯⋯ 사라지는 게라오⋯⋯."

현창으로 향내가 쏟아져들어오며 선실을 붉게 물들인다. 달빛은 분명 없는데 바다가 환하다는 착각에 나는 머리를 흔들었다. 고향을 떠난 검은 배는 먼 피난지로 향하는데, 지구는 둥글다, 잊어버리자, 하는 내 속말이 나도 모르게 잇바디를 열고 비명을 지른다.

저 캄캄한 현창을 붉게붉게 물들인 모든 존재의 향내. 어느 섬에서 뿜어져나왔을지도 모를 꽃향내. 아무도 모를 곳에서 삶과 죽음의 오의(娛義)로 가슴 아프게 피어 외치는 뜻의 향내. 모든 바다꽃·땅꽃·하늘꽃에 짙은 목숨의 향내. 절규하는 존재의 불가사의의 향내.

나는 현창 밖으로 바다를 바라보았다. 마치 커다란 공작새가 머리를 흔들며 하늘을 날아오른다는 생각이 들었다. 그리고 뒤늦게나마 둥근 지구를 돌아 두둥실 떠오른 달이 온 세상을 환하게 비춰주었으면 하고 그 어느 때보다도 간절하게 기다리기 시작했다. 하늘의 공작새들이 나를 달빛 속으로 불러가고 있었다. 그 생명의 향내에 어지러워 나는 한없이 어디론가 머리를 저었다.

5

그녀는 어디로 간 것일까.

우리가 많은 이야기들을 나눈 것은 어렴풋이 기억되지만, 나는 그날 밤 일을 끝까지 재현해놓을 재간은 없다. 아침에 퍼뜩 눈을 떠서도 나는 내게 배이 있는 일 수 없는 향내를 얼마 동안 맡고 있었다. 실상 그것이 내 생각 속에서만 맡아지는 것이라 해도 상관없었다. 나는 분명히 고리타분한 냄새로 메스꺼울 뿐인 여관방에 누워 있었다. 그러나, 그럼에도 불구하고 나는 향내를 맡고 있었다. 그러다가 그녀가 옆에 없다는 데 생각이 미쳤던 것이다. 언젠가 잠들어 있는 그녀를 여관방에 그대로 놔둔 채 방을 빠져나온 적이 있었던 것이 마음에 와 짚었다. 그때 나는 그녀를 버린 것임에 틀림없었다. 그런데 이상한 아침이 다시 닥쳐와 있는 것이었다. 이번에는 그녀가 살짝 떠나고 내가 홀로 여관방에 남았는데도 당황되기는커녕 웃음이 감도는 것은 알 수 없는 노릇이었다.

그러고 보니, 우리는 〈백마강 달밤〉을 읊조리면서 여관방을 찾아들었었다. 그 노래 가사에서 〈정읍사〉의 여인이 J와 겹쳐져 머리에 어른거렸다는 것만은 또렷하게 기억되었다. 그리고 부여에서 발견된 향로로부터 풍겨나오는 향내가 온 세상에 가득 차 있다는 쪽으로 내 생각을 몰입했다는 것이야말로 빼놓을 수 없는 일이었다. 나는 그 향로의 비밀을 밝히고 싶어 했었고, 그녀를 만난 것도 그런 노력의 일환이었다. 그러나 이제 그것은 뒷전의 일이었다. 어차피 내 능력 밖의 일이라면 잘된 일이기도 했다.

하지만 나는 그 향로를 통하여 그때까지 내 인생에 다가왔던 모든 향내를 다시 맡는다는 생각에 이르게 되었고, 따라서 그 모든 향내를 진정 내 마음속에 간직할 수도 있게 되었다고 믿었다. 그것으로써 내가 캐내려 했던 향로의 비밀, 향내의 내력은 스스로 생명을 얻지 않았을까 하는 것이었다.

나는 방 안을 훑어보았다. 봉투에 넣어두었던 자료들과 메모지와 향이 어지럽게 널려 있었다. 재떨이에 담배꽁초가 수

북이 쌓인 것으로 보아 줄담배를 태운 게 분명했다. 담배를 줄여야지, 줄여야지 하면서도 담배만 보면 또 손이 가는 못된 습성은 아침에도 여전했다. 이리저리 담배를 찾았으나, 구겨놓은 빈 담뱃갑만 윗목에 뒹굴고 있을 뿐이었다. 나는 화장실에 가는 것도 잊고 멍하니 앉아 무엇인가 생각에 몰두했다. 그리고 잠시 뒤, 내가 무슨 생각에 몰두하고 있는 걸까 하고 스스로 묻고 있는 나를 보았다.

그러자 간밤의 일이 다시금 머리에 스쳐지나갔다. 향로의 비밀에 대해 나름대로 장황하게 추리를 해나가고 있는 내 모습이 스쳐지나갔다. 그리고 이어서 스쳐지나가는 하나의 모습을 나는 보았다.

향로 속, 비어 있는 공간에 달빛이 비치고, 그 달빛 속에 서 있는 그녀의 벗은 몸은 알몸이었다. 침향·백단향·자단향·목향·육계·안식향·용뇌의 향이 가득히 피어오르는 가운데 그 모습은 달빛을 타고 하늘을 날고 있었다. 모든 꽃들의 향내와 모든 과일들의 향내, 가령 묘지들을 찾아갔던 어느 길모퉁이나 느닷없이 여우를 잡으러 갔던 머언 어느 겨울 숲의 향내까지도 다 내게 존재의 깊은 뜻을 되새기며 다시 밀려오고 있었다.

그리고 그녀는 가버린 것이었다. 그러나 나는 알고 있었다.

그것은 예전에 내가 그녀의 잠든 모습에서 멀어졌던 것과는 전혀 다른 의미의 것임을. 그것은 이 세상 어딘가에서 풍기고 있는 향내를 내가 맡고 있다는 사실에서 증명되고 있음을, 그리하여 내가 옛일에 대해서 아무 말도 못했을지라도 그녀는 충분한 대화를 나누었다고, 이젠 됐다고 다독거리고 있음을.

그뿐, 나는 그날 밤에 일어난 일을 일일이 캐고 톺아 여기에 옮겨놓을 자신이 없다. 그러므로 봉투를 챙기다가 발견한 메모지의 글을 그대로 옮겨놓는 것으로 대신하기로 한다. 내가 예전에 그녀에게 '안녕!'이라는 메모를 남겼듯이 그녀가 내게 남기고 간 것이었다.

선생님.

우리가 있는 이 방이 곧 향로라는 말씀에 생각이 깊습니다. 선생님이 이 방에서 피워올린 향을 제게 담아가지고 갑니다.

선생님이 낙서하신 'RE-MARRY IS GOOD LUCK'이란 무슨 뜻인가요? 곧 다시 결혼하시나요? 축하를 드리면서…… 선생님께서 강의 시간에 우리들에게 가르쳐주시고도 어제 끝까지는 모르신다고 하신 〈정읍사〉를 여기 적어놓고 갑니다. 제가 몇 번이나 외어드렸지만 아침이면 잊어버리실 게 분명하니까

226

요. 이런 백제 노래가 있었음을 알게 된 것을 선생님께 감사드리면서……

거듭 말씀드리지만, 이 방이 곧 향로라는 말씀…… 프랑스의 별밤과 한국의 달밤…… 이 세상이 곧 향로라는 말씀…… 백마강에서 바라본 달빛이 곧 향내라는 말씀……. 고마웠습니다.

둘하 노피곰 도두샤, 어긔야 머리곰 비취오시라, 어긔야 어강됴리 아으 다롱디리, 전져재 녀러신고요, 어긔야 즌 딕를 드딕욜셰라, 어긔야 어강됴리, 어느이다 노코시라, 어긔야 내 가논딕 졈그롤셰라, 어긔야 어강됴리 아으 다롱디리

향기의 이름
(연작 소설 1)

북회귀선의 향기

어느덧 서울이 도읍을 정한 지 육백 년이 된다고 해서 거리 곳곳마다 포스터가 나붙고 각종 행사가 열리고 있었다. 그중에는 타임 캡슐이라는 것을 만들어 묻기로 했다는 것도 있었다. 타임 캡슐이란 그 안에 현재 우리 생활을 대변할 수 있는 것들을 넣어 묻어두는 것으로, 나중에 꺼내보면 현재 생활을 알 수 있게끔 하는 것이라 했다. 그래서 그 안에 무엇을 넣게 되느냐 하는 것이 관심사라는 것이었다. 그러나 이번에 묻게 되는 타임 캡슐은 사백 년 뒤에나 꺼내보게 되어 있다는 것인 만큼 아득한 느낌에 사로잡히지 않을 수 없는 것이었다.

처음 타임 캡슐 이야기가 나왔을 때만 해도 나는 그저 무덤덤했었다. 기껏해야 내가 만약 내 개인의 타임 캡슐을 만든다면 그 안에는 과연 무엇을 넣어둘까 생각해본 것이 고작이었다. 물론 진짜 타임 캡슐을 만드는 재료는 첨단 소재의 값비싼 것이어서 실제로 내 개인의 타임 캡슐 운운하는 것은 어림없는 소리에 지나지 않는다. 그리고 내 소유물이나 내 주변 환경 중에 그 안에 넣어둘 만한 게 뭐 특별히 있지도 않은 것이다. 그러던 중 그 안에 어떤 향기를 넣어둔다면 얼마나 좋을까 하는 생각이 떠오른 것은 최근의 일이었다.

난데없는 향기는 무슨 향기란 말인가. 나 자신에 관한 것이라면 향기와는 거리가 먼 것뿐이라 해도 나는 달게 받아들일 준비가 되어 있었다. 내가 샤넬의 향수보다 생활의 땀내와 더 친밀하다는 것은 당연한 노릇이기 때문이다. 그러므로 이 이야기를 하기 위해서는 얼마간의 설명을 필요로 한다.

먼저 이야기의 전개상 지난겨울의 대만(臺灣) 여행을 전제로 하지 않을 수 없는데, 결론적으로 말해 그 여행을 통해 내가 하고자 하는 이야기에 궁극적인 목적이 있다면, 그것이 바로 향기 혹은 향내였으면 좋겠다고 생각되기 때문인 것이다.

그 여행을 함께한 것은 학교 후배 K였다. 이상한 말인지는 몰라도 나는 예전부터 늘 그에게서 어떤 향기가 맡아진다고 생각하고 있었다. 얼마 전부터 농사를 짓겠다고 시골에 내려가 있는 K는 그 여행에서 내 충실한 후견인 노릇을 해주었다.

그 여행에 끼여 네 밤을 자고 나서도 나는 여태껏 본 것에 대해 거의 아무것도 뚜렷한 무엇을 못 느끼고 있었다. 왜 그랬는지 알 수 없었다. 그 여행이 요즘에 와서 유행이다시피 한 이른바 성지 순례라는 것을 나는 분명히 알고 거기 끼여든 것이었다. 그러나 성지 순례라니, 그것도 불교의? 그것은 실로 내게는 가당찮은 것이었다. 나로 말하면 아무 자격도 없는 건달일 뿐이었다. 처음 그가 거기 끼여 여행을 가기로 했는데 꼭 함께 갔으면 좋겠다고, 그게 아니라 꼭 함께 가야만 한다고 간청 아닌 강청을 했을 때, 내 입에서 나온 말이 나 같은 건달이 하필이면 성지 순례에 끼긴 뭐하다고 한 것이었다. 그 말에 그는 건달은 건달바에서 나온 말로, 건달바란 불교에서 수미산 남쪽의 금강굴에 살며 불법의 수호신인 제석천의 음악을 맡아 보는 신이라고 점잖게 일갈했던 것이다.

건달바는 향(香)만 먹고 공중을 날아다니며 산다고 하지요. 다른 건 아예 먹지 않고 향만 먹고요. 참, 이번에 가게 되는 여행사 이름이 수미산 여행사랍니다. 그는 짐짓 돌려 말했었다. 뭐? 건달이 향만 먹고? 나는 어이가 없었다. 그렇게 말하는 그야말로 못 말리는 건달바였다.

농사를 짓겠다고 내려가면서부터 그에게 일어난 변화 가운데 가장 큰 것은 그 전까지와는 달리 불교에 한층 빠져든 것같이 보이는 것이었다. 어느 종교든 종교에 깊이 빠지는 것은 이성(理性)에 바탕을 두어야 하는 정신으로서는 지극히 위험한 일이라고, 배격하지 않으면 안 된다고, 언젠가 우리는 술잔을 높이 치켜들고 합의한 바 있었다. 그런데 그가 합의를 깨고 있는 것일까. 하지만 그는 분명히 말했었다. 비록 성지 순례를 따라가긴 해도 그의 진정한 뜻은 대만의 농촌을 보고자 하는 것이라고. 갸륵하고 눈물겨운 뜻이 아닐 수 없었다. 이제는 농사를 지어도 다른 나라의 경우를 살피지 않아선 안 된다고 시대가 요구하고 있음을 나도 잘 알고 있었다. 그래서 그 여행에 내가 낀 것은 그의 뜻에 동참한다는 의미 그 이상도 이하도 아니었다.

그를 격려해야 한다. 그리하여 나는 기꺼이 함께 여행을 떠나기로 한 것이었다. 그러자 신문에서 본 농민들의 시위 장면이 눈에 선했다 그들은 저 신토불이(身土不二)의 플래카드를 높이 휘두르며, 꽹과리를 힘차게 두드리며 농산물 시장 개방으로 요약되는 우루과이라운드 타결 결사 반대를 외치고 있었으나, 이미 국제 정세의 힘에 밀려 패색이 짙어 있었다. 마침내 우루과이라운드는 타결되고야 말았던 것이다. 이제는 쏟아져 들어올 외국 농산물에 대비하는 길만이 살길이었다. 이를테면 《손자 병법》의 가르침대로 상대방을 알고 나를 알면 꼭 이길 수 있는 것이었다.

그럼에도 불구하고 여행의 마지막에 이르러서도 나는 그가 과연 무엇을 보았는지 아직 가늠하지 못하고 있는 것이었다. 성지 순례에 낀 것부터가 잘못된 게 확실해 보였다. 며칠 동안 일행을 태운 전세 버스는 타이베이의 용산사(龍山寺)를 비롯하여 타이루커(太魯閣) 협곡의 상덕사(祥德寺), 대만 제2의 도시 카오슝의 불광사(佛光寺), 르유에탄(日月潭) 호수 옆의 현장사(玄奘寺)를 거쳐서 다시 타이베이로 돌아왔고, 이제 마지막 순례지를 남겨놓고 있었다. 그 결과 마지막 날인데도, 올해가 동학 백년인데 우루과이라운드 타결이에요, 하던 그의 말만 곱씹으며 시창지에(西昌街)의 기린(麒麟) 호텔을 나섰던 것이다.

나와 다른 사람들과의 구별은 어쩔 수 없이 확연했다. 가령 위의 절들도 막상 도착하고 나서야 그렇구나, 하고 휘둘러보는 정도인 나와는 달리 그들은 눈빛을 반짝이며 참배에 열중이었다. 그곳 농촌을 보겠다던 그도 마찬가지였다. 나는 참

배는커녕, 이를테면 용산사에서 패를 뒤로 던져 재수를 본 뒤에 잔돈을 내고 "강태공이 위수에서 문왕을 만나다(姜太公渭水遇文王)"라는 점괘(靈籤)를 얻고, 불광사에서는 달마상이 그려진 도자기 향로를 산 것이 절들에서의 가장 두드러진 일인 지경이었다. 용산사의 점괘는 옛날 중국의 강태공이라는 사람이 위수 강가에서 곧은 낚시를 드리우고 때를 기다리다가 문왕을 만나 나라의 재상이 되었다는 고사를 말하는 것일 터였다. 벼슬과는 전혀 관계가 없는 내가 지금 엉뚱하게도 문왕을 만나 어쩌겠다는 것인지 어리둥절한 노릇이지만, 어쨌든 내게도 그것은 희망적인 점괘인 것만은 틀림없을 것이었다. 그런 다음 나는 절이고 어디고 틈만 나면 담배를 꼬나물기에 바빴던 것이다.

물론 나는 다른 사람들과 목적이 달랐다. 그래서 그들이 열심히 불상에 절하는 동안 다른 경험을 하는 소득이 없지는 않았다. 이에 대해서도 '이를테면'이라는 전제를 달고 대표적인 것 하나만 소개하자면 다음과 같은 것이다. 불광사에서였던가, 나는 경내에서 담배를 피우기가 아무래도 뭣하여 으슥한 구석으로 갔다가 우리나라에서는 볼 수 없는 엄청난 크기의 왕대나무숲 앞에 서게 되었었다. 키가 3, 40미터는 되어 보이는 그

대나무들은 굵기 또한 엄청났다. 나는 그 숲 그늘에 몸을 의지하고 담배를 피워 물었다. 그때 나는 들었던 것이다.

찌그르르르르, 삐걱 비그르르르, 뚜뚝뚝뚜뚜뚜, 뚝뚝뚝뚜드드드……

정확하게 표현하기는 어렵다. 그러나 이렇게밖에 나타낼 수 없는 그 소리는 아주 가까이서 쉬지 않고 들려오고 있었다. 느리고 둔중한 소리였으나 너무 가까이서 들리기 때문에 누군가 일부러 들려주기 위해 만들어낸 소리 같기도 했다. 나는 귀를 기울였다.

비그르르르르, 뚝뚝두드드드, 삐걱……

커다란 목선이 말래카 해협을 지나고 남지나해를 지나와 유구여(琉球礖)의 해안에 마악 접안하고 있는 소리일까, 아니면 낡은 목탑이 기울어지는 소리일까. 나는 소리의 정체를 알려고 이리저리 살폈다.

그러다가 한참 뒤에야 비로소 그것이 바로 옆의 왕대나무숲에서 나는 소리임을 알았던 것이다. 그것은 그 큰 대나무들이 얼기설기 몸을 기대고 서 있다가 바람이 불 때마다 흔들리며 서로 부대끼는 소리였다. 그것을 알고 나서 내가 왜 그렇게 아득해졌는가는 나도 모른다. 대나무는 우리나라에도 있으나 결코 그와 같은 소리는 내지 않는다는 사실 때문이라고나 해야 할 것인가. 그러나 그런 별것 아닌 이유로 내가 그토록 아득해졌으리라고는 아무래도 믿기지 않는 것이다. 하지만 그 소리야말로 내가 자연에 대해 느꼈던 경이 가운데 잊지 못할 것의 하나로 기억되는 것이다.

비걱 비그르르르르 뚜드드드…….

그 소리는 그 뒤 카오슝을 떠나 북회귀선을 다시 넘고 르유에탄 호수를 거쳐 타이베이로 올라오는 동안 내내 내 귀에 남아 있었다. 그리고 보니 나는 엉겁결에 말하고 말았다. 북회귀선? 북회귀선을 다시 넘다니? 그랬었다니? 실은 지도에서 북회귀선이 표시된 점선을 본 나는 순간 "어? 그럼 어제 모르는 사이에 비행기로 북회귀선을 넘었었군!" 하고 속으로 감격해 마지않았었다. 그랬었던 것이다. 나는 하루 동안에 그 위도선을 넘어 남쪽으로 갔다가 다시 북쪽으로 넘어오고 있었다.

그리하여 북회귀선을 넘는다는 의식에 지도를 열심히 들여다본 것도 나와 다른 사람들의 차이점이라면 차이점이었다.

나로 말하면, 북회귀선이라면 제일 먼저 떠오르는 것이 미국 소설가 헨리 밀러로서, 그의 소설《북회귀선》을 생각하지 않을 수 없는 것이다. 지리적으로 북회귀선이란 인도 중북부

와 아라비아 반도와 사하라 사막과 멕시코 고원을 지나가는, 그저 '북위 23도 27분의 위도를 연결한 선'이며 태양이 하지 때 이 선을 통과한다는 것 정도의 의미밖에는 가지고 있지 않았다. 그러나 나는 거기에 무슨 의미든 의미를 부여하고 싶었다. 북회귀선을 알리는 '표탑(標塔)'이 서 있는 곳은 대만 중부의, 서부 간선 철도와 아리산(阿理山) 등산 철도가 연결되는 지점에 위치한 도시인 지아이(嘉儀)의 아래쪽이었다. 소설《북회귀선》이 처음 번역되어 나온 것은 지난 70년대 초 정음사에서였는데, 하필이면 그때 나는 아르바이트로 그 교정을 보았었던 것이다. '하필이면'이라는 말은 부정적인 문장에 쓰이는 것이므로 이 경우 다소 모호한 뉘앙스를 풍긴다. 하지만 나는 그렇게 쓰기를 고집한다. 그 무렵 내 생활은 여러모로 말이 아니게 일그러져 있었으며, 그런 중에 교정을 보아야 했던 이 책은 내게는 너무나 아득하게 자유분방했던 까닭이리라.

아무려나 북회귀선이 거기 있었다. 나는 그야말로 감개무량하게 그 표탑을 지나는 느낌이었다. 그것은 내 젊다 못해 어린 시절의, 고난의 표탑을 지나는 느낌이었다. 버스 차비가 없어서 서울역에서 장승백이까지 걸어야 했던 청년을 누가 아는가. 점심때면 학교 식당 앞을 일부러 피해가야 했던 청년을 누가 아는가. 집안 어른 옷을 줄여 입었으나 잘못되어 가랑이가 비비 틀린 걸 감추느라 몸마저 비비 틀린 청년을 누가 아는가. 하물며 노트와 볼펜조차 없어 필기를 못한 청년이 있다면 누가 믿기나 할 것인가 말이다. 그런 마당에 《북회귀선》의 교정 아르바이트는 내게는 곧이곧대로 생면선으로 비유되어도 부족함이 없을 것이었다. 바로 그 북회귀선이 거기 있었다. 그저 여기가 북회귀선입니다 하는 표시만 있을 뿐인데도 나는 거기에 굉장한 볼거리나 있는 것처럼 주위를 두리번거렸다. 아니, 굉장한 볼거리가 결코 아니다. 나는, 그 표탑 밑 어디다가 마치 젊은 날의 타임 캡슐 같은 것이라도 묻어두어서, 거기가 어디일까 유심히 살펴본다는 느낌이었다. 그렇게 나는 북회귀선을 다시 넘었다. 생각 같아서는 잠깐 내려서 사진 한 장이라도 찍고 가고 싶었으나 어쩔 수 없는 일이었다. 버스는 아무 의미도 없다는 듯 다음 목적지인 르에탄 호수를 향해 달려가기에 바빴다. 안내인 롼(樂)도 그런 것이 있든 말든 관심도 없다는 투였다. 하기야 옆자리의 K 역시 아는지 모르는지 반쯤 졸고 있었으니 당연한 일인지도 몰랐다.

그러나 내 마음은 그렇게 쉽게 묵살되지는 않았다. 그로부터 머지않아 버스가 거짓말같이 고장을 일으켜 그만 길가에 멈춰서게 되고 말았던 것이다. 설마 그렇지야 않겠지만 나는 내 뜻이 하늘에 닿아 결국은 버스까지 멈추게 하고야 말았다고 생각하고 싶었다. 이와 같은 견강부회야말로 내 허약한 정신의 일부로 오래전부터 나를 괴롭혀온 것이었다.

북회귀선이 아래쪽 가까이 지나가는 그 어디쯤이었을 것이다. 길가에서 좀 떨어진 둔덕의 숲은 그곳의 특이한 식물들로 우거져 있어서 그야말로 이름 모를 나무와 풀들의 세계였다. 대나무를 비롯하여 종려나무나 고무나무나 야자나무나 벵골 보리수 등은 그럭저럭 알 만한 나무들이었다. 벵골 보리수는 인도를 여행한 사람들의 글에 용수(榕樹)로 적혀 있었다. 웬만한 환도(還刀) 모양의 꼬투리를 매달고 있는 함수초과의 나무들 사이로 빨갛게 꽃받침을 돋우고 있는 야생 포인세티아도 알고 있는 것이었다. 그리고 길가의 화단에는 흔히 부겐빌레아가 오페라색의 붉은 꽃을 피우고 있었다. 부겐빌레아는 가지를 자유자재로 구부려 기를 수 있기 때문에 여러 가지 동물 형상을 만들어 기르기도 하였다. 카오슝의 불광사 앞뜰에는 커다란 코끼리 형상으로 꽃을 피우고 있었고 르유에탄 호수 옆의 현장사 뒤뜰에는 쥐·소·호랑이·토끼·용·뱀·말·양·원숭이·닭·개·돼지의 12지 짐승 형상들로 꽃을 피우고 있었다.

나는 개띠이므로 개 형상의 부겐빌리아 앞에서 사진을 찍었었다. 그리고 그 사이로 모습을 보이고 있는 베고니아와 생강나무와 꽃기린과 극락조꽃.

"이걸 하나 먹어보세요."

버스에서 내려 어김없이 담배를 꼬나물고 있는 내게로 롼이 다가왔다. 그는 한국에서 화교 학교를 다녔다고 하는 만큼 한국어를 거의 막힘없이 구사하고 있었다. 다만 공자와 관우와 악비를 모시는 문무묘에 갔을 때 장군이었던 악비(岳飛)를 중국 발음인 유에웨이로만 소개하는 통에 사람들로 하여금 아마 《삼국지》의 주인공 유비를 일컫는 모양이라고 여기게 한 잘못은 있었다. 중국에는 저 유명한 유비를 모시는 사당은 없을지 몰라도 악비를 모시는 사당은 도처에 산재해 있는 것이었다. 그는 남송의 장군으로 금나라와의 전쟁을 주장하다가 억울하게 갇혀 죽음으로써 후세에 구국의 영웅으로 추앙받는 사람이라고 했었다. 하지만 '성지 순례'의 일행에게 그것이 악비든 유비든 크게 따질 것은 못 된다고 해도 좋을 것이었다.

"그게 뭔데요?"

나는 그가 손에 들고 있는 것을 물끄러미 바라보았다. 그는 오른손에 들고 있던 것을 자신의 입에 집어넣고 나서 왼손에 들고 있던 종이갑 속에서 다른 하나를 꺼내 내게 내밀었다. 어느새 저쪽 구멍가게에서 사가지고 온 듯했다. 그것은 올리브와 모양이나 빛깔이나 크기가 거의 비슷한 과일로서, 호텔 뷔페에 나오는 올리브처럼 가운데 부분에 치즈 빛깔의 다른 무엇인가를 넣은 것과 유사했다.

"씹다가 뱉으면 상쾌해지고 기운이 나요."

그는 그 열매를 우물우물 씹으면서 말했다. 그리고 대만에서는 힘든 일을 하는 많은 사람들이 그걸 씹으며 일하는데, 자기도 피곤할 때는 그 힘을 빌린다고 밝히고 뒤쪽의 가게를 손짓해 가리켰다. 그 열매를 일컫는 그의 발음은 빈랑과 병랑의 중간쯤 되게 들렸는데, 가게에 붙어 있는 간판의 글씨는 우리식으로 읽어 빈랑(檳榔)이었다. 그러고 보니 대만의 어느 도시 어느 거리건 길가에 그 글씨가 가장 흔하게 붙어 있었다는 기억이 났다. 다른 무수한 과일들을 파는 곳에서는 독자적인 아무 표시도 없건만 그 과일만은 간판에 깃발까지 내단 가게가 즐비했던 것이다.

이렇게 나는 하나의 열대 과일을 만났다. 그러나 나는 그 맛이 별로인데다 약간 떫기조차 하고 또 여러 개 많이 씹으면 골이 핑 돌기도 한다는 말에 곧 뱉어버리고 말았다. 그렇지만 그것이 환각제의 역할을 한다는 사실과 더불어 우연히 북회귀선 바로 위쪽에서 처음 맛보았다는 사실이 내게 무슨 암시처럼 다가오는 것을 나는 홀로 즐겼다. 그와 함께 나는 K를 향해 '이런 과일에 대해서도 잘 생각해보라구' 하고 한마디 던지려다가 이내 입을 닫고 말았다. 그는 그곳 농작물의 3모작에 대해서 충분히 알고 왔으면서도 막상 그 현장을 보는 순간 여간 의기소침해지지 않는 눈치였다. 그곳은 일 년 내내 심고 거두고, 심고 거두고, 심고 거두고 할 수 있는 땅이었다. 곡식이나 채소뿐만이 아니라, 우리에게 대표적으로 알려진 바나나 파인애플은 말할 것도 없이, 회초리같이 가느다란 파파야나무의 가지에서도 큼직한 파파야가 사시사철 주렁주렁 열려나오고 있었던 것이다. 그의 여행 목적이 목적이니만큼 나는 그의 성화에 많은 과일을 접할 수 있었다. 그러나 빈랑은 조금 다른 과정으로 내게 다가왔던 것이다. 빈랑을 조금 씹다 말아서인지 나는 전혀 환각 작용 따위는 느껴지지 않았다.

버스가 다시 떠날 때 나는 뒤를 돌아보고 남몰래 북회귀선과 이별을 고했다. 더불어, 나는 북회귀선이 내게 어떤 환각을 일으키는 선이 아닐까 몽롱한 생각에 빠져들기를 바랐다. 젊은 날의 그 앳된 사랑은 어디로 갔는가. 빈랑의 환각 속에 그것은 아지랑이처럼 아른아른 환영이라도 보여줄 수 없는 것인가. 헨리 밀러의 글자들을 붉은 볼펜으로 짚던 무렵 떠나간 여자는 지금 어디서 무엇을 하고 있는 것일까. 그 가난했던 시절은 지나갔어도 가난한 마음만은 아직 그대로 내 가슴에 폐결핵 환자의 기흉처럼 뻥 뚫린 공동으로 남아 있지 않은가.

이상한 일이었다. 그로부터 나는 빈랑 가게의 간판이나 깃발을 보면 어김없이 북회귀선이 떠오르는 것이었다. 그러나 그것은 단순히 지리학상의 그 위도로서의 북회귀선은 결코 아니었다. 북회귀선은 말하자면 나로 하여금 어느새 과거의 내 곤궁을 돌이켜보게 하는 빌미가 되어 있었다고 할 수 있는 것이었다. 그러니까, 대학을 나와봐야 마땅한 직장도 얻기 어려웠을 뿐만 아니라 요즘처럼 어디 손쉬운 아르바이트거리도 없던 그 시절에 북회귀선은 내게 잠깐이나마 밥을 먹여준 고마운 위도로서 존재했던 것이다.

고마운 위도?

말해놓고 보니 나 자신이 여간 어설퍼지지 않는다. 그 시절 나의 처지가 다시 떠오르지 않을 수가 없는 것이다. 잠깐 얼마 동안 밥을 먹여줘서 고맙다고? 물론 고맙지 않은 것은 아니었다. 하지만 그것은 서글픈 위도라고 하는 게 더 적합할 것이었다. 한국어 문법이 어렵다 하는 만큼 교정 일은 만만한 게 아니었다. 그러나 그 일이 다음 일거리로 연결되는 시범 일거리로 되어 있어서 내 괴로움은 더욱 컸다. 그것은 확실히 괴롭고, 서글픈 북회귀선이었다. 그래서일 것이다. 북회귀선을 넘어서부터 나는 빈랑이라는 글자만 보면 공연히 심사가 사나워지고 마침내 속이 메스꺼워졌던 것이다. 거리 가득 배어 있는 중국 음식 특유의 향료와 샹차이(香菜)의 역겨운 냄새가 코끝에서 사라지지 않는 것과도 같았다. 이것이 과연 환각 작용이 아니고 무엇이란 말인가. 그런 상태로 르유에탄 호수를 거쳐 타이베이로 향하는 내 성지 순례 여행은 계속되었다. K는 비록 시작부터 의기소침해졌다 하더라도 빈틈없이 그곳의 야생 식물이니 농작물이니 과일이니를 열심히 살피며 메모하기를 게을리하지 않았다. 그의 수첩에 적히는 그것들을 대충 곁눈질로 살피는 것도 내게는 빼놓을 수 없는 재미였다. 따라서 나는 여러 열대 과일들을 먹기도 부지런히 먹었을 뿐만 아니라 그 이름과 익숙하게, 친하게도 되었다. 망고·파파야·멜론·두리안·양타오·리치·용안(龍眼) 등 모두가 머잖아 우리나라로 쏟아져 들어올 것들이었다. 그는 나와 거의 같이 어울려 행동했음에도 불구하고 어디서 들었는지, 그 과일 중에 구린내가 나는 두리안은 세계에서 제일 훌륭한 과일이라고 영국의 엘리자베스 여왕이 극찬했다는 둥, 리치는 옛날 당나라 현종의 왕비인 절세 미녀 양귀비가 즐겨 먹었다는 둥 이들 과일들에 얽힌 이야깃거리를 내게 들려주기도 했다. 아마 여행을 떠나기 전에 그는 나름대로 상당한 공부를 한 모양이었다.

"저 두리안 같은 건 나무가 높아 원숭이를 올려보내 딴답니다. 거, 왜, 우리나라에서도 인건비는 하늘 높은 줄 모르고 날로 높아가지, 시험 삼아 경기도 양주에서 잣을 따는 데 원숭이를 들여다 쓸 거라는 소문을 들었는데 어찌됐는지 모르겠어요."

주마간산으로 지나기는 했으나 거기에는 많은 메모거리가 있기는 할 듯싶었다. 농촌을 자세히 살피지 못하는 것은 어쩔 수 없다 할지언정 그가 그렇게 느끼는 것만 해도 큰 도움이 되리라는 생각이 들었다. 나는 그 여행에서 우선 어떤 느낌을 얻는 것이 무엇보다 중요하다고 여기고 있었던 것이다. 그러면서 그가 열대 과일에 대해 무심했을까보냐고 나는 속으로 웃음을 머금었다.

하지만 나는 북회귀선을 넘고부터 웬일인지 그 열대 과일들의 향기가 아무런 의문 없이 달콤하고 향긋한 것만이 아니라 어딘가 의문이 있는 향기로 받아들여지기 시작했음을 고백하지 않으면 안 된다. 과일들에게는 미안한 말이지만, 빈랑 때문이었을까, 그것은 한구석 메스껍기도 한 것이었다. 어느 틈에 나는 그 과일들에 대해 '글쎄' 하고 고개를 갸우뚱거리고 있었다. 어쩌면 그동안 물리기도 한 탓인지도 몰랐다.

그리하여 어느덧 성지 순례의 마지막 날이 되었던 것이다. 점심은 공항에 가서 먹어야 한다고, 그 안에서 꼭 가보아야 할 곳이 있다고 여행을 주관한 사람들은 아침부터 서두르기 시작했다. 그러나 간밤에 우리 일행이 분명한 여자들이 밤늦게 이른바 고성방가로 호텔이 온통 떠나가라고 소란을 피운 사실이 들통나서 여행사 남자가 얼굴을 잔뜩 찌푸리고 나타남과 함께 시작된 아침이었다. 호텔의 다른 손님들이 항의를 했다는 것이었다.

말이 나왔으니 망정이지 그 성지 순례 여행은 르유에탄 호수에 이르기까지는 그런대로 조용하고 경건하게 진행되었다. 워낙 강행군이어서 달리 어쩔 여유가 없기는 했다. 그러나 그 호숫가에서 하룻밤을 자고 나니 어딘가 흐트러지고 있었다. 이제 여행은 막바지에 다다라 있었고, 또 타이베이까지는 쉬지 않고 꽤 오랫동안 버스를 타고 가게 되었기 때문일 것이었다. 아니나 다를까, 사회가 등장하고 줄줄이 한 곡조씩 노래를 뽑도록 강요되었다. 이런 경우 노래를 못 부르는 나로서는 여간 고역이 아닐 수 없는데, 분위기는 곧 그럭저럭 어우러져 한 중년 여자는 이른바 메들리로 몇 곡을 계속 부르기도 했다. 그야 단체 여행에서 언제나이다시피 보는 풍경이었다. 그런데 내가 놀란 것은 그중 한 중년 여자가 자기는 노래를 아는 게 없다고 전제한 뒤 느닷없이 일본 노래를 부른 것이었다. 지금 기껏해야 60세 정도일 여자가 부르는 일본 노래는 어찌 된 것이란 말인가. 그 노래는 곡조로 보아 일제 시대의 노래가 분명했다. 나는 민망해서 견딜 수가 없었다. 더군다나 중국인인 롼이 이건 엉뚱한걸 하는 표정을 짓고 있지 않은가 말이다. 앞서서 몇 곡을 계속 부른 여자와 일본 노래의 여자는 그 주위의 몇 여자와 함께 어울려온 일행인 듯했다.

이 일행이 말썽이었다. 간밤에 고성방가로 투숙객들의 잠을 깨운 것도 이들의 소행임이 판명되었던 것이다. 그러나 그것은 다른 층에서 일어난 일로서 나는 모르고 있었으므로 또 일을 저질렀구나 속으로 혀를 차는 정도로 지나갈 수 있었던 일에 속했다. 정작 나 아니 우리, K와 나를 놀라게 하고 슬프게 하고 분노케 할 일이 곧 기다리고 있었던 것이다. 마지막 날이라고 서두른 것은 그때까지 이렇다 할 쇼핑을 하지 못했기 때문임도 곧 밝혀졌다. 호텔을 출발한 버스는 몇 번 모퉁이를 돌더니 어느 상점 앞에 멎었다. 나와 K는 그러려니 하고 사람들을 뒤따라 건물 안으로 들어갔다. 그곳은 말하자면 잡화점이었다. 여러 가지 보석들의 반지·목걸이·팔찌·브로치를 비롯한 액세서리가 가운데 진열장에 놓여 있었고, 도자기·벼루·다기·유리잔·부채·열쇠고리·상아 제품·목각 등 다양한 민예품이 빙 둘러 진열되어 있었다. 며칠 동안이나마 외국 여행을 하고 돌아가는 길이니 아무려나 기념품을 사는 건 당연한 노릇일 터였다. 나 역시 가벼운 마음으로 열쇠고리 몇 개를 사서 챙겼다.

그런데 우리를 놀라게 하고 슬프게 하고 분노케 한 일은 무엇이었던가. 그 일은 아래층에서 우리를 기다리고 있었다. 아래층에도 매장이 있다는 말에 무심코 사람들을 뒤따라 내려간 우리는 그만 어이가 없었던 것이다. 어느 틈에 내려왔는지 그 고성방가 일행이 다른 사람들이 혹시 어찌할지 모른다는 듯 물건을 산다, 보따리를 꾸린다, 우왕좌왕하고 있었던 것이다. 무슨 물건이든 법이 허용하는 한 자기 능력껏 사는 것을 나무라서는 안 된다. 그것이 자본주의의 매력이기도 한 것이었다.

그런 뜻에서 그 여자들의 행위는 아무런 잘못이 없었다. 하지만 여자들이 사고 있는 그 물건이 무엇이었는지가 문제였다. 그것은 참깨·검은깨·잣 등 우리나라에도 흔한 농산물이었다.

"아니……."

K의 얼굴이 갑자기 데스 마스크처럼 굳어지는 것을 나는 보았다. 나 역시 그 여자들을 보는 순간 어안이 벙벙했지만 그의 굳어지는 얼굴에는 그만 온몸의 맥이 다 빠져버리는 느낌이었다. 성지 순례고 신토불이고 뭐고 그럴듯한 명분은 모두 뒷전으로 빛이 바래고 말았다. 흔히 관음보살이 정병(淨瓶)을 들었듯이 그 여자들은 참기름 병을 들고 있었다.

"나가자구."

나는 황급히 그를 잡아끌었다. 못 볼 것을 보았다는 표현이 있는데 바로 그때 우리는 못 볼 것을 본 것이라고 해야 했다. 그가 마음이 얼마만큼 상했는지는 오래전에 끊었다면서 입에 대지도 않던 담배를 한 대 달래서 뻑뻑 빨게 된 것으로 충분히 설명된다 하겠다. 신문에서 대만 여행객의 실상이 그렇다는 기사를 본 적은 있었어도 설마 했다고, 더 이상 이야기하지 말자고 그는 팔을 내저었다. 시장이 개방되어 외국 농산물이 쏟아져들어온다 해도 사먹지 않으면 그만 아니냐는 소박한 생각으로 우루과이라운드를 대했던 나는 착잡한 심정이었다. 그는 성지 순례에 곁들여 이웃 나라의 농촌도 볼 겸 여행에 참여했다가 엉뚱한 장면에서 한 방 맞은 것이었다. 그리고 나는 친구 따라 강남 간다는 말 그대로 북회귀선을 넘어갔다 와서 역시 한 방 맞은 것이었다. 그로부터 우리 주위에는 어쩐지 서먹서먹한 공기가 감돌아 한동안 둘 사이에 말수도 거의 없게 되었다.

내가 조금 어색한 분위기를 피해 저쪽 길가에 난전을 벌이고 있는 과일 가게로 발걸음을 옮긴 것은 그런 어느 순간이었다. 열대 과일들의 빨갛고 노란 원색이 현란하게 내 눈을 유혹했던 것이다. 아니, 그 열대 과일들이 나를 유혹한 것이 아니라 어색한 분위기를 피해가는 데는 그 열대 과일들의 현란한 빛깔이 그만큼 유효했다고 해야 할 것이다. 가까이 다가가자 과일 가게 특유의 방향이 후각을 강하게 자극했다. 바나나·파인애플·오렌지·망고·파파야·양타오·리치……. 모든 과일이 합쳐져 향기의 경연을 벌이고 있는 듯했다. 나는 어떻게 하면 주인에게 사지는 않고 그냥 구경만 하겠다는 몸짓으로 보일까 생각하며 과일들의 빛깔과 향기를 음미하고 있었다. 주인 여자는 내 기색을 한번 살피더니 첫눈에 벌써 내가 사지 않으리라는 낌새를 챘는지 곧 다른 일에 열중이었다. 얼마 동안 그 과일들에 취해 있던 나는 그만 발길을 돌리려다가 한쪽 구석에 놓여 있는 이상한 과일에 눈길이 멎었다. 녹색에 볼록볼록한 돌기들이 돋아 있고 밑은 납작한, 무슨 빵모자같이 생긴 과일이었다. 과일이라고 단정적으로 말하고 있는 것에도 실은 어폐가 있다. 나는 그때까지도 그것이 과연 과일인지 아닌지 긴가민가하고 있는 형편이었다. 그 모양은 비유컨대 도토리의 깍정이를 크게 확대해놓은 것쯤으로 보이기도 했다. 순간적으로 나는 그에게 그것을 갖다 보이고 싶다는 생각이 났다. 나는 더듬거리는 영어로 그것이 무엇인지 물었고, "뭐샤오첸?" 하고 중국어로 얼마냐고 묻고 40유엔(元)을 주고 하나를 사기에 이르렀다. 롼이 버스에서 여흥 삼아 몇 마디 중국어를 가르쳐주곤 해서 배운 것이었다. 그는 '식사하셨습니까?' 하는 말을 중국어로는 '니 씨발놈아'라고 한다고 가르쳐주기도 했었다.

"이것도 과일이지요? 이름이 뭐예요?"

나는 마침 그 앞을 지나고 있는, 롼을 돕고 있는 보조 안내인을 만나 그것을 내밀었다. 과일 가게 주인에게 그것이 무엇인지 물었으나 주인의 말을 알아들을 수가 없었던 것이다. 나는 그것이 제법 비싸더라고도 덧붙였다.

"아, 이거, 스쟈라고 해요."

"스쟈?"

"예, 스쟈."

그리고 그는 롼이 문무묘에서 악비(岳飛)를 한자로 써 보였듯이 그것을 한자로 써 보였다. 그것은 놀랍게도 석가(釋迦)였다.

"스쟈? 석가? 석가모니의 석가?"

나는 놀라지 않을 수 없었다.

"예. 맞아요. 석가. 맛있어요. 생긴 게 석가의 머리를 닮았다는 거예요."

그의 말은 마치 '석가모니가 맛있어요' 하는 것처럼 들렸다. 우리는 서로 마주보고 웃음을 지었으나 그와 나의 웃음은 서로 전혀 다른 내용의 것이었다. 내 웃음에는 뭔가 어리둥절함이 깃들어 있었다.

"석가의 머리?"

다시 한번 내가 확인하듯 물었다.

"예. 그 머리카락이 이렇게 꼬불꼬불하잖아요."

그는 대수롭지 않다는 듯 대답했다. 그와 헤어진 나는 곧 K에게로 가서 그 과일을 보여주었다.

"그렇군요. 불상의 머리카락 표현에 밋밋한 형태와 소라처럼 틀어진 형태가 있는데, 그렇다면 후자에서 따왔군요. 스쟈라……."

그는 손바닥에 소발(素髮)과 나발(螺髮)이라고 써 보였다. 그 중의 나발이 스쟈에 차용되었다는 것이었다. 건달은 향만 먹고 산다고 가르쳐주더니 역시 그 방면에는 뭐가 있다고 나는 머리를 끄덕거렸다. 나는 그런 과일이 있다는 것을 책에서 본 적도, 귀동냥으로 얻어들은 적도 없었다. 그 또한 그런 것이 분명했다. 그러고 보니 그 모양은 어느 책에선가 본 석가모니의 머리 형태를 닮은 것처럼도 여겨졌다. 과일에 그런 이름이 붙을 수 있다는 것부터가 내게는 놀라움으로 다가왔다. 그 놀라움의 여파 때문이겠지만, 그저 관광으로만 건성건성 따라다닌 내게 누군가 무엇인가를 깨우치려고 일부러 내보이는 열매 같다는 생각도 들었다. 기독교인들을 따라 소아시아 지방에라도 갔더라면 거기서는 무엇이 등장했을까 하는 생각이 얼핏 떠올랐는데 그 생각이 자칫 불경스럽게 여겨질지 몰라서 나는 곧 떨쳐버렸다. 나이 먹을수록 나는 인류의 여러 성현 모두를 공경해야 한다는 마음을 가져가고 있었다. 이 점이 한 종교에 심취한 사람들에게 종종 어색한 눈총을 받는 요인이 되고 있어도 나로서는 어쩔 수 없는 노릇이었다. 나는 나 나름대로 매우 종교적이라고 자부하고 있는 것이다.

이렇게 나는 또 하나의 열대 과일을 만났다. 껍질을 까자 희고 미끈거리는 과육이 나타났다. 그 과육은 하나하나 굵은 씨앗을 감싸고 있는 것이어서 먹을 것은 그리 많지 않았다. 우리는 달콤하고 향긋한 향내를 음미하며 그 과육을 맛보았다. 이렇게 다른 여러 과일과는 달리 빈랑과 스쟈는 내게 의미 있는 과일이 된 것이었다. 인생이란 자기가 만난 것에 대한 의미 부여로서만이 성립될 수 있음을 나는 안다.

상점에서 출발해서 타이베이 시내의 마지막 순례지를 향해 가는 길은 운전기사도 잘 몰라서 물어물어 가는 곳이었다. 여행사에서 나누어준 스케줄 표에는 아예 적혀 있지도 않았다. 누군가가 장안사라고 하는 말을 들은 듯해서 나는 그저 또 하나의 절이려니 하고, 이번 여행에서 우리가 얻은 것은 무엇일까 내 나름대로 정리해보려고 노력하고 있었다. 버스는 변두리 쪽으로 접어들어 얼마쯤 가다가 비탈길로 접어들었다. 대형 관광버스는 좁은 길을 올라가기 위해 몇 번씩 멈추곤 해야 했다.

이윽고 버스에서 내려 올라간 곳은 타이베이 시가지가 훤히 내려다보이는 언덕 위였다. 그곳에도 대나무가 우거진 숲이 있었다. 그리고 그 대나무숲을 지나면서 그때서야 나는 그곳이 장안사가 아니라 자항사(慈航寺)라는 곳임을 알았다. 그 날 오전에 시간이 남아 그곳에 들른다고 들었던 것과는 사뭇 달리 사람들은 꼭 들르지 않으면 안 되었던 곳이라는 투의 몸짓으로 움직이고 있었다. K에게서도 아, 드디어 이곳에 왔군 하는 몸짓을 읽을 수 있었다. 그 성지 순례의 여행을 하는 동안 나는 줄곧 방관자로서 소외된 느낌을 떨쳐버릴 수 없었는데 그곳에서는 그 느낌이 특별히 더했다.

나는 혼자 뒤쳐져서 히비스커스와 부겐빌레아가 빨긋빨긋 피어 있는 화단 옆을 지나 미륵내원(彌勒內院)이라고 씌어 있는 곳의 둥그런 문 안으로 들어가서 푸른 연꽃이 물에 떠 있는 작은 연못의 옆쪽을 돌아 불단을 한바퀴 돌아 나왔다. 절 특유의 향내에 묻어 향긋한 꽃 향기가 풍겨왔다. 별다른 것이라곤 눈에 띄지 않았다. 그런데도 앞서가는 사람들의 발길은 어딘지 허둥대며 무엇인가를 열심히 찾고 있었다. 영문을 알 수 없었다. 나는 여전히 그들의 뒤만을 좇아 이번에는 바깥 층계 위에 자항당(慈航堂)이라고 씌어 있는 건물로 발걸음을 옮겼다. 나는 내가 일행과는 전혀 다른 여행사를 따라온 여행객 같다는 생각이 들었다. 그러자 사람들의 발걸음이 더욱 긴밀해지고 빨라졌다.

"저기다."

누군가 소곤거리듯 말했다. 나는 타이베이 시가지를 조망하던 눈길을 법당 안으로 돌렸다. 거기에는 첫눈에 보아도 지금까지의 불상과는 모습부터가 다른 불상이 놓여 있었다.

"저것이…… 자항대사의 등신불(等身佛)이랍니다."

어느 틈에 내 옆으로 왔는지 그가 속삭이듯 말했다.

"뭐? 등신불?"

나는 놀랐다.

"중국 본토에 몇 구가 있고 그리고 여기 있답니다. 육신불(六身佛)이라고도 한다네요. 나도 올라오면서 인솔자한테 들었어요."

나는 예전에 읽은 동리자(東里子)의 동명의 소설 〈등신불(等身佛)〉이 머리에 떠올랐다.

"실제로…… 등신불이 있는 거란 말이지?"

"예. 여기 안내서의 이 사진이 생시의 모습이랍니다."

나는 그가 내미는 팸플릿을 들여다보았다. 자항은 그 절을 창건한 스님의 법명이었다. 자항 대사는 달마처럼 불룩한 배에 가슴까지 온통 드러낸 건장한 모습이었다. 그리고 얼핏 읽어보니 대사는 중국 본토에서부터 이름 높은 승려로서 장개석 정부를 따라 대만으로 와서 활동하다가 세상을 떠났다고 되어 있었다. 그렇다면 등신불은 그리 오래되지는 않은 것이었다. 나는 스님이 입적하여 그대로 불상이 되었다는 그 등신불이라는 것이 그저 말로만 전해져오는 것인 줄 알았었다. 예전에 소설 〈등신불〉을 읽고서도 그 실존 여부는 굳이 문제 삼지 않았었다. 또 그것이 소설인 데야, 사실이든 아니든 문제가 될 것도 없다고 생각했었다. 그런데 그 등신불의 실체가 거기 있는 것이었다. 나는 법당 안의 불상을 찬찬히 살펴보았다. 금빛으로 칠해진 불상의 얼굴은 생시의 모습보다 볼이 약간 여윈 편이었으나 분명히 그 얼굴이었다.

"음……."

나는 나도 모르게 신음 소리를 내지 않을 수 없었다. 팸플릿에 의하면 자항 대사는 입적을 앞두고 자신의 시신을 항아리 속에 그대로 넣어두었다가 삼 년 뒤에 꺼내보도록 유지를 내렸다고 했다. 그 결과 자항 대사의 육신이 조금도 변하지 않고 보존되어 있었으므로 오늘날 보는 것과 같은 등신불로 남게 되었다는 것이었다. 그리고 대사의 업적들이 열거되어 있었다. 그렇다면 그 항아리야말로 타임 캡슐의 전형에 속하는 것이라고 나는 생각했다.

그런 중에 우리 일행들이 너도 나도 하나둘 불을 당겨서 향로에 꽂은 향으로 법당 안팎에는 자욱하게 향내가 번지고 있었다. 여태껏의 다른 절들에서보다 많이들 꽂았는지 그것은 전혀 다른 향내처럼 여겨졌다. 실제로 향은 여러 종류가 있으므로 다른 종류의 향일 수도 있었다.

나는 그 향내를 맡으며 알 수 없는 감회에 젖어들었다. 거기에는 그동안 이국 땅에서 맡은 모든 향기가 다 배어 있는 것 같았다. 모든 꽃들, 모든 과일들의 향기가 다 배어 있는 것 같았다. 나는 그 향기를 맡으며, 법당 안의 등신불을 바라보던 시선을 타이베이 시가지 쪽으로 돌렸다. 거리에 가득 배어 있던 그 역겹던 샹차이의 냄새도 향기가 되어 흐르고 있는 듯했다.

빈랑이 아득한 환상 속으로 나를 이끌어가고 있다는 생각이 들었다. 스쟈가 달콤하고 향긋하게 내 삶을 감싸고 있다는 생각도 들었다. 아니, 여행의 막바지에 이르러 그 모든 향기를 코로 맡는 게 아니라 한눈에 조망할 수 있도록 그 언덕에 서게 되었다는 느낌이 들기도 했다. 다시 말하거니와 세상의 모든 향기를 조망할 수 있도록 말이다.

이러한 상황이 꼭 등신불의 무슨 역할에 힘입어 일어난 일이라는 식으로 나는 말하지 않겠다. 거기서 나는 등신불이라는 게 과연 있기는 한 것이구나 하고 내 무지를 탓했을 뿐이었다. 그러나 어디선가 풍겨오는 향기는 여태껏의 어떤 향기와는 달랐다. 한구석 메스껍던 과일들의 것도 모두 제 나름의 향기로 대기를 적시고 있었다. 이국의 도시는 도시 자체가 타임캡슐 속에 묻혀 있는 것처럼 보였다. 그 타임 캡슐 속에, 북회귀선이 가르쳐준 삶의 고난의 의미와 함께 새로운 삶의 향기가 들어 있다고 나는 말하고 싶었다. 그 향기가 아니라면 그것은 점토판에 영원히 판독할 수 없는 쐐기 문자로 기록되어 잠든, 죽은 도시라고 여겨졌다. 향기로 인해 그 도시는 사랑을 배태하고 살아 있는 것이었다. 향기가 없다면 모든 의미는 무의미했다. 사랑도, 삶도, 시간도, 공간도 그 향기가 지배하고 있는 것이었다. 나는 그 향기를 마음껏 들이마셨다.

많은 과일들이 있었다. 그것들이 그 남국의 빛깔이며 향기였다. 우루과이든 개방 압력이든 따질 것 없이 타이베이에는 타이베이의 빛깔과 향기가 있었다. 또한 그렇듯이 서울에는 서울의 빛깔과 향기가 있을 것이었다. 나는 서울의 과일들을 떠올렸다. 사과·배·감·자두·살구……. 그 과일들의 향기가 그리웠다. 단순히 과일들의 향기만이 그리운 게 아니었다. 《북회귀선》도 그리웠고, 옛 시절도 그리웠고, 서울의 거리도 그리웠고, 내가 속한 모든 환경이 그리웠다. 그렇다면 자항당의 향기는 그 그리움의 매체인 셈이었다. 나는 그 사실을 누구에겐가 말해야 한다고 생각했다. 그 그리움 속에, 모든 현상의 역기능의 기능을 믿고 있는 나는 저 고성방가의 여자들도 우리에게 아픈 현실의 실상을 가르쳐주려고 그곳에 일부러 나타난 것이 아닐까, 해석해보고 싶었다.

아아, 이 그리움의 정체는 무엇일까.

나는 혼자 소리내어 읊조리며 자항당의 돌층계를 천천히, 천천히 밟아 내려왔던 것이다.

시간의 향기

그런 얼마 뒤 다시 K와 어울린 나는 그 인사동 술집을 전전했다. 그러다가 나중에 어떻게 헤어졌는지는 가물가물했다.

그러자 그가 데모를 하러 올라왔다고 한 말이 퍼뜩 머리를 스쳤다. 과연 오늘 데모를 할 것인가, 나는 반신반의 속에 걱정이 앞섰다. 더군다나 비까지 부슬부슬 뿌리고 있었다.

그칠 기미는 보이지 않고 뿌리고 있는 비는 그만이 아니라 내게도 걱정거리였다. 이십오 년 만에 돌아온 재상봉의 날에 비는 웬 비냐고 나는 투덜거리지 않을 수 없었다. 그렇다. 그날은 이십오 년 만에 맞는 '재상봉의 날'이었다. 재상봉의 날? 이 말을 처음 들어본 사람은 아무래도 좀 어려운 말인 모양인지 약간 고개를 갸우뚱하게 마련인 것이다. 그 얼마 전부터 "재상봉이라는 게 있는데 말야……" 하고 몇몇 친구들에게 설명할 때마다 그들은 무슨 말인가 하고 빤히 쳐다보곤 했던 것이다. 그들의 얼굴은 알 듯하다는 표정이긴 했으나, 그래도 뭔가 아리송한 기색이 역력했다. 그래서 심심풀이 삼아 국어 사전을 뒤적거려본 나는 뜻밖에 이 낱말이 수록되어 있지 않은 것에 당혹감을 느껴야 했다. 재상봉이라는 낱말은 사전에 없었다. 어, 그래? 하고 나는 내친김에 상봉이라는 낱말을 찾아보았다. 예상했던 대로 아주 간단히 '서로 만나다'라고 정의되어 있을 뿐이었다. 그렇다면 그냥 서로 만나는 게 아니라 다시 서로 만나는 것을 뜻하는 낱말이 있어야 하는 것이었다. 그러자 재회라는 낱말이 떠올랐다. 이야말로 '다시 만남'이라고 사전에 풀이되어 있었다.

재회. 얼마나 근사한 말인가. 비록 사전에는 단순히 '다시 만남'이라고만 되어 있지만, 흔히 영화 같은 데서 이 낱말은 오래 헤어져 있던 연인들이 다시 만나는 이야기에 단골로 쓰이지 않던가. 그런데 이 재회와 똑같은 뜻으로 만들어 쓰고 있는 재상봉이라는 무뚝뚝한 낱말이 있는 것이었다. 재회 대신에 이 말을 굳이 만들어야 했던 사람의 고충도 이해가 되지 않는 것은 아니었다. 역시, 재회란 너무 감상적이고 감미롭기 때문에 좀 더 무게 있는 걸 고르다 보니 그리 되었다고 여겨지는 것이다.

어쨌든 재상봉이라는 낱말은 사전에 없는 것하고는 상관없이 꽤 널리 쓰이고 있는 것이었고, 게다가 얼마 전에는 나에게까지 중요한 의미를 띠고 다가왔다. 그래서 앞에서도 말했다시피 나는 만나는 친구들마다 "재상봉이라는 게 있는데 말야……" 하고 그들의 표정을 살피곤 했던 것이다.

여기에는 또 약간의 설명이 필요하다. 다른 대학교는 몰라도 내가 다닌 대학교는 졸업한 지 이십오 주년이 되는 해를 재상봉의 해로 정하여 개교 기념일 행사에 그 졸업생들을 초청하고 있는 것이었다. 그러니까 내가 졸업한 것이 어언 이십오 년이 되었다는 뜻이 된다. 말이야 이렇게 쉽게 '이십오 년'을 들먹이고는 있으나, 나는 나도 모르게 '으음, 이십오 년!?' 하고 속으로 신음 소리를 머금을 수밖에 없었음을 고백한다. 도대체 어느 순간에, 시쳇말로 누구 맘대로, 이십오 년, 이른바 사십오 반세기가 흘러가버렸단 말이더냐!

지난 세월을 뒤돌아보아야 뭐 그리 신통한 일도 없었다. 벼슬길에 한번 올라보길 했나, 사장 소리 한번 들어보길 했나, 한심한 세월이었다. 그저 이리저리 시달리며 살아온 이십오 년이었다.

4월 어느 날 동기생으로부터 올해가 재상봉의 해라는 전화가 오기 전에도 나는 알게 모르게 안달이 나 있었다. 솔직히 말해서 나는 몇 년 전부터 올해의 재상봉의 날을 기다려왔던 것이다. 아니, 더 솔직하게 말해서 나는 일찍이 졸업을 하는 그때 벌써 이십오 년 뒤의 재상봉을 기다리기 시작했던 것이다. 스물네 살의 청년이 이십오 년 뒤가 어서 되었으면 하고 기다렸다는 것은 참으로 한심하기 그지없는 일이 아닐 수 없을 것이다. 하지만 사실이었다. 나는 바로 그때부터 기다리기 시작하였다.

터무니없는 조바심이었다. 이십오 년은 실로 길었다. 그 세월은 '누구 맘대로'도 아니요, 내 맘대로도 아니라, 우주 운행의 법칙대로 흘러간 것이었다. 애증이 교차되는 $365 \times 25 = 9125$(일)가 에누리없이 흘러간 것이었다. 그리하여 재상봉의 날이 온 것이었다.

그동안 나는 무엇을 하고 지냈던가?

이 질문에 대한 내 대답은 매우 모호할 수밖에 없다. 미리 말한 바도 있고 해서 시시껍절하기도 하려니와 도무지 언제 그 세월이 지났는지, 그것이 과연 이십오 년인지, 아니면 25일은 지나치더라도 25개월은 아닌지 얼떨떨하기만 한 것이다. 이 말은 결코 거짓말이 아니다.

학교 때 재상봉의 날 행사를 보았던 기억도 되살아났다. 그때 졸업한 지 이십오 년 만에 나타난 그 사람들은 참으로 경이로운 세월을 살아온 사람들이었다. 아, 내가 과연 저렇게 늙자면 얼마나 오랜 세월, 얼마나 오랜 찌듦이 쌓여야 할 것인가. 인생이란 켜켜이 쌓인 때(垢)의 층, 구태여 말하자면 구적층(垢積層)의 모습이란 말인가. 나는 참담했었다. 대강당에서 보던 그 광경은 늙는 일뿐이었구나. 그것은 결코 나와는 상관없는 일이라고 여겨졌었다. 그런 세월을 내가 살아가리라는 사실은 생각만 해도 끔찍하기 그지없었다. 한마디로 있을 수 없는 일이었다. 그런데 내가 바로 그 자리에 서 있는 것이었다. 이십오 년이 그렇게 후딱 지나가버린 것이다.

하기야 돌이켜보면 그동안 꽤나 거창한 역사의 수레바퀴가 구르고 굴러 여기까지 온 것이 사실이다.

대통령의 이름만 해도 박정희에서부터 최규하, 전두환, 노태우를 거쳐 김영삼을 지나고 있었다. 우리의 공화국 이름만 해도 제3에서부터 제4, 제5, 제6으로 이어져 드디어 '신한국'이라고까지 붙게 된 세월이었다. 난 개인이야 별 볼 일 없이 시난고난 살다 보니 얼결에 흐른 세월이지만, 역사란 역시 준엄하고 냉혹한 것이 아닐 수 없었다. 세계적으로 보면 더 한층 엄청난 소용돌이가 있었다. 그것은 천지 개벽이라고나 해야 할 것이었다. 소련이 무너져 여러 민족의 독립 국가들로 쪼개진 것이었다. 그 '소비에트 소셜리스트' 민주 공화국 연방이 그만 맥없이!

　이런 이야기를 시시콜콜 다 늘어놓자면 한이 없을 것이다. 저 이십오 년 동안의 역사의 변천에 대해서는 책 몇백 권, 아니 몇천 권을 쓴다 하더라도 부족하겠기 때문이다. 그러므로 어느새 내가 이십오 년이라는 저 끔찍한 세월을 살아와서 그날을 맞이했다는 사실을 환기하는 정도로 그치고 싶다. 처음부터 내가 하고자 한 이야기는 그렇게 거창한 세상 이야기가 아니라 내 이야기, 나의 재상봉 이야기이기 때문이다.

　앞에서 나는 재상봉에 대해 오래전에 벌써 안달을 하고 있었다고 분명히 밝혔었다. 왜 그랬던가? 나는 막상 그 전말을 자세히 털어놓기가 여간 망설여지지 않는다. 그 이야기를 굳이 털어놓을 필요가 있을 것인가, 나는 순간 머리를 흔들 수밖에 없는 것이다.

그 이야기는 비밀이다. 내가 죽는 순간까지 가슴속에 꼭꼭 묻어두어야 할 비밀이다. 결단코 입을 열어서는 안 된다. 그 이야기를 넣어놓은 타임 캡슐을 아직 꺼내지도 않았다.

나는 속으로 부르짖었다. 그러나 곧이어 내 마음의 한구석에 그 이야기를 하지 않으면 안 된다는 소리가 들리고 있음을 나는 들었다. 그 소리는 처음에는 너무도 미미하여 무시해도 그만인 정도로 여겨졌으나 금세 증폭되기 시작하여 마치 아우성이라도 치며 귀에 쟁쟁 들려오는 듯했다.

그 이야기를 외면해서는 안 된다. 그 비밀에 날개를 달아 생명을 불어넣어야만 한다.

아니, 무엇보다도 나 자신에게 그것을 묻어두고 지낼 인내심이 없는 것이었다. 언제까지 그 비밀을 묻어두지 못할 바에야, 이것이 오히려 털어놓아야 하는 기회라는 생각이 들었다. 게다가 나는 당장은 그 이야기를 떠나서는 다른 어떤 것도 염두에 둘 계제가 아니었다.

그 이야기를 해야만 한다. 내 삶의 이야기를 해야만 한다.

나는 다짐하기에 이르렀다. 앞에서 '아직 꺼내지도 않았다'고 억지를 쓴 '그 이야기를 넣어놓은 타임 캡슐'을 마침내 열지 않으면 안 되는 것이다.

이렇게 타임 캡슐이라는 말은 다시금 쉽사리 나오고 말았다. 타임 캡슐이란 현재 우리 생활을 대변할 수 있는 것들을 넣어두는 것으로, 나중에 꺼내보면 현재의 생활 양상을 알 수 있게끔 하는 것임은 이미 앞에서 알아보았었다. 우리나라에서도 그런 타임 캡슐이 몇 개인가 묻힌 적이 있었던 것이다. 그리하여 짧게는 몇백 년, 길게는 몇천 년이 지나 열어보게끔 한다고 했었다. 참고 삼아 서울에 도읍을 정한 지 육백 년을 기념하여 묻는 타임 캡슐과 관련하여 신문에 난 기사를 그대로 소개하면 다음과 같다.

지금부터 사백 년 뒤 후손에게 보여줄 서울 정도(定都) 육백 년 기념 타임 캡슐에 들어갈 수장 품목 200점이 2차로 선정됐다. 서울시는 18일 시민 의견 공모를 통해 수집된 6,247점 중 수장품 선정 자문위원회의 검토를 거쳐 지난 4월에 이어 200점을 뽑고 이달말까지 나머지 200점을 선정할 계획이라고 밝혔다.

이들 수장 품목들은 현물, 콤팩트 디스크 또는 사진으로 만들어져 매설된다. 서울시는 정도 육백 주년이 되는 오는 11월 29일 중구 필동 옛 수방사 터 1천 5백여 평 부지에 위치한 타임 캡슐 공원에 수장품을 묻고 사백 년 뒤에 시민에게 공개할 계획이다.

바로 이런 것이 타임 캡슐의 실체임은 이로써 잘 설명되었을 줄 믿는다. 그런데 나는 지금 하나의, 나만의 타임 캡슐에 대해 이야기하고자 하는 것이다. 이십오 년 전에 나는 그 타임 캡슐을 학교 뒷산, 총장 공관으로 올라가다가 돌다리 조금 못 미처서 왼쪽으로 접어들어 얼마쯤 들어간 곳에 묻어두었다. 물론 그때 나는 타임 캡슐이라는 말조차 모르고 있었다. 그러므로 지금 그 보잘것없는 것을 거창하게 타임 캡슐이라고 불러도 되는 것인지 망설이게 된다. 그러나 타이베이의 도시 전체가 살아 있는 타임 캡슐이었듯이 반대로 아무리 보잘것없는 것일지라도 무언가 기념으로 묻어두었다면 그것은 타임 캡슐이 되기에 충분한 것이리라. 또한 그때 내 옆에는 한 여학생이 함께 있었다는 사실이 무엇보다도 중요하리라.

거기에 무엇을 넣어두었던가?

그것은 나도 다 모르고 있었다. 그 타임 캡슐 속에는 나 혼자만의 것이 아니라 그때 내 옆에 있던 그녀의 것도 함께 넣었던 때문이다. 그러나 엄밀히 따지면 '무엇'을 넣었는지를 모른다는 말은 틀린 것이었다. 그것은 서로가 뻔히 알고 있었다. 그것은 편지였다. 서로 이십오 년 뒤에 만나 꺼내보기로 하고 비밀의 편지 한 장씩을 써서 넣었던 것이다. 그러니까 다만 그 내용이 무엇인지를 모른다고 해야 옳은 표현이 될 것이었다. 우리는 그것을 몇 겹의 비닐로 꽁꽁 싸고 또 유리병 속에 밀봉하여, 언제 보아도 쉽게 눈에 띄는 커다란 참나무 아래 파묻었던 것이다. 그 유리병은 신촌시장의 외제 빈 병 장수에게 가서 구한 것이었다. 유치한 짓거리라고 비웃더라도 자세히 밝히지 않으면 안 된다. 그 원시적인 것을 첨단 시대의 타임 캡슐에 비교한다는 것이 어쭙잖기는 하다. 그러나 그 의미에 있어서는 조금도 다를 것이 없었다. 재상봉의 날이 다가옴에 따라 나는 점점 더 그 타임 캡슐에 신경을 쓰고 있는 나를 발견하고, 남몰래 가슴을 진정시키려 애쓰곤 했다. 그것을 파묻고 나서 우리는 마지막으로 오래오래 입을 맞추었고, 그리고 신촌시장 쪽으로 걸어내려와 연탄 화덕을 앞에 놓고 이별주를 마셨다. 졸업을 한 뒤 얼마 지나 우리는 헤어지기로 했던 것이다.

지난 대학 시절 동안 우리는 헤어졌다 만났다 하기를 반복하면서 그래도 꾸준히 연인 관계를 지속시켜왔었다. 하지만 졸업과 때를 맞추어 그녀는 갑자기 어떤 남자와 약혼을 했다고 했고, 그것으로 우리의 만남도 막을 내리게 된 것이었다. 안타까운 일이었지만, 이미 군 입대 영장을 받은 나는 우리의 헤어짐을 묵묵히 받아들일 수밖에 없었다. 언젠가 그녀는 나에 대해 집안 어른들에게 이야기했다고 했었다. 그때 그녀는, 대학을 마치고도 빈들빈들 놀고 있는 건달에게 어떻게 딸을 주느냐고 어머니가 그러시더라면서 후훗 웃었었다.

그래, 서로 갈 길을 가는 거야.

나는 비굴하고 비통하게 중얼거렸다. 그 뒤 이십오 년 동안 나는 그때의 장면이 떠오를 때마다 이상하게 비굴하고 비통해지는 느낌이었다. 하기야 이십오 년 동안이나, 지지리도 못나게 그 따위 이별의 장면을 떠올리고 있다는 사실 자체가 어찌 비굴하고 비통한 일이 아니랴. 결국 그녀는 나를 떠났어도 나는 그녀를 결코 떠나지 못하고 있었다는 말이 된다. 솔직히 말해 그랬다. 뒤늦게 밝히는데, 그녀는 떠나면서 내게 저《북회귀선》의 일거리를 연결시켜준 것이었다.

그렇다면 나는 이십오 년 동안 늙어온 지혜도 아랑곳없이 그 시절의 추억에만 연연해왔단 말인가. 생각하니, 그럴지도 모른다는 느낌이 들었다. 지혜는 무슨 말라비틀어진 지혜, 그 세월은 내게 적당한 요령과 쓸데없는 권위 의식만 키워준 게 아니던가 말이다. 적어도 이십오 년 전에 바라본 이십오 년 뒤의 나는 이보다는 향상된 조건의 중년 사내였다. 이른바 불확실성의 시대에 그는 보다 확실한 품격을 지닌 사회 중추 인물이었다. 아니다. 나는 그때부터 내가 아무리 늙더라도 젊은 시절의 꿈과 이상을 잃을까보냐고 마음을 사려먹곤 하지 않았던가.

어쨌든 그 재상봉의 날이 돌아온 것이었다. 학교의 발전 협력처인지 어디인지 하는 곳에서 행사 일정표와 초청장이 오고 몇몇 동기생들이 연락을 취해오곤 해서 분위기는 어느 성노 무르익어 있었다. 하지만 나는 그 타임 캡슐에만 더욱 관심이 커질 뿐이었다. 나는 행사 일정표를 들여다보며 그녀를 만나 어떻게 단둘이 그곳으로 갈 것인가 이리저리 궁리에 몰두하기 바빴다. 조바심이 났다. 그런 심정을 스스로 달래기 위해 나는 행사장을 향하는 동안 내내 "하고많은 날 중에 이런 날 비는 웬 비야" 하는 소리를 몇 번씩 되뇌지 않을 수 없었다. 아침부터 짓궂게 뿌리던 비는 점심때가 되어서도 여전했다.

그동안 그녀는 어떻게 변했을까?

나는 은근히 긴장하지 않을 수 없었다. 하지만 그녀가 어떻게 변했을까 하는 문제는 사실 그리 중요한 게 아니었다. 이미 내 뇌리에 자리잡고 있는 것은 그 시절 그 모습이기 때문이었다. 그러므로 이 말은 그녀의 모습을 보고 싶다는 간절한 뜻의 다른 표현에 불과한 것이다.

나는 행사장인 백주년 기념관에 들어서자마자 그녀의 모습을 찾기에 바빴다. 수많은 남녀들로 붐비는 그곳에서 그녀의 모습을 발견하기란 쉬운 일이 아니었다. 나는 여러 사람들 틈을 비집고 다니며 그녀의 모습을 더듬어 찾았다. 입구 쪽에 있는 접수처를 몇 번이고 기웃거려보기도 하고 안쪽의 강당을 뒤져보기도 하며 혹시 그녀의 모습이 너무나 변해버려 내가 알아보지 못하는 것이 아닌가 걱정에 사로잡혔다. 어느 학과의 친구들인지 서로 만나 얼싸안듯하며 여의도 국회 앞에 데모가 있어서 늦었노라고 하는 말도 들렸다. 비가 와도 그의 데모와 나의 재상봉 행사는 어김없이 벌어지고 있었다.

그녀는 어디에 있는 것일까? 갑자기 무슨 급한 일이 생겨서 못 오게 된 것은 아닐까? 일부러 안 온 것은 아닐까? 혹시 데모에 막혔나?

나는 차츰 별별 생각이 다 들었다. 단과 대학을 알리는 팻말이 분명히 세워져 있었기 때문에 자리가 뒤엉킬 위험은 없었다. 그런데도 그녀는 아무 데도 없었다. 알 수 없는 일이었다. 그녀가 그 행사를 잊어버렸는지도 모른다는 생각도 들었다. 그러나 그것은 아니었다. 그녀가 다닌 학과의 다른 동기생들은 그럭저럭 거의 다 눈에 띄는 것이었다. 여기서 그녀가 다닌 학과를 직접 밝히지 못하는 것에 대해서는 넓은 이해를 바란다. 그럼으로써 혹시 그녀가 입을지도 모르는 불이익을 나는 생각하지 않을 수 없는 것이다. 나는 그녀를 어디서도 발견하지 못한 채 문과 대학 팻말 바로 옆쪽에 자리잡고 앉아 엉거주춤 행사를 지켜보는 수밖에 없었다.

그 타임 캡슐은 그녀에게는 아무 의미도 없는 장난감에 지나지 않았던가? 그런데 나 혼자 꿈을 꾸고 있었던 것일까? 그렇기에 일찍이 '착각은 자유'라는 우스갯말이 있었던가? 나는 내가 왜 여기 이렇게 앉아 있어야 하는지 알 수 없다는 생각만 들었다. 재상봉 행사의 당당한 주인공이면서도 마치 꿔다놓은 보릿자루처럼 느껴지는 것은 어쩔 수 없었다.

그녀의 모습은 끝내 나타나지 않았다. 행사는 백주년 기념관에서 동문회관으로 옮겨 계속된다고 했다. 그렇다면 하는 수 없는 일이었다. 나는 입술을 깨물었다. '착각은 자유'라고 하더라도 나는 그 열매를 스스로 거두지 않으면 안 되리라 생각되었다. 혼자라도 그곳에 가서 참나무 아래 유리병을 꺼내보지 않으면 안 된다. 어떤 우스꽝스러운 결과가 거기서 확인된다고 해도 달게 감수하지 않으면 안 된다. 그 따위 어리석은 풋사랑은 이제 무덤 속에 처넣어버려야 한다. 나이가 나이인 주제에 창피한 노릇이 아닌가 말이다. 나는 제법 과격하게까지 되어 있었다. 그녀는 눈곱만큼도 마음에 두고 있지 않은 일인데 나만 혼자 그러고 있었다는 것이 혐오스럽기조차 했다. 비는 여전히 내리고 있었고, 나는 거의 폭발할 것만 같은 심정이었다.

그런 가운데 그나마 행사장을 옮기기로 되어 있는 것은 다행이었다. 나는 그 어간을 이용하리라 마음속으로 다짐했다. 행사장을 옮기기 위해 모두들 백주년 기념관을 나왔을 때 나는 동기생들에게 잠깐만 기다리라고 말하고 우산을 받쳐들고 그 숲으로 향했다. 오랜만에 단비를 맞는 5월의 신록이 그야말로 싱그러웠다.

숲으로 접어들자 그 옛날의 사연들이 나뭇잎 하나하나에 되살아나고 있는 것 같았다. 아무리 나이 먹은 나무라 할지라도 해마다 똑같이 여리고 풋내 나는 잎사귀를 피우는 것이었다. 그 사실이 나는 왠지 새삼스럽게 여겨졌다. 공연히 눈물이 나는 듯했다. '그 옛날의 사연들'이 과연 어떤 것인지는 공연히 들먹거리지 않는 것이 예의일 것이다. 왜냐하면 그것은 사랑의 이름으로 우리 두 사람에게만 주어졌던 사연이기 때문이다. 그때 우리가 서로 우리만이 부르는 이름을 가지고 있었듯이 말이다. 우리가 사랑의 테두리 안에서 또 다른 이름을 가졌다는 점에서 사랑이란 또 하나의 변신이었다.

주위의 풍경은 꽤 많이 변했으나, 그 참나무는 저만치 위에 당당하게 서 있었다. 반가웠다. 나는 허위허위 그리로 올라가서, 미리 염두에 두고 주워가지고 온 나뭇가지로 땅을 파헤쳤다. 비 온 뒤의 그곳 땅은 옛날 유리병을 묻을 때보다 훨씬 무르다는 생각이 들었다.

얼마쯤 파헤쳤을까.

나뭇가지 끝에 와 닿는 감촉이 있었다. 나는 서둘러 그것을 들어냈다. 옛날의 그 유리병, 비록 뚜껑은 삭아서 흐늘거리고 있었지만 틀림없는 그 유리병, 그 타임 캡슐이었다.

나는 떨리는 손으로 병 속에 비닐로 싸여 있는 편지를 서둘러 꺼냈다. 아직도 기억에 또렷한 그녀의 필체가 거기에 있었다. 우리는 학과가 서로 달랐음에도 불구하고 1학년 때의 필수 과목인 홍순민 교수의 교양 불어에서 4학년의 선택 과목인 진 홍섭 교수의 고고학까지 상당히 많은 강의실을 함께 들락거렸 었고, 따라서 시험 때도 당연히 그녀의 노트로 함께 공부를 하 곤 했었다. 그녀의 낯익은 필체를 보자 그녀의 모습이 바로 눈 앞에 다가와 있다는 착각이 들 지경이었다. 나는 그 편지를 읽 어내려갔다. 그것은 '변함없이 사랑하는 사람에게'라는 문구로 시작되어 있었다.

> 아무래도 오늘 못 오게 될 것 같아 며칠 먼저 왔다 감을
> 알립니다. 그러니까 이 편지는 그 옛날 함께 넣었던 그것
> 이 아닌 것입니다. 어리석었던 지난날의 제 선택을 부디
> 용서해주세요. 다만, 지금도, 또 앞으로도 영원히 그 잘못
> 을 뉘우치며 멀리서 행복을 빌겠습니다. 사랑했습니다. 사
> 랑합니다. 사랑할 것입니다.

내용은 간단한 것이었다. 그러나 나는 무엇엔가 홀린 느낌 이었다. 편지에 씌어 있는 그대로 그것은 옛날의 그 타임 캡슐 이 아니었다. 그녀는 무슨 사정이 있어서 며칠 전에 미리 다녀

가면서 예전의 편지는 내 것도, 그녀 것도 가져가버리고 새로운 편지를 대신 넣어두고 간 것이었다. 안타깝기 짝이 없었지만, 그래도 그녀가 나와의 약속을 잊지 않고 있었음을 확인한 것만 해도 나로서는 큰 수확이었다. 더군다나 그녀는 그때의 선택, 즉 섣부른 결혼을 나를 향해 뉘우치고 있지 않은가. 비록 이제는 돌이킬 수 없는 것이긴 하더라도 말이다. 나는 그 편지를 주머니에 집어넣고 산길을 내려왔다. 멀리서 행복을 빌겠다는 구절이 마음에 걸렸다. 아마도 그때 나를 떠났던 것에 자책감을 가진 나머지 괴로워하는 것이리라. 나는 이제 여기저기 수소문해서 그녀를 적극적으로 찾아보아야겠다고 다짐했다. 찾아서 무얼 어떻게 하려는 계획 같은 것은 있을 리 없었다. 그냥 한 번만이라도 만나볼 수 있다면 그것으로 충분한 것이었다.

학교의 공식 행사가 끝나고 저녁에는 학창 시절의 은사들과 저녁 식사를 하는 시간이 마련되어 있었다. 공식 행사가 문제가 아니라 이 저녁 행사가 차라리 더 중요한 것은 말할 나위가 없는 것이었다. 우리는 스위스 그랜드 호텔에 두 분 교수를 모셨다.

학교에서 비교적 가까운 장소라는 이점 때문인지 그곳엔 다른 방들마다 우리 말고도 몇 개의 학과가 각각 진을 치고 있었다. 의과대학은 플래카드까지 내걸고 있었고, 신학과와 문헌정보학과 등도 그곳에서 은사를 모신다고 북적거렸다. 그 가운데 그녀가 졸업한 학과도 물론 있었다.

자, 이야기는 여기까지 왔다.

우리의 은사 두 분은 화제의 꽃을 피워, 북핵 문제에서부터 대학 입시 문제다, 정치 문제다, 세태 문제다, 우루과이라운드 문제다, 게다가 이른바 성희롱 문제까지 여러 방면으로 견해를 피력해서 우리들로 하여금 옛날의 강의 시간을 그립게 하고 있었다. 그런 중에, 앞에서도 말했다시피 워낙 골초인 나는 식당 밖으로 빠져나와 담배를 한 모금씩 빨고 다시 들어가곤 하지 않을 수 없었다. 마침 그곳 실내 정원에도 커다란 왕대나무를 심어놓아서 나는 지난 겨울에 불광사 뒤뜰에서 듣던 대나무 소리를 연상하며 담배를 피우는 행복을 잠시나마 누릴 수도 있었다.

삐걱 비그르르르 뚜드드드드…….

세 번째 담배를 피우러 밖으로 나왔을 때라고 기억된다. 나는 조금은 낯익은 얼굴 하나가 엉거주춤 나와 같은 몰골로 담배를 피워 물고 있는 광경이 눈에 띄었다. 그녀와 같은 학과의 동기생이 틀림없었다. 나는 다짜고짜 그에게로 다가갔다. 그도 나를 보더니 어디서 많이 본 얼굴이라는 표정을 짓고 있었다. 나는 알은체도 제대로 하지 못하고 대뜸 그녀가 오늘 왜 안 왔느냐고 마치 원망하듯 물음을 던졌다.

나는 그때의 그의 표정을 너무도 또렷이 기억한다. 어리둥절한 듯한 그 표정은 내게 차라리 기괴스럽기조차 한 것이었다. 그는 멍하니 그러고 있다가 담배를 재떨이에 비벼 끄면서 내게 속삭이듯 말했다.

"걔가 죽은 게 언젠데 그래. 너 그러고 보니 기억나. 학교 신문에 논문을 써서 상도 탔고 말야. 걔가 죽은 건 제법 오래전이지. 자살했다고 그래. 아까운 애였지. 얼굴도 예쁘고 말야⋯⋯."

그는 무언가 더 말을 하고 싶은 모양이었으나, 나는 마치 중요한 걸 잊어버렸다는 듯 로비 저쪽을 향해 허겁지겁 발걸음을 옮겼다. 밖에는 여전히 밤비가 내리고 있었고, 비에 젖은 불빛들이 환상 속에서인 듯 일렁거리고 있었다.

사랑했습니다. 사랑합니다. 사랑할 것입니다.

그녀는 죽었다. 대만의 북회귀선과 헨리 밀러의《북회귀선》이 함께 눈앞에 어른거렸다. 북회귀선을 넘어서 그 신기한 대나무 소리를 듣고 난 내가 기념으로 사 온 것은 유일하게 달마가 그려진 향로뿐이었다. 나는 제사를 지낼 때 그것을 사용할 생각을 했었다. 그렇다면…… 그 첫 번째 기회가 전혀 예기치도 않게 주어진 것이었다. 그녀는 죽었다.

달마가 그려진 향로에 향을 사르리라. 사랑했습니다의 향을 사르리라. 사랑합니다의 향을 사르리라. 사랑할 것입니다의 향을 사르리라.

나는 자항당 언덕의 짙은 향기를 기억하고 있었다. 그처럼 서울 거리에도 향기가 짙게 흐르고 있었다. 아니, '그처럼'은 결코 아니었다. 그냥 짙은 향기라고 해서만도 안 되었다. 그것은 이제까지 내가 맡아온 모든 향기를 다 지나온, 짙고도 깊은 것이었다. 그것은 내가 처음 맡아보는 서울의 향기였다. 나는 건달바가 먹고 산다는 그 향을 머릿속에 떠올렸다. 건달바는 향만 먹고 공중을 날아다니며 산다고 하지요. 다른 건 아예 먹지 않고 향만 먹고요. 저 향이라면 과연 그럴 수도 있다는 생각이 들었다.

우리 앞에 놓여진 현실이 종종 지나치게 가혹할지라도 그걸 헤쳐가는 지혜는 어디엔가 깃들여 있다고 그 향기는 가르쳐주려는 것 같았다. 그와 함께 나는 그 향기에도 새로운 이름을 지어주어야 한다고 생각했다. 나는 자항당의 돌층계를 천천히, 천천히 밟아 내려오며 나도 모르게 읊조렸던 것처럼 다시 읊조리고 있었다.

아아, 이 그리움의 정체는 무엇일까.

그리고 그와 함께 퍼뜩, 비 오는 서울 거리를 통해 내게 한결 간절하게 와 닿는 그 향기의 새로운 이름, 그것이야말로 그리움이라고, 그리움이 될 수밖에 없다고, 밤비 내리는 바깥 어디쯤을 몽롱하게 바라보며 나는 혼자 되뇌고 되뇌었다.

뚝뚝뚜드드드드, 비그르르르, 삐걱……

머나먼 하늘 어디선가 소리가 들려오면서, 짙고 깊은 향기가 세상 가득히 번지고 있었다. 그것은 대나무 소리도 아니었다. 어느 여(礖)를 지나가는 뱃소리도 아니었다. 북회귀선을 넘는 그리움이 얇게 우는 소리라고 나는 듣고 있었다.

초원의 이름

(연작 소설 2)

초원의 목로주점

　마침내 우리는 그녀들과 어울려 그 바다를 향해 떠난 것이다. 정확하게는 섬이었다. 몇 번 약속이 어긋난 끝에 이루어진 소풍이었다. 오랫동안 미뤄진 나들이였다. 포장마차 주인인 J가 코란도를 몰고 나왔고, 나는 앞자리에, 두 여자는 뒷자리에 올라앉아 우리는 서울을 벗어났다. 바다를 초원이라고 표현한 글이 있었던가. 어디선가 본 듯싶었다. 나는 바다를 향해 떠나면서 웬일인지 그 표현을 생각하고 있었다.

　내가 그녀들을 처음 만난 건 그의 포장마차에서였다. 그 포장마차는 예전에는 그냥 부르기 좋게 '술을 찾아서'라는 이름을 써붙여놓고 있었는데, 어느 날 내가 술김에 '카타르시스'라고 붙이는 게 어떠냐고 농담 겸 말한 것이 빌미가 되어 정말 그렇게 되고 말았다. 다음에 가보니 어느새 포장 바깥에 검은 글씨로 '카타르시스'가 큼직하게 씌어 있어서 나를 놀라게 했던 것이다. 그리스어로 배설이나 쾌감을 뜻한다고 배운 이 낯말은 한국의 포장마차에는 전혀 어울리지 않았지만, 젊은 주인 J는 그래도 대학에서 인문학 먹물이 들었다고 좋아라 했다.

"카타르시스가 뭐야요?"

그녀들 중에 먼저 포장마차 일을 거들던 중국 조선족 여자 계순(桂順)이 물음을 던진 건 당연한 일이었다. 아무리 연변 땅에서 한국 실정을 손바닥 들여다보듯 한다고 해도 '카타르시스'는 무리였다. J는 빙글빙글 웃음만 흘렸다. 어디 한번 알아맞혀봐라, 하는 투였다. 뒤늦게 그녀가 새로 일하러 온 조선족 여자임을 안 나는 어디서 왔느냐고 물었다.

"훈춘(琿春)이야요. 훈춘 알아요?"

나는 안다고 대답했다. 그리고 내가 단골이라고 하자, 그녀는 자기 이름을 밝혔다. 계수이입니다. '산뿌라치' 합금으로 감싼 어금니가 입속에 감춰져 있었다. 잘 못 알아듣는 내게 그녀는 한자를 손바닥에 써 보였다. 성씨는 지(池)씨고요. 역시 한자가 손바닥에 씌었다.

훈춘이라면……. 여러 해 전에 그곳으로 가려다 못 간 적이 있는 게 전부였다. 그때만 해도 중국이나 러시아가 이른바 개방은 되었으나 아직 어정쩡한 시절이었다. 여행객에게는 그만큼 제약이 많았다. 우리 일행은 러시아의 블라디보스토크로 가서 그곳에서 북한과 러시아 국경까지 가본다는 계획을 세우고, 될 수 있다면 중국의 훈춘까지 간다는 야심을 품었다. 블라디보스토크에서 우수리스크까지는 그래도 순조로웠다. 우수리스크는 예로부터 우리와는 관계가 깊은 곳으로, 중앙아시아의 나라들이 새로 독립한 뒤 그들 나라에 쫓겨가 살던 우리 민족이 이제 다시 돌아와 새 터전을 닦고 있는 중이었다. 눈물겨운 역사 회귀(回歸)가 아닐 수 없었다.

포장마차에 앉아 오뎅 국물과 꽁치 구이를 안주로 술 한잔을 들이켜며 민족이니 역사니 들먹이는 것도 내게는 지난 세월의 여파일 테지만, 우수리스크의 장터에서 마주친 우리 사람들의 모습이 눈에 선했다. 한국산 라면을 땅바닥에 벌여놓고 팔고 있는 사람은 좀 나아 보였다. 도대체 조막만 한 사과 몇 알을 신문지 위에 놓고 쪼그려 앉은 아낙네의 모습은 어떠했는가. 하기야 러시아 사람들도 별수 없었다. 시골 간이역에서 열차가 떠나갈 때, 토마토 바구니를 든 아낙네가 쓸쓸히 되돌아서는 모습을 나는 차창 밖으로 몇 번이나 보았던가.

어쨌든 우수리스크에서부터는 쉽지 않았다. 운전자도 길을 몰라 차를 되돌리고 되돌리곤 하다가, 잠시 쉬어 가자던 냇가에서는 어마어마한 모기 떼의 습격을 받기도 했다. 일본 것을 베낀 여행책에 '위험하다'고까지 적혀 있는 바로 그 모기 떼였다. 그리고 메마른 비포장길은 끝없이 계속되었고, 마침내 도착한 작은 검문소에서 우리의 길은 막혔다. 지키고 있던 군인들은 막무가내였다. 여행 허가 서류도 소용이 없었다. 국경 도시로 가서 두만강을 본다던 꿈은 무참하게 막을 내렸다. 훈춘은 더 먼 신기루였다.

어느 날 J가 포장마차의 이름을 지어달라고 새삼 말을 꺼내자마자 내가 떠올린 것은 '목로주점'이었다. 그러나 그는 마음에 들어 하지 않았다. 예전 영화의 제목이기도 했다. 직접 영화는 못 보고 겨우 영화 잡지에서 본 그 제목은 프랑스 소설가 에밀 졸라의 소설을 원작으로 하여 만들어졌다고 읽은 기억이 났다. 잡지를 같이 보던 누군가가, 에미를 얼마나 졸라댔으면 작가 이름이 에밀 졸라겠느냐고 희떠운 소리를 하고 키득거리던 기억도 났다. 목로란 서민들이 주로 찾는 선술집 같은 데에 만들어놓은, 널빤지로 만든 좁고 긴 상을 말했다. 내가 오래전부터 헤매 다니며 찾아들곤 했던 술집의 원형이 목로주점이었기에 나는 그 이름을 권했음에 틀림없었다. 한때 나는 나보다 더 목로주점을 애용하는 사람은 이 세상에 없을 거라고 자부심마저 가졌었다. 우스꽝스럽기 짝이 없고 몹쓸 자부심이었다. 그러나 지금에 와서 돌아보면, 그 자부심으로 비록 몸은 망가졌을지 몰라도 그것마저 없었더라면 몸은 물론 마음까지 망가지지 않았을까, 위로받고 싶은 구석이 없지 않다.

서울로 올라오기 전 몇 년 동안 나는 거의 매일 포장마차에서 밤을 지샜다. 어찌어찌하여 홀몸이 된 때문이기도 했겠지만, 꼭 그래서만은 아니었다. 나는 밤과 술을 아울러 내 것으로 하고 싶었다. 심야의 목로주점이야말로 내 안식처였다. 그 몇 년 동안 내 몸은 극도로 망가졌고, 급기야 서울의 병원 신세를 지기에 이르렀던 것이다. 그랬으면서도 여진히 못 버린 게 밤에 목로주점을 찾아 나서는 버릇이었다. 어느 날 밤 도무지 못 견디겠어서 집을 나선 나는 드디어 '술을 찾아서'로 기어들기에 이르렀다. 그때는 J가 아니라 그의 이모가 운영하고 있던 시절이었다.

비바람이 몰아치는 밤이었다. 나는 이모 부부가 비바람에 포장 한쪽이 기울어지는 걸 바로 세우려고 애쓰는 광경을 보고 그곳으로 들어갔다. 나는 그들 부부의 일을 돕고 나서 목로

앞에 앉았고, 그로부터 단골손님으로서의 인연을 맺었다. 그리고 포장마차 이름이 뭐가 그러냐는 내 말에 좋은 걸로 지어달라는 부탁을 몇 번이나 받았다. 막상 내가 제안했으면서도 그때마다 나는 어물거렸을 따름이었다. 경기도 땅에서 내가 다니던 포장마차 이름은 광주집이었다. 전라도 광주나 경기도 광주와 관계가 전혀 없는데 그냥 지었다고 했다. 어디에나 흔한, 아무렇게나 지은 듯한 이름을 지어주고 싶지는 않았다. 그러자 프랑스 파리에 가서 들렀던 작은 술집의 이름이 떠올랐다. 관광객들이 즐겨 찾는 몽마르트르 언덕을 거의 다 올라가서 자리잡고 있는, 목로주점이라고 하기보다는 허름한 카페에 가까운 그 술집의 이름은 티르부숑(tire-bouchon)이었다. 포도주 병마개 따개라는 뜻이라고 했다. 그러나 그런 투는 역시 포도주의 나라 프랑스에나 어울릴 이름이었다. 살바도르 달리의 초상 포스터를 벽에 붙여놓고 앞쪽 골목길을 향해 와플을 구워 팔며, 때맞춰 미국 작곡가 조시 거슈윈의 〈파리의 아메리카인〉을 피아노 연주로 들려주는 곳이었다. 프랑스는 이제 샹송의 나라가 아니라 재즈의 나라였다. 나는 종종 티르부숑에 들러 에디트 피아프의 노래를 꿈꾸며 맥주를 시켜놓고, 와플을 공중에 던져 뒤집는 묘기를 바라보곤 했다. 옆에 아무도 없는 이국땅에서의 나른함에 퍼뜩 소스라쳐 놀라기까지 나는 무엇인가 기다리고 있었을 것이다. 그럴 때면 삶으로부터 버림받았음을 내가 즐기고 있다는 확신마저 들었다.

이모 부부가 '술을 찾아서'를 운영한 기간은 그리 길지 않았다. 남편의 몸이 아파 강원도로 요양을 가지 않으면 안 된 때문이었다. 주인 자리를 이어받은 게 J였다. 대학을 나온 뒤 집에서 놀고 있던 그는 이모의 제의를 받고 흔쾌히 맡았다고 하면서 나중에 조그만 카페를 하겠다는 포부를 밝혔다. 한때 나도 카페를 차리고 살고 싶었다. 그러면 뭔가 감미롭고 서글픈 인생의 맛을 느낄 수 있을 것 같았다.

"이름 지어준다는 거 어떻게 됐어요?"

J는 이모보나 더 집요했다.

"그보다 주인이 갈렸으니 안주도 좀 갈아보시지."

포장마차 안주라야 어디든 그게 그것이련만 다른 데에 비해 훨씬 못하다고 나는 투덜거렸다. 아닌 게 아니라 오뎅에 꽁치, 주꾸미, 대합, 닭발 따위로 사시사철 버티고 있는 형편이었다. 오뎅 대신에 홍합이라도 올려놓으면 어떠냐는 게 내 뜻이었다.

"가을 전어도 좋은데 말야."

나는 가을에 전어 굽는 냄새에 집 나갔던 며느리가 돌아온 다더라는 말까지 들먹였다. 그만큼 별미라고 신문에 씌어 있었다.

"안주가 안 되면 강화도에 전어회나 먹으러 가지."

"좋아요. 저도 강화도에 가서 전어 구경을 좀 하고 와야겠네요."

애초에 소풍은 그런 식으로 계획되었다. 이왕이면 계순이도 데려가자고 나는 덧붙였다. 아직 한 번도 바다를 본 적이 없다는 그녀의 말이 마음에 걸려서였을 것이다. 태어나서 한 번도 바다를 본 적이 없는 사람을 나는 상상할 수 없었다. 그것은 내게는 일종의 충격이었다. 주 5일제 근무를 하는 회사가 늘어나면서 J도 토요일은 아예 쉬고 있어서 시간이 난다고 신바람을 냈다.

그러다가 나도 모르게 내 입에서 튀어나온 이름이 '카타르시스'였다. 배설 혹은 쾌감. 나는 아마도 쾌감보다는 배설 쪽에 더 무게를 두고 장난 삼아 꺼냈던 듯도 싶었다. 거기서는 화장실 사용이 항상 문제였다. 뒤쪽의 빌딩에 들어가면 된다고 했지만 경비의 눈치를 봐야 하는 일이 여간 신경 쓰이지 않았다. 더군다나 맥주를 에라 모르겠다 켜고 켠 날에 뻔질나게 들락

294

거리는 상황이 닥치면 문제는 컸다. 경비의 눈총은 이미 노골적인 질타로 변해 있었다. 그래서 나는 기어코 '카타르시스'를 내뱉었을 것이라고 짐작된다. 배설이 쾌감을 동반한다는 이론은 둘째였다. 이렇게 이름이 지어짐과 함께 계순이 일을 하러 들어왔고, 드디어 포장마차는 새로운 체계를 갖춘 셈이었다.

사십대에 갓 접어든 계순은 순박한 시골 여자였다. 다른 조선족 사람들이 그렇듯이 그녀도 한국에 오는 데 물경 천만 원의 경비를 들였으며, 그 돈을 갚기 위해 일 년 동안 번 돈을 들여야 한다고 했다. 그런 다음에야 자기 돈을 모을 수 있다는 얘기였다. 한국 사람의 돈 얘기에서는 그야말로 돈 냄새가 나건만, 조선족의 돈 얘기에서는 다른 냄새가 난다고 나는 말하고 싶었다. 만주 벌판의 바람 냄새가 난다. 말발굽 냄새가 난다. 육혈포 냄새가 난다. 단지(斷指) 냄새가 난다. 내가 미화하고 있다고 해도 어쩔 수 없었다. 실제로 다른 냄새가 날 리는 없었다. 중국과 외교를 튼 다음 몇 번 가본 조선족 사회는 돈의 위력 앞에 허우적거리고 있었다. 좋아하는데 드러내놓고 내색을 안 하려니 일그러지는 구석이 있게 마련이었다. 그러나 청산리 전투의 명장 김좌진 장군이 독립 운동 자금을 구하러 친척집에 들렀다가 경찰에 붙잡혀 절도죄로 판결을 받았다는 이상한 기록에서도 만주 벌판의 냄새가 묻어난다.

"돈 벌어 훈춘에 보내봐야 남편이 다 까먹어. 그 돈으로 바람 피워."

나는 우스개처럼 계순에게 말하곤 했다.

"일없어요. 안 그래요."

일없다는 말은 괜찮다는 뜻임을 나는 알고 있었다. 그녀는 J가 얻어준 쪽방에서 생활하며, 삼 년만 벌어 돌아가겠다고 다짐했다. 많은 조선족들이 한국에 들어와 번 돈이 옌볜 땅에 들어가 갖가지 문제를 일으키는 사례는 꼬리를 잇고 있었다. 아내를 한국에 보내 번 돈으로 사업을 한답시고 노래방이나 음식점이나 PC방이나 주빠(酒吧)라는 새로운 업종의 술집 등을 차렸다가 날려버리는 남편들도 흔했다. 따라서 여러 가지 삐걱거림이 불거지고 있었다.

그러는 가운데 가을 전어의 계절도 지나고 겨울을 거쳐 봄이 다가오고 있었다. 아직 채 겨울이 가기 전에 도둑고양이들의 발정 울음소리가 들려오기 시작하면 봄은 어디선가 추운 기지개를 켜는 것이었다. 어느덧 거제도의 매화와 제주도의 복수초 핀 소식이 올라오는가 하면, 겨우내 찌이이익 횡격막을 찢듯 울던 검은 새도 홀연히 자취를 감춘다. 몸통도 제법 큰 새가 나무껍질 속의 벌레들을 쪼며 왜 그다지도 못 견디게 귀청을 울리는지 모를 노릇이었다. 나는 겨울이 다 가도록 '카타르시스'를 지키고 앉아 있었다. 기타와 아코디언을 켜는 아저씨들이 드나들고, 옆 빌딩의 룸살롱 아가씨들이 소주병을 까고, 친구들과 연인들이 정담을 나누는 한옆에서 나는 그놈의 새 울음을 귓바퀴에 넣고 있었다.

내가 새 울음 속에서 듣고 있는 실체는 무엇이었을까.

봄이 올 무렵 계순은 포장마차 일이 너무 힘들다며 다른 일자리를 찾아 떠났다. 저녁에 나와 새벽에 들어가야 하는 생활은 진력이 날 만했다. 나는 떠나는 그녀에게 나름대로 작은 봉투까지 마련해주었다. 식당이나 건설 현장이나 가정집에 일자리는 그런대로 두루두루 있는 편이었다. 그런 측면에서 그녀는 한국에 늘어가는 노숙자들을 이해할 수 없다는 말도 남겼다.

계순이 떠난 뒤 며칠 만에 '카타르시스'에 들른 나는 새로 온 여자가 일본인이라는 사실에 놀랐다. 조선족은 어디서나 볼 수 있어도 일본인은 처음이었다.

"알바를 하겠다고 해서요."

J는 천막 한쪽을 손가락질했다. 나는 무슨 얘기인지 알아들을 수 없었다. 그가 가리키는 곳에는 '오꼬노미야끼(おこのみや

き)'라는 글자가 씌어 있었다.

"저게 뭔데?"

"오꼬노미야끼, 일본 빈대떡요."

"일본 빈대떡?"

J의 말을 들어본즉 그녀는 무턱대고 찾아 들어온 것이라 했다. 그리고 한쪽 옆에 작은 자리를 마련해주면 일본 빈대떡을 부쳐 팔며 그 대신 포장마차 일을 거들겠다는 조건을 내밀었다고 했다. 한국에서 돈을 벌어 작게나마 자기 카페를 여는 게 꿈이라는 것이었다. 근본적으로 한국을 좋아하는 일본 여자라는 판단이었다. 2002년 월드컵을 앞뒤로 외국인들이 눈에 띄게 많아졌다. 외국 음식도 웬만한 건 다 들어왔다. 한국의 조선족 음식점 '꿸점'에서 중앙아시아의 양고기 꼬치인 샤시리크를 먹을 수도 있었다. 일본 빈대떡이라고 없으리라는 보장은 어디에도 없었다.

"그런 식도 있구만."

"뭐 손해 볼 것도 없겠다 싶어서요."

J는 그녀의 빈대떡을 좀 팔아주라고 내게 권했다. 나는 자연스럽게 그녀와 인사를 나누었다. 그녀의 성씨는 에지리(江尻)였다. 일본 여자라면 게이샤를 먼저 떠올리는 나는 빈대떡

이 어정쩡했다. 일본 전통 예술인 조루리(浄琉璃)에서 노래 부르는 여자, 가부키(歌舞伎)에서 춤추는 여자의 모습이 그녀의 어디에 숨어 있는지 궁금했다. 일본 빈대떡이란 녹두로 만드는 게 아니라 밀가루에 해물과 야채 등 여러 가지 재료를 섞어, 특이하게 그 위에 얇게 저민 가다랑어 살을 올려놓고 굽는 것이었다. 대패로 민 듯 얇은 가다랑어 살은 온도 차에 의해 마치 살아 있는 듯이 꼬물꼬물 움직였다. 맛이 좀 들큰한 것이 우리 입맛에는 흠이었다. 그녀는 그 일본 빈대떡을 들고 유럽까지 돌아다녔다고 했는데 그저 놀라울 따름이었다. 그녀가 돌아다닌 유럽 땅에는 스페인의 마요르카 섬도 있었다. 〈애국가〉를 작곡한 안익태 선생이 자리잡고 살던 섬, 아니, 나는 쇼팽을 기억했다. 그는 애인인 조르주 상드와 그 섬에 밀월여행을 가서 살면서 피아노 모음곡 〈빗방울〉을 작곡하지 않았던가. 폐결핵을 앓는 쇼팽의 기침 소리가 스며들어 있어서 한층 아름답고 슬픈 곡이라고 나는 해석하고 있었다. 빈대떡을 들고 세계를 돌다가 한참 늦게야 한국을 발견했다는 그녀는 대륙적 기질이 마음에 들었다고 고백했다.

에지리가 돈을 벌어 카페를 차리고 한국에 정착하는 꿈을 가졌으니만큼 나도, J도, 그녀도 카페를 꿈꾸는 카페족(族), 목

초원의 이름 299

로주점파(派)로써 동류항이었다. 나는 그녀의 성씨는 그렇다라도 이름은 오토미(お富)라고 내 마음대로 부르겠다고 불쑥 말했다. 그리고 부자가 되는 이름이라는 토를 달았다.

"좋아요. 좋아요."

어느새 배운 한국말의 대답이었다. 에지리의 지리(尻)는 매우 드문 글자로서 옥편에는 우리 발음이 '고'이며, 뜻은 꽁무니, 엉덩이 혹은 밑바닥이라는 뜻이라고 풀이되어 있었다. 강 꽁무니, 엉덩이? 그건 그만두고 강 밑바닥이라고 해도 어떤 유래를 가지고 있는지 알고 싶었다. 옥편을 뒤져보기 전에는, 그녀의 성씨에서 에(江)를 일본의 에도(江戸) 시대와 연결하고 지리(尻)를 시체(尸)가 아홉(九)이라는 뜻으로 연상하여, 옛날 에도 막부 봉건 시대의 피비린내 나는 권력 다툼에서 구사일생으로 목숨을 건진 어느 사무라이 집안의 내력을 간직한 성씨라고, 엉터리 상상력을 잠깐 즐기기도 했었다. 이야말로 내 상상력의 꽁무니, 엉덩이, 밑바닥이 아니고 대관절 무엇이랴.

"오토미 성씨는 강 엉덩이라는 뜻이래. 엉덩이 한번 만져볼까."

"안 돼요. 안 돼요."

삼십대를 바라보는 나이일까. 그녀의 엉덩이는 청바지가 터

저라 팽팽하게 부풀어 있었다. 나는 성씨와 아무런 관계가 없을 엉덩이를 공연히 흘끔거렸다. 내가 그녀의 진짜 이름을 놔두고 굳이 오토미라고 부르고 싶어 한 까닭은 무엇이었을까. 여기에도 다시 카페 이름이 단서가 된다. 나는 엉뚱하게 김춘수 시인의 연작시 〈타령조(打令調)〉 가운데 한 편을 떠올리고 있었다.

내가 김춘수 시인을 좋아하게 된 것은 〈타령조〉를 읽고서였다. 물론 그는 많은 시를 썼고 그 가운데 〈꽃〉은 대표적인 작품으로 손꼽혔다. 그러나 나는 시를 공부하면서 〈타령조〉에 빠져들었다. 〈타령조 10〉을 읽었을 때의 느낌은 두고두고 생생했다.

이세반도(伊勢半島)에서 온 오토미,/ 네 말을 빌리면/ 지형이/ 태평양을 바라고 기어가는 거북이 모양인 밀감밭에서/ 밀감은 따지 않고/ 바다에만 먼눈을 팔다가 일터를 쫓겨난 오토미,/ 빠 쿠로네코의 여급이 된 지/ 채 열흘이 안 되는 오토미,/ 오토미의 손등은 나이보다 늙고 꺼칠했지만,/ 오토미의 볼과 이마는 이세반도의 밀감밭의/ 밝은 밀감빛이었다고 할까,/ 나이 열다섯만 되면 마음이 익는다는/ 이세반도에서 온 열아홉 살 오토미의 눈에는/ 그

커단 눈에는/ 태평양보다는 훨씬 적지만/바다가 너울거리고 있었다./ 오토미, 너는 모를 것이다./ 그로부터 일 년 뒤/ 세다가야 등화 관제한 방에서/ 시도 못 쓰고 있는 나를/ 한국인 헌병보가 와서 붙들어 갔다./ 오토미, 참 희한한 일도 있다./ 어젯밤 꿈에/ 이십 년 전 네가 날 찾아왔더구나./ 슬픔을 모르는 네 커단 두 눈에는/ 태평양보다는 훨씬 적지만/ 바다가 여전히 너울거리고 있었다.

좀 긴 인용이 되고 말았어도 오토미를 얘기하는 방법으로 나는 이 길을 택할 수밖에 없었다. 이세반도의 밀감밭에서 온 '빠 쿠로네코'의 여급 '오토미'가 시인과 어떤 관계였는지는 알 길이 없었다. 그런데 시인의 연보를 보면 1940년 일본대학 예술학원에 입학했다가 2년 뒤에 일본의 총독 정치를 비방했다고 붙잡혀 세다가야 경찰서에 6개월 동안 갇혔다가 한국으로 돌아왔다는 기록이 있고, 그때 붙잡혀간 일이 이 시에 적혀 있으며, 이십 년이 지난 어느 날 꿈속에 여전히 두 눈에 바다가 너울거리는 그녀가 나타나는 것이다.

나는 이 인연이 매우 아름답고 공교롭다고 여겼다. 그로부터 나는 도쿄에서 가깝다는 이세반도를 꼭 가보고 싶었고, 쿠로네코, 즉 검은 고양이〔黑猫〕라는 이름의 술집에도 들러 술 한 잔을 기울이고 싶었다. 그러나 나는 아직 이세반도에도, 검은 고양이 술집에도 가보지 못했다. 언젠가 도쿄의 거리에서 코네코, 즉 작은 고양이〔小猫〕라는 술집을 발견하고 무작정 기어들어가 맥주를 마신 것은 그 연상 작용 때문이었을 것이다.

물론 시에는 목로주점도, 카페도 아닌 '빠'로 표기된 술집이 나오고 있었다. 하지만 시인이 간 술집은 오늘날의 번쩍거리는 '빠' 개념이 아니라 소박한 술집이어야 마땅했다. 에지리가 카페를 하겠다고 하는 순간 '쿠로네코'와 '오토미'가 머리를 스쳤다. 그녀는 '밀감밭에서/ 밀감은 따지 않고/ 바다에만 먼눈을 팔다가/ 일터를 쫓겨'날 여자는 아니었다. 그녀는 민첩하고 열심이었다. 그럼, 아마도 시에 나오는 오토미의 눈보다는 크지 않을 눈에 '바다가 너울거리고 있었다'고 할 수 있을까. 그럴 수는 없을지 몰라도, 적어도 도쿄의 도심을 흘러가는 에도강의 강물은 너울거리고 있는 듯싶었다. 그 강물은 곧 태평양에 이른다.

"카페 이름은 내가 지을게. 검정 고양이, 어때?"

"검정 고양이, 싫어요."

내가 지은 미래의 카페 이름이 그녀는 못마땅한 모양이었다.

"왜, 일본 사람들 고양이 좋아하는데."

"싫어요. 싫어요."

그녀는 청바지 속에 숨어 들어간 고양이라도 떨쳐버리겠다는 듯 엉덩이를 흔들며 반대 의사를 표시했다. 일본의 어디서였던가, 무슨 비석이 눈에 띄어 들어가보니 '임진왜란 때 조선에 데려갔던 고양이를 모시는 신사(神社)'였다. 일본에서는 임진왜란을 '분로쿠 게이조(文錄慶長)의 역(役)'이라고 불렀다.

가을 전어의 계절은 지나갔어도 강화도 소풍 약속은 여전히 살아 있는 가운데, 고양이의 발정 울음소리가 한바탕 들려오고 맞이한 새봄은 두 가지 변화를 가져왔다. 하나는 오토미에게 한국 애인이 생긴 것이며, 다른 하나는 계순에게서 연락이 온 것이었다. 일본어를 공부한다는 한국인 애인은 가끔 포장마차에 나와 앉아 그녀가 일하는 모양을 멀끔히 쳐다보고는 해서 내 눈에도 띄었다. 한국에 와서 금세 사귀었다니, 꽤 되었을 터였다. 어쩌다 새벽 가까이까지 내가 늦어질라치면 두 사람이 서로 떨어질세라 부둥켜안고 어둠 속으로 사라지는 모습을 볼 수 있었다.

"한국 남자는 속마음을 말해요. 일본 남자들 안 그래요."

오토미의 한국 남자 예찬에는 이른바 '한류(韓流)'가 스며들어 있음을 나는 알았다. 한국 남자들은 사랑한다면 사랑한다고 곧이곧대로 표현한다는 것이었다. 세상에 그렇지 않은 민족도 있단 말인가, 나는 얼마쯤 난감해하지 않을 수 없었다.

그리고 어느 날 J가 내게 계순의 부탁을 전해주었다. 계순에게 한국의 보호자가 필요한데 아무래도 내가 그 역할을 해줬으면 한다는 것이었다. J가 떠맡고 싶어도 포장마차는 정식 허가가 없는데다가 사는 집은 셋집이라 여건이 되지 않는다는 설명이었다.

"보호자가 무슨 얘긴데?"

"안 그러면 불법 체류자가 되니까요."

뭔가 어렴풋이 감이 잡히는 말이었다. 이리저리 일자리를 옮겨다니던 그녀는 이제 부천의 한 호텔에서 집일을 하고 있었다. 외국인은 식당이나 공장이나 가정집에서 일할 수는 있어도 숙박업소, 유흥업소에서는 일할 수 없도록 규정되어 있었다. 여성의 경우, 성매매와 연관된 문제이리라 여겨졌다. 그녀의 몸가짐과 성향으로 보아 아무 탈도 없겠지만, 아무튼 법은 법이었다. 그러니까 그녀를 우리 집의 가정부로 노동부에 등록해놓자는 의견이었다. 무슨 문제가 없을까, 아주 순간적으로 망설이다가 나는 승낙했다. 망설인 사이에 후회가 뒤따른 것은 승낙과 거의 함께였다. 말이 나온 이상 그녀의 부탁을 들어주지 않을 수 없는 *끈끈함*이 우리 사이에 형성되어 있음을 나는 퍼뜩 깨달았다.

보호자로서의 내 역할은 머잖아 다가왔다. 그녀가 고향 혼춘에 다녀오려는데 노동부에서 고용주인 내게 '재입국 동의서'라는 걸 받아오란다는 것이었다. 그게 없으면 가긴 가되 돌아오지는 못한다고 했다. 듣느니 처음인 동의서였다. 자기 고향에 다녀오겠다는데 별난 게 다 있군. 포장마차에서 그녀를 만난 나는 속으로 중얼거렸다. 서류 양식도 없고, 어떻게 쓰는지 나도 모르고 그녀도 몰랐다. 하는 수 없이 나는 A4용지에 '고향에 다녀오는 데 동의합니다'라고 간단히 쓰고 도장을 찍었다. 그녀는 잘 다녀오겠다며 고맙다는 말을 남기고 부랴부랴 사라졌다. 그러나 일은 쉽게 마무리되지 않았다. 그녀가 다시 전화를 걸어온 건 이튿날 점심때였다. 서류를 좀 더 자세히 써서 오란다는 것이었다.

"너무 간단하답니다. 왜 갔다 오겠는지 자세히 쓰랍니다."

"어떻게? 남편이 바람났다고 쓸까? 그래서 그년하고 싸우러 간다고?"

"에이, 장난하지 마시오. 꼭 갔다 와야 하겠어요. 가서 이빨도 고쳐야 한단 말이오. 한국은 너무 비싸서요."

뭔가 말을 만들어내야 했다. 궁리 끝에 나는 문장을 만들었다.

시아버지가 위독하시고 아울러 재산과 여러 가지 정리할 문제가 겹쳐, 고향을 방문하고 재입국하는 데 동의하오니, 부디 허락해주시기 바라옵니다.

당연히 이빨 얘기는 빠졌다. 여전히 미흡한 듯했으나, 더 이상 말을 꾸며댈 재간이 없었다. 나는 '다음에 갈 때는 위독했던 시아버지가 세상을 떠났다고 하지 뭐' 하는 너스레와 함께 쓴 웃음을 지었다. 또 반려되면 어쩌담, 하는 내 걱정을 뒤로하고 그녀는 종종걸음으로 되돌아갔다. 그리고 다음날에도, 그다음 날에도 연락이 없었다. 두말할 것 없이 무소식은 희소식이었다. 그녀의 이빨이 말끔하게 고쳐져 돌아오기를 비는 마음이었다.

"계순이 돌아오면 강화도에 가자구. 함께, 기어코."

말하고 나자 갑자기 그녀가 기다려졌다. 그녀가 중국에 갔다오는 것과 강화도행은 아무런 관계가 없었다. 그렇건만 나는 어떤 동기를 불어넣고 싶었다. 사실 가지 않아도 그만이었다. 그럼에도 불구하고 가을 전어로부터 비롯된 약속을 지키고 싶었다. 가을 전어야 이젠 잊은 지 오래였다. 그런데 한 번도 바다를 보지 못한 사람이 내 뇌리에 남아 있었다.

생각 같아선 더 큰 바다인 동해로, 나아가 제주도의 태평양으로 가야 했다. 남지나해를 흐르는 쿠로시오 조류를 타고 야자열매가 떠밀려와서 바닷가에 싹을 틔우는 광경이라도 보여주고 싶었다. 그건 아무래도 무리였다. 그건 나마저 책에서 읽고 보았을 뿐이었다. 그러므로 강화도는 동해, 남해, 남지나해, 태평양을 합친 대안이었다. 예전부터 나는 황해라는 명칭을 아껴왔었다. 이에 대해 나는 기회 있을 때마다 열을 올렸다. 동해가 세계의 동쪽 바다로 표기되기를 바라는 한 서해라는 명칭을 쓰면 안 된다. 남해도 마찬가지. 일찍이 그 명칭들은 우리나라만을 위한 것이었다. 이를테면 중국에서 보아 황해는 서해가 아니다. 영국의 북해는 그 나라만의 남해, 서해를 쓰지 않기에 세계의 북쪽 바다로 자리잡을 수 있었다. 따라서 '서해안 고속도로'는 '황해안 고속도로'가 되어야 한다. 그것이 세계화였다. 더군다나 황해란 얼마나 특별하고 아름다운 이름인가. 그것은 지구 위에 있는 홍해, 흑해, 백해 등등과 함께 빛깔로 표시되는 바다였다. 붉은 바다, 검은 바다, 파란 바다, 하얀 바다 그리고 우리의 노란 바다.

중국 황허의 누런 황토 물줄기가 들어와 합쳐지고, 드넓은 대륙의 황사가 봄 계절풍에 하늘 높이 떠올랐다가 자욱이 내려와 합쳐져 바다는 누렇게 되고 만다. 결코 아름다운 서사(敍事)가 아니다. 그래도 나는 황해의 포구에 묻혀 들어가기를 좋아했다. 뻘의 밀물을 타고 들어오는 통통배들과 갈매기들을 정겨워했다. 황해의 포구에서 사랑을 해보지 못한 사람은 그만큼 못 미더웠다. 황해는 만남과 헤어짐이 함께 어깨를 겯고 있는 바다였다. 우리의 삶이란 만남과 헤어짐을 나란히 놓은 과정이었다.

보름 동안의 귀향 일정을 마치고 계순이 놀아왔을 때, 나는 J에게 조르다시피 강화행을 재촉했다. 그녀는 중국의 '중남해(中南海)' 담배 한 보루와 얄궂은 고량주 한 병을 선물로 들고 와서, 아예 돌아갈 계획을 세우고 있노라고 시무룩한 얼굴로 실토했다. 정말 시아버지가 위독하여, 정말 정리해야 할 일이 생겼다는 말이었다. 뜻밖이었다. 너무 시무룩해서 나는 이빨에 대해서는 한마디 꺼내지도 못했다.

"돈두 별루 못 벌었잖아. 한 일 년이라도 더 있어보지."

"일없어요."

그녀의 어디에 그와 같은 단호함이 깃들여 있었던가. 언뜻 표독함마저 어린 듯 보였다. 나는 놀랐다. 고향으로 돌아가는 것은 그녀의 몫이었다. 그 전에 내가 해야 할 몫은 그녀에게 바다를 보여주는 일이었다. 바다를 못 본 사람에게는 어떤 장광설보다 바다를 보여줌으로써 세상을 보여줄 수 있다는 믿음이 솟구쳤다. 인간에게 삶을 알려주기 위해서는 자연의 힘이 필요한 것이다. 거기에 바다가, 황해가 있었다. 조바심이 났다.

내 재촉도 재촉이려니와 계순이 간다는 말까지 겹쳐 J는 드디어 마음을 정한 모양이었다. 당연히 오토미까지 끼워 넷이 일행이었다. 2대 2라고, J는 히죽 웃었다. 그리고 그는 여자들이랑 어딜 가게 될 때 그곳이 무인도라면 어떨지 상상해보는 게 취미라고, 거듭 히죽 웃었다.

"무인도 좋아하시네. 무인도라고 달라질 게 뭐 있겠어. 쓸데없는 상상은 죽이는 게 몸에 좋지."

그가 히죽 웃는 까닭을 모르는 바는 아니었다. 그러면서도 나는 나대로 엉뚱한 상상을 하고 있었다. 아무도 못 찾는 무인도로 가기 위해서는 강화도가 아니라 태평양의 어디쯤으로 가야 하리라. 프랑스 소설가가 《로빈슨 크루소》를 패러디한 작품 제목이 뭐였더라?《방드르디, 태평양의 끝》. 방드르디는 금요일이었다. 오래 혼자 살던 주인공은 그날 토인을 만났고, 그래서 토인의 이름을 그렇게 지었었지? 아무튼 '태평양의 끝' 같은 제목을 달고 네 명의 표류 기록을 남겨야 하리라. 그러자 우리의 목적지가 태평양의 끝인 어느 섬이면 얼마나 좋을까 여겨졌다.

"쓸데없는 상상이라뇨? 누가 누구랑 짝을 짓느냐 하는 건 인류사적인 문제 아니겠어요?"

자못 진지한 듯한 말에도 웃음이 담겨 있었다.

"알았어. 두 여자 다 차지하고 살라구. 그래서 빨리 뼈다귀가 되라구."

"시키는 대로 할게요. 그 담에 두 여잘 독차지하세요."

우리는 초지진(草芝鎭)과 전등사(傳燈寺)를 거쳐 동막 바닷가에 이르는 길을 택하기로 했다. 외포리를 거쳐 도선을 타고 석모도까지 가는 길은 나나 그가 가본 적이 있다는 데서 초행길을 가보자고 합의한 것이었다. 그리하여 우리는 마침내, 마침내 떠났다.

강화대교를 건너기까지가 막혔으나, 강화도로 가서 얼마 뒤 왼쪽 길로 꺾어 들어서고부터는 길은 휑 비어 있다시피 했다.

얼마 안 가 초지진의 푯말이 보였다. 언젠가 허물어진 것을 새로 성을 쌓고 대포도 하나 갖추어놓고 있었다. 안내문에는 병인양요, 프랑스 함대, 미국 아시아 함대, 일본 운요호(雲揚號) 등의 글자가 씌어 있었다. 예전에 역사책에서 읽은 기억이 있는 글자들이었다. 강화해협을 내려다보는 곳에 성을 쌓고 군사들이 머물러 서울로 오는 수상한 배들을 감시하고 막아낸 곳이었다.

그녀들은 둘 다 아무래도 건성인 표정이었다. 그리 볼품 있는 유적은 아니라고 나도 수긍되었다. 나는 오토미에게 일본 운요호란…… 어쩌구 안내문에 있는 대로 설명하려다가 그만두었다. 우리는 그저 황해를 보러 왔을 뿐이었다. 그 물결을 보러, 바람을 쐬러 왔을 뿐이었다. 주위를 둘러보던 나는 웬일인지 '대포의 길이 2.32미터, 입 40센티미터'라는 안내문을 수첩에 적어놓고 발길을 돌렸다. 아무 짝에도 쓸모없는 메모임을 나는 이미 알고 있었다. 그러나 웬일인지 그러지 않으면 안 되었다.

동막 바닷가로 가기 전에 전등사를 거치는 것이 일정이었다. 몇 번 길을 물어, 코란도는 식당이 다닥다닥 붙어 있는 언덕길을 올라가 멈추었다. 전등사는 정족산의 산허리에 자리잡고 있었다. 구릉들을 오르내리는 경내는 넓고, 숲이 깊었다. 몇백 년 묵은 느티나무도 눈길을 잡았다. 고구려의 소수림왕 때 아도화상이 세운, 유서 깊은 절이라고 안내문은 적어놓고 있었다. 아도는 우리나라에 불교를 처음 전파한 스님으로 알려져 있었다. 강화도가 고구려 땅이었다는 사실이 새삼스러웠다. 전등사라는 이름은 고려 충렬왕 때 왕비가 옥등(玉燈)을 시주함으로써 생긴 이름이라고 했다. 사전에서는 전등(傳燈)을 불법이 전해지는 뜻으로 해석하고 있었다. 그것도 새삼스러운 사실이었다. 대웅전의 천장에 빼곡히 새겨지고 그려진 용, 극락조, 연꽃 등을 올려다보며 오토미를 살폈다. 그녀는 초지진에서보다는 다소 흥미를 나타내고 있었다.

"오도미, 결혼식은 이런 데서 하면 어때?"

그녀의 눈이 둥그레지며 입가에 가느다랗게 웃음이 지어졌다.

"어서 가야겠어요. 배도 고프고, 시간이 많이 지체됐어요."

J가 서둘렀다. 그래야 할 것 같았다. 토요일이라 가는 길이 막힐 것은 뻔한 노릇이었다. 소수림왕 때 아도가 세운 절? 나는 언덕길을 내려오면서도 고개를 갸우뚱거리지 않을 수 없었다. 그거야 이제 와서 내가 왈가왈부할 것은 못 되었다. 그런들

뭐 새로 밝혀질 성질의 것도 아니었다. 동막 바닷가로 가서 그녀들과 황해를 마주하는 것만이 내가 할 일이었다.

우리나라의 모든 유원지가 그렇듯이 동막은 음식점들과 여관과 민박집들이 즐비한 바닷가 동네였다. 다만, 바닷가 쪽으로 모래사장이 이어져 있고, 소나무도 여러 그루 솟아 있었다.

"자, 저게 바다야."

나는 계순을 보며 솔숲 사이로 빼꼼히 내다보이는 흐린 바다를 손으로 가리켰다. 오토미는 더 큰 바다를 보았을 여자였다. 뭔가 다른 게 있나 하듯 양미간을 찌푸리고 바다를 바라보던 계순은 실망한 눈치가 역력했다. 비행기에서 내려다보던 것과는 다르다는 것이었다. 그럴 터였다. 물빛은 흐렸으며, 멀리 저쪽으로 섬들이 떠 있어서 내가 봐도 답답하긴 했다. 그것으로 나의 바다 보여주기는 싱겁게 끝나버렸다. 그녀가 어떻게 생각하든 나는 중국의 큰 강들과 우리의 압록강과 임진강의 강물이 합쳐져 출렁이는 저 물결을 보라고 말해주고 싶었다. 그것은 결코 허투루 보아 넘길 바다가 아니었다. 그러나 계순의 눈은 벌써 다른 곳을 보고 있었다.

"어디로 들어갈까요?"

"거야, 어디 밥도 먹고 한잔도 하는…… 목로주점 같은 데

없을까?"

"이런 데까지 와서 목로는 무슨."

J는 피식거렸으나, 내가 찾아낸 집을 좋다고 했다. 조개 구이에 바지락 칼국수를 하는 집이었다. 문을 열고 들어가니 드럼통 화덕에 사람들이 둘러앉아 열심히 조개 구이를 먹고 있었다. 생각보다 훨씬 여러 종류의 조개들이 화덕 가득히 얹혀 구워지고 있었다. J도 다른 데에 비해 '훨' 낫다고 내 선택에 맞장구를 쳐주었다. 우리 화덕에도 대합, 백합, 모시조개, 동죽조개, 피조개, 꼬막 등이 두 바가지나 올라왔다. 소라에 고둥도 있었다. 나를 빼고는 모두 바지락 칼국수도 아울러 주문했다. 술을 앞에 놓고는 '곡기'를 시키지 않는 나의 술꾼 버릇은 어디서나 마찬가지였다.

우리는 드디어 황해의 바닷가 목로주점에 모여 앉았다. 엄밀히 말하면 두 사람의 한국 남자와 한 사람의 조선족 중국 여자와 또 한 사람의 일본 여자의 어울림이었다. 아무런 관계가 없는 네 사람을 황해가 전어를 미끼로 불러모았다고나 할까. 우리는 백세주를 따른 술잔을 부딪쳤다. 조개들이 뜨겁다고 입을 딱딱 벌렸다. 나는 빠르게 술잔을 기울였다. J는 운전을 해야겠기에 두 잔이 끝이었다. 바다에 실망한 탓인지 여자들의 분위기는 가라앉아 있었다. 칼국수는 뒤적거리다 마는 정도였고, 조개도 두어 마리 까먹는 게 고작이었다. 흐린 바닷물에 잠겨 있는 기분이었다. 무슨 까닭인지 모를 조화였다. 조개를 앞에 두고 늘상 나오는 농담을 바탕으로, 이건 오토미 걸 닮았겠다느니 저건 계순이 걸 닮았겠다느니 어떻느니 하며 활기를 찾아보려 해도 헛일이었다. 가스불에 익다 못해 바작거리며 타들어가는 조개들을 그녀들 앞에 놓아주어도 마찬가지였다. 한번 굳어버린 분위기는 본래 바꾸기 어려운 노릇이긴 했다. 어느 술자리에서든 자칫 잘못하다간 술주정으로 이어지기 쉬웠다.

"오토미는 결혼 언제 하나?"

젊은 여자에게 할 말이 없을 때 심심풀이로 나오는 물음이었다.

"몰라요."

그녀는 머리를 가볍게 흔들었다. 그뿐이었다. 가느다랗게 눈가에 지어 보이던 웃음은 어디로 갔을까. 대화가 뚝 끊기고 침묵이 거북살스럽게 주위를 감쌌다. 뭔가 단단히 잘못되어 있었다. 차츰 가슴이 답답해져왔다. 나는 창밖으로 원망스럽게 바다를 내다보았다. 벼르고 별러서 온 날이 그 모양이었다. 섭

섭하다 못해 울화마저 슬몃 치밀었다. 술잔을 드는 사람은 나밖에 없었다. 시간이 흐를수록 나는 더욱 빠르게 술잔을 비웠다. 계순 역시 은근히 안절부절못하고 있었고, J는 고개를 숙이고 있었다. 어디서, 무엇이 잘못되었을까. 오토미 것이든 계순이 것이든 따질 필요 없이 조개들은 껍데기마저 까맣게 타 있었다.

"여긴 진짜 태평양의 끝 무인도야. 아, 답답하군."

견디다 못한 나는 와락 소리치고 싶은 감정을 겨우 누르고 자리에서 일어나 밖으로 나왔다. 화장실에 다녀올 몸짓을 하고는 있었으나, 실은 앉아 있기조차 힘겨웠기 때문이었다. 어쩔 수 없는 일이었다. 다 틀려버렸다. 빌어먹을 황해 같으니라구. 나는 쉭쉭 숨을 몰아쉬었다. 나쁜 년들, 뭘 모르는 년들. 나는 바다를 향해 얼굴이 일그러졌다. 평소에도 지나치게 흥분된 반응을 나타내는 내 모습이었다. 그것도 역겨웠다.

시멘트로 지어진 화장실의 소변소 눈높이에는 네모난 공간이 뚫려 있었다. 그곳을 통해 가까이 출렁이는 바다를 내다볼 수 있었다. 으르렁거리는 마음으로 바다를 내다보던 나는 흐린 물결이 속삭이는 소리를 들은 듯싶었다. 흐린 물결의 다정한 소리였다. 전어 떼와 조개들이 속삭이는 소리일지 모른다는 생각이 들었다. 다만 내가 그 소리의 뜻을 헤아리지 못할 뿐이라고 바다가 말하고 있다고도 받아들여졌다. 여자들도 오줌을 누면서 그 공간으로 바다를 내다볼 수 있다면⋯⋯. 나는 몸속의 더운 물을 쏟아내고 진저리를 쳤다. 거짓말처럼 분노의 심정은 안도감으로 바뀌었다.

화장실에서 나온 나는 몇 발짝 떨어진 바다 쪽에 웅크리고 앉아 있는 여자를 보았다. 낯익은 얼굴, 오토미였다. 나는 그녀에게로 발걸음을 옮겼다. 여기서 뭘 하느냐고 물으려던 나는 입을 다물고 말았다. 그녀는 울고 있었다. 나는 그 옆에 말없이 서 있었다. 어깨를 들썩이고 있는 모양을 보아, 그녀도 나인 줄 알고 있음이 분명했다. 그 모습에는, 빈대떡을 주문받고 신바람이 나서 즐겁게 굽는 여자는 없었다. 참아도 비어져나오는 듯한 조루리의 노래, 조심스럽게 허공을 밟는 듯한 가부키의 춤의 어느 소절을 나는 보았는지도 모른다. 그러나 그녀는 지금 어깨를 들썩이고 있었다.

"여기서⋯⋯ 왜⋯⋯?"

나는 조금 전에 들은 흐린 물결의 소리를 닮으려고 노력한 듯했다.

"그 사람이⋯⋯ 헤어지자고⋯⋯ 헤어지자고 해요."

그녀가 흘낏 나를 올려다보았다. 누구라고 물을 필요는 없었다. 그녀의 소리 없는 울음은 흑흑거리는 흐느낌으로 변해 있었다. 그러고 보니 그녀는 아침에 서울을 떠날 때부터 어두운 표정이었다. 나는 아무런 위로도 해줄 수 없는 내가 자괴스러웠다. 어느새 계순과 J가 나와 오토미 옆으로 주춤주춤 다가왔다. 오토미가 우는 모습을 본 계순은 자기도 뭔가 느끼는 게 있는지 덩달아 두 눈을 글썽거렸다. 난감한 일이었다.

　망연히 바다를 바라보고 있던 나는 그제야 흐린 물결이 내게 속삭인 소리를 말로 알아들은 것 같았다. 황해는 만남과 헤어짐이 함께 어깨를 걸고 있는 바다였다. 그녀가 비록 에도 강의 꽁무니, 엉덩이, 밑바닥에서 태어났다 하더라도 지금은 황해의 바닷가에 있었다. 한국, 중국, 일본에서 온 우리는 풀 수 없는 이상한 인연으로 그곳에 모여 만남과 헤어짐을 되새기고 있는 것이었다. 그러자 나는 우리의 만남이 일본 고대의 시가(詩歌) 모음집인《만요슈(萬葉集)》의 어느 페이지에도 간단하게나마 적혀 있다는 착각이 들었다.

　　황해의 밑바닥〔尻〕에

　　우리 만남의 울음소리.

'만엽'은 한글 사전에는 '영원(永遠)'이라는 뜻이었다. 황해는 만엽의 우거진 잎사귀들을 우리에게 흔들며, 만남의 뜻을 되새기라고 말하고 있는 듯했다.

그 순간이었다. 흐린 물결이 속삭인 말에 의해서 나는 알았다. 오토미가 흘낏 올려다보았을 때, 그 눈에 너울거리고 있던 바다는 황해였다. 그렇다면 계순의 눈에 너울거리고 있던 바다도 황해였다. 우리는 황해 가운데 섬에 있었다. 우리 두 남자의 눈에 너울거리고 있던 바다도 황해였다. 그러나 그곳에 펼쳐지는 풍경은 초원이었다. 우리는 모두 초원의 사람들이었다. 나는 그제야 우리가 말을 타고 먼 사막과 산맥을 넘어가고 있는, 같은 종족 동아리라고 느낄 수 있었다.

황해의 섬, 황해의 초원, 동막 바닷가에서 오토미의 울음소리는 한동안 이어지고 있었다.

초원의 향기

그 여자를 만난 것은 뜻밖이었다. 처음에 그 여자가 내게 와서 알은체를 했을 때 나는 전혀 알아보지 못했다. 그도 그럴 것이 십 년 전쯤 우리는 인사동의 한 카페에서 우연히 딱 한 번 어울렸다고 했다. 그것도 그 여자가 그렇다고 하니까 그런가보다 어림짐작을 한 정도였다. 그 여자가 섬에서 서울로 나들이를 왔다고 말한 것은 어렴풋이 기억했지만, 막상 얼굴은 까맣게 잊어먹었던 것이다. 그런데 그 여자는 내게 다가와 여전의 만남을 앞세우고 있었다. 나는 얼떨떨한 채 인사를 나누었고 같은 행사에 참가한 것도 인연이라면 인연이라고 얼버무렸다. 그러나 나는 예전의 몽롱한 기억을 더듬기만 했다. 그 여자는 친구랑 함께 왔다면서 나중에 뵐 시간이 있었으면 한다고 말했다. 섬의 원주민으로서 나를 안내하겠다는 것이었다. 나는 그러자고 건성으로 대답했다. 실상 나는 그 여자에 대해 확연한 무엇이 살아나지 않았다. 인사동에서 만난 여자라니 그런 것 같기는 한데, 어떤 여자였더라……. 쉽게 떠오르지 않았다.

행사장에 닿자마자 느닷없이 어디선가 플루메리아(plumeria)의 꽃향기가 난다고 코를 흠흠거린 것은 간밤의 술 탓이었을까. 여기서 그 꽃의 향기를? 아무래도 걸맞지 않았다. 얼마 전 하와이에 갔다가 이름을 확실히 안 꽃이었다. 하와이에 딸린 마우이섬의 화산을 보러 올라가는 길에 화장실 때문에 들른 길가에서 비닐 포장하여 파는 이 꽃나무 토막을 사서 집에 가져와 꽂아놓은 것이 올봄이기는 했다. 잎이 나기는 했으나 키울 자신은 없었다. 플루메리아는 아열대의 대표적인 꽃이었다. 그러므로 우리나라의 섬에서 그 꽃의 향기가 어쩌고 하는 것은 도무지 앞뒤가 안 맞았다. 나는 머리를 흔들며 환취(幻臭)라는 말을 만들 수밖에 없었다. 환취란 그 꽃향기를 맡는다는 환각에 빠졌다는 뜻으로 해석하면 좋을 것이다. 어쨌든 어림없는 상황이었다.

나는 새삼 주위를 둘러보았다. 초원에 흰 천막 몇 개가 유목민의 것처럼 쳐져 있고, 그 뒤로 해수관음(海水觀音)의 모습이 보였다. 외환 위기가 닥쳐 망하고 말았다는 목장의 부지는 의외로 넓었으나, 황폐하게 버려져 있었다. 그 가운데 구릉 위에 북한 땅을 바라보며 통일을 염원하는 관음상을 세운 것이었다.

"인천 연안부두에서 25톤짜리 돌을 싣고 온다는 말을 막상 듣고는 놀랐지요."

도착하자마자 점심을 먹는 자리에서 누군가가 말했다. 식당이란 게 예전 축사 바닥에 길게 비닐을 깔고 그 위에 합판으로 짠 앉은뱅이 식탁을 여러 줄 놓은 곳이었다. 소들이 여물을 먹어야 할 자리에서 사람들이 밥을 먹고 있는 것이 여실히 나타났다. 하기야 그것도 무슨 뜻 같기는 했다. 현지에 주둔하고 있는 군인 대대장도, 경찰서장도 있었고, 나처럼 외부에서 초청되어 온 사람도 있었다. 초청이라는 말을 쓰고 보니, 다른 사람들은 몰라도 내게는 좀 거창하고 어중된 느낌이 없지 않았다. 나로 말하자면 인사동 어느 골목에서 열린 전람회에 갔다가 방명록에 이름과 주소를 적어놓은 결과에 지나지 않은 것이었다. 초청장이라는 걸 받고도 이게 왜 왔을까, 했으니 말이다. 초청받아 온 사람들 중에 눈에 띄는 건 역시 연예인들이었다. 한눈에 보아도 일반 사람들하고는 차림새부터 달랐다. 짙은 화장을 한 한 앳된 여자는 이른바 배꼽티를 입고 있기까지 했다. 그래도 장소가 장소여서인지 밥을 먹는 틈틈히 훤히 드러난 허리에 신성을 쓰는 폼이 역력했다. 처음에는 저 사람들이 왜 여기에? 하는 의아함도 일었으나, 그건 역시 내 고정관념이었다. 종교 행사라고 해서 마냥 엄숙해야 할 까닭이 없었다. 종교 행사라고 해서 마냥 딱딱해야 할 까닭이 없었다. 아니, 모든 종교 행사란 일종의 축제가 되어야 하는 것이었다. 아마도 무슨 공연이 있으려나 싶었다.

"25톤 돌을 배로 싣고 왔단 말이지?"

"그래서 저기 저렇게 세웠잖아."

그 김에 나도 다시 한번 관음상을 바라보았다. 그러나 나는 나중까지도 그냥 돌을 싣고 와서 조각을 한 건지 조각을 해서 싣고 온 건지는 알지 못했다.

거의 새벽까지 술타령을 하다가 한잠도 못 자고 나온 탓에, 구릉 위로 올라가는 동안에도 내 머릿속은 엉망이었다. 게다가 부슬비까지 뿌리기 시작하였다. 오는 동안 나는 너무나 먼 뱃길이라는 생각을 지울 수가 없었다. 물론 배로 네 시간 반이나 걸리는 거리가 멀지 않을 까닭은 없었다. 하지만 나는, 이건 내가 간 뱃길 중에서 가장 멀군, 저절로 중얼거려졌다. 하지만 실상은 아니었다. 언젠가 나는 배를 타고 제주도도 갔으며, 독도도 갔다. 그 뱃길이 훨씬 멀었다. 나는 쾌속정의 의자에 앉아 가끔 창밖 바다를 내다보며 눈을 감고는 했다. 잠을 못 잔 터수에 비겨 그래도 몸은 견딜 만한 게 이상한 일이었다. 아침 여덟 시에 떠나는 배를 타려고 서울에서 인천까지 새벽 첫 전철을 타고 오는 것만도 쉬운 일은 아니었다. 한 시간만이라도 늦췄으면 그토록 숨이 턱에 닿지는 않을 터였다.

나는 구릉 위로 향한 황톳길을 올라가는 사람들 틈에 끼였다. 해수관음의 점안식(點眼式)에 참례한 사람들이 순례자의 무리가 틀림없었다. 그런데도 그들은 어딘가 모를 머나먼 곳으로 끝없이 가고 있는 사람들 같았다. 그 풍경 속에서 나도 그랬다. 나도 어딘가 모를 머나먼 곳으로 하염없이 가고 있는 사람 가운데 하나였다. 그런 어느 순간 나는 언뜻 무슨 꽃향기를 맡았다. 그리고 알 수 없는 환각 속에 빠져드는 느낌을 받았다.

나는 초청장을 받고 꼭 참석하겠노라고 전화를 했었다. 오래전부터 이 '서해안 최북단'의 섬을 한번 보고 싶었다. 예전에는 황해도 장연군에 속했다가 나중에는 경기도와 인천시의 옹진군으로 변했다고 했지만, 내게는 여전히 황해도였다. 그리고 섬에 드나들려면 군대의 허가를 받기 위해 절차를 밟아야 한다고 했다. 귀찮고 까다롭게 여겨져 기회를 만들기 어려웠다. 그런 참에 초청장이 온 것이었다. 그러나 어느 편이냐 하면, 해수관음의 점안식보다는 섬에 대한 호기심이 더 큰 비중을 차지하였다. 특히 황해도의 이 섬에 어떤 식물이 자라는지를 보고 싶었다.

북방 한계선이라는 말은 식물에도 쓰였다. 이 섬은 어떤 나무들의 북방 한계선으로 곧잘 이름을 나타내곤 했다. 가령 동백나무는 이 섬까지 와서 자라므로 북방 한계선이 되고 있었다. 말하자면 위도로 따져 더 이상 위로는 올라가지 못하는 것이었다. 이와 더불어 육이오의 정전 협정이 맺어진 지 오십 주년 되는 해라고, 남북 양쪽 군사 분계선의 북방 한계선이니 남방 한계선이니 하고 신문에 오르내린 것도 기억에 되짚어졌다. 아무튼 쉽사리 접근할 섬은 아니라는 생각이 컸다.

구릉 위 천막이 가까워지자 멀리서 갈매기들의 울음소리가 유난히 크게 들려왔다. 관광버스로 올 때 운전기사는 그 괭이갈매기들이 '산후조리'를 하는 것이라고 설명했었다. 그래서 민물에 몰려와서 목욕을 한다고 했었다.

"알을 까고 나면 갈매기 몸에 이가 많이 생겨요. 그걸 털어내는 겁니다."

고여 있는 물 같기도 하고 흐르는 물 같기도 한 그 물은 민물이었다. 바닷새가 민물에 들어가면 몸의 물것들이 쉬 떨어져나간다는 것도 그럴듯했다. 괭이갈매기들이 모여들어 바다와는 꽤 떨어진 뭍에서 깨액깨액 시끄럽게 울어대는 까닭이 그것이었다. 유람선을 타고 섬을 얼마쯤 돌 때도 그렇게 많이 떼를 지어 있는 갈매기들을 볼 수는 없었다. 갈매기보다 수효는 적다 하더라도 눈에 띄는 새는 오히려 가마우지였다. 검은 가마우지는 바위 위에 서서 부리로 깃털을 가다듬거나 멀뚱멀뚱 유람선을 바라보거나 하고 있었다. 에스(S)자로 굽은 목의

326

선이 두드러졌다.

"절벽에 하얗게 페인트칠을 한 거같이 보이죠? 가마우지 똥입니다. 가마우지 똥이 쌓인 겁니다."

절벽이고 바위고 온통 여기저기 그 새들의 똥칠이었다. 나는 새똥에 대해 어느 정도 알고 있었다. 남아메리카 어딘가에서는 갈매기 똥인 구아노가 수출품으로 경제에 한몫을 한다고 했었다. 그곳에는 구아노가 하도 무더기로 쌓여 그것만으로도 산을 이루고 있었다. 그리고 몇 해 전에 가본 민통선 안 마을에서는 백로 떼가 한 숲에만 모여들어 사는 통에 그 똥독으로 나무들이 그만 말라죽는다고 했었다. 아닌 게 아니라 고사목들이 삐죽삐죽 솟아 있는 풍경은 을씨년스러웠다. 순백색의 아름다운 자태를 뽐내는 백로가 괴기 아니면 엽기에 등장하는 격이었다.

가마우지라면 중국 구이린(桂林)의 리장(麗江)에서 고기잡이를 하는 장면이 퍼뜩 떠올랐다. 관광 명소라고 해서 다들 다녀오기에 뒤늦게 가본 그곳에서는 가마우지를 묶어놓고 관광객으로 하여금 함께 사진을 찍는 데 몇 푼씩 받고 있었다. 그러나 그 새가 고기잡이하는 모습은 텔레비전에서 본 것이 고작이었다. 어두울 녘이면 작은 쪽배를 탄 어부가 가마우지의 목

아래쪽을 줄로 묶어 강으로 나아가 물에 넣는다. 가마우지가 물고기를 잡아 삼킨다. 하지만 목을 묶은 줄 때문에 물고기는 기다란 에스 자 목울대에 갇혀 있을 뿐이다. 어부는 가마우지를 끌어당겨 거꾸로 흔들어 그 물고기를 토하게 한다. 배를 불리지 못한 가마우지는 또, 또, 또, 또, 몇 번이고 고기잡이를 나간다. 예전과는 달리 요즘에는 오로지 관광객을 위한 고기잡이에 지나지 않았다. 그리고 낮 동안은 관광객과 익숙하게 사진을 찍는다. 나는 사진을 찍을 마음이 눈곱만큼도 없었다. 이제 세계는 아무리 깊은 오지라도 쇼밖에 남아 있지 않은가 하고 지겨울, 두려울 지경이었다.

"다들 가까이 오세요. 점안식을 거행하겠습니다."

큰스님 여러 명이 줄지어 구릉 위 행사장의 의자에 자리잡자 사회자가 선언했다. 점안식이 불상의 눈을 직접 그려넣는 행사라고 알고 있었던 때가 있었다. 그러나 언젠가 작은 포교당에서 올리는 점안식을 보니, 아니었다. 큰스님이 와 있는 가운데 증명을 받는 예식이었다. 불상에 오색줄을 늘어놓고 법회를 하며, 나중에는 팥알을 흩뿌리기도 했다. 그러면 신도들이 오색줄을 잘라 가지는 것이었다. 눈은 먼저 그려져 있어도 점안식을 하지 않으면 불상으로서 인정이 되지 않는다는 걸 나는 그제서야 알았다. 예컨대 결혼식도 그런 걸 테지, 어쩌면 이 세상의 모든 예식은 그런 걸 테지, 나는 생각했었다.

부슬비는 안개비로 변했다가 다시 내리곤 했다. 해수관음이 우뚝 서 있는 구릉 위에서 모두들 〈삼귀의〉와 〈사홍서원〉과 〈반야심경〉을 외며 행사는 진행되었다. 그런데도 내가 도무지 현실 속에 있는 것 같지 않은 까닭은 오리무중이었다. 간밤의 술타령 탓만은 아닐 것이다. 아까의 여자는 저쪽에서 친구라는 여자와 나란히 서서 합장을 하고 있었다. 상당히 열성적인 불교 신도로 보였다. 그러는 동안에도 나는 우리가 인사동에서 만난 일을 더듬어보고 있었다. 그 동네에 사무실을 가지고 있기에 나는 여러 사람들을 만나왔었다. 알 듯 말 듯한데 그 여자와의 구체적인 장면을 도통 그려낼 수 없었다. 나는 사람들을 등 뒤로 하고 아래 구릉길을 내려다보며 담배를 피워 물었다. 지그재그로 나 있는 황톳길을 사람들이 띄엄띄엄 오르내리고 있었다. 행사 진행을 돕는 사람들이거나 '생각하는 곳'이라고 팻말을 써붙인 간이 화장실을 오가는 사람들이었다. 단순히 구릉길만 오르내리는 사람들이 왜 어디 머나먼 순례의 길을 떠나는 것처럼 보이는 것인지 나는 몇 번이고 눈을 비볐다. 구릉의 경사면에 지그재그로 난 황톳길 때문일까.

'서해안 최북단'인 때문일까, 무엇 때문일까. 문득 한하운이라는 시인이 쓴 〈황톳길〉의 시 구절이 어른거리기도 했다. '가도 가도 붉은 황톳길/ 숨막히는 더위 속으로 쩔룸거리며/ 가는 길……' 작자 자신이 '문둥이'가 되어 소록도로 가는 신세를 그린 시 구절이라고 기억되었다. 아니, 이런 자리에서 하필이면 그 시 구절이라니, 하며 나는 스스로 난감해했다.

"맑은 날이면, 심청이 뱃사람들에게 팔려 끌려간 인당수 바닷물이 보인다는데."

누군가 아쉽다는 듯 설명하고 있었다. 관광버스의 운전기사에게서도, 유람선의 선장에게서도 들은 말이었다. 점안식 행사 팸플릿에는 그런 연유로 목장 자리에 '효행'을 가르치는 시설을 세운다는 계획도 아울러 적혀 있었다. 나는 심청이 눈먼 아버지를 위해 뱃사람들의 제물로 목숨을 팔았다는 게 '효행'이 되는지 어떤지 어릴 적부터 의문이었다. 물론 결과는 그렇게 되었다 하더라도, 내가 삶을 과정이라는 뜻으로 읽고 있는 한 그랬다. 심청이 인당수 깊은 물에 빠뜨려진다는 설정은 그 무렵에 있었던 뱃사람들의 인습에서 끌어온 듯했다. 처녀를 바다에 바침으로써 안전한 뱃길을 빈 제의(祭儀)였다. 그러나 연꽃 속에서 다시 바다 위로 살아 나온다는 것은 분명한 허구였다. 희망 사항이었다. 그러므로 그녀의 '효행'은 지금에 와서는 다른 코드로 해석해야 한다고 생각했다.

모두들 날씨 탓을 하고 있었다. 인당수의 바다며 '서해 교전'의 바다며 황해도 장연 땅이며 다 부슬비에 가려버렸다고 아쉬워했다. 나는 굳이 못 보아도 그만이라는 심정이었다. 갈매기들의 '산후조리'의 울음소리를 듣는 것만으로도 충분했다. 게다가 섬이 동백나무의 북방 한계선이라고 어디선가 본 기억도 새로웠다. 둘러보아도 동백은 눈에 띄질 않는데, 아무튼 나는 그 사실이 중요했다. 동백나무는 더 이상 북쪽으로 올라가 자라지 못한다. 동백꽃을 보려고 거제도의 지심도에서 여수의 향일암, 해남의 미황사, 구례의 화엄사까지 여러 해 돌아다닌 적이 있었다. 무슨 갈증이 그다지도 깊었는지 도리질을 할 노릇이었다. 그런데 그 북방 한계선에 와서 서 있었다. 드디어 동백꽃에 대한 갈증은 끝에 이르렀다고 스스로 어깨를 두드려주고 싶었다.

그런 순간 느닷없이 플루메리아가 다가왔다. 하와이에서 레이를 목에 두르고 그 향기를 맡으며 비로소 자세히 들여다본 꽃이었다. 유백색의 다섯 장 꽃잎은 가운데에서 노란색으로 아물고 있었다. 여기서 그게 왜? 아무 근거도 없었다. 동남아

시아의 나라들에서 절에 연꽃과 함께 공양으로 바치는 꽃이기도 했다. 사람들마다 손에 손에 그 꽃을 들고 있었다. 달콤 향긋했으나 코가 매울 정도의 짙은 향기였다. 폐목장의 버려진 초원 어디에도 그 향기를 뿜을 만할 구석이 없었다. 혹시 목장에서 소뿐만이 아니라 사슴이라도 키워 녀석들의 배꼽에서 나던 사향내가 남아 있을 수도 있겠다 했지만, 그 추측 역시 억지였다. '환취'인 줄 알면서도 나는 들숨을 오래 들이쉬었다. 꽃향기는 끊일 듯 끊일 듯하며 줄곧 코를 자극했다. 일단 고정관념에 사로잡히면 죽어라고 뿌리치지 못하는 내 버릇을 나는 알고 있었다. 하는 수 없이 나는 구릉 위 천막에서 나와 황톳길을 내려왔다. 가만히 앉아 견디기 어려웠다. 내 발길은 건초 창고 쪽으로 향했다. 둥근 구조물의 시멘트 겉벽은 군데군데 깨져 있었고, 뾰족한 함석지붕은 붉게 녹슬어 있었다. 나는 건초가 사료로 되어가는 동안 풍기는 냄새를 맡고 싶었다. 그것도 향기임에는 분명했다. 그러나 당연히 텅 빈 창고 안에는 빗물이 고여 썩고 있을 뿐이었다.

하와이에 간 것은 이민 백 년을 기념해서였다. 그곳 사탕수수밭의 노동자로 일하려고 우리나라 사람들이 인천항을 떠나 처음 도착한 것이 1903년이었다. 그들의 고생이 이루 말할 수 없었다는 것은 상상만으로도 얼마든지 가능했다. 뒤이어 닥친 일이 결혼이었다. 그들은 고국에 사진을 보내 신붓감을 구했고, 고국에서는 여자들이 사진을 보냈다. 그렇게 짝을 이뤄 배를 타고 온 여자들을 '사진 신부'라고 불렀다. 결혼 약속이 이루어져 뱃삯을 받은 다음 마음이 달라진 여자가 사라진 일도 있었다. 가기 전에 죽은 여자도 있었다. 하와이에서 남자의 모습이 사진과 다르다고 어깃장을 놓는 여자도 있었다. '이민 백 주년 기념 세미나'에서 주워들은 이야기들이었다. 오늘에 와서 막상 사탕수수밭은 이웃 섬 마우이로 선택 관광을 가서야 볼 수 있었다. 인건비 탓에 수지가 맞지 않아 미국 땅에서는 거의 재배하지 않는다고 했다. 거둬들이는 과정으로 사탕수숫대를 태우는 검은 연기가 하늘 높이 솟아 흩어지고 있었다. 마우이 섬의 할레아칼라 분화구를 보고 돌아옴으로써 나의 '이민 백 주년 기념'은 끝났다. 초기 이민자들이 지은 교회 앞에서 양복 차림으로 찍은 사진도 보았고, 이승만의 활약도 들었다. 과거의 고생처럼 오늘과 내일의 문제들도 쉽게 해결되진 않으리라 했다. 그러나 내게는 별다른 감회가 들지 않았다. 그런 가운데 '이민 백 주년 기념 세미나'에 참가해주어 고맙다고 목에 걸어준 플루메리아의 꽃의 레이가 짙은 꽃향기로 내게 다가왔다.

이민이든 이주든 미국보다 중국이나 러시아로의 그것이 훨씬 먼저였을 것이다. 중국의 연변에서 만난 조선족이나 러시아의 연해주에서 만난 고려인들에게서는 우리보다도 더 우리 냄새를 맡을 수 있었다. 어느 날 카자흐스탄의 알마티 어느 공원 모서리에서 만난 사람이 박씨 성을 가진 세르게이였다. 그의 증조할아버지가 러시아 연해주로 이주한 사람이었다. 그리고 저 1937년에 일어난, 스탈린에 의한 우리 민족의 중앙아시아 유배는 여기서 다시 들춰낼 필요가 없을 줄 믿는다.

그가 서울에 왔을 때 인사동 카페에서 술을 마신 적이 있었다. 회상이 거기에 미치자 나는 아, 하고 인사동에서의 그날을 제법 구체적으로 그려냈다. 그때 마주 붙어 있는 테이블 한 옆에 그 여자가 혼자 앉아 있었다. 지금 저쪽에 친구와 나란히 서 있는 여자가 그 여자였다. 아, 그래, 그랬지. 나는 굉장한 발견인 양 고개를 끄덕였다. 맞아, 그랬어. 비로소 갈피를 잡은 것이다. 그날 우리는 자연스럽게 합석하여 어울렸다. 그 여자는 섬을 이야기했고, 세르게이는 중앙아시아를 이야기했다. 그 여자 부모의 고향은 황해도였는데 전쟁 중에 피난을 온다는 게 황해도가 빤히 바라보이는 섬이었다. 곧 돌아갈 거라고, 잠시 있을 거라고 날짜 꼽기가 몇십 년이었다. 섬에 정착했다 하더라도 그것은 유랑이었다. 세르게이는 말 그대로 아직 끝없는 유랑 생활을 계속하고 있는 신세였다. 타지키스탄이라는 나라까지 가서 학교를 다닌 그는 지금 카자흐스탄에 와서 살고 있으면서 앞으로 또 어디로 가야 할지 모르겠다고 웃음 지었다. 그 웃음은 웃음이 아니었다. 중앙아시아는 카자흐스탄, 우즈베키스탄, 키르기스스탄, 타지키스탄의 네 나라로 이루어져 있다. 그 가운데 타지키스탄은 중앙아시아의 한 나라이긴 해도 아프가니스탄에 가까운 나라라고 그는 가르쳐주었다. 두 나라는 말도 같은 계통이라고 했다. 그곳에서 독립과 함께 내전이 발발하자 생명에 위협이 닥쳐 떠나올 수밖에 없었다. 그의 유랑을 안주 삼아 우리는 경쟁하듯 술잔을 비워댔고, 나중에 세르게이는 그 여자와 키스까지 하게 되었다. 그 모습에 나는 '두 사람 결혼하시지' 하고 낄낄거렸었다. 술자리에서의 도발적인 키스 한 번에 결혼 운운하는 내 사고방식도 문제였으나, 무엇보다 그는 기혼자였다. 그리고 그날 밤늦게 우리가 어떻게 헤어졌는지 알 길이 없었다. 필름이 끊어진다는 상황은 내게는 특별한 사건이 아니었다. 그런데 그 여자가 지금 구릉 위에 서 있었다. 그랬지, 섬을 이야기했고, 중앙아시아를 이야기했지. 나는 황톳길을 다시 올라갔다. 육지로 나가는 배는 내

일 낮에 있었다. 그때까지 무엇을 하든 나는 섬에 갇혀 있어야 했다. 안개다, 바람이다, 걸핏하면 배가 못 뜨곤 하는 통에 자칫 며칠씩 갇혀 있는 경우도 있다고 들었다.

아까부터 시작한 공연으로 마이크에서는 노랫소리가 울려 퍼지고 있었다. 바야흐로 흘러간 노래들이었다. 천막 밑에 들어가 서자 중등학교 학생이나 되었을까 싶은 어린 소녀가 장구를 메고 옆에 서서 무슨 말인가 들릴 듯 말 듯 투덜거리고 있었다. 나는 귀를 기울였다. 습기가 차서 장구 치기는 글렀다고 뾰로통해서 하는 볼멘소리였다. 흘러간 노래들이 지나가면 차례가 돌아오게 되어 있는 모양이었다. 체구에 비해 장구가 너무 커서 부슬비가 아니라도 제대로 소리나 낼지 걱정스러웠다.

"장구는 소가죽에 또 무슨 가죽을 쓰니?"

나는 소녀를 위로할 겸 물었다.

"말가죽이나 개가죽요."

나는 장구에 개가죽이 쓰일 수도 있다는 사실을 처음 들었다.

"그럼 고양이가죽은?"

나는 짓궂게 계속 물었다. 소녀는 머리를 모로 흔들며 별걸 다 물어본다는 듯 나를 흘끔거렸다. 부슬비가 계속되는 한 소녀는 장구를 치지 못할 게 분명했다. 하지만 부슬비는 쉽게 멈추지 않을 성싶었다. 내 물음이 소녀에게 위로가 될 수 있으리라 여긴 것부터가 착각이라면 착각이었다. 나는 머쓱해져서 망연히 초원으로 몸을 돌렸다. 마이크에서 터져나오는 유행가보다 갈매기들의 '산후조리' 울음을 더 듣고자 하는 마음이었다. 갈매기들의 울음소리가 노랫소리에 뒤섞여 희미하게 들려왔다. 이제 내 눈에 초원은 단순히 폐목장이 아니었다. 중앙아시아의 초원과 몽골의 초원이 눈앞에 어른거렸다. 나 역시 유랑의 무리에 속한다는 서글픔이 밀려들었다. 중앙아시아 초원을 지나 황량한 사력질(沙礫質) 반사막을 지나 이식쿨이라는 호수로 간 적이 있었지. 세르게이와 함께. 나는 자본주의 한국에 지치고 쫓긴 몸으로 그곳을 찾았는데, 그는 뒤늦게 한국을 좇고 있었다. 몽골의 초원을 말을 타고 간 적도 있었다. 한국의 자본주의는 그곳에서까지 기승을 부리고 있었다.

어느 곳에 가든 나는 그곳에 혼자 버려져 살아갈 수 있을는지를 가늠하는 것이 버릇이었다. 제법 집을 가지고 살게 되어서도 늘 그랬다. 흔히 '뿌리 뽑힌 삶'이라는 말이 쓰여진다면, 그건 나 같은 사람에게 해당될 것이라고 나는 자조했다. 먹을 것이 충분한데 별도로 비상식량을 마련해두는 사람이나, 다음 끼니가 혹시 어떻게 될까봐 미리 꾸역꾸역 먹어두는 사람을 나는 알고 있었다. 구체적인 위협은 전혀 없는데도 말이다. 나는 그들과 동류였다. 아니, 동류가 넘어 도반(道伴)이었다. 나는 다리 뻗고 잘 방이 충분하면서도 다른 방을 훔쳐보곤 했었다. 골방이나 토굴에 지나지 않더라도 탐내곤 했었다. 그러므로 버려진 건초 창고를 기웃거린 연유를 나는 알고 있었다. 중앙아시아에서의 어느 날, 돌소금이 하얗게 깔린 황무지를 지나 도착한 우슈토베라는 마을에서 우리 사람들이 파놓은 토굴의 흔적을 보았었다. 겨울은 닥쳐오는데, 생면부지의 황무지에 버려진 사람들이 어떻게든 죽지 않으려고 피 흘린 자국. 또 하나의 우리나라 옛 선사시대 유적과 같았다. 카자흐스탄의 화폐 단위는 그 뒤 루블에서 텡게로 바뀌었지만, 그때 그들에게 기념으로 받아온 꼬깃꼬깃한 루블, 루블리, 루블레이는 아직도 내 서랍 속에 간직되어 있다. 한국 돈으로는 단돈 1원짜리 값어치가 안 되는 화폐들이었다. 아무짝에 쓸모없는 줄 알면서도 버릴 수가 없었다.

문득 마이크의 노랫소리가 멈추었는가 했더니, 종소리가 데엥 하고 울렸다. 나는 고개를 돌려 무대 위를 올려다보았다. 머리에 하얀 고깔을 쓴 가사 차림의 여자가 사뿐사뿐 걸어 나오고 있었다. 비구니의 가사와는 다른 차림은 승무(僧舞)를 출 때의 것이었다. '유랑의 무리'라고 보았던 사람들 가운데 저 여자도 있었던가. 무대 위에 멈춰 선 여자는 다소곳이 윗몸을 숙이고 있던 자세를 조용히 움직였다. 긴 소매가 허공으로 뻗어나갔다. '뿌림'이라고 말하는 춤사위라고 알고 있었다. 앞뒤로 옮아가던 발걸음이 한 바퀴 맴을 돌아 제자리로 향했다. 나는 여자의 얼굴을 살펴보았다. 어디서 본 얼굴이었지, 하는 찰나 놀라지 않을 수 없었다. 나는 내 눈을 의심했다. 점심때 본 배꼽티의 여자였다. 배꼽티와 가사 사이에서 나는 여간 혼란스럽지 않았다. 부슬비에 조금씩 젖어가는 고깔과 가사가 애처롭게 너울거렸다.

춤이 끝날 때까지 나는 알 수 없는 긴장감에 사로잡혀 있었다. 내가 섬에 온 것은 해수관음의 점안식을 보기 위해서가 아니라 오로지 부슬비 속의 승무를 보기 위해서라고 누구에겐가 고백하고 싶었다. 흐린 시야에 보이지 않는 바다를 나는 멀리 내다보았다. 초원의 춤이 바다로 이어지고 있었다. 그리고 동백꽃의 북방 한계선 너머 괭이갈매기가 가맣게 날아오르는 심청의 인당수도, 가마우지가 새하얗게 똥칠을 한 황해도 바닷가 언덕도 눈에 들어온다는 생각이었다. 나는 눈을 감고 그 광

경을 오래오래 마음에 담아두려고 애썼다. 바다는 새들의 고
향이었다.

춤이 언제 끝났는지 알 수 없었다.

춤이 계속되는 동안에도 적막감이 몰려와 있던 무대 위에는
아무도 없었다. 마치 환상이 멸(滅)하듯 텅 빈 그 자리에 남은
것은 아까와는 다른, 괴괴한 적막감이었다. 나는 마치 꿈에서
화들짝 깨어난 뒤처럼 주위를 휘둘러보았다. 섬에 주둔하고
있는 지역 해병대 사령관의 호의로 차출되었다는 군인들과 민
간 자원봉사자들이 천막을 걷고 앰프를 정리하고 의자를 옮기
느라 분주하였다. 그들의 움직임에서도 전혀 현실성이 전해지
지 않았다. 스님들과 참석자들은 어느 틈에 다시 황톳길을 내
려가고 있었다. 모든 것이 무성영화의 한 장면 같았다. 그들이
어디로 가고 있는지 영원히 모를 것 같았다. 장구를 메고 있던
소녀도, 춤을 추던 여자도 어디론가 자취를 감추었다. 내가 승
무를 본 것이 정말인지 알기 위해서는 맨살이라도 꼬집어보아
야 한다고 받아들여졌다. 배꼽티의 여자가 과연 승무를 춘 여
자인지도 믿기 어려웠다. 하물며 내가 섬에 와 있다는 엄연한
사실조차도 나를 어리둥절하게 만들었다.

나는 중앙아시아에서 아프가니스탄으로 넘어가는 파미르

고원의 히베르 고개를 알고 있었다. 영어로는 카이버 고개였다. 낡은 짐트럭이 꼬불꼬불 넘어가는 기나긴 고개는 천연의 요새이기도 했다. 많은 타지키스탄 민병대원들이 아프가니스탄의 탈레반 정권에 맞서려고 고개를 넘었다. 아프가니스탄 국민의 20퍼센트를 차지하는 타지키스탄 사람들이 주력을 이룬 '북부 연합'과 힘을 합쳐 미국은 탈레반을 몰아내고 있었다. 탈레반은 세계 최대라는 불상을 파괴하고 기세가 등등했다. 내전이 끝나고 밀어닥친 게 또한 전쟁이었다. 세르게이는 한때 히베르 고개를 아득히 올려다보는 초원지대에서 파 농사를 지었다고 했다. 파 농사는 중앙아시아의 우리 사람들이 즐겨 짓는 농사였다. 이식쿨 호수를 보고 난 뒤 아무 근거 없이 허황한 모험심을 키운 나는 내친김에 타지키스탄의 그의 옛집까지 차를 몰게 했었다. 작은 지프는 푸석푸석거리는 사력질 반사막 길을 끝없이 달리고 초원을 가로질렀다. 사람이 죽느냐 사느냐 하는 판국에 그의 파밭을 보고 싶다고 충동질해서 그 머나먼 길을 달린다는 일이 도무지 가당키나 한 짓거리란 말인가. 그럼에도 두샨베, 두샨베, 하고 그 나라 수도 이름을 입에 올리며 나는 흥분했었다. 그 도시는 세르게이의 여동생 남편, 즉 매제가 얼마 전에 총에 맞아 죽은 곳이었다. 위험하다는 말을 연신 하면서도 세르게이는 그의 옛집에 가보고 싶은 눈치를 누르지는 못했다. 그리고 아직 두샨베에 남아 있는 여동생을 어떻게든 이웃의 다른 나라로 빼내오는 게 급선무임을 숨기지 않았다. 여동생의 목숨이 달려 있는 일이기도 했다. 물론 달러라는 이름의 돈이 가장 중요한 열쇠였다. 나는 그가 내게 바라고 있는 대가가 무엇인지 알고 있었다. 하지만 나는 미지의 초원에 미쳐 있었다. 나는 내 인생의 돌이킬 수 없는 길에 접어들기라도 한 듯 마른침을 삼키며 재촉했다. 혹시 세르게이의 마음이 변해 지프를 돌릴까봐 나는 손에 땀을 쥐었다. 나라는 인간이 가장 속물스럽게 될 때, 나는 걷잡을 수 없이 나 자신에 집착하는 것이었다. 거기에 무엇이 있길래 그다지도 조바심을 냈는지 두고두고 모를 일이었다. 그 뒤로도 그 마음의 행로는 미숙한 사랑이 그렇듯이 내게 숙제로 남았다. 그러므로 섬의 초원에서 승무가 추어지는 동안 내가 바라본 것은 그때의 중앙아시아 초원일 수도 있었다. 우리가 가본, 이미 아무것도 자라지 않는 파밭일 수도 있었다. 섬의 초원에 발길을 들인 순간 슬프고 아픈 숙제의 무거운 노트를 다시 펼쳤다는 느낌에 가슴이 떨린 것은 그래서였다.

　　그날 저녁 주최 측이 잡아준 숙소는 해병대에서 관리하는 건물이었다. 방의 요금표에 현역과 방문객과 민간인까지 각각 다른 방값이 매겨져 있는 것으로 보아 누구나 폭넓게 숙박할 수 있는 시설인 듯했다. 군대 문제로 여러 해 골머리를 앓던 젊은 날이 있는 내가 그것도 해병대 시설이라니, 섬 여행은 뭐가 달라도 달랐다. 부슬비도 멎어서 방에 우두커니 앉아 있기가 뭐하다 싶은 무렵 그 여자로부터 숙소 앞의 음식점에 와 있다는 전화를 받은 나는 밖으로 나갔다. 어떻게 만날지도 자세히 약속하지 않고 흐지부지 헤어진 터라 여자가 연락을 해온다는 기대는 거의 없었다. 다만 저녁 먹을 때부터 우리나라 사람들의 이민을 유랑에 견주어보며 하와이의 플루메리아 꽃과 중앙아시아의 초원이 내게 주는 의미가 어지럽게 머리에 뱅뱅 돌아서 술이라도 한잔했으면 하던 참이었다.

그제야 우리는 꽤 반가운 사이로 만났다. 인사동에서의 내 아리송한 기억이 제자리를 잡은 걸 그 여자도 알아차리고 있었다. 차림표를 본 나는 스타우트 흑맥주를 손으로 짚었고, 안주는 그 여자가 권하는 대로 소라 무침을 택했다. 여기 소라가 알이 굵은데다 맛이 괜찮다는 말이었다. 안 그래도 나는 무쳐 먹든 데쳐 먹든 소라를 좋아했다. 지금은 간척지가 되어버린 작은 무인도에 가서 소라를 플라스틱 양동이에 주워 담으며 지구상에 아직도 그런 게 있음을 믿기지 않아 한 적도 있었다. 그때 비죽비죽 뿔이 돋은 소라 껍데기는 지구의 신비였다. 그 여자의 권유에 따라 소라 무침을 시키며 나는 오래전의 어느 한 시절로 돌아가 앉아 있다는 착각에 놀랐다.

"좋은 구경 많이 하셨어요?"

맥주잔을 부딪치고 그 여자가 물었다.

"아, 그럼요."

나는 맥주잔을 입술에 갖다 댔다. 대답하긴 했어도 무슨 좋은 구경을 많이 했는지 짚어지지 않았다. 나는 섬의 음식점도 아니고 인사동의 카페도 아닌 다른 곳에서 더 오래전에 똑같은 모양새로 앉아 있는 광경을 연상했다. 새벽에 잠을 깨면서부터 줄곧 시달려온 증세의 여파라고 덮어버리기엔 기시감이 훨씬 또렷했다. 섬의 초원에서 중앙아시아의 초원을 본 것도 같은 이치라는 생각이 들었다. 나는 정신을 가다듬으려고 그 여자 모르게 머리를 흔들었다. 그 여자는 맥주를 한 모금 마신 뒤 내 대답을 기다리고 있었다.

"갈매기, 가마우지…… 갈매기가 이를 잡는, 아니 털어내는 걸……"

나는 더듬거렸다.

"어머, 갈매기가 이를요? 어디서요?"

그 여자도 처음 듣는다는 표정이었다. 나는 더 이상 그 이야기를 하고 싶지 않았다. '산후조리'를 하는 갈매기나 끈에 묶이지 않은 가마우지가 나와 무슨 상관이 있으랴. 나는 분명히 초원을 이야기하고자 했다. 초원의 승무와 중앙아시아의 초원을. 그렇지만 입이 떨어지지 않았다. 삶의 진실을 섣불리 웅얼거려서는 안 된다. 자칫 과장될 수 있고, 따라서 허망해질 수 있다. 진실을 말한다고 해서 말하는 사람이 진실해지는 건 아니다. 그런데 진실이란 뭐였더라? 초원의 승무와 중앙아시아의 초원이 진실과 어떻게 마주치더라? 더군다나 섬에 발을 들여놓은 뒤로 나는 도무지 뒤죽박죽인 상태였다. '환취'부터가 그랬다. 마치 꿈속을 허우적거리는 깃 같았다. 나는 연거푸 흑맥주를 들이켰다.

술이 들어감에 따라 우리는 꽤 많은 이야기를 나누었다. 그여자는 섬의 인구, 산업, 교육, 종교 등등에 대해 말하고 나서, 자기는 육지로 나갈 기회를 그만 놓쳐버렸고, 결혼도 그렇게 된 뒤에 지금은 홀어머니를 모시고 살고 있다고 했다. 그 여자가 자기 신상을 밝히는 걸 나는 무심코 듣고 있었다. 그에 응하다가 나도 내 신상을 밝혀야 하는 볼썽사나운 일을 저지르기 싫었다. 내 신상이야 살겠다고 아등바등 안간힘을 써온 데 지나지 않은 것이었다. 위대한 투쟁이라거나 걸출한 행동이라거나 심오한 사상이라거나 간절한 사랑이라거나 하는 개념들은 아예 따질 것도 없었다. 아울러 신상을 밝히기에는 나는 이제 너무 지친 사람이었다. 그 대신에 나는 미국 이민 백 주년이라고 하와이에 갔었다고 이야기를 돌렸다. 내 말에 그 여자는 러시아 이민은 몇백 주년이 될 거라고 덧붙였다.

"하와이에서 맡은 꽃향기를 이 섬에서 맡았지요."

나는 희미한 미소를 지어 보였다.

"거기 꽃향기를 여기서…… 하와이…… 러시아…….'

그 여자는 무슨 생각에 잠긴 얼굴이었다. 곧 이어 이야기는 당연히 예전 인사동에서의 만남으로 이어졌다.

"그날…… 좀…… 놀라셨죠?"

그 여자는 다소 머뭇거렸다. 나는 그날 끊어진 필름을 굳이 되살릴 필요가 있을까 저어되었다.

"아니, 아니, 난 상당히 취했었는데."

"알아요. 하지만 그 얘길 더 해야겠어요. 세르게이하고 이섬에 왔었어요."

그 여자의 입에 세르게이의 이름이 먼저 올려졌다. 맥주잔을 들고 잠깐 나를 바라보는 그 여자의 눈길에 불빛이 반짝 반사되었다. 그 눈빛은 그 여자가 꼭 해야 할 말을 하려 한다는 것을 알려주었다. 그리고 그것은 여전히 현실감에서 멀어져 있던 내게 긴장을 요구하는 눈빛이기도 했다. 나는 잠자코 듣고만 있었다.

"이튿날 마침 배가 뜨지 않자 그걸 핑계로 아예 며칠 더 있었죠. 저한텐 핑계가 아니었지만요."

그 여자의 말뜻을 나는 캐묻지 않았다. 그 모든 것은 내 필름이 끊어진 뒤의 일이었고, 그들만의 일이었다. 남녀 사이에 얼마든지 있을 법한 일로서, 내가 이러쿵저러쿵할 계제가 아니었다. 나는 알겠다고 머리를 끄덕였다. 그러자 그 여자가 몸을 곧추세우며 나를 뚫어져라 쳐다보았다. 눈결이 한결 더 반짝였다.

"그 사람은…… 이 섬에서 초원의 향기를 맡는다고 했어요."

"초원의 향기?"

나는 여태껏 번듯이 의자 등받이에 기대고 있던 몸을 앞으로 일으켰다. 하마터면 못 들을 뻔했던 말이라 여기니 바짝 긴장되었다.

"네, 중앙아시아의."

나는 꿀꺽 침을 삼켰다. 무엇인가 커다란 둔기가 머리를 치는 느낌이었다. 나는 '중앙아시아 초원의 향기'라는 말을 후렴처럼 되뇌었다. 오래전 히베르 고개를 아득히 바라보는 그곳을 향해 갈 때 내게 들려준 세르게이의 말이 바로 옆에서 되살아났다. 멀리 떠나서 낯선 도시를 떠도노라면 초원의 향기가 그리워진다는 말이었다. 아마도 다시는 맡아보지 못할 향기라는 말이었다. 그 향기를 맡을 때가 가장 행복하다는 말이었다. 지극히 평범한 말이어서 나는 듣고도 잊어버렸었다. 인사동에서 우리가 만나고도 여러 날이 지나 내게로 온 세르게이는 다시 중앙아시아로 떠났다. 사정을 아는 나는 있는 돈 없는 돈 다 긁어모아 그가 타지키스탄의 여동생을 빼내오는 데 유용하게 쓰라고 건네주었다. 그로부터 몇 해가 지났으나, 꼭 연락하겠다던 그에게서는 아무 소식이 없었다. 언젠가 나라에서 전 세계에 흩어져 있는 우리 민족을 한데 엮는 네트워크를 짜기 위해 한민족 대회라는 걸 연다기에 그쪽에서 온 사람들에게도 알아보았지만 헛일이었다. 그들도 그가 타지키스탄으로 간 사실만 알고 있었다. 죽었다고 하는 사람도 있는데, 글쎄, 그건 잘 모르겠다는 대답이었다. 죽음 같은 건 다반사라는 투였다.

　"초원의 향기……."

나는 몇 번이고 혼자 중얼거렸다. 그리고 소라 무침에는 손도 안 대고 연거푸 흑맥주만 들이켰다. 그 여자에게 세르게이의 행적을 들려줄 자신이 없었다. 나도 알 수 없는 노릇이었다. 그래서 나는 '유랑의 무리' 운운하려다가 입을 꾹 다물고 말았다. 그는 어디론가 사라졌다. 이제 내가 말할 수 있는 것은 그가 초원의 향기를 그리워하고 있었다는 것뿐이다. 그러나 나는 그 말조차 하지 않았다. 그렇다면 예전에 나는 무엇이 그다지도 그리워 그곳으로 향했던 것일까. 나 역시 어떤 초원을 그리워하며, 초원의 향기를 그리워했던 것일까. 하루 종일 흐릿하던 의식은 어느덧 더욱 또렷해지고 있었다. 차라리 몽롱한 의식을 그대로 갖고 싶었으나, 어쩐 셈인지 글러버렸다. '초원의 향기'가 무슨 주문(呪文) 같다는 원망도 들었다. 별 도리 없이 나는 또렷한 내 의식 속으로 한 걸음 한 걸음 걸어들어갔다.

　나는 할레아칼라 화산을 지나, 플루메리아의 꽃향기가 은은한 가운데, 갈매기가 지져운 이를 털어내고 가마우지가 하얗게 똥을 발라놓은 바닷가를 거쳐 초원에 이르러 있다. 백 년 동안, 어쩌면 몇백 년 동안 걸어온 길이다. 초원의 향기가 짙게 흐른다. 누구 한 사람 그림자마저 없다는 데 안도감이 찾아든다. 모처럼의 평화, 휴식이다. 나는 초원의 향기를 깊게 들이마신다.

그때였다. 사르르사르르 옷깃이 스치는 소리가 들려왔다. 나는 주위를 둘러보았다. 아무도 보이지 않았다. 그럼에도 불구하고 나는 누군가 혼자서 승무를 추고 있는 모습을 보았다. 환상인가? 다시 주위를 둘러보아도 아무도 없었다. 주위를 둘러보는 나조차도 없이, 초원만 끝없이 펼쳐져 있었다. 그런데도 보이지 않는 승무는 계속 추어지고 있었다. 웬일이람? 나는 얼이 빠져 뭐라고 소리라도 질러야 한다고 여겼다. 하지만 소리도 목울대에 잠겨 먼 메아리로 울 따름이었다. 진땀이 났다. 간신히 힘을 모아, 여기서 혼자 웬 춤을 추느냐고 물으려는 순간, 고깔 밑에 감추어진 얼굴이 쓰윽 드러났다.

내 앞에 앉아 있는 여자의 얼굴이었다.

초원의 망루

그 섬은 인천에서 한 시간 삼십 분 거리에 있었다. 물론 연안여객선이라는 이름의 배를 타고 걸리는 시간이었다. 지난해 한 단체가 나를 강사로 불러 섬에 데려간 것을 계기로 이번에도 나는 행사에 끼여들었다. 해마다 인천 앞바다의 섬들을 하나씩 택하여 그곳에서 예술 행사를 치름으로써 새로운 시대를 맞이하는 일에 디딤돌을 놓겠다는 것이었다. 나는 자월도, 승봉도, 대이작도 등의 섬 이름을 처음 들었다. 어쨌든 인천 앞바다의 섬들을 가볼 수 있는 절호의 기회였다. 나는 섬이라면 알수 없는 동경을 품고 있었다. 그리고 섬 하나에 시 한 편을 남겨놓고도 싶었다. 남겨놓는다는 뜻은 섬에 대한 시를 쓰겠다는 것인데, 실상 나는 오래전부터 섬이 시 같거나 아예 '섬은시'라고도 하는 느낌을 간직해왔다.

섬=시.

그리고 하나를 더 덧붙였다.

섬=시=새.

이와 같은 느낌을 바탕에 깔고 나를 무한 고독의 심원 속에 놓아본다는 생각이었다. '무한 고독의 심원' 같은 어려운 말이 아니더라도, 섬을 내가 숨 쉬는 가장 적은 공간으로 설정하여

외로운 자아를 발현시켜본다는 뜻을 품은 것은 사실이었다. 하기야 이 역시 어렵고 애매모호한 표현에서 벗어날 수는 없지만 말이다. 오랜 세월 바닷물에 씻긴 희끗희끗한 바위벼랑이야말로 자아가 형성되며 남겨진 주름과 같다는 느낌. 그것을 나의 상흔으로 여겨보려는 생각.

설렘 속에 섬에 도착하여 안내판 앞에 선 나는, 그곳이 임진왜란 때 피난지로서 나중에는 해적의 은거지였다고 하는 구절에 다소 놀랐다. 왜구들도 심심찮게 드나들었다고 했다. 나로서는 돌발적인 안내글이었다. 그러나 해적이나 왜구나 모두 과거의 말들이었다. 행사는 미래의 황해 시대를 내다보는 청사진을 펼치는 것으로 마련되었다고 했다.

행정상으로는 옹진군 자월면에 속하는 그 섬에서 다시 배를 타고 풀등이라는 곳에 가서 황해의 새로운 이미지를 발견하는 것도 행사에 들었다. 풀등이란 밀물 때면 바닷물에 잠기고 썰물 때면 드러나는 모래밭을 그곳 사람들이 일컬어온 이름인데, 아무것도 없는 그 모래밭으로 가는 게 행사라는 것이었다. 그곳에 가서 마음껏 상상력을 발휘해보라는 것이었다. 썰물 때 섬으로 가는 길이 드러나는 곳이 우리나라 여러 군데 있다는 사실을 나는 알고 있었다. 그러나 나는 그런 곳에는 실상 그리 흥미를 느끼지 못했다.

풀등은 풀 한 포기 없는 평평한 모래섬이었다. 물때가 어떤지는 몰라도 가장자리에 바닷물이 찰랑거리며 모래밭 전체가 떠 있는 느낌이었다. 멀리 보이는 섬들과의 사이에 바닷물이 둘러 있어서 그곳도 결국은 하나의 섬임을 알 수 있게 해주었다. 모래섬에 내리려면 타고 간 배에서 사다리를 타고 바닷물에 직접 발을 담가야 했다. 사다리가 잔교(棧橋), 배다리인 셈이었다. 구두를 벗은 맨발바닥으로 사다리를 밟기란 여간 힘들지 않았다. 어어, 어이쿠, 하며 하나같이 소리들을 내뱉었다. 나는 허리를 잔뜩 낮추고 기다시피 내려와서 뒷사람에게 손을 내밀었다. 그래야만 예의 같았고, 앞에 내린 사람들도 대부분 그렇게들 하고 있었다. 뒷사람이란 다름 아닌 그 여자였다. 어제 인천에서 올 때 뱃전에서 갈매기에게 새우깡을 던져주며 유난히 호들갑을 떨던 모습이 되살아났다.

밀물 때문에 하루에 두 번은 물에 잠겨 있다고 하기에, 게나 조개를 비롯한 여러 생물들이 살고 있으리라는 짐작도 했었다. 그러나 풀 한 포기 없는 모래밭에는 다른 생물들도 눈에 띄지 않았다. 모래밭을 걷는 동안 조개 껍데기 몇 개와 죽은 꽃게 한 마리만 보았을 뿐이었다. 곳곳에 작은 물길이 흔적을 남기고 있었고, 잔주름이 잡혀 있는 사막이었다. 하지만 하나의 사막 전체가 한눈에 들어온다는 느낌은 특별했다. 모래밭은, 아니 모래섬은 예상보다 넓었다.

나는 일행에 뒤쳐져 걷기 시작했다. 사막을 걷는 느낌을 즐기려는 것이었다. '마음껏 상상력을 발휘해보라'는 주문에 응한다는 게 겨우 이 정도일까. 나는 얄팍한 나 자신이 우습다고 여겨졌다. 그러면서도 내가 걸어본 사막들의 이름에 이곳을 추가해야 될까보다고 생각했다. 그렇다면 그곳은 내가 아는 사막들 가운데 가장 조그만 사막이 될 터였다. 사막의 가장자리를 둘러싸고 있는 푸른 바다는 바다라기보다 푸른 하늘 같았다. 그러니까 모래섬은 하늘에 떠 있는 둥그런 사막인 셈이었다. 나는 하늘사막의 한가운데에 걸음을 옮겨놓으며 먼 세계를 떠돌고 있다고 생각하려 애썼다.

"풀등의 풀은 뭔가요? 풀은 하나도 없는데."

나는 모래섬의 이름에 대해 선장인 듯싶은 사내에게 물었다.

"여기서는 모래를 풀이라고 합니다."

그리고 보니 섬의 안내지도에 장풀마을이니 안풀마을이니 적혀 있던 지명이 떠올랐다. 사내는 당연하다는 듯 말했다.

"풀이…… 모래라구요?"

나는 놀랐다. 그럴 리가 없지 싶었다. 뭔가 잘못되어 있다는 느낌이었다. 아무리 그렇기로서니 모래가 풀이 될 까닭은 없었다. 얼떨떨하다는 표현 따위로는 수습할 수 없이 너무도 급전직하로 벼랑 아래 처박힌 꼴이었다. 해적이나 왜구들의 모습도 어른거렸다. 언젠가는 세상이 거꾸로 되고 말리라는 불길한 도덕감이 늘 머리 한귀퉁이를 따라다니게 되었지만, 이토록 명료하게 나타날 줄은 몰랐다.

"모래가 풀이라면, 그럼 풀은 뭐라고 합니까?"

나는 장난처럼 말투를 만들려고 애썼다. 사내는 정말 못 들었는지 할 말이 없는지 입을 다물고 먼 데를 쳐다보았다. 자칫 말장난이 될까봐 저어하는지도 몰랐다. 그러자 어떤 생각이 내 머리를 회오리바람처럼 한 바퀴 돌아 내 어지럼증을 가라앉혔다.

모래를 풀이라고 부른다……. 세상이 거꾸로 되고 말리라는 내 생각은 지극히 부정적인 쪽으로의 생각이었다. 그런데 그 '거꾸로'가 이렇게도 나타날 수 있었다. 누군가 나 같은 기우를 가진 사람이 만들어낸 이름이 틀림없었다.

모래=풀.

간단하게 해결되었다. 걱정은 감쪽같이 사라졌다. 나는 온통 풀이 자라는 사막을 그려보았다. 모래가 풀이었다. '사막의 모래보다 많은 모래'라고 시인은 읊은 적이 있었다. 나는 '풀밭의 풀보다도 많은 풀'이라고 읊고 싶었지만, 그건 시가 되지 않음을 깨달았다. 나는 모래섬에 우거진 많은 풀들 위에 누워 모래를 풀이라고 부른다는 구절이 시가 될 수 있을까를 곰곰 생각해보고 싶었다. 풀, 모래, 풀, 모래, 풀, 모래…… 무슨 마술이란 말인가. 지구의 사막화를 우려하는 비관론은 순식간에 평정되었다. 모래가 풀이라면.

그 순간, 나는 바다가 하늘인 섬에서 한 구(具)의 눈뜬 미라가 되어 무엇인가를 바라보며 누워 있는 나를 상상해보았다. 내가 미라가 된다는 설정조차도 사실 얄팍한 상상에서 벗어날 수는 없었다. 게다가 세월이 흐른다고 누구든지 그 주검이 미라가 되는 게 아니었다. 사막처럼 건조한 기후에 또 무슨 조건들이 갖춰져야만 썩지 않고 미라가 될 수 있었다.

물 한가운데 남겨져 있는 하나의 온전한 세계. 서양에서 중세까지만 해도 세계는 원반처럼 둥글고 평평한 구조라고 생각하고 있었다는 글을 읽은 기억이 났다. 그 가장자리는 바닷물이 폭포처럼 떨어져내리는 구조라는 것이었다. 바다 멀리 나갔다가는 폭포 아래로 떨어져서 사라져버리고 만다. 도무지 해결책이 없는 그 구조로 세계를 말했어야 했던 사람들의 한계는 내 것처럼 답답한 것이기도 했다. 지브롤터 해협이 경계였다. 그 이상 넘어가면 안 된다. 더 이상 무엇으로도 어떻게도 설명할 수 없는 게 우리들 삶이었다. 그 안에서 아직도 헤어나지 못하는 나는, 어디를 가든 거기에 혼자 남겨져 살아간다는 생각을 하곤 외로움에 젖는다. 여행은 내게 그런 설정을 하도록 만드는 장치로서 유효하다. 나는 사막 전체에 홀로 남겨져 살아가야만 한다. 둥그런 사막에 물이 차오르고, 나는 물속에 잠긴다.

그때 물속에도 망루가 있고, 그 위에 올라 세상을 바라보는 내가 그려졌다. 나는 항상 망루를 좋아했다. 단순히 내가 바라본다는 점 때문이 아니었다. 그곳은 다른 눈이 나를 바라볼 수 없는 곳이기도 했다.

한때 섬에서 살고자 한 것은 망루를 염두에 둔 뜻이었던 듯싶었다. '사람들 사이에' 있는 섬은 내게 망루 구실을 하기에 십상이었다. 아무리 환하게 드러나 있어도 섬은 동굴과 같은 안식처였다. 나는 젊은 날 거제도에 머물렀던 나날을 돌아보았다. 내가 갇힌 공간은 닫혀 있었고, 시간은 멈춰 있었다. 방파제의 두 등대만이 게 눈처럼 두 눈기둥을 곧추세우고 살아 있는 것 같았다. 둥근 내항이 게의 등껍데기 꼴인 셈이었다.

그런데 거제도에 딸린 작은 섬 지심도에서 등대를 본 것은 사실일까, 환각일까. 나는 남녘 섬을 머릿속에 그려보았다. 그 섬 등성이에 하얀 등대가 보통 것보다 훨씬 우람하게 서 있었다. 어느 날 그 아래로 간 나는 철망으로 만들어진 문이 열려 있어서 멈칫거리며 기웃거렸다. 등대에 붙여 들인 방에 군인 둘이 모습을 나타냈다.

"보름 만에 여기 오면 그저 편해."

"군 생활도 다 갔네."

오가는 말을 종합해보면 여러 섬들을 돌아가며 등대를 관리하는 게 그들의 군대 생활이었다. 뜻밖이었으나, 외딴 섬의 등대들을 돌아보는 임무는 부러움마저 자아냈다. 나는 그들이 비워두는 동안만이라도 내가 묵을 수 있도록 통사정을 하고 싶었다. 그러나 그러느니 차라리 그들 몰래 잠입해 들어가 있는 방법을 택하는 게 가능성이 크다는 판단이 앞섰다. 드문드문 다니는 배편만 감안하면 될 일이었다. 어느 여자든 그녀와 등대에서 며칠이고 살고 싶었다. 그러나 그 뜻은 이루어지지 않고 나는 섬을 떠났다. 여러 해가 지나서 섬으로 간 나는 예전의 뜻을 돌이키고 등대를 찾아 올라갔다. 하지만 그곳에 등대는 없었다. 등대는커녕 그곳으로 향하는 오솔길마저 찾을 수가 없었다. 어떻게 된 노릇인지 알 길이 없었다. 나는 그 등대를 오랫동안 잊지 않고 있었다. 어쩌다 바닷가에서 등대를 볼라치면 그 섬의 등대가 떠올랐다. 아마도 어떤 여자든 만나 며칠이고 살아보겠다는 욕망을 실현하지 못한 때문일 것도 같았다. 등대로 가는 길목마저 찾지 못한 나는 우두커니 서서 담배를 피워 물었다. 아래쪽 비탈진 그늘에는 천남성들이 넓은 잎사귀를 펼쳐 자라고 있었다. 예전에는 못 보던 풀인 듯싶기도 했다. 등대는 애초에 없었던가. 나는 머리를 갸웃거렸다. 막막한 일이었다. 현실이라고 믿었던 풍경이 근거조차 없었다. 모든 게 환상 같아서 나는 여자를 구하지 못한 것이 차라리 나았다고 믿고 싶었다. 모든 게 환상일지라도 여자를 못 구한 사실만은 현실이었다. 그 현실을 천남성이라는 식물이 담보해주고 있는 꼴이었다. 있다고 믿은 등대는 없는데 그 아래 자라는 천남성은 바로 그 꽃을 옆에서 들여다보듯 그린 화가의 그림을 생각나게 했다. 그녀는 환상이 아닌 현실을 세밀하게 그림으로써 환상과 현실의 합일을 그렸단 말인가. 암청색의 꽃잎 한가운데 둥근 막대 같은 꽃술 꼭대기로 끝이 날카롭게 솟은, 혹은 돋은 하얀 철사 같은 것은 무엇일까. 속 꽃잎을 싸고 있는 청록색의 또 다른 꽃잎은? 어떤 사람들이 말하듯 여성 성기의 상징일까? 그렇다면 내가 찾지 못한 등대는 내 삶의 어떤 상징일까?

나는 천남성이 옛날에 사약의 원료로 쓰인 유독식물이어서 나도 모르게 주의 깊게 대하는 구석이 있었다. 게다가 음지식물로서 잎사귀도 고생대쯤의 옛모습을 띠고 있다. 그러니까 그 섬에 서 있다고 상상한 등대는 일찍이, 아득한 시원처럼 먼 시대를 바라보는 내 눈길 속에서만 우뚝한 모습이라고 말할 수밖에 없는 것이겠다. 그러니, 진정 그러니, 내가 동반할 여자를 찾지 못한 것은 당연한 일이겠다.

그런데 이제 한마디로 모래는 풀이 되고 말았다. 나는 풀등의 낙원을 조심스레 걸었다. 사방을 둘러싼 바닷물은 신기루였다. 멀리 파르스름 이내처럼 보이는 속으로 잔영(殘影) 같은 군상들이 어른거린다. 모래밭 어떤 곳은 마구 삽질을 한 것처럼 움푹움푹 파였고, 어떤 곳은 바람결에 다듬어진 것처럼 매끄럽고, 어떤 곳은 말했다시피 주름이 잡혀 거대한 악어의 등처럼 우툴두툴했다. 사실 보통의 사막이란 그냥 모래밭이 아니라 마른 풀이나마 듬성듬성 검불이 되어 날리고 거죽이 딱딱한 채로 거무튀튀한 맨땅이었다. 바닷물이 둘러싸고 있는 모래 원반이 설치작품처럼 떠 있는 형태. 이제 나는 내 발밑에 밟히는 모래를 부드러운 풀처럼 여기고 있었다. 그곳은 풀등의 낙원이었다.

한 마리 꽃게가 죽어 있었다. 등껍데기를 집어들자 다리들이 축 늘어져서 나는 놀랐다. 죽은 지 그리 오래지는 않아 보였다. 죽어서 떠밀려온 놈인지 밀려와서 죽은 놈인지는 가늠이 되지 않았다. 어찌됐든 놈은 혼자 죽어서 모래 원반 위에 남아 있었다. 나는 낙원에서 현실의 모래밭으로 나동거려진 성싶었다. 게는 게, 모래는 모래, 바다는 바다였다. 나는 늘 바다를 향해 목말라하지만 죽은 게처럼 쓰잘데없는 추억투성이로 남겨지곤 했다. 그러나 떠나오면 바다는 원초적인 그리움으로 남는 것이다. 나는 오래전부터 바다를 위한 문장을 남기려고 애썼다. 가령 다음과 같은 글이 내 노트에 남아 있었다.

바다는 '새앙쥐 같은 눈을 뜨고 있었다'고 읊은 시인이 있었다. 나는 그 시를 '발견'이라는 의미에서 받아들였었다. 시인은 가고, 이제 내 앞에는 무엇인가 참을 수 없는 이야기를 물보라로 치솟게 하는 바다가 있다. 바다는 커다란 용골(龍骨)을 쳐들고 심연을 노 저어 온다. 빛인가 파도인가 하는 순간들이 교차하며 단애에 부딪쳐 깊은 마음을 전한다. 불안한 삶이 더욱 출렁인다.

어디에선가 나타난 빛들이 바다 한가운데로 어둠을 일으킨다. 온통 뒤집히는 마음이 천지를 들쑤신다. 험악한 기억을 헝클어 새로운 탄생을 꿈꾸는가.

빛과 어둠이 물속에서 나와 파도를 탄다. 파도에 마음을 싣는다. 그러니까 그건 파도가 아니라 심연의 빛의 돋을새김이다. 이제 바다는 기억 한 올 한 올을 아로새기며 새로이 탄생한다. 빛의 은린(銀鱗)들이 어둠에 생명을 불어넣으면, 아득한 생의 마음길에 이를 것이다. 그리하여 눈이 쏟아지듯 바다에 별들이, 꽃들이 뿌린다.

바다를 보러 가서 막상 그 앞에 섰으나 아무것도 못 본 채 돌아오기 일쑤였다. 형체 없는 무엇을 보기 위해 갔던 길을 바다는 감춰버리곤 했다. 언제나 동(動)과 정(靜) 사이에 갈피를 잡을 수 없는 마음이었다. 어느 바다에 사랑을 고백했는지, 하물며 어머니의 유골을 뿌렸는지조차 잊혀지곤 했다. 그러나 바다의 길을 찾는 발길을 멈출 수는 없었다. 그곳에서 존재의 근원을 찾아 헤매고 싶었다. 시간이 몹시 흘렀고 모든 게 변했어도 설레는 발걸음은 그곳으로 향한다. 그곳 어디에 감춰졌는지 알 길 없이 아득한 삶이 있다고 믿기 때문이다.

그 삶의 뼈가 드러나는 순간을 보여주기 위해 저 바다는 지금 속수무책으로 뒤척인다.

바다로 간다는 건 여행의 끝이었다. 그것은 섬으로 마무리되고, 섬은 점과 같이 남는다. 그러곤 사막의 시작이었다. 풀등이라는 이름의 사막이 나를 에워싸고 있었다. 사막의 여행자들을 위한 여인숙인 캐러밴사라이가 어디엔가 있지 않을까. 나는 엉뚱한 상상에 사로잡혔다. 흙벽돌로 지은 옛 캐러밴사라이의 유적을 사진으로 보았을 때, 나는 이란의 이스파한 근처 그곳에서 하룻밤을 묵어가는 나를 그려보았었다. 나는 어디로 가고 있었던가. 모를 일이었다. 중앙아시아의 어디선가 빵집에 들러 영어 신문 《캐러밴》의 낱장에 싸주는 빵을 고이 들고 와서 저녁을 먹었던 기억이 새로웠다. 그것만으로 이미 나 자신 캐러밴의 일원이 되어 있었다. 빵은 그곳에서는 '난'이라고 했다. 캐러밴사라이의 뒷방일지라도 내가 다음날 어디로 갈지 모르고 지평선을 내다본다는 점에서 망루였다.

"어머, 게를 잡으셨어요?"

누군가가 내게 물었다. 같이 배를 타고 왔으며, 내가 손을 내밀어 붙들어준 여자였다.

"아뇨. 여기 죽어 있군요."

나는 그제야 게를 모래 위에 내려놓았다. 여자에게 죽은 게를 보여준 것이 내 잘못 같았다. 그러고 보니 인천 연안부두에서 레인보우호를 타고 올 때부터 뒤따라오는 갈매기들에게 새우깡을 던지며 유난히 이리저리 뛰던 여자였다. 그런데 처음 보았을 때부터 나는 그녀를 어디선가 본 적이 있는 여자가 아닌가 여겼었다. 도저히 터무니없는 추측일 것이었다. '어디선가 본 적이 있다'는 이 추측이란 터무니없는 도취감의 산물이라고 나는 이미 일찍이 단정했었다. 그녀에게 알은척을 했다간 게에게 또 무엇을 먹이겠다고 호들갑을 떨지 모를 일이었다. 그런 점에서 게의 죽음은 다행스럽기도 하다는 생각이 들었다. 그렇지만 나는 얼마동안 여자와 어색하게 나란히 걷지 않으면 안 되었다. 나는 내 어색해하고 있는 마음이 여자에게 전해질까봐 신경이 쓰였다. 아무런 잔신경 안 쓰이는 곳에 홀로 살고 싶었던 게 이래서였구나, 나는 새삼 알았다. 나란히 걷게 된 이상 하는 수 없이 이런저런 이야기를 나누게 되자, 여자는 자기 취미는 들꽃을 가꾸는 거라고, 들꽃도 개량종이 없는 우리 본래의 것들을 모으는 게 원칙이라고 했다. 사랑도 개량된 것 같아 이젠 못해요. 수구 꼴통이에요, 저는.

달리 갈 곳도 마땅찮은 여자는 몇 발짝 멀어졌다가 다시 가까워졌다가 하면서, 우리는 모래밭의 원반을 둥글게 돌고 있는 형국이었다. '무언의 원무'라는 용어가 생각나는 장면이었다. 무용에 그런 용어가 있을 까닭이 없었다. 무용에는 언어가 필요없었다. 몸의 움직임이 즉 언어였다. 그런데 '무언의 원무'라니, 우스꽝스러웠다. 하지만 우리의 걸음걸이에는 필히 '무언'이 붙여져야 했다. 그렇지 않으면 불편해서 견딜 재간이 없는 발걸음이었다. 게다가 우리는 풀등에 내릴 때부터 맨발이었다. 선착장이 없이 배에서 바닷물로 직접 내리게 되어 있어서 구두를 벗지 않을 도리가 없었다. 모래밭에는 제격이기도 했다. 토슈즈를 안 신어서 유명해진 무용가가 누구였더라? 캘필요도 없이 더욱 우스꽝스러운 노릇이었다. 원무도 원무지만, 말도 안 되는 '무언의 원무'는 한참 동안 내 머리에서 지워지지 않았다.

초록색 등대를 본 것은 돌아오는 뱃길에서였다. 등대는 포구에서 바라보이는 바위 위에 서 있었다. 초록색 등대는 처음 보는 것이었다. 등대는 보통 빨간색이거나 하얀색으로 항구의 방파제 끝에 서 있었다. 우체통이 빨간 것처럼 아마도 법령에 의해 정해놓은 색깔이리라 짐작해왔었다. 초록색 우체통은 어디서든 본 적이 없었다. 그런데 바다기슭에서 얼마쯤 떨어진 바위 위에 서 있는 초록색 등대. 어쩌면 본디 초록색이던 것이 빨간색으로 칠하도록 변경된 뒤에도 그냥 남아 있나 싶기도 했다. 그러나 그 초록색은 새로 칠한 게 분명하게 밝았다.

"저기에 초록색 등대가 있었네요."

나는 자못 놀라서 옆에 서 있는 남자에게 말했다. 놀라움을 감추고, 그저 일상적인 질문처럼 말투를 꾸민다는 건 쉬운 노릇이 아니었다.

"예?"

남자는 무슨 말인가 두리번거렸다. 내가 그의 반응을 기대한 것은 아니었다. 나 자신이 초록색 등대를 처음 보았음을 상기하는 말이었다. 실상 아까는 못 보았던 듯도 싶었다. 돌아오는 뱃길이 아까와는 다르게 여겨지기도 했다.

"초록색 등대 말이에요."

남자의 시선도 등대에 머물렀다.

"등대란 빨간색이나 하얀색 아닙니까?"

"그렇습니까?"

남자는 처음 안 사실인 모양이었다. 그때 나는 풀을 모래라고 부르는 세상에 내가 살고 있을 수도 있다고 느꼈고, 비로소 살아 있음이라는 것이 전율처럼 전해져왔다. 그리고 초록색 등대야말로 여기서부터 풀을 모래라고 부르는 세상임을 알리는 표상 같았다. 바닷물이 부딪쳐 하얀 포말을 일으키는 표상은 우뚝 서서 그 뒤에 펼쳐진 또 하나의 세상을 보여주고 싶어 하는 듯했다. 등대는 등대가 아니었다. 성채의 높은 망루였다. 그 성채 위를 새들이 날아오르고 있었다.

새는
새날을
날아오른다

내 노트에 적혀 있는 글이었다. 이것도 시였던가? '새'와 '날'의 맞물림을 갖다 쓴 말놀이라고 해도 어쩔 수 없었다. 금언투나 경구투의 멋진 구절을 시라고 우기는 사람이 되어서는 안 되겠다고, 내 시인됨을 낮추어야 한다는 내 도덕률에 저촉될까봐 걱정하던 날들의 기록이었다.

어쨌든 초록색 등대의 망루에서 날아오른다는 새들은 새 깃

발의 뜻을 지녔다. 그리고 나는 그 망루에 올라 있었다. 오래전부터 망루라는 말 자체를 좋아하기 시작했을 무렵, 어디에서 읽었는지 '다마섹의 망루'라는 구절을 접했었다. 아마도 기독교 〈성경〉일 텐데 '구약'인지 '신약'인지는 아리송했다. 다마섹은 다마스쿠스, 시리아의 수도인 다마스쿠스를 말한다고 했다. 옛날 그곳의 바닷가에 서 있던 높은 망루. 그것이 어떤 문맥에 어떻게 쓰였는지는 기억할 수 없어도, 읽는 순간 내 머리에 세워진 하나의 망루는 지금껏 사라지지 않고 높다랗게 남아 있다.

아니, 말 자체를 떠나 망루 자체를 좋아했다. 말했다시피 그곳은 숨기기에도 적합하고 내다보기에도 적합한 곳이었다. 아무런 간섭을 안 받고 자유롭게 관찰할 수 있는 특권이 주어진 곳이었다. 술집에서도 구석진 자리를 찾아드는 습성은 그 때문이었다. 그럴 때 나는 무엇엔가 겁을 집어먹고 숨어서 살피는 부류의 인간인지도 몰랐다. 그러나 거기에는 자기 자신마저도 그렇게 살펴야 한다는 믿음이 있었다고 말해야 한다. 나는 버려진 망루를 보면 탐을 냈다. 그곳을 어떻게 내 공간으로 차지해서 무엇인가 하고 싶었다. 버려진 망루라고 하면 멋진 모습을 연상케 하지만 그런 것은 결코 아니다. 어느 회사에서 자재를 쌓아놓고 있다가 철수한 땅 한귀퉁이에도 버려진 망루가 있었는데, 안산에 살 때는 그런 곳이 종종 눈에 띄었다. 회사가 어디로 옮겨갔다기보다 망한 결과일 것이었다. 그 공간에서 나는 무엇을 하고 싶었을까. 자재 야적장의 망루뿐이 아니었다. 담배 재배지의 담배막도 나를 유혹하기에 충분했다.

초록색 등대를 본 순간에도 나는 그곳을 내 공간으로 차지하고 싶었다. 그곳에서 글을 쓰고 싶었는지 그림을 그리고 싶었는지 사랑을 하고 싶었는지 혹은 다른 무엇을 하고 싶었는지는 전혀 모를 일이었다. 오래전에 등대를 보았고, 다시 그 등대를 찾다가 못 찾은 기억이 겹쳐지면서 어떤 여자와 단 며칠이라도 살고 싶은 욕망이 되살아났는지도 모른다.

그러나 이번에 확실한 건 망루였다. 현실과 환상이 뒤섞여 모든 걸 뒤죽박죽으로 만들면 곤란했다. 속아서는 안 된다. 역시, 숨기기에 적합하면서도 반면에 관찰하기에도 적합한 공간. 게다가 다른 등대들과는 달리 초록색이었다. 초록색이 없는 세상을 나는 그려볼 수 없었다. 사막이 아름다운 것은 어딘가에 오아시스를 숨기고 있기 때문이라는 멋진 말이 있는데, 그 또한 초록색에 대한 믿음을 말하고 있었다. 초록색은 생명이기도 했다.

풀은 초록색이며, 이 세상 모래들의 반대되는 색깔이었다.

그런데 나는 모래를 풀이라고 하는 섬마을에 있는 것이었다. 또다시 모든 걸 종잡을 수 없었다.

"풀을 모래라고 하면 모래는 뭐라고 하지요?"

나는 같은 내용의 질문을 또 던졌다.

"모래는 모래라고 하지요."

대답해주는 사람마다 나를 이상하다고 여기는 듯했다. 뭐가 그리 어렵냐는 표정이었다.

"으음."

나는 신음 소리를 삼켰다. 내 물음 자체가 도무지 씨알이 먹히지를 않았다. 풀도 모래, 모래도 모래. 풀 한 포기 없는 모래밭에서, 모래가 풀이기를 바라는 심사가 얼마나 간절했으면 그랬을까 싶기도 했다. 일찍이 해적이나 왜구 무리의 염원? 그러나 그럴 터수는 어디에도 없었다.

모래밭을 거니는 동안 물속에도 망루가 있다고 말했던가? 나는 물고기처럼 입을 뻐끔거리며 긴 밤을 지샌다. 그러다가 어디론가 걸음을 옮긴다. 물속은 뜻밖에 안온하다. 어머니의 자궁 안이 그럴 것처럼 여겨진다. 가끔 물 위로 얼굴을 드는 나는 게처럼 두 눈기둥을 세운다. 내 눈은 잠망경이 되어 멀리 초록색 등대를 잡아낸다. 등대는 바다 위에 떠 있다.

"어디선가 또 본 것 같아요. 거제도인가 통영인가."

꽃게를 말하며 가까이 왔던 여자가 거들었다.

"뭐가요?"

"초록색 등대 말이에요."

여자의 입에서 초록색 등대가 나오리라고는 예상하지 못한 바였다. 나는 여자의 말을 받아들이고 싶지 않았다. 건성으로 하는 말에 지나지 않을 것이었다. 나는 내가 게 눈을 통해 바라보는 등대가 세상에 하나밖에 없는 초록색 등대이기를 바란다. 나는 내가 겪는 이 세상이 오직 하나밖에 없는 나만의 것이기를 얼마나 바랐던가. 사랑에 대해서도 마찬가지로 나는 이기주의였다. 사랑한다고 말하지만, 실은 지배욕이자 권력욕이에요. 누군가 지적해주었다. 그럼, 도대체 어쩌란 말인가요? 나는 항변했다. 답변이 필요 없는 말이었다.

나는 초록색 등대가 내 사랑의 다른 표상 같다고 느낀다. 그러고 보니 여자가 말한 대로 초록색 등대를 다른 데서도 본 적이 있기는 했다는 생각이 들었다. 하지만 많은 경험을 지나온 나이에는 그것이 실제의 일인지 기시감 때문인지 가리지 못하게 눈을 흐려놓는다. 아무래도 상관없다는 뜻일 것이다. 그 대신 젊었을 때는 술 때문에 뒤죽박죽이 된 일이 한두 번이었던

가. 젠장, 젠장, 아아, 하면서 죽음까지도 기웃거린 적이 한두 번이었던가. 기시감의 다른 말은 없는 것일까. 언젠가 본 느낌 이 든다는 까닭으로 누군가 사랑에 빠진다면 이보다 더 중요 한 일은 없을 것이다.

　얼마 전에 일본으로 관광을 가서였다. 후지산 중턱의 호텔 에서 하룻밤을 묵고 나서 산길을 걸어 올라갔다가 내려오는 게 마지막 일정이었다. 호텔에 도착해서부터 나는 기시감에 시달렸다. 언젠가 와본 적이 있는 느낌. 나는 호텔 밖으로 나와 옆의 가게에서 담배를 샀다. 작은 구름다리. 산으로 오르는 아 스팔트 길. 마지막 날 산길을 오르면서 나무들의 사진도 찍었 다. 산길의 끝에는 온천의 끓는 물에 삶았다는 달걀을 팔았다. 나는 반 봉지를 샀다. 그리고 내려와서 기념품점에서 올빼미 모양의 나무 온도계도 샀다. 어서 타세요. 떠납니다. 그때 버스 로 달려가며 나는 알았다. 이것은 기시감이 아니다. 언젠가 이 와 똑같은 여행을 실제로 했었다. 나는 놀라지 않을 수 없었다. 아, 그랬었구나. 나를 깨닫게 한 것은 올빼미 온도계라는 생각 이 들었다. 아니, 이것은 현실이 아니라 느낌일 뿐이라고 나를 달랜 무엇이 더 문제였음을 나는 알았다. 그것은 느낌이 아니 었다. 현실 그대로였다. 지난 저녁부터 내가 겪은 일은 예전하고 똑같았다. 작은 폭포 호텔. 가게에서 산 담배. 산길에 찍은 사진의 나무들. 달걀 반 봉지. 올빼미 온도계. 어서 타세요. 떠납니다. 놀라움과 함께 순간적으로 맥이 빠졌다.

그렇다면 언젠가 술 많이 마시고 어떤 여자와 키스했다고 믿은 그것은 사실이었을까. 술자리에서 옆 동료의 눈치를 슬쩍 보아 나눈 키스였다. 하지만 사실을 확인할 길은 없었다. 기시감은 희망 사항과 연결되는 것일까. 모든 게 오리무중이었다. 오리무중이 무슨 뜻인지도 오리무중이었다.

게 눈으로 초록색 등대를 보는 나는 옛일을 회상한다. 옛일이 사실이 아니어도 이제는 어쩔 수 없다. 내 마음이 사실이라고 믿으면 그것을 품고 살아가야 한다. 초록색 등대라면 초록색 등대가 틀림없다. 내가 초록색 등대 안으로 들어가면 그 안에 나만의 세계가 나니아 연대기처럼 펼쳐질 뿐이다. 그것이 망루의 의미인 것이다. 나는 고향 동네의 소방서 망루를 기억하고 있었다. 곧 헐려버릴 운명이라고 했다. 오래전 전쟁 때 그 망루 밑을 오가며 어린 나는 도무지 알 수 없는 시절을 겪었다. 그런데 망루는 다시 소금창고의 모습을 띤다. 서해안의 소금창고 주위를 떠돌던 날들이 있었다. 삶은 고달팠고, 술은 깊었다. 나는 소금창고 안에 내 살을 저며 저장하듯이 아픈 날들을 견뎌야 했다. 그러나 살은 저며졌어도 상하지는 않을 것이라고 위안 아닌 위안을 하게 해준 소금창고였다. 소방서 망루와 소금창고 지붕의 시간이 등대 아래 포말처럼 하얗게 부서져 날린다.

초록색 등대는 초록색 몸을 가진 타라보살처럼도 보인다. 아니, 타라가 아니라 따라라고 발음해야 한다고 어느 날 친구가 가르쳐주었다. '따라'와 우리말 '딸'이 연관되어 있다는 것이었다. 산스크리트 말과 우리말의 관계를 이야기하는 도중에 나온 주장이었다. 따라보살의 초록색 몸은 이 세상의 고통과 아픔으로 물들었기 때문이다. 그린(green) 따라의 뜻이지. 그래서 공포가 나타난다고 그는 말하고 있는 듯했지만, 나는 공포에 대해서는 받아들이지 않았다. 공포 대신 자비를 말해야 하지 않을까 하면서 타라, 따라, 딸, 하고 우물거리며 내 딸들을 연상했다. 딸들은 어디론가 떠나 나름대로 살아가고 있었다. 어느 날 딸들이 꿈에 신기루 속 풍경처럼 나타나기도 했다. 그러나 그것은 실체가 없는 일러스트일 뿐이었다. 나 역시 나름대로 살다가 떠나가야 할 것이었다.

여자와 나는 같은 배를 타고 왔다는 사실로 같은 운명에 놓인 관계였다. 모래섬을 둘이서 걸었던 시간은 거북하기는 해도 그곳이 무인도이며 모래섬이라는 점에서 우리는 같은 부류일 수밖에 없었다. 모래섬을 걷는 시간만큼은 내 손을 잡고 내린 운명 안에 살고 있다는 엉뚱한 생각. 우리는 어차피 같은 배로 돌아가지 않으면 안 된다. 나는 여자를 곁눈질해 쳐다보았다. 모래섬에서 여자가 뒤로 돌아서서 걷기를 하고 있는 광경이 되살아났다. 그 모습조차 '호들갑 떤다'고 할 수 있었겠지만, 갈매기에게 과자를 던지던 때의 모습은 어디에도 없었다. 모래가 풀이 되는 섬이 그렇게 만들어놓은 모양이라는 생각이 들었었다.

낯선 섬에 닿을 때마다 나는 이곳에서 내 말이 통할까 하고 긴장되곤 했다. 모래섬은 아무도 살지 않는, 살지 못하는 무인도이므로 그 점은 안심이었다. 아니, 나와 말을 나눈 고마운 여자가 있는 섬이었다. 더욱 안심이었다. 나 역시 아까부터 뒤로 걷기를 하고 싶은 심정이었다. 그러나 여자를 따라 한다는 혐의가 마음에 걸렸다. 프랑스의 어떤 시에 '자기가 간 발자취를 보려고 사막에서 뒤로 걸었다'는 구절이 있었다는 생각이 들었다. 모래밭에 길게 뻗어 있는 발자국은 자기의 발자취였다. 자기의 발자취를 본다는 게 그럴 만한 일인지 아닌지는 따질 바가 아니었다. 여자는 마치 누구에게 보여주기라도 하려는 듯 여전히 뒤로 걷기를 계속하고 있었다. 어느 순간, 그 발자국이 미투리를 신고 있다는 생각이 들었다. 짚신이 아니라 결이 고운 미투리인 것은 아무래도 모랫결 때문일 것이었다. 여자는 미투리를 신고 어디론가 가고 있었다.

언젠가 안동 어디에선가 발견된 미투리가 신문과 텔레비전을 장식한 적이 있었다. 무덤을 옮기다가 발견된 것이었다. 남편의 머리맡에 있던 그것은 처음에는 무엇인지조차 파악되지 않았지만 겉을 싸고 있던 한지를 찬찬히 벗겨내자 미투리임이 밝혀졌다. 조선시대에는 관 속에 신발을 따로 넣는 경우가 드문데다 미투리를 삼은 재료에 대한 궁금증이 더해져 의견이 분분했다. 검사 결과 미투리의 재료는 머리카락으로 확인되었다. 왜 머리카락으로 미투리를 삼았는지 그 까닭은 신발을 싸고 있던 한지에서 밝혀졌다. 한지는 많이 훼손되어 글을 드문드문 읽을 수 있었다.

'내 머리 버혀……' 미투리를 만들었으나, 결국 신어보지도 못하고 당신은 세상을 떠났다는 한글 편지였다. 병석에 있던 남편이 건강을 되찾아 신게 되기를 바라는 간절한 마음으로 머리를 풀어 미투리를 삼았다는 것이었다. 그럼에도 불구하고 남편이 죽자 그녀는 편지를 써서 미투리와 함께 묻은 것이다.

장례식을 올리며 경황 중에 쓴 것으로 보이는 이 쓴 편지는 꿈속에서라도 다시 보기를 바란다는 내용을 담고 있었다. 아내는 지아비에 대한 절절한 그리움으로 하고픈 말을 다 끝내지 못하고 종이가 다하자 모서리를 돌려 써내려가다가 다 채우고도 사연이 끝나지 않아 다시 처음으로 돌아와 거꾸로 적었는데, 사랑하는 이를 잃은 슬픔이 더욱 절절하게 전해졌다.

만남이란 즉 헤어짐의 과정일 뿐이란 말인가. 다시 말해서 삶이란 죽음의 과정일 뿐이란 말인가. 둥그런 모래밭을 가고 있는 미투리는 두 과정이 결코 둘이 아니라 하나의 과정임을 말해주려는 것 같았다. 그러자 모래를 풀이라고 부르는 것도 어떤 두 과정이 하나가 되면서 일어난 현상 아닌가 싶었다. 말이 통하지 않는 어느 먼 나라에 도착했을 때, 외로움이 왠지 달콤하게 다가와서 살결이 떨린 경험이 되살아났다. 도대체 왜? 아무것도 납득할 수 없는 현상이었다. 그러면서 나는 모래밭을 가고 있는 어떤 미투리를 보고 있는 것이었다.

"아까부터 왜 제 다리를 보고 계세요?"

여자가 어느 틈에 다가와 물었다.

"아, 그랬던가요? 난 이 섬에 양들을 가득 풀어놓고 싶어요."

"양들을요?"

“예.”

“그게 무슨 말이에요?”

“말 그대로지요. 아니면 초록색 양들······.”

양은 풀을 뜯어먹고 자라는 대표적인 동물일 뿐이었다. 말을 하는 순간, 나는 내가 양 대신에 여자라는 말을 생각하고 있음을 알았다. 모래섬 가득 알몸의 여자들이 있는 풍경. 어느 잡지에선가 벗은 여자들을 이리저리, 혹은 나란히 세우거나 앉혀놓은 설치작품을 본 적이 있었다. 그걸 옮겨놓은 평범한 발상에 지나지 않았다. 설치를 하는 미술가들에게 나는 주눅이 들기 십상이었다. 가령 한 설치작가는 미국 대륙을 횡단하는 열차 전체에 흰 천을 씌워서 달리게 한 적도 있었다. 인사동에서 만난 그는 또《월인천강지곡》을 작품화하려고 전 세계 천 개의 강물 사진을 찍고 있다고도 했다. 도무지 못 말릴 규모의 상상이었다. 그런데 겨우 모래밭에 양들을? 상상이라고도 할 수 없는 초라한 짓거리였다. 그러나 그것이 양이든 여자든 초록색이라는 알몸이라는 데는······. 나는 내 상상에 어지러웠다.

해가 머리 위로 올라온 한낮의 모래밭은 해시계처럼 보였다. 나는 거대한 해시계 위에서 내 그림자로 시간을 알리고 있었다. 그러면서 기하학자가 된 기분이었다. 삼각형의 두 변의 합은 한 변보다 길다. 삼각형의 내각의 합은 180도이다. 피타고라스 정리. 굉장한 진리라고 배우는 이것이 왜 굉장한지 알 길이 없었던 것처럼 어리둥절 고등학교를 졸업한 채 대학에 올라가 여전히 어리둥절 지난 세월. 그러는 동안 나이를 먹고 말았다. 내 인생의 해시계는 지금 몇 시를 알리고 있을까.

배는 초록색 등대를 저만치 뒤로하고 포구로 향했다. 등대는 탑처럼 서 있다. 왠지 전혀 어울리지 않는 풍경이었다. 어쩌면 일부러 눈을 홀리려고 누군가 장난을 친 것인지도 모른다고 여겨질 정도였다. 더군다나 초록색이야말로 이 세상에는 없는 초록색임에 틀림없었다. 낯선 여행지에서 아침을 맞아 처음 커튼을 젖혔을 때 창문 가득 다가온 풍경이 저렇다면 나는 놀라움으로 벅수같이 굳어지고 말았을 것이다. 등대 역시 동네 입구에 장승처럼 서 있는 벅수를 닮아 있었다. 그러나 또 한편, 벅수는 어딘지 사랑을 고백하려는 듯한 얼굴들을 하고 있지 않은가.

벅수는 나의 소꿉친구
육이오 때 죽어 잠든 여인

나는 며칠 전에 쓴 시를 떠올렸다. 벅수와 소꿉친구와 육이오와 여인의 낱말 조합은 어렵게 내게 다가온 것이었다. 아니, 벅수란 것 자체를 아는 사람이 몇이나 되겠는가 하고 자조해야 마땅했다. 그런데도 나는 벅수를 내 오랜 애인으로 보게 되기까지 기다리고 기다린 결과를 얻어서 모처럼 기뻤다. 그 점에서 나는 시인인 것이다. 이렇게 말하니까 그림을 처음 배우면서의 일도 곁들이지 않을 수 없겠다. 그것은 붓질 몇 번이면 사물의 형태가 드러나는 이 예술이야말로 얼마나 경이로운가를 배운 게 무엇보다도 큰 소득이라고 흐뭇해했었다는 사실을 전제로 한다. 그 뿌듯함은 꽤 오래 지속되었다. 그러나 화가들의 전기를 읽다가 누군가 바로 그 사실에 구역질이 난다고 말했다는 데에 이르고 말았다. 처음 오른 산이라고 여겼으나 실은 기시감에 속아 똑같은 행위를 거듭했던 어리석음보다도 더욱 나를 초라하게 하는 결과였다. 내가 소득이라고 흐뭇해한 것에 구역질을 내는 사람이 있었다. 나는 서둘러 책을 덮고 말았다. 그 화가가 누구였더라. 책을 덮고 먹먹해 있다가 다시 펼쳐 확인해보려 했으나 쉽게 찾을 수가 없었다. 그게 누구였든 문제가 아니었다. 또 한 번의 숙제를 안은 것이었다.

나는 초록색 등대에 그 비밀들을 기록한 문서들을 보관해둔다는 상상에 빠져들었다. 알렉산드리아의 도서관 옆에 서 있던 거대한 등대. 고대의 불가사의 중 하나. 하지만 누군가 초록색 등대의 문을 열고 들어간다 한들 눈에 띄는 것은 거미줄 쳐진 빈 공간뿐이리라. 아니, 등대 안에는 예전에 만난 모든 사람들과의 비밀들이 간직되어 있다. 패(佩), 경(鏡), 옥(玉) 이름의 소녀들, 하(河), 익(翼), 한(漢) 이름의 소년들, 아버지와 어머니, 사막까지 협궤열차를 타고 멀어져간 여인들, 모두. 사막의 칸들은 어디로 가고 양 한두 마리를 끌고 산 넘어 집으로 돌아가는 사내. 모두들 초록색 등대 속의 풍경이었다. 그러므로 초록색 등대의 탑 속에는 또 다른 풀등의 사막이 펼쳐지리라. 그리고 모든 비밀들은 신기루 속에 숨겨지리라.

신기루 속의 망루에서 나는 나도 모를 무슨 상상의 연대기 같은 내 기록들을 읽는다. '꽃은 너무 작아서 보는 데 시간이 걸린다'고 한 천남성 화가의 평범한 말을 지나, 내 기록들의 글씨는 너무 작은 나머지 나를 비롯해서 어느 누구도 읽을 수 없을까봐 조바심이 난다. 화가가 단숨에 나타나는 형체에 반발하여 어렵게 도달하려 한 궁극은 무엇이었을까. 초록색은 내게 의문을 던졌다. 이 물음은 이를테면 내가 원하는 공간은 어떤 공간이었을까 하는 의문으로 이어진다.

"인천에 가서 무슨 계획이 있으세요?"

여자는 배 위에서도 맨발이었다.

"몰라요."

내 상상 속에 잠겨 있던 나는 퉁명스럽게 받았다.

"양들을 파는 시장을 아세요?"

나는 놀랐다. 내가 했던 말을 이어가고 있어서이기도 했지만, 무엇보다도 이제까지와는 다른 모습이기 때문이었다. 나는 양치기 여인 같은 여자를 한국 땅에서는 처음 만난 것이었다.

"앞으로 얼마쯤 세월이 지나면…… 바다에서 물고기들이 사라질지도 모른답니다. 우리 식탁에서 물고기들을 못 볼……."

나는 당황해서 엉뚱하게 며칠 전 신문기사를 되풀이하고 있었다. 하지만 나는 어느새 아무것도 살고 있지 않은 바다를 상상했다.

"그 대신 양들이 있잖아요."

여자는 양의 나라에서 온 것일까. 나는 양들 파는 시장을 알고 있었다. 그녀의 말에 의해 순식간에 그곳으로 가 있는 내가 돌아보여졌다. 중앙아시아의 가축시장 수많은 양들 옆에서 양고기 만두를 먹었었지. 나 자신이 이상한 풍경의 일부가 되어서. 초록색 등대가 서 있는 바위에 밀려와 부딪치는 하얀 파도 하나하나도 중앙아시아 어디에서 몰려온 양들 모습 같았다. 양들이 무리지어 바다를 헤엄치며 초록색 등대에 북슬북슬 흰 털을 부벼댔다. 양을 입 밖에 꺼내 섣불리 설치미술 같은 이야기를 한 것은 나였다. 그러나 나는 즉흥적이었을 뿐이었다. 실천력이 뒷받침되지 않아 늘 한숨을 짓는 나를 여자는 꾸짖고 있었다. 여자의 얼굴이 양을 닮아 있었다. 갈매기에게 과자를 던지던 때부터 풀등의 모래밭에서 지금까지 여자는 양으로 변하는 과정을 충실히 거쳐온 듯했다.

"어쩌면 그렇게 양처럼 말합니까."

"동생이 홍대 앞에서 인디밴드를 해요. 공연 때 양 마스크를 쓰기도 한답니다."

"양 마스크를 쓰고?"

"나중에 그걸 보러 가요. 요즘 젊은애들."

여자가 살짝 미소를 지었다. 여자의 말이 어떻든 양 마스크는 흥미로웠다. 내 기록들의 마모된 획을 복원해 읽으려면 과연 마스크를 쓰는 작업도 필요하리라. 예쁜 아가씨들을 그릴 수도 있지만, 다 그리고 나면 언제나 그들은 거기에 있지 않고 오직 그들의 어머니들만 있을 뿐이라는 화가의 말처럼 내 기록들도 원형을 찾기 어려우리라. 인생도 사랑도 그러하리라.

"양들을?"

"저는 빨랫감도 가져와야 해요. 밑반찬도 갖다주고요."

국립박물관의 이집트 전시회에서 투탕카멘 왕의 황금 마스크를 보았다. 어린 나이에, 아마도 살해된 듯하다는 소년 왕은 화려한 마스크를 쓰고 누워 있었다. 죽어서도 영생을 누린다는 내세관은 이집트에만 있었던 게 아니었다. 변하지 않는 금속인 황금으로 만든 마스크는 영생을 나타낸다고 했다.

초록색 등대 안으로 들어가면 마스크를 쓴 누군가가 맞이해줄 것이다. 그리고 바닷속으로 안내하여 망루를 오른다. 아득한 바다의 심연에 내 지나온 발자국들이 미투리를 삼고 있다. 바다에 물고기는 물론이고 아무것도 살지 않는 미래의 어느 날에도 마스크는 기다린다. 우리가 살아온 날들을 모아 축약시켜 만든 모습이다. 기다림이며 그리움이며 외로움 따위의 감정을 녹여 만든 밀랍 마스크. 우리는 그걸 남기려고 아직까지 살아왔는지 모른다. 그래야만 인천에서 레인보우호를 타고 초록색 등대로 온 까닭이 밝혀진다.

"그럼, 양들을 보러 갑시다."

나는 순순히 응한다. 내가 그들을 보러 가기로 결정한 순간, 그들은 정말 양떼가 되어 나타난다. 흰 양떼가 아닌 초록색 양

떼. 홍대 앞의 어느 골목 카페에 인도 카탁춤을 보러 간 적도 있었고, 연극을 보러 간 적도 있었다. '노름마치'의 구음(口音)을 들은 저녁도, 강허달림의 리듬 앤 블루스를 들은 저녁도 있었다. 상상마당이라는 곳에 가서 어느 탈북자 화가의 전시회를 보기도 했다. '세상에 부럼 없어라' 하는 구호 옆에 담장 너머 쏠린 호기심을 나타낸 북한 어린이 남녀를 그린 그림이었다. 빨간 스카프 뒤의 글자는 '부러움'이 아니라 '부럼'이었다. 이제는 양들을 보러 갈 차례였다. 어디든 내가 원하는 공간이라면 상관없었다. 그녀와 함께 당장 오늘 저녁이라도 상관없었다. 그러자 나는 내가 어떤 식으로든 그녀를 원한다는 생각이 들었다. 어린 내가 망루 밑을 오갈 때 내 소꿉친구였던 그 여자애를 만나고 싶었다. 죽은 게가 살아나기를 비는 것만큼 무모할지 모른다? 아니었다. 초록색 신기루 속의 모습을 현실로 옮겨놓고 싶은 마음이었다. 천남성의 독(毒)을 빌리면 가능할 것인가. 온몸이 초록색 등대가 되었다가 소금창고로 변한 시간 속에 소꿉친구가 살아 돌아오기를 비는 기도의 마음. 모래가 풀이 되는 염원. 외로움이 두려움이 되고 괴로움이 되어 꽁꽁 얼어붙은 내가 소금창고 안에 내 살을 저며 보관했듯이 소꿉친구도 그녀의 살을 그랬을 것이다. 전쟁통에 죽었지만,

그랬을 것이다. 모든 게 초록색 등대의 마법인 것일까. 마법 속에서 살아난 소꿉친구가 또한 그녀로 변하면서 나는 알 수 없는 공간에 떠 있었다.

나는 나만의 초록색 등대를 세우고 싶다. 망루를 세우고 싶다. 초록색 등대를 얻기 위해서는 먼저 온몸, 온 맘에 초록색을 가득 채우지 않으면 안 된다. 알 수 없는 열망이 내 속에 가득했다. 열망이 초록색임을 나는 처음 알았다.

등대 불빛에 양들이 풀을 뜯는다. 풀은 모래다. 양들이 모래를 먹는다. 나 자신 초록색 등대 안으로 들어가 어디론가 이 세상의 마지막 머나먼 섬으로 빛처럼 떠나고 싶다. 바다를 향한 뜻을 담고, 모래가 풀이 되는 환생(還生) 속에, 게 눈이 등대로 밝아지는 마법을 담고. 그리하여 초록색 신기루는 살아난다. 그것이야말로 소금창고 안에 저며놓은 제 살을 만나는 길일 것이다. 마침내 나는 그 섬에서, 그 섬의 망루에서 내 모습과 이 세상을 언제까지나 비춰볼 것이다. 아득한 캐러밴사라이에 새들이 날아오르고 은성한 등불이 밝혀진다.

초원의 돌담길

나는 돌담길을 하염없이 걸어가고 있었다. 이 돌담길은 어디로 가는 것일까. 아침 일찍이 일어나서부터 걸어온 길이었다. 새벽에 어디선가 닭이 우는 소리에 깨어나 밖으로 나와서 바닷가로 향한 것이 잘못이었다. 물론 아침밥을 먹고 어디론가 이동하여 여러 곳을 돌아다녔다. 그러나 나는 여전히 새벽의 돌담길을 꾸준히 걷고 있다는 착각에 빠져 있는 것이었다. 하지만 착각이라고 여겨지지 않는다는 게 문제였다.

새벽에 바닷가로 향한 발걸음에도 실은 아무 잘못이 없었다. 어쩌면 자연스러운 발걸음이었다. 일행들이 아직 자고 있는 방에서 나오긴 했으나 마땅히 갈 곳이 없었다. 날이 밝으려면 꽤 기다려야 할 듯싶었다. 아침 식사 시간도 멀었다. 나는 콘도의 뜰을 벗어나 희붐히 뚫린 길을 그대로 걸었을 뿐이다. 외길이었다. 그곳부터 돌담이 나타났다. 왼쪽으로는 귤들이 축제가 끝난 뒤 불 꺼진 노란 전등알처럼 나뭇가지에 매달려 있었다. 나뭇가지에 매달린 귤들이, 수레에 실려 있거나 좌판에 쌓여 있는 것들과는 달리 처량하게 보인다는 건 처음 겪는 일이었다.

아래쪽으로 바다가 보였다. 바다라고 보아서 바다일 뿐, 그저 회색의 질편한 뻘밭 같기도 했다. 아니, 무슨 흐린 안료만을 반죽해 쏟아부어놓은 것처럼 보이기도 했다. 다만, 자세히 살피면 그것이 서서히 넘실거리고 있어서 바다임을 알 수 있는 것이었다.

"얘, 넌 바다 얘기를 내게 해줘."

어릴 적 여학생이 내게 속삭였다. 누나라고 부른 여학생이었다. 나는 귤밭 옆을 걸어 내려갔다. 이른바 별장인 듯한 집들이 몇 채 서 있고, 그 왼쪽으로 짚 이엉을 얹은 움막 같은 집이 나타났다. 너무 낮아서 무엇에 쓰는 집인지 가늠이 되지 않았다. 이엉은 그물로 덮여 있었다. 아마 바람에 날아가지 못하게 해놓은 것이리라. 그곳은 예로부터 바람 많고, 여자 많고, 돌많은 섬으로 알려져 있었다. 서너 평 넓이에 키 높이도 안 되는 집의 벽도 돌이었다.

"바다 얘기를 어떻게 한담?"

나는 바다만 보면 걱정이었다. 그러다가 어느새 나이가 훌쩍 들어버렸다. 바다가 굉장한 것은 아무것도 굉장한 게 없기 때문이다. 누가 말했더라? 아무것도 없기 때문이 아니라 섬이 있기 때문이라고 했던가? 귤밭이 끝나고 '산책로'라고 씌어 있는 팻말이 보였다. 바닷가였다. 검은 화산석들이 울퉁불퉁 나뒹굴고 있는 사이로 길은 이어졌다. 왼쪽 언덕으로 돌담이 높게 낮게 쌓여 있고, 오른쪽으로 바다가 낮은 파도를 보내고 있었다. 날빛이 어느 정도 밝아지며 이제 바다는 설익은 아보카도 빛깔을 띠고 있었다.

산책로는 새로 만들어놓은 모양이었다. 화산석을 평평하게 깔아 만든 길에는 드문드문 긴 의자도 놓여 있었다. 새벽 산책을 나온 것이 도대체 몇 년 만일까. 그러나 산책이라는 생각이 전혀 들지 않는 것이 이상했다. 나는 어디론가 가고 있는 것이었다. 갈라파고스 섬의 이구아나처럼 머리를 치켜들고 있는 화산석들 사이로 떠난 먼 여행이기도 했다.

"갈라파고스 섬에 가본 적이 있나요?"

누군가 물었다.

"암, 다윈과 함께 돛배를 타고 갔었지."

나는 대답했다. 어려운 대답이 쉽게 나온 셈이었다. 그날 일진이 사나울 징조였다. 늘 그래왔다. 살다 보면 일진이 사나운 날은 뜻밖에 많았다. 어느 날은 엉뚱한 여자를 붙잡고 사랑을 고백한 일도 있었다. 어처구니없었다. 그 여자는 아마 내가 진실을 말하는 줄 알고 거절했을 것이다. 아니면 거짓인 줄 알고 거절했는지도 모른다. 그 여자의 뒷모습을 보며 나는, 나이를 먹으면서 깨닫는 건 진실과 거짓 사이의 경계가 매우 모호하다는 것뿐이라는 생각을 했다. 갈라파고스 섬에 가서 코끼리거북이 알 낳는 모습을 보고 싶었다.

한겨울에도 그곳은 상록의 섬이 틀림없었다. 우리 땅이 그런 아열대를 가지고 있다는 것만으로도 축복이었다. 물론 수많은 기생 화산인 '오름'들은 누렇게 변해 군데군데 억새꽃만 하얗게 바람에 나부낀다. 그러나 나무들의 푸름이 바다의 벽옥(碧玉)빛과 함께 눈 가득 생명의 빛을 부을 때, 삶은 바야흐로 살아 있음을 노래한다.

산책로 옆 언덕에 귤나무 한 그루가 돌담을 바람막이로 서있었다. 이른 새벽인데 귤나무 밑으로 누렁이가 나타나 기웃거렸다. 새벽 똥을 누려는가, 하고 나는 지켜보았다. 그것도 아닌 모양이었다. 그냥 나같이 걸어 나온 듯했다. 누렁이는 오히려 나를 살펴보다가 서로 갈 길이 다르다는 양 돌담 너머로 꼬리를 감추었다. 어디선가 '나 귤 한 알만 주구려!' 하는 말이 환청으로 들려왔다. 더군다나 그 말은 '할멈' 하는, 앞말이 붙어 있었다. 어느 시인이 세상을 떠나기 전에 이승의 마지막 말로 남겼다고 했다. 나는 귤나무를 멍하니 바라보다가 발길을 재촉했다. 한 그루 귤나무도, 누렁이도 세상 풍경이 아닌 것 같았다. 실제로 이 세상에는 그런 귤나무도, 그런 누렁이도 없을 성싶었다. 모두 사이보그야. 나는 중얼거렸다. 그러자 누렁이가 쭈그렁 귤 하나를 물고 나타났다. 그럴 리 없다고 귤나무가 바다로 가서 산호처럼 삐죽삐죽 팔을 뻗친다. 모두 다 사이보그야. 예전에 누군가와 사랑을 나누었던 나는 내가 아니야. 내 사이보그야. 바닷바람에 소름이 오소소 돋았다.

지금쯤 바닷물에 야자열매가 둥둥 떠밀려오는지도 모른다. 해류를 타고 온 야자열매가 남쪽 바닷가에 닿아 싹을 틔운다. 그렇게 해서 자라난 것은 아니겠지만, 섬에는 야자나무들이 우뚝우뚝 서 있다. 소철, 돈나무, 비파나무, 사스레피나무…… 여러 상록수도 우거져 있다. 오렌지나무도 있고, 담팔수도 있다. 오렌지나무에 달린 동그란 오렌지는 아직 초록의 진피에 감싸여 탱탱 푸르다.

"갈라파고스 섬에서 코끼리거북이나 이구아나가 해류를 타고 여기까지 오진 않겠죠?"

"왜? 오길 바라나, 안 오길 바라나?"

"그야……."

"그야, 뭐?"

나는 힐난했다. 오랜 옛적에 이곳에 매머드가 살았던 흔적을 발견했다는 신문 기사가 기억났다. 동굴 속에서 그 뼈다귀를 발견했다는 것이었다. 어느새 나는 검은 화산석들 사이에 말뚝처럼 박혀 있는 매머드와 코끼리거북 뼈다귀를 보고 있었다. 지구의 이정표였다. 그것들은 숭숭 구멍이 뚫린 화산석에 바람 소리로 현재 시각을 알리고 있었다. 지금 시각은…… 재깍재깍재깍…… 이구아나력(曆) 1억 8천 년 시월…….

오른쪽 발밑으로 네모진 돌담이 내려다보였다. 돌담 안으로 바닷물이 들고 나고 있었다. 이곳 바닷가에서 가끔 볼 수 있는 노천 목욕탕이었다. 예전에는 남녀가 같이 들어갔다고 했던가. 하지만 그 계절에, 그 시간에 아무도 있을 리 없었다. 그런데 목욕탕 안에서 소근거리고, 깔깔깔거리는 것은 웬 남녀들의 소리일까. 나는 돌담 안쪽에 혹시 누군가 바짝 붙어 숨어 있는 게 아닌가 목을 빼고 살폈다. 누군가 있긴 있는 것 같은데, 아무도 찾을 수 없었다.

나무 벤치를 지나자 작은 오르막이었다. 오르막 위에서 바다 건너 저쪽 시가지가 눈에 들어왔다. 신기루 같은 풍경이었다. 그 바다는 회색 물감 반죽처럼 뭉글거렸다. 식어가는 용암이 천천히 굳을 동안 나는 거기에 갇혀 있어야 한다는 조바심이 났다. 판타지 소설처럼 엉뚱하게 재미없는 상상에 문득 기가 질렸다. 나는 바로 그걸 피하려고 섬에 온 것이었다. 엉터리 판타지 소설들과 흐물대는 여자들을 피해 매머드와 공룡과 코끼리거북과 이구아나와 마주 서려고 온 것이었다.

"카리브 바다의 물빛은 부드러운 모래가 된 산호 뼈다귀들이 바다 밑에서 햇빛을 반사하기 때문이야. 옥새, 벽감색, 잉크색, 또 무슨 색으로 펼쳐진 바다를 봐."

"산호 뼈다귀?"

나는 화산석 웅덩이에 모래가 올라와 작은 모래밭을 이룬 것을 바라보았다. 산호 뼈다귀는 아닐 듯싶었다. 무엇인가 하고 눈살을 좁혀가며 보았더니 그 위에 새 발자국이 찍혀 있었다. 새 전문가인 윤부부 교수에게 전화를 걸어 무슨 새 발자국인지 알아보고 싶었다. 세 갈래로 가늘게 뻗친 저 발가락은 어쩌면 시조새의 발자국인지도 모르지요……. 한때 새 소리를 배우려고 새 소리 시계를 걸어놓은 적도 있었다. 황금새, 개똥지빠귀, 굴뚝새, 물총새, 꾀꼬리 들이 시간마다 울었다.

이젠 돌아가야 할 텐데, 하면서도 나는 줄곧 걸음을 옮겨놓고 있었다. 잘못하다간 저쪽 시가지로 들어가버릴 텐데. 그러면 거기 사람이 되어 평생 빠져나오지 못할 텐데. 그럴 위험은 다분했다. 오랫동안 떠돌이로 살아온 전력은 어딜 가나 나를 눌러붙이고 말 것이다. 나는 과거의 나를 감추고 새로운 나를 만들 것이다. 과거의 나는 전혀 내가 아니니까.

갑자기 어디선가 주황색 운동복을 입은 호리호리한 여자가 앞에서 나타났다. 산책길이 외길이어서 '갑자기 어디선가'란 있을 수 없었다. 앞에서 오는 여자는 멀리서부터 보였어야 했다. 그러나 여자의 출현은 돌발적이었다. 내 눈이 잘못되었음이 틀림없었다. 여자는 나무에서 내려와 곧 직립보행을 시작한 원숭이같이 열심히 걷고 있었다. 나를 지나쳐가면서도 내게 눈길 한번 던지지 않았다. 그 얼굴에 어린 의지는 머지않아 건강을 망쳐보겠다는 것처럼 단호했다. 하기야 무릇 여자에서 단호함을 뺀다면 무엇이 남을 것인가.

여자가 찬바람을 일으키며 지나쳐가자 나는 걷기도 힘들 지경이 되어버렸다. 벌써 상당히 걸어온데다 기세에 눌린 탓인지도 몰랐다. 돌아서야 했다. 이러다간 아침밥도 못 얻어먹겠군. 하루 종일 긴 강행군이 기다리고 있었다. 돌아오는 길에는 누렁이도 보이지 않았다. 귤나무에 달린 귤이 누렁이의 발처럼 오그라져 보였다.

나 때문에 그날 스케줄은 초장부터 엉망이었다. 이미 아침

밥 시간은 지나 있었고, 버스는 시동을 건 채 벌벌거리고 있었다. 어제 버스를 타고 오는 길에 개인 소개를 하게 되었을 때 나는 말했었다. 뭐 특별히 밝힐 것은 없고, 다만 시 한 편을 쓰려고 왔노라고. 시인이구먼, 시인. 모두들 짝짝짝 박수를 쳤다. 놀러온 게 아니라고 색다르다는 눈치도 몇몇 보냈다. 묻지 마 여행에 저런 사람도 오다니, 킬킬킬. 정말인지 장난말인지 모를 노릇이었다. 그러다가 하루아침에 천덕꾸러기로 변한 것이었다. 아니, 애초부터 천덕꾸러기였다. 함부로 아무 여행이나 따라 나서는 게 아니었다. '묻지 마 여행'이라는 말이 여간 걸리는 게 아니었다. 하지만 그게 문제가 아니었다. 나 자신이 어리벙벙하게 되어 있는 게 문제였다. 새벽에 산책길에 나선 것도, 누렁이와 여자를 본 것도 도무지 현실 같지 않았다. 몽유병자처럼 헤매다 온 듯도 했다.

　버스는 삼나무 숲을 지나고 있었다. 곧게 자란 울창한 나무들 사이로 햇빛이 스며들고 있었다. 일본의 삼나무 숲에서 키스를 했던 그 여자는 지금쯤 어디서 무엇을 하고 있을까. 몇 년을 함께 산 그 여자와는 사쿠라지마(桜島)의 화산 연기를 뒤로하고 사진도 찍었었다. 나는 떠나간 여자의 행복을 빌어주었다. 비로소 마음이 안정되는 기미였다. 마침내 동쪽 바다가 나타나고 있었다. 한때, 섬으로 오는 배를 타고 바다 한가운데 이르러 몸을 던지리라 했었다. 용기가 없으니까 소주나 질탕 퍼마시고 결행하리라. 그 무렵 나는 모든 것을 잃어버리고 땡전 한푼 없이 흘러다니는 처지였다. 차라리 아무 흔적도 없이 나 자신을 소멸시키는 편이 낫다는 판단이 들었다.

그러다가 얼마 전에 한 신문 기사를 보고 나는 놀라지 않을 수 없었다. 울릉도 가까운 바다에서 남자의 시신이 발견되었는데, 여러 정황으로 보아 남쪽 섬으로 항해하는 배에서 투신했음이 밝혀졌다는 것이었다. 해류에 밀린 결과였다. 먼저 가네. 행복하게들 지내시게. 몸에 지닌 유서에 적혀 있었다. 주인공은 시인이기도 했다.

나도 울릉도 부근까지 흘러갔을까. 그가 그만큼 올라가 발견된 것은 다행이었다. 만약 더 올라가 오호츠크 한류(寒流)를 만났더라면 차가워서 죽음이고 뭐고 그만두고 싶었을 것이다.

"아빠, 별일 없으세요?"

"그래, 왜?"

그 무렵, 간밤 꿈에 내가 나타났더라고 딸이 모처럼 전화를 했었다. 불길한 꿈이었던 듯싶었다. 나는 꿈 내용을 묻지 않고 전화를 끊었다. 불길한 조짐이 보이는 것은 한두 군데가 아니었다. 그러므로 나는 삶에 관해서 무엇인가 정리하지 않으면 안 된다는 강박관념에 시달리게 되었다. 더군다나 얼마 전에는 어느 잡지에서 유언을 미리 밝힐 수 있겠느냐고 물어오기까지 하지 않았던가.

"유언이요? 글쎄요……."

나는 화들짝 놀라 머뭇거렸다. 어느 회사의 직원 연수 과정에 유언 쓰기가 들어 있다는 이야기를 들은 적은 있었다. 그렇게까지 해야 하나. 그 대신 나는 여러 가지 장례 방법을 머리에 떠올렸다. 땅에 묻는 것과 불에 태우는 것 외에 뭐 좋은 거 없을까. 그냥 풀로 덮어두는 초장(草葬)도 있었고, 외국에는 물에 집어넣는 수장(水葬), 새에게 뜯어 먹히게 하는 조장(鳥葬)도 있었다. 요즘 들어 화상한 재를 나무 둘레에 뿌리는 수목장(樹木葬)도 있었다. 가장 뒤늦게 안 것이 천장(天葬)이었다. 새에게 뜯어 먹히게 하는 건 조장과 같은데 더 쉽게 뜯기도록 미리 시신을 토막 내고 찢어발겨놓는 방법이었다. 티베트에 갔다온 사진 작가가 책으로 엮어 잘 보여주었었다. 끔찍했다. 히말라야의 독수리들이 이 세상에서 가장 잘생긴 까닭을 알 것 같았다. 놈들은 시신이 잘 찢어발겨질 동안 장례식에 참석한 사람들처럼 조용히 기다렸다. 머리숱 없는 민대가리를 반듯이 쳐들고 눈빛을 빛내며 날개와 꼬리를 예복처럼 단정히 하고. 그러다가 다 발겨놓으면 달려들어 순식간에 깨끗이 뼈만 남겨놓았다. 두개골의 뇌수까지 후벼파먹고는 물러섰다.

장례 방법은 어느 것 하나 마뜩잖았다. 옹관이고 적석총이고 목곽분이고 다미식이고 간에 다 싫었다. 초분, 조장, 천장도 그랬다. 그러니, 죽음을 꿈꾸었던 해협을 건너서, 섬으로 가서 한 편의 시를 쓰리라. 유언과 같은 시를.

버스는 말들이 풀을 뜯고 있는 목장을 지나고 민속 마을을 지나고 바닷가에 멈추었다. '주상절리(柱狀節理)'라는 어려운 설명이 붙어 있었다. 나무 계단을 밟고 바다 쪽으로 내려가자 검은 화산석이 돌기둥 모양으로 줄지어 높다란 벼랑을 이루고 있었다. 화산이 터져 용암이 흐르다가 바닷물과 섞이는 순간 결을 이루어 굳어진 것이라 했다. 그것이 이른바 '주상절리'였다. 둥글고 각진 돌기둥 모양이 늘어서서 바다를 굽어보는 곳에 전망대가 만들어져 있었다.

주상절리가 뭐지? 기둥돌이라면 될걸. 쯔쯧쯧.

우리나라 안내판은 도무지, 하며 누군가 투덜거렸다. 고소공포증이 있는 나는 머리가 어질어질했다. 아침까지 거른 터수에 다리도 휘청거렸다. 파도가 돌기둥 모양에 부딪혀 물보라를 일으키며 부서지고 있었다. 어느 것 하나 내가 이 세상에서 사라진 다음의 풍경을 말해주지 않는 것이 없었다. 쉽게 말해 죽음이란 일상에 다름 아니라는 평범한 이야기를 속삭이고 있는 것이었다. 죽음이 일상이건만 왜 장례 시설은 혐오 시설이 되는 것일까.

배가 고팠다. 점심시간까지는 아직 꽤 기다려야 했다. 나는 후들거리는 다리를 가누며 나무 계단을 올라왔다. 입구에 해삼과 멍게를 고무 함지박에 담아놓고 파는 아낙네를 보아두었다. 몇 마리라도 먹고 싶었다. 그 밖에 달리 먹을 것도 없었다. 하지만 그사이에 일행인 듯싶은 사람들이 뒤따라 올라오고 있었다. 나는 혼자서 먹기도 그러려니와 그들과 함께 먹기는 너너욱 그래서 포기하는 수밖에 없었다. 살아오는 동안 그토록 해삼과 멍게를 먹고 싶은 적이 있었던가. 제길, 그들이야 어쨌든 한 접시 시켜 들고 우적우적 깨물면 그만이었다. 그 뜻을 거스르는 것은 아침밥도 못 챙겨 먹었다는 자괴감이었다. 일말의 자존심이란 게 그것이었다. 해삼과 멍게 따위를 놓고도 자존심의 저울눈금을 보아야 하는 스스로에게 짜증이 일었다. 아울러 짜증을 부리는 내가 가련해졌다.

동백나무를 심고 인부들이 가지를 잘라주고 있었다. 소철과 야자나무와 유카도 가지런히 심겨 있었다. 그 옆으로 돌담길이 어디론가 이어져갔다. 돌담길 앞에 할머니가 앉아 귤을 팔고 있었다. 열 개 한 봉지에 천 원이라고 씌어 있는 종이쪽지가 바람에 나풀거렸다.

"할멈, 귤 하나만 주구려."

나는 다짜고짜 할멈이라고 불렀다.

"한 봉지에 천 원이에요."

호칭을 들었는지 못 들었는지 노인네는 검은 비닐봉지에 싼 귤을 들어 보였다.

"아니, 한 알만."

나도 모를 일이었다. 나는 강경하게 말했다.

"한 알이라니까요."

노인네가 어리둥절한 표정으로 나를 쳐다보았다.

"제가 사드릴게요."

그러자 누군가가 옆에 끼어들어 천 원짜리 한 장을 내밀었다. 어디선가 본 듯한 여자였다. 일행 중 한 명이리라. 거래는 재빨리 끝나 있었다. 여자는 봉지에서 귤 한 알을 꺼내 내게 건넸다. 거역할 수 없는 말처럼 나는 귤을 받아들고, 고맙다는 답례도 제대로 하지 못한 채 돌담길을 걷기 시작했다.

어디로 가세요? 이 길이 맞나요?

여자가 두리번거리며 따라왔다. 버스로 되돌아가는 길이 어딘지 아리송했다. 하는 수 없었다. 나는 귤 한 알을 손에 들고 말없이 내처 걸었다. 길게 이어진 돌담길은 쉬 끝나지 않았다. 포장되지 않은 흙길이었다. 발밑에서는 흙먼지가 풀썩풀썩 날렸다.

"여기가 아닌 거 같아요."

여자는 여전히 따라오고 있었다.

"당신은 왜 따라오는 거요?"

"저는 같이 온 사람이잖아요. 아침에 산책로에서도 뵌걸요."

"아침 산책로에서?"

나는 그제야 여자의 얼굴을 자세히 바라보았다. 바람같이 스쳐지나간 그 여자였다.

"아, 주황색 옷?"

"아니에요. 노란색 조깅복이에요. 아침노을에 그렇게 보였겠죠."

말하는 동안에도 나는 걸음을 멈추지 않았다. 아침노을은 기억나지 않았다. 그렇다면 설익은 아보카도 빛깔의 바다도 그래서였나 의심되었다. 빛깔까지도 내 눈을 호리다니 괘씸하기 짝이 없었다. 옆에 붙어오는 여자에게 당신은 묻지 마 여행에 온 여자가 아니냐는 말이 나오려 했지만 나는 입을 다물었다. 돌담길은 계속 이어졌다. 야구 모자를 똑같이 쓰고 윗도리 가슴팍에 명찰을 단 사람들이 맞은편에서 걸어왔다. 앞에 선 사람은 녹색의 깃발을 치켜들고 있었다. 기묘한 행렬이었다.

"그쪽은 〈올인〉 촬영장이랬잖아요. 돌아가야 돼요."

여자는 귤이 든 비닐봉지를 흔들었다.

"당신이나 돌아가요. 난 이 돌담길을 가야 되니깐."

나는 고집을 부렸다. 나도 이미 다른 길로 접어들었음을 알고 가슴이 덜컹했었다. 하지만 멈추어선 안 된다는 명령이 있었다. 이젠 배고픔도 문제 밖이었다. 나는 귤 한 알을 움켜쥐고 돌담길을 나귀처럼 걸었다. 나귀의 발굽처럼 구두에는 흙먼지가 보얗게 올라와 있었다.

"거기 가면 뭐가 있죠? 버스로 가야 돼요."

여자는 끈질겼다.

"아무것도 없어요. 상관없어요. 난 유언의 시를 써야 되니깐."

내친김에 나는 입 밖에 나오는 대로 중얼거렸다. '유언의 시'라는 말이 나오는 순간 나는 흠칫 놀랐다. 예상치 못한 말이었다. '유언의 시'와 돌담길 사이에서 잠시 내 발걸음이 흐트러졌다. 무엇이 나를 거기까지 이끌었을까. 돌담길은 '유언의 시' 같은 무시무시한 말과 아무런 관계가 없었다. 관계가 있다면, 어쩌면 그것은 저주의 길이었다. 아니었다. 돌담길은 돌담길에 불과했다. 그럼에도 불구하고 내게는 그 돌담길이 '유언의 시' 와 함께하는 길이었다. 오늘이 결코 일진이 사나운 날이 아니라는 믿음도 들었다.

"난 이젠 몰라요. 귤이라도 마저 가져가세요."

뒤에서 여자가 주저앉듯 말했다. 아랑곳없었다. 귤은 한 알만 필요했다. 할멈……. 예전에 해협에 몸을 던져 죽기를 꿈꾸던 사내가 있었다. 현해탄에 몸을 던진, 비련의 주인공 윤심덕처럼 이바노비치 곡에 가사를 붙인 〈사의 찬미〉 따위 구차한 노래는 없어도 좋았다. 울릉도까지 흘러가도 안 되었다. 오직 캄캄한 소멸만이 사내의 뜻이었다. 그리하여 오징어 먹통 속, 돌고래 쓸개 속, 거북 등딱지 속에 스며들 수만 있다면 그만이었다. 운이 좋아서 괭이갈매기나 가마우지의 눈알 속에 스며들어 빛날 수도 있을까. 이 새들은 죽은 고기는 안 먹는다니까 멀리 히말라야에서 독수리를 불러오는 방법은 없을까. 아무래도 사치였다. 죽음이 사치라는 사실을 밝히는 것은 역겨운 일이었다.

돌담길은 하염없이 이어졌다. 새벽부터 걸어오기만 한 돌담길이었다. 왜 이렇게 긴 돌담길이 있어야 되는지 의구심이 일었다. 어느덧 지나가는 사람들도 별로 없었다. 뒤돌아보자 여자는 사라져 있었다. 일행에게 가서 내 행적을 전하면 그들이 홀가분하게 떠날 테니 참으로 다행이었다. 떠나올 때부터 관광은 내 몫이 아니었다. 나는 내 길을 가면 그뿐이었다. 그런데 나는 어디로 가는 것일까.

"이 길로 가면 어디가 되나요?"

갈래길을 앞두고 나는 다가오는 남자에게 물었다. 그는 내가 무엇을 묻고 있는지 모르겠다는 듯 멀뚱히 내 얼굴을 들여다보았다.

"나도 모르죠. 이쪽은 콘도촌이고, 저쪽 산기슭에 묘지가 있으니."

"묘지 말입니까?"

나는 남자가 턱으로 가리키는 쪽을 바라보았다. 네모꼴로 돌담을 막아놓은 곳이 멀리 보였다. 그 안쪽에 동그란 봉분들이 옹기종기 들어앉아 있었다. 섬에서 묘지 둘레를 흔히 돌담으로 두른다는 것은 예전부터 듣고 있었다. 역시 돌의 고장이었다. 나는 묘지 쪽으로 접어들었다. 그러면 그렇지. 묘지로 가는 길이길래 그리도 긴 돌담길이 당연하다 싶었다. 콘도로 가는 길에서 멀어져서인지 아무도 눈에 띄지 않았다. 나는 흙길을 타박거리며 걸었다. 매머드와 공룡 같은, 이 세상에 이미 없는 놈들은 그렇더라도 돌담에서 이구아나 한 마리라도 혓바닥을 날름거려줬으면 좋으련만, 돌담길에는 누렁이 한 마리 없었다. 그럴수록 나는 손에 든 귤 한 알을 소중하게 거머쥐었다.

매머드와 공룡이 멸종한 뒤에 섬에 와서 살게 된 사람들이 고씨, 양씨, 부씨였다. 섬의 수많은 오름들은 설문대할망의 나막신에서 떨어진 흙이었다. 그런 신화가 머릿속을 어른거렸다. 그리고 공비 토벌을 빌미로 억울한 피의 학살이 섬을 휩쓸고 지나갔다. 나는 신화와 전설과 현실이 뒤범벅된 돌담길을 걸어가고 있었다. 몸은 지칠 대로 지쳐 있었다.

자청비, 자청비.

돌담 사이에서 속삭이는 소리가 들렸다. 하늘나라에 분쟁생겼을 때 서쪽 하늘에서 신비한 꽃을 따다가 잠잠하게 한 공으로 섬에 내려와 농사와 풍요의 여신(女神)이 되었다는 자청비. 그녀의 이름을 누가 부르고 있는 것일까. 돌아보아도 그림자 하나 보이지 않았다. 새벽부터 잘못되어도 단단히 잘못되었음에 틀림없었다. 그러나 나는 탓할 여유가 없었다. 모든 것은 말마따나 내 탓이었다. 나도 자청비처럼 서쪽 하늘에서 신비한 꽃을 따다가 내 가슴에 안겨주고 싶었다. 나는 메마를 대로 메말라 있었다.

이윽고 내가 기댄 것은 묘지의 돌담이었다. 돌담길은 겨우 끝나 있었다. 휴우. 나는 가쁜 숨을 몰아쉬었다. 여기까지 왔구나. 뜻 모를 안도감이 밀려왔다. 나는 먼 곳으로 눈을 들었다. 뜻밖에 바다가 열려 있었다. 나는 바다를 그윽이 바라보았다. 돌담길이 바다 밖으로 트이고 있었다.

"바다 얘기를 내게 해줘."

"바다 얘기를 어떻게 한담?"

오래전 약속이었다. 나는 무너지려는 몸을 돌담에 의지하여 간신히 가누었다. 쉽지는 않았다. 순간, 바다에서 무엇인가 움직이는 게 눈에 들어왔다. 무엇일까. 돌기둥 모양이 솟아오르는 것일까 그런 듯 보였다. 아닌 게 아니라 돌기둥 모양이 천천히 솟아오르고 있었다. 그리고 뒤이어 매머드들이, 공룡들이 모습을 드러냈다. 코끼리거북들과 이구아나들도 갈라파고스에서 헤엄쳐 건너오고 있었다. 야자열매가 바닷가에 떠내려와 싹이 터서 순식간에 큰 그늘을 드리웠다.

유언의 시를 써야 해. 저게 환각이 아니란 걸 보여줘야 해.

온몸에 땀이 흥건했다. 나는 안간힘을 써서 버티고 있었다. 마지막 한 편의 시를 쓰자면 아직은 살아 있어야 하는 것이었다. 그러자면 자청비의 힘을 빌려 서쪽 하늘 신비한 꽃이라도 따와야 한다는 생각이 들었다. 그래서 오래전의 약속인 바다 얘기를 유언의 시에 담고 싶었다.

"할멈, 귤 한 알만 주구려."

나는 중얼거리며 손바닥을 펼쳐 그때까지 움켜쥐고 있던 귤을 가만히 내려다보았다. 두런거리는 소리가 들렸다. 매머드, 공룡, 코끼리거북, 이구아나가 우글거리며 돌담길을 오고 있는 가운데 서쪽 하늘의 신비한 꽃 한 송이가 피어난다는 생각이 들었다.

*

보물섬에 관한 이야기는 꽤 많이 전해져온다. 굳이 섬이 아니더라도 어떤 사정에 의해 특정한 곳에 보물을 숨겨놓은 이야기도 흔히 전해져온다. 소설이지만 뒤마의 《몬테크리스토 백작》이라든가 스티븐슨의 《보물섬》은 그런 이야기를 근거로 씌어진 것이다. 외국 것을 들출 필요도 없다. 지난 70년대의 일로 기억되는데 예전 제정 러시아 시대에 동해의 울릉도 근해에 러시아 배가 재화를 잔득 싣고 침몰했다 하여 그걸 찾아내려고 한다는 이야기도 있었고, 또 일본군이 부산의 적기라는 곳에 보물을 숨겨놓고 달아났다 하여 그걸 찾아내려 한다는 이야기도 있었다. 울릉도의 어떤 사람은 그대 침몰한 러시아 배에서 흘러나왔다는 사모바르를 가지고 있다고도 했다. 사모바르란 러시아의 주전자였다.

요즘에 와서도 숨겨진 보물을 찾아나서는 사람이 간간이 화제가 되어 듣는 이를 잠시 환상의 세계로 안내한다. 그런데 뜻하지 않게 보물섬에 대한 정보가 내 귀에까지 들어온 것은 바로 얼마 전의 일이었다. 바로 얼마 전이었을 뿐만 아니라 그 대상, 즉 보물섬의 위치도 그리 멀지 않은 곳에 있었다.

"거기에 보물이 묻혀 있다는데, 거기 알지요."

같은 아파트의 후배가 그렇게 일러주었다. 그는 그 동네에 갔을 때 직접 들었다고 했다. 그 무렵 우연히 술집에서 만난 한 사내도 그렇다고 합디다만 하고 말하고 있는 것을 보면 그 이야기는 인근에서는 공공연히 퍼져 있는 모양이었다. 보물이 묻혀 있다는 거기에 대해서는 나도 모르는 바 아니었다. 언젠가 한번 가본 적이 있는 곳이었다. 그러나 그때는 어찌어찌 가다 보니 그곳에 이르렀을 뿐이었다. 무작정 어디론가 가보면서 어느 동네가 어떻게 생겨먹었는지 구경이나 하자는 친구의 제안에 따라나선 결과였다. 우리는 포장도로가 끝나는 국도에서도 한참을 더 나아갔다. 그런 길을 가다 보면 포장도로와 비포장도로가 어떤 의미를 갖는지 곰곰 생각하게 된다. 포장도로와 비포장도로가 단순히 가지고 있는 많은 차이점을 말하는 것이 아니다. 이를테면 그것이 바로 그 언저리에 사는 사람들의 머릿속에 깊이 들어가 박혀 서로 다른 생각을 갖는 사람들로 구별 짓는다는 것이다. 그날 나는 그런 생각에 문득 잠기면서 동네들을 구경했다. 그러다가 어느 틈에 보물섬에 이르렀던 것이다. 물론 그때는 그곳이 보물섬인지는 고사하고 그냥 섬인지 조차 알 수 없었다. 왜냐하면 그곳은 이상하리만치 우뚝 솟은 산으로 이루어져 있기는 했으나 우리는 버스에서 내려 그곳까지 분명히 걸어서 갔기 때문이다. 말하자면 땅이 그대로 연결되어 있으니 애초부터 섬이라고 부를 수는 없는 이치였다. 그러니까 그곳이 섬이라고 불린다는 사실은 나중에 알게 된 것이다. 서울의 뚝섬이나 난지도처럼 땅이 이어져 있으나 본디 이름 그대로 섬으로 불리는 것이었다.

"거 아주 묘하게 생겼는데, 꼭 독수리가 하늘로 날아가는 형상이야."

　처음 그 섬을 보았을 때부터 친구는 감탄을 했었다. 하지만 나도 이미 그 모양이 주위의 자연과는 다르게, 유별나게 눈에 띈다고 생각하고 있었다. 그것은 신비하게까지 보였다. 그래서 속으로 저런 곳이 여기 있다니 하고 감탄을 품고 있었다. 그러나 그가 독수리 운운하는 데는 나는 그리 찬성하는 편은 아니었다. 그것은 차라리 고대의 저 마스토돈을 연상시켰다.

　"글쎄, 수석하는 사람들 보면 넋을 잃겠어"

　나도 거들었다. 그러자 그가 대뜸 맞받았다.

　"수석이라니? 돌멩이 말야? 저건 산이란 말야."

　그의 말에 나는 "산이래두……" 하고 중얼거렸으나. 아무리 내가 수석에 대해 문외한이라고는 하지만 그렇게 말하고 있는 진의는 그에게도 충분히 전달되고 있구나 하고 여겨졌다. 내가 그렇게 말했던 것에는 그 작으나마 돌올(突兀)한 산의 생김새도 생김새려니와 그것이 마치 어디 다른 곳에서 가져다놓은 것처럼 주위와 구별된다는 뜻도 함께 내포되어 있었다.

　"어떤 정기마저 서려 있어. 아무튼 범상하지 않아."

　그는 사뭇 감탄조였다. 그런 말끝에 우리는 마치 그 산의 정기에 이끌리다시피 그리로 다가갔던 것이다. 가까이 가자 바위투성이의 산 구석구석에 우거진 소나무들이 상당히 울울했다. 그런 모습을 마치 학술연구라도 하는 양 주의 깊게 살펴보던 그는 "수석이 아니라 분재야, 돌에다 소나무를 올린 거야" 하고 혼잣말처럼 읊조렸다. 요컨대 수석이든 분재든 그것이 문제가 아니었다. 그곳은 어쨌든 보통의 자연과는 어딘가 다른 점이 있었다. 동네 구경이나 하자고 오는 동안 우리가 보아 온 산은 모두 한결같이 나지막하게 올망졸망한 이른바 노년기 산이었다. 아니, 산이라기보다는 동산이었다. 그럼으로 해서 그 산이 더욱 돋보였다는 가정도 가능하다.

"와봐, 저쪽에 집이 몇 채 있어."

그가 뜻밖이라는 듯 언성을 높였다. 작은 규모나마 그쪽은 돌출한 모퉁이에 가려 있었던 것이다. 과연 그의 말내로였다.

"가보자."

내게도 그것은 뜻밖이었다. 집들은 낡은 블록집이 대부분이었는데, 비닐조각들이 찢어진 채로 늘어져 있는 창문 하며 군데군데 구멍이 뚫린 벽 하며, 을씨년스럽기 그지없었다. 그 집들은 여지껏 우리가 수석이니 분재니 하고 감탄하던 수려한 산과는 전혀 딴판의 분위기를 자아냈다. 그래서 나는 산과 집들이 정말 같은 장소에 나란히 아래위로 붙어 있는 것이 사실일까, 내가 그것을 동시에 마주하고 있는 것이 사실일까를 의심하여 자꾸만 이쪽저쪽을 맞바꾸어 바라볼 수밖에 없었다.

"사람이 살지 않는 것 같지?"

나는 그에게 물었다. 그러나 그 말이 채 끝나기도 전에 그가 "아냐" 하면서 한 곳을 손가락으로 가리켰다. 그것은 쓰레기더미였으나 한줄기 파르스름한 연기가 솟아오르고 있었다. 하지만 그 연기가 곧 사람이 산다는 증거는 될 수는 없었다. 누군가가 우리처럼 우연히 찾아들었다가 불을 태우고 갔을 가능성도 있었다. 그러나, 그렇다 하더라도 그 가느다란 연기는 마을의 인기척임에는 틀림없어 보였다. 그리고 이어서 그 연기가 마치 우리가 왔다는 사실을 알리는 봉화라도 되는 양 우리를 맞는 사람을 만나게 되었던 것이다.

우리는 우리를 보고 있는 한 노파를 발견하고 그리로 가까이 갔다. 노파는 집 앞의 우물에서 힘겹게 두레박을 건져올리고 있었다.

"여기 이 산 이름이 뭣인가요? 할머니."

그가 우물 속을 들여다보며 물었다. 노파가 물끄러미 우리에게 눈길을 주었다. 여기까지 와서 기껏해야 산의 이름 따위나 한가하게 묻고 있는 너희는 도대체 누구냐고 되묻는 듯한 눈길이었다. 하기야 전국 어디고 투기에 눈이 벌게진 사람들이 샅샅이 뒤지고 다니는 판국이었다. 한참 동안 입을 열지 않는 것에 나는 혹시 노파가 벙어리가 아닐까 하고도 생각되었다. 벙어리가 아니라면 늙어서 언어 기능을 잃어버렸을지도 모른다. 그러나 그렇게 여기기에는 조금은 젊어 보였다. 실제로 노파는 스스로의 힘으로 어렵사리나마 두레박을 들어올린 것이었다.

"산 이름이 없나봅니다."

그가 다시 질문을 환기했다. 사실 산 이름이야 무엇이고 상관이 없는 일이었다. 산도 산이라지만, 나는 노파에 대해 더 궁금했다.

"산 이름은 알아서 뭇하우. 그저 예전에는 밧미라고 불렀지요."

노파는 벙어리가 아니었을 뿐만 아니라 오히려 그 목소리가 겉모습 보매보다 한결 또록또록했다. 노파가 그렇게 말해 주었지만 그나 나나 자세히 새겨들을 수가 없었다. 그래서 나는 몇번이고 '밧미? 반미? 밭미?' 하고 속으로 되뇌었다. 나는 짧은 지식으로 이리저리 머리를 궁글려 '밧'이라는 것이 혹시 밝다는 뜻의 밝이 아닐까, 그러면 '미'라는 말은 '뫼'나 '메'로 읽어서 산이 되므로 밝은 산이 된다 하는 투로 제멋대로 새겨보고 있었다. 그러나 이런 것은 국어학자나 지리학자에게나 소용될 일이지 우리 같은 얼치기 부류에게는 부질없는 일인 것이었다. 어쨌든 수려한 산이 있고 그 아래 몇 채의 폐가(廢家)가 있고, 노파가 있었다. 우리는 애초에 동네 구경이나 다니자는 목적이었으니만치 그 사실만 '구경'하면 되는 것이었다.

우리가 우물가에서 무슨 암호라도 풀겠다는 듯 '밧미? 반미? 밭미?' 하고 고개를 갸우뚱거리는 동안 어느새 노파는 뒤뚱거리며 가까운 집으로 사라져버렸다. 바라보니 그 집은 유리 미닫이문 몇 개가 바깥으로 난 것으로 보아 아마 전에는 작은 구멍가게였을 성싶었다. 우리는 그 앞으로 가서 안을 기웃거렸다. 내 짐작은 틀림없었다. 덕지덕지 먼지더께가 낀 유리를 통해서 아직도 구멍가게의 진열대가 그대로 놓여 있는 것이 눈에 어른거렸다. 정황으로 보아서 입에 댈 만한 것이 있을 리 만무했으나 당연히 우리는 그 유리문을 열었다.

"뭐 좀 있습니까?"

진열대 위에 군데군데 잔뜩 찌든 상자갑들이 있기는 있었다. 그러나 그가 '뭐 좀'이라고 한 말의 뜻은 실상 사람을 부르는 것이었다. 가게에 딸린 방의 장지문에 붙은 손바닥만 한 유리 조각 안에서 누군가가 빠끔히 내다보는가 하더니 문이 열렸다. 노파였다.

"뭐 먹을 것 좀 없을까 하구요. 여긴 가게였구만요."

하마터면 내 입에서는 '할멈, 귤 한 알만 주구려' 하는 말이 튀어나오려고 했다. 나는 한번 휘둘러보았다. 귤은 물론 어디에도 없었다. 기대는 아예 없었지만, 진열대 위의 물건들은 빈 병이나 빈 상자갑들이 태반이었다. 하물며 빈 깡통도 주요품목이 되어 있었다.

"먹을 게 뭐…… 이잔 물건을 받아놓질 않아설랑……. 눈깔사탕이나 몇개 있을까……."

노파가 진열대를 바라보며 중간중간 끊어 하는 그 말만으로도 모든 상황을 짚어보기에 충분했다. 얼마 전부터 고객은 없어져버린 상태인 것이다. 옆의 빈 집들이 그것을 뒷받침하고 있었다. 그렇다면…… 하고 나는 궁금증이 일었다. 모두들 어디로 갔으며 또 노파는 왜 혼자 빈 가게를 지키고 있느냐는 것이었다.

"모두들 어디로 떠났습니까? 여긴 본래 뭘로 먹고살던 데였습니까?"

나는 궁금증을 이기지 못해 물었다. 사람들이 살던 터전을 버리고 어디론가 떠나간다는 일은 서글프다 못해 처절한 느낌마저 수반하는 것이었다. 특히 매년 한 번씩 떠돌이처럼 나라 안의 동서남북으로 근거를 옮겨야 했던 아버지 밑에서 전학을 다닌 어린 시절을 보낸 나로서는 그 감정이 더욱 절실한 편이었다. 아웅다웅 친했던 개구장이 사내애들, 또 골려주면서도 속으로 끔찍히 그렸던 정말 패(佩), 경(瓊), 옥(玉) 같은 이름의 계집애들과 영원히 헤어지는 미어지는 마음……

"여긴 본래 동죽조개밭이지요. 굴이나 바지락도 나긴 났지만 동죽조개라……. 근자 들어선 조개도 시원찮은데다가 보다시피 흙을 죄 메꿔 땅을 맨든다고……."

노파는 눈을 들어 잘 내다보이지도 않는 유리문 밖으로 초점을 흐리고 있었다. 그러니까 그곳은 개펄이 넓게 펼쳐져 있던 곳이었다. 앞에서 언급했듯이 하나의 섬이 그 개펄의 간척으로 육지와 연결되었다는 이야기가 되는 것이다. 그 바람에 먹고살 터전을 잃은 사람들은 떠날 수밖에 도리가 없게 되어 있었다. 80년대의 이 나라에서는 뭐 새롭다 할 이야기도 아니었다.

"그렇군요."

그가 새삼스럽게 머리를 주억거렸다. 그렇게 떠나야만 하는 수많은 사람들 앞에서 우리는 아무런 힘도 없는 것이었다. 모든 사실은 몇 마디의 말로써 간단하게 밝혀졌지만 실상 그 말의 의미 안에서 고통받는 사람들의 삶은 그리 간단하지 않다는 것이 왠지 가슴에 와서 걸렸다. 어떤 이름 높은 철학자가 말은 존재의 집이라고 했다던가……. 아냐, 우리들 삶은 생각보다 훨씬 간단한 것인지도 몰라……. 나는 갑자기 얼토당토않은 개똥철학자가 되어 있었다. 그러자 절로 자조의 웃음이 나왔고, 그 순간 나도 모르게 "동죽조개……" 하고 조개 이름이 속으로 불러졌다. 사람들이 떠나고, 죽고, 그리하여 인생이 어떻고 하는 등등의 이야기들은 진부하기 짝이 없는 것들이었다. 사랑에 울고 짜고 하는 이야기들도 마찬가지였다. 우리들은 어차피 어디론가 떠나가게 되어 있는 것이다. 그런데 새로운 것이 있었다. 나는 여러가지 조개 이름을 알고 있는데도 동죽조개는 처음이었다. 무겁게 가라앉았던 내 마음은 그로 인해서 어느 정도 생기를 되찾고 있었다. 한 마리 조개가 인생이며 역사에 무슨 의미가 있느냐고 손가락질을 한다면 나는 무색해질 수밖에 없다. 그런 작은 것들에 유난히 눈길이 쏠리는 게 나라는 사람인 것이다. 어느 해 한겨울의 산속에서 바늘귀만 한 작은 꽃을 피우던 응달거미만 한 여린 풀을 보고 내 눈길은 얼마나 오랫동안 머물렀던가.

"그럼 할머니께서도 동죽조개를 캐셨던가요?"

나는 물었다.

"캐다마다, 그걸로 늙은 셈이지요."

노파는 별걸 다 묻는다는 듯 눈빛을 빛내면서 대답했다. 이 것으로 그 산 밑에 살던 사람들의 삶의 대강이 밝혀졌다. 그러 나 나는 아까부터 하나의 다른 매우 중요한 궁금증이 일어 이 젠가 저젠가 하면서 물음을 던질 기회를 찾고 있었다. 과거가 중요하다면 미래는 더욱 중요하다. 언젠가 국민학교 3학년짜 리 딸애가 극장 간판에 '이들에겐 미래가 없다'고 씌어 있는 것을 보고는 '아빠, 미래는 언제나 있는 거지? 그런데 저기엔 없대' 하고 별 이상한 일이 다 있다는 표정을 지었던 기억이 난다. 노파의 미래? 노인들의 미래라는 문제에 대해서는 나는 다만 막막한 심정이 아닐 수 없다.

"할머니께서는 그러면 앞으로 어쩌실 겁니까? 다들 떠나가 고 아무도 없는 데서."

나는 드디어 물었다. 어느 틈에 나는 노파의 앞날에 대해 궁 금증과 함께 걱정을 하고 있었다. 사고무친의 노파인지도 모 른다. 그러고 보니 노파의 분위기에서는 오랫동안 혼자 외롭게 살아온 사람의 고집 같은 것이 엿보인다고도 생각되었다. 철저하게 버려진 사람의 자기 방어라고도 할 수 있을 것이다. 그러나 이럴 경우 내가 과민반응을 일으키는 것도 경계해야 할 일이었다. 어쨌든 노파는 아마도 다른 사람은 하나도 없는 듯싶은 곳에 홀로 있는 것으로 판단되었다. 나는 오랫동안 홀로 있어보아서 인간을 홀로 있게 한다는 것만큼 패악한 짓도 없다는 사실을 잘 알고 있다. 홀로 꾸역꾸역 밥을 먹을 때의 외로움 따위야 그 외로움을 반찬으로 삼을 수 있을 때 아무것도 아니다. 육체의 몸부림치는 본능도 그에 준한다. 그러면 무엇이 그토록 패악한 짓이 되는가. 그렇다. 홀로 아무도 몰래 죽음을 맞이해야 하는 순간에 대한 버림받은 느낌, 그것이다.

"나야 뭐 다 산걸. 갈 데도 없으니 이러다 죽으믄 그만 아니오만."

노파는 담담하게 말했다. 역시 그랬었다. 나는 내가 던진 물음을 후회했다. 나에게 노파를 어찌할 힘이 없는 한 그런 물음은 필요없는 짓거리였다. 나는 아직 '다 산' 나이가 아니지 않느냐고, 아직 정정하신데 무슨 말씀이냐고 위로 겸 격려의 말을 하려다가 입을 다물고 말았다. 모두 부질없고 낯간지러운 일이었다. 그리하여 우리는 노파의 마지막 대답 때문에 공연한 부담을 안고 노파를 하직하지 않으면 안 되었다.

자, 이렇게 간단하나마 내가 처음 그 보물섬에 갔던 기억을 돌이켜보았다. 다시 말하거니와 그 이후로도 그 섬은 좀 색다른 형상의 산으로 내 뇌리에 남아 있었을 뿐 보물섬은 아니었다. 그런데 어느 날 후배 녀석이 '거기 알죠?' 하고 그 섬을 보물섬으로 변하게 했던 것이다. 후배 녀석의 보충설명에 의하면 예전 조선시대에 우리나라의 쇄국의 문을 열 목적으로 서해안을 거슬러 올라왔던 영국함대가 열국의 다툼과 조선군대의 반격의 틈서리에 쫓겨가면서 경황중에 숨겨놓은 보물이라는 것이었다. 영국함대가 서해안을 거슬러 올라왔는지 어쨌는지는 몰라도 여수 앞바다의 거문도에까지 왔었으며, 거기서 죽은 수병의 묘가 아직까지 남아 있다는, 개화기 때 이야기를 어디선가 읽은 적이 있는 나는 그럴싸한 이야기라고 생각했다. 그러나 그럴싸한 이야기라는 것은 이야기 자체가 그렇게 짜여져 있다는 것이지 보물의 존재까지도 그럴싸한 이야기로 받아들인다는 것은 아니었다. 후배 녀석이 '그 산이 어딘가 그럼직하게 생기지 않았던가요?' 하고 토를 달았을 때, 나도 '그건 그래' 하고 거들었지만 여전히 보물의 존재에 대해서만은 어쩐지 피부에 와닿지 않았다. 기를 쓰고 살아오는 동안 재물이란 일찍이 나와는 무관하다는 씁쓸한 결론을 내리고 있기 때문인지도 몰랐다. 아니, 국민학교 때부터 소풍을 가면 으레껏 하는 놀이인 보물찾기에서 거짓말같이 단 한 번도 무슨 '보물'을 찾지 못한 데서 온 잠재적 좌절감 때문일 수도 있었다. 내가 만약 그 인근 어디에다 보물을 숨기고 도망해야 할 처지라면 나라도 그곳을 택할 수밖에 없었을 것이다. 그럴듯한 표적이 있어서 나중에 와서 찾을 수 있어야만 되는 것이다.

내가 그 섬에 다시 간 것은 결코 보물 때문이 아니었다. 그날따라 아침부터 원인 모르게 심사가 사납고 일이 손에 잡히지 않던 터에 그 섬에 생각이 미친 결과일 뿐이었다. 즉, 머지않아 그 산마저 까뭉개져 다른 저지대를 메꾸는 데 쓰여지고 그곳은 역시 택지나 공장부지에 편입되리라는 말을 며칠 전에 들었던 것이다. 기분도 그렇지 않은데 바람이라도 쐴 겸 가서 마지막으로 한번 봐두자. 이렇게 생각이 들자 갑자기 마음이 급해서 다짜고짜 밖으로 뛰쳐나왔던 것이다.

해는 이미 설핏해져서 엷은 노을빛을 거느리기 시작하고 있었다. 그 산은 다시 보아도 그 기세가 예사롭지 않아 보였다. 정기가 서린 산이 아니라 차라리 귀기가 서린 산이라고 해야 옳을 듯했다. 나는 저절로 옷깃이 여미어졌다. 아마도 저쪽 구릉 너머 바다에서 불어오는 해풍이었겠지만 산에서 불어오는 바람에도 어떤 귀기가 느껴졌다.

"이상한 새를 찾고 있는데요."

나는 아무런 준비 없이 그저 말했다. 그러자 거대한 공룡의 등지느러미 같은 암벽들이 살아서 꿈틀거리는 것 같았다. 그렇다면 그것은 독수리고 마스토돈이고가 아니라 일찍이 듣도 보도 못한 거대한 공룡이 바다에서 기어나왔다가 주저앉아 화석이 된 것이라고 하는 게 옳을 것이었다. 어쩌면 시조새의 모습이라고 해도 좋았다. 나는 난데없이 시조새의 울음소리를 상상해보고 있었다. 언젠가 어디선가 들었던 소리가 틀림없었다. 전율마저 느꼈다. 한참을 형언할 수 없는 감정에 휩싸여 있다가 퍼뜩 정신을 가다듬었다. 그리고 그 산이 아직은 그대로 있는 것에 그래도 반가움을 느끼면서 먼젓번과 똑같이 산과 집들로 다가갔다. 그러나 솔직히 말해서 먼젓번과 똑같은 마음은 아니었다. 전혀 상관없는 일이라고 여기고 있는데도 그게 아니었다. 그 보물섬이라는 말 때문이었다. 나는 느릿느릿 걸음을 옮기며 만약에, 영국 사람들이 보물을 묻었다면 도대체 어디쯤 될 것인가를 어림짐작해보고 있었던 것이다. 그것은 국민학교 때부터 보물찾기에는 젬병인 내가 그 방면에는 언제까지나 그 꼬락서니임을 스스로 확인하는 과정에 불과했다. 쓰레기더미에서 연기는 오르지 않았다. 그래도 나는 머뭇거리지 않고 곧바로 우물을 지나 가게에 이르렀고 혹시나 하는 심정으로 유리문을 열었다. 유리문은 전처럼 드르르 떨며 열렸다. 안으로 들어간 나는 조심스럽게 유리문을 다시 닫았다. 그러자 그와 동시에 방의 장지문이 열렸다.

"어서 와요. 젊은이."

나는 약간 놀랐으나 노파의 모습을 보자 친근한 느낌이 들었다.

"저를…… 알아보시는군요"

나는 가볍게 머리를 숙였다. 불과 서너 달쯤 전이기는 하나 그 세월은 경우에 따라서는 '불과'라고 말하기에는 어려운 세월이기도 했다. 그동안 노파가 그곳에 그대로 살아 있다는 것도 무슨 기적같이만 여겨졌다.

"알아보다마다. 그래, 새는 찾았수? 어쨌든 이리 좀 들어와 보우, 할 말이 있으니."

노파는 마치 기다리고나 있었다는 듯이 말했다. 내가 다소 어리둥절한 표정을 지은 것은 당연한 일이었을 것이다.

"괜찮대두. 이리루 와요."

노파가 다시 권했다. 내게 할 말이 있다는 것도 언뜻 이해하기 힘들었다. 노파가 나를 본 것은 그때 한 번뿐이었다. 그리고 그때 어떤 특별한 일이 있었던 것도 아니었다. 나는 얼마쯤 엉거주춤 서 있다가 주춤주춤 노파의 방 안으로 올라앉았다. 어둠침침하고 음습하리라고만 했던 예상과는 달리 창문을 통해 들어오는 노을빛으로 방 안은 연보랏빛 감도는 별실 같았다. 나는 마치 딴 세상에서 맞고 있는 순간 같았다. 내가 앉는 것을 본 노파는 천천히 일어나 벽장의 문을 열었다. 나는 무슨 영문인지 알 수 없었다. 할 말이 있다더니 벽장 문은 왜 여는 것일까. 곧이어 노파의 손에 들려 나온 것은 한 되들이 술병과 술잔이었다. 나는 아무 말도 안 하고 보고만 있었다. 말을 할래야 할 분위기가 아니었다.

　"뒷산에서 캔 약초로 담근 술이라오. 오래 묵었지."

　노파가 병을 쓰다듬었다.

　"걸 왜 내놓습니까? 귀한 거 같은데요."

　나는 의아하여 노파의 얼굴을 쳐다보았다. 아무래도 뭐가 잘못된 것만 같은 느낌이었다. 노파가 망녕이 들어 그러는지도 모를 일이었다. 그러나 노파의 행동은 흐트러진 행동이 아니었다.

"옛날에 우리 바깥양반 그 양반도 술을 잘했지. 지긋지긋하게두 마셨어. 그러니 젊은이두 좋아할 게야."

노파는 말하고 나서 이렇다 저렇다 의향도 묻지 않고 병마개를 따고는 유리컵에 술을 따랐다. 노파의 행동이 너무 자연스러워서 나는 나도 모르게 되어가는 형편에 몸을 내맡기고 있었다. 그것은 거역할 길 없는 의식(儀式)이었다.

물론 세상에 널리 알려졌다시피 나는 술꾼의 족속이므로 내가 술을 좋아하리라는 노파의 말은 틀린 말이 아니었다. 그러나 나를 노파의 죽은 남편과 연결시키는 것이 나로서는 개운치가 않았다. 노파가 '그러니'라는 말로써 그렇게 연결시키고 있음을 나는 놓치지 않고 있었던 것이다. 그러나 아무럼 어쩌랴 나는 술꾼인 것이다.

"안주야 마른 것이 변변찮어두 어서 들어봐요. 저번에 왔었던 뒤로 담근 게라, 아즉 술맛이야 그럴 터이지만……. 꼭 그 냥반하구 닮았다니까……, 젊은인."

노파는 눈을 환히 뜨고 나를 찬찬히 뜯어보았다. 역시 그랬었다. 그야 얼마든지 그럴 수 있는 노릇이었다. 노인들이 이런 종류의 감정 표현에는 지나치다 싶을 만큼 노골적임을 나는 잘 알고 있었다. 나는 노파가 왜 나를 그렇게 맞아들였는지를 확연히 깨달았다. 나로서는 썩 내키는 술은 아니었지만 노파의 의도를 거스를 마음은 없었다. 나는 '고맙습니다' 하는 말까지 곁들여 술잔을 들었다. 술빛은 그리 맑은 빛은 아니었으나 술맛은 약초, 아니 한약방에서 나는 냄새 그것으로 독특했다. 노파는 내가 마시는 모습을 흡족한 얼굴로 지켜보고 있었다. 그것은 기묘한 술자리였다.

"할멈, 귤 한 알만 주구려."

나는 겨우겨우 말했다. 예전에 바다에서 귤을 줍던 그 어린 날들이 머리에서 떠나지 않았기 때문이다. 어떤 시인은 이때 레몬을 말하고 있었다. 그러나 나는 앞에서부터 나왔듯이 귤이 아니면 안 되었다.

"그 냥반하구……."

그 귤들은 내게는 먼 전설의 이야기를 펼쳐주는 것이었다. 물론 내 말은 아랑곳없이 노파는 내 옆에서 연신 주문(呪文)처럼 읊조렸다. 나는 이미 그 말에는 개의치 않고 있었다. 이미 우리는 서로 다른 세계의 사람이었다. 다행이었다. 친구들 사이에서도 '질풍노도'의 술을 마신다는 말을 듣고 있는 나는 술잔이 거듭함에 따라 그 말이 기분좋게까지 느껴졌다. 아니, 술잔이 더욱 거듭함에 따라 실제로 내가 옛날에 어떤 관계든가 가까워지는 않았을까 하는 착각마저 들었다. 나는 그 술이 이상한 새를 대신한 것이라고 생각되었다.

파주의 들판에는 해마다 많은 새들이 날아와서 모이를 쪼고 있었다. 곧 북쪽으로 날아갈 새들이라고 했다. 지금 날아가는 새들도 있었다. 삐그르르 삐그르르 어디선가 노 젓는 소리가 들려오면 새들이 줄지어 하늘을 날고 있었다. 나는 언젠가 북회귀선을 지나며 들은 대나무 소리를 기억하고 있었다. 들판에서의 새들은 두루미에서부터 도요새 들까지 많은 종류가 있었다. 어떤 종류는 환생자로서 세상에 나타나 있는 것처럼 보였다. 나는 느닷없이 티베트를 생각하고 있었다. 티베트의 지도자 달라이라마는 대대로 그의 환생자로서 인정을 받아 계승된다고도 했다. 티베트에서의 환생자는…… 그렇지…… 림포체라고 한다고 했지……. 그런 생각을 하면서 나는 조금씩 조금씩 무너져갔다.

얼마나 시간이 흘렀는지 모른다. 꿈결같이 나는 어렴풋한 속에서 무슨 말소리가 들려온다고 생각했다. 그러나 분명 꿈결은 아니었다. 무슨 소리일까. 나는 몽롱한 가운데 그 소리를 듣고 있었다. 세 명의 라마승이 북을 울리는 가운데 독수리는 옆으로 가까이 다가온다. 그리고 새 소리와 함께 우리의 주검을 뜬다.

……그래서…… 그래서…… 난 영감 품에서 죽는 게 소원
이었지. ……영감이 이제야 내 소원을 풀어주러 왔어. ……맞
아…… 맞다구……지난번에 왔을 때 나는 알아봤어. ……언
제 올 테니까 그때…… 소원을 풀어줄테니 준비허시게…… 영
락없어…… 준비야 늙은 몸…… 털어넣고 죽을 약 한 봉다리
문 그만이지…… 영감…… 증말 고맙구먼요…… 영감…… 이
날 이때가 이렇게 올 줄은…… 그동안…… 을매나 야속했는
지…… 내가 속이 좁아터져서…… 영감…….

도대체 무슨 소리일까. 나는 여전히 꿈결인지 생시인지 분
간하지 못할 세상을 오락가락하고 있었다.

그때 갑자기 내 손을 꽉 움켜잡는 손이 있었다. 이 감촉만은
꿈결이 아니다. 나는 확연히 느꼈다. 그것은 티베트 조장에서
나 볼 독수리의 모습이었다. 나는 번쩍 눈을 떴다. 노파는 이미
모로 쓰러져 있었다. 그런데 여전히 그 손은 내 손을 움켜쥔
채였다. 아, 이게 어찌된 일이람. 나는 황급히 그 손아귀를 빼
내었다. 그러자 그 사이에서 웬 종이 쪽지가 툭 떨어졌다.

이 모든 일을 설명한다는 것은 나로서는 여간 싫은 일이 아
니다. 끔찍하다거나 무서워서가 아니다. 그것은 나 자신에게도

또 노파에게도 모욕적인 일일 것이다. 때때로 설명을 지나치게 요구하는 구역질나는 무리들이 있다. 나는 감연히 말한다.

꺼져라! 삶을 욕되이 하는 더러운 무리들아! 삶이란 설명이 아니다!

그리고 다시 감연히 말한다.

죽음이란 더더구나 설명이 아니다!

이렇게 하여 그날 일은 끝났다. 따라서 나는 꿈꾸듯 회상한다. 노파는 내 품 안에서는 아닐지언정 내 손을 잡고 숨을 거두었다고 말하고 싶은 것이다. 그리고 노파와 내 손아귀 사이에서 툭 떨어진 종이쪽지를 펴본즉 매우 간단한 약도와 함께 여기를 열어보라는 글자가 적혀 있었고 평생을 '뭉은돈'이라고 곁들여 적혀 있었다. '모은 돈'이 아니라 '뭉은 돈'이었다. 내 환상은 계속된다. 그것은 말하자면 보물섬의 지도인 셈이라고 나는 써야 한다. 그리하여 거기서 발견한 '평생을 뭉은돈'은 물론 돈 없는 내게 노파의 장례식 비용으로 요긴했다고도. 얼마나 더 남았느냐고? 이렇게 묻는 자가 만약에 있다면 나는 그의 귀를 빌려 속삭여주겠다.

"할멈, 귤 한 알만 주구려."

나는 환상을 접고 싶지 않다. 나의 '강릉 가는 배'는 내가 모르는 어느 여(礖)를 지나며 얕은 물결 소리를 낸다. 그 위를 새들이 날아간다. 나는 지금도 그 배가 싣고 가는 귤을 기다린다. 진실과 사랑을 단순한 호기심으로 캐내려 하기에는 인생이 너무나 짧다는 사실을 알라.

나는 바닷가에 서서 그 귤을 여지껏 기다린다. 거기에는 내 환생자의 운명과 함께 그 나머지가 모두 담겨 있다. 그 배가 지나는 물결 소리는 언제까지나 나를 기다릴 것이다. '할멈의 귤'이 그것을 말해주고 있다. 그러므로 나는 강릉의 바닷가를 헤매는 것이다.

섬에서의 믿음

섬에 갈 때마다 그곳에 살고 있는 나를 만난다. 여러 섬들에 내가 살고 있다. 그들은 언제나 '홀로' 있으려 하기 때문에 남들은 그를 모른다. 그러므로 그는 '나'로서 또 다른 나를 만난다. 다분히 현학적인 이런 말을 구차스럽게 해야 하는 내가 가엾다.

나는 섬에 사는 나를 진정 만날 수 없는가. 이 소설도 구차스러워서 나는 어디론가 떠나지 않을 수 없다. 이 소설이 떠남을 말하고 있는 것은 그래서이다. 나는 '삐그르르' 대나무 소리에서 노 젓는 소리를 듣는 것으로 모든 것을 대신하고 싶기도 한 것이다.

황해의 섬에 딸린 작은 모래섬에서는 모래를 풀이라고 부른다고 했다. 모래섬이 분명하지만 모래톱이라고 해야 마땅한 그곳을 걸으며 나는 떠남의 물구나무서기를 겪었다. 풀 한 포기 없는 땅은 풀등이 되고, 그것은 모래땅의 다른 이름이었다. 삶의 땅은 무너지고 사랑은 근거를 잃는다. '언어도단'과 '불립문자'의 세계를 나는 걸어간다. 그 무중력을 이겨내려고 나는 무엇인가 붙잡는다. 내가 허공에서 붙잡으려 한 것은 무엇이었을까. ㅅㅏㄹㅏㅇ, 이라고 믿고 싶었다. 모래를 풀이라고 하는 사람들에게 들려주고 싶은 것도 알파벳뿐인 그 말이었다. 어디선가 아름다운 팔색조는 팔랑거리며 날아와서 알을 낳아 새끼를 기르는데, 혼란을 바로잡아야 할 내 말을 찾아 나는 섬을 헤맸다. 시련과 절망을 빠져나와 내 글을 품에 안고 싶었다.

바닷가에 초록색 등대가 서 있었다. 좌초의 위험을 알려주는 등대라고 했다. 이제 나는 내가 가는 길이 사막 땅일지라도 얼마든지 아름다운 이 세상 길이라는 믿음을 갖게 되었다. 이상하고 아름다운 경험이었다.

2016년 여름

윤후명

432

작가 연보

1946년 강원도 강릉에서 태어났다.

1967년 《경향신문》 신춘문예에 시 〈빙하(氷河)의 새〉가 당선되며 시인으로 입
신했다. 그로부터 신춘문예 당선 시인들의 모임인 《신춘시》에 작품을
발표하다가 시 동인지 《70년대》의 창간 동인으로 활동하면서 시인의
길에 본격적으로 들어섰다.

1977년 그동안 여러 출판사들을 전전하며 써 모은 시들을 엮어 시집 《명궁(名
弓)》을 문학과지성사에서 펴냈다. 개인적으로 문학적 성과이기도 한
이 시집은, 동시에 문학적 갈증을 유발시켰고, 그 무렵 밀어닥친 가정
사의 문제와 뒤엉켜 소설에의 길을 모색하는 계기가 되었다.

1979년 《한국일보》 신춘문예에 단편소설 〈산역(山役)〉이 당선되며 소설가가
되었고, 이듬해에 다니던 출판사를 그만두고 소설가로서의 삶만을 살
기로 결심했다.

1980년 소설 동인지 《작가》의 창간 동인이 되었다.

1983년 거제도 체류. 중편소설 〈돈황(敦煌)의 사랑〉으로 녹원문학상을 수상했
고, 동명의 표제작으로 첫 소설집을 문학과지성사에서 펴냈다.

1984년 단편소설 〈누란(樓蘭)〉(뒤에 〈누란의 사랑〉으로 개작)으로 소설문학작품
상을 수상했다.

1985년 단편소설 〈엉겅퀴꽃〉과 〈투구게〉를 중편소설 〈섬〉으로 개작, 한국일보
문학상을 수상했다. 소설집 《부활하는 새》를 문학과지성사에서 펴냈다.

1986년 단편소설 〈팔색조〉(소설집에는 〈새의 초상〉으로 수록), MBC 베스트셀러
극장에서 드라마 방영.

1987년 산문집 《내 빛깔 내 소리로》를 작가정신에서, 중편소설 문고 《모든 별
들은 음악소리를 낸다》를 고려원에서 펴냈다.

1988년 중편소설 〈높새의 집〉이 국제 펜 대회 기념 《한국 소설집》에 번역(서지

문 옮김), 수록되었고, 〈모든 별들은 음악소리를 낸다〉가 무용가 김삼진에 의해 호암아트홀에서 공연되었다.

1989년 소설집 《원숭이는 없다》를 민음사에서 펴냈다.

1990년 장편소설 《별까지 우리가》를 도서출판 둥지에서, 산문집 《이 몹쓸 그리움 것아》를 동서문학사에서, 장편소설 《약속 없는 세대》를 세계사에서, 문학선집 《알함브라궁전의 추억》을 도서출판 나남에서 펴냈다.

1992년 장편소설 《협궤열차》를 도서출판 창에서, 장편동화 《너도밤나무 나도밤나무》와 시집 《홀로 등불을 상처 위에 켜다》를 민음사에서 펴냈다.

1993년 《돈황의 사랑》이 프랑스 출판사 악트 쉬드(Actes Sud)에서 번역(최윤 옮김)되어 나왔다.

1994년 중편소설 〈별을 사랑하는 마음으로〉로 현대문학상을 수상했다.

1995년 중편소설 〈하얀 배〉로 이상문학상을 수상했다. 한국소설가협회 기획분과위원회 위원장에 선임되었다. 연세대학교, 동국대학교 국문학과 강사(~1997년).

1997년 소설집 《여우 사냥》을 문학과지성사에서, 산문집 《곰취처럼 살고 싶다》를 민족사에서 펴냈고, 한국소설학당을 설립했다.

1998년 추계예술대학교 강사(~2000년).

1999년 단편소설 〈원숭이는 없다〉가 독일에서 나온 《한국 소설집》에 번역(안소현 옮김), 수록되었다.

2000년 민족문학작가회의 이사로 선임되었다.

2001년 추계예술대학교 문예창작과 겸임교수가 되고(~2003년), 소설집 《가장 멀리 있는 나》를 문학과지성사에서 펴냈다. 한국소설가협회 이사, PEN 클럽 기획위원회 위원으로 선임되었다.

2002년 단편소설 〈나비의 전설〉로 이수문학상을 수상했다. 산문집 《그래도 사랑이다》를 늘푸른소나무 출판사에서 펴냈다. 중편 〈여우 사냥〉이 일본의 이와나미문고에서 나온 《현대한국단편선》에 번역(三枝壽勝 옮김), 수록되었다. 《대한매일신보》 명예논설위원, 연세대학교 동문회 상임이사(문화예술분과)로 위촉되었다.

2003년 산문집《꽃》을 문학동네에서 펴냈다.

2004년 소설가협회 중앙위원이 되고, 2005년 독일 프랑크푸르트 도서박람회 주빈국(한국) 출품 도서 '한국의 책 100선'에《돈황의 사랑》이 우리 소설 16편 중 하나로 선정되었다. 동화《두부 도둑》을 자유지성사에서 펴냈다.

2005년 장편소설《삼국유사 읽는 호텔》을 랜덤하우스중앙에서 펴냄과 함께 《돈황의 사랑》을《둔황의 사랑》으로(문학과지성사), 《이별의 노래》를 《무지개를 오르는 발걸음》으로(일송북) 제목을 바꾸고 여러 곳 손을 보아 다시 펴냈다. 프랑크푸르트 도서전을 계기로 독일 순회 낭독회에 참가, 본 대학과 뒤셀도르프 영화박물관에서 작품을 낭송하고 해설하는 행사를 가졌다.《The love of Dunhuang(둔황의 사랑)》(김경년 옮김)이 미국 CCC출판사에서 나왔다. 서울디지털대학교 초빙교수.

2006년《敦煌之愛(둔황의 사랑)》(왕책우 옮김)이 중국에서 나왔다. 국민대학교 문예창작대학원 겸임교수(~현재). 시와 소설 그림집《사랑의 마음, 등불 하나》를 랜덤하우스중앙에서 펴냈다.

2007년 단편소설〈촛불 랩소디〉로 제12회 현대불교문학상을 수상했다. 소설집《새의 말을 듣다》를 문학과지성사에서 펴내고, 이 책으로 제10회 동리문학상을 수상했다.

2008년《21세기문학》편집위원.

　　　　미술;「티베트의 길, 자유의 길 전」(헤이리 '마음등불')에 참여했다.

2009년 중국 베이징 주중 한국문화원 개원 2주년 기념행사 '한중작가 사인회 (장편《인민을 위해 복무하라》의 중국작가 옌롄커(閻連科)와 미국 LA 한인문인협회 세미나에 참가(강연)했다. 문학 그림집《지심도, 사랑을 품다》를 펴내고(교보문고), 전시회와 낭독회(거제도)를 가졌다.

　　　　미술;「독도 전」(전국순회전), 「어머니 전」(미술관 가는 길), 「구보, 청계천을 읽다 전」(청계천 광장, 부남미술관).

2010년 한국소설가협회 부이사장이 되고, 중국 난징(난징대학)과 타이완 타이베이(정치대학) '한국문학포럼'에 참가. 산문집《나에게 꽃을 다오 시

간이 흘린 눈물을 다오》를 중앙북스에서 펴냈다. 중편소설 〈하얀 배〉
〈모든 별들은 음악소리를 낸다〉 고등학교 교과서에 수록.

미술: '문인 자화상 전'(신세계갤러리), '한국의 길—제주 올레 전'(제주
현대미술관, 포스터 채택), '이상, 그 이상을 그리다 전'(교보문고, 부남미술
관선유도), '조국의 산하전'(헤이리 '마음등불'), '한국, 중국, 오스트리아
교류전'(헤이리 아트팩토리).

2011년 《한국소설》 편집주간을 겸임하고, '한국작가총서 문학나무 이 한 권의
책 001' 《사랑의 방법》을 문학나무에서 펴내고 문학교육센터(남산도서
관)에서 낭독회를 열었다.

미술: 한일교류전(헤이리 한길아트), '아트로드77'전(헤이리 리앤박 갤러
리), 조국의 산하전(광화문 '광' 갤러리)

2012년 육필시집 《먼지 같은 사랑》을 지식을만드는지식에서, 시집 《쇠물닭의
책》을 서정시학에서 펴냄. 제1회 부산 가마골소극장 문학콘서트를 열
고, 소설집 《꽃의 말을 듣다》를 문학과지성사에서 펴냄과 함께 첫 개
인 그림전시회 '꽃의 말을 듣다'(서울 인사아트센터) 개최. 장편소설 《협
궤열차》를 다시 펴내고(책만드는집), 《둔황의 사랑》이 러시아에서 출간
됨(박미하일 옮김). 제1회 고양행주문학상 수상.

2013년 세계인문문화축제 '실크로드 위의 인문학, 어제와 오늘'(교육부, 경상북
도 주최)에서 '실크로드의 문학' 발표. 시집 《쇠물닭의 책》으로 제4회
만해님시인상 작품상 수상.

2014년 미술: 개인 초대전 '엉겅퀴 상자'('길담서원 갤러리).

2015년 서울대통일평화원 인권소설집 《국경을 넘는 그림자》에 단편 〈핀란드역
의 소녀〉 발표. PEN 세계한글작가대회 강연, 강릉 문화작은도서관 명
예관장, 토지문학제 명예대회장, 몽블랑 문화예술후원자상 심사위원,
수림문학상 심사위원장, 이상문학상, 산악문학상 외 각종 문학상 심사.

2017년 제17회 연문인상 수상.

2021년 제62회 3·1문화상 예술상 수상.

현재 문학비단길, 문학나무 고문, 강릉문화작은도서관 명예관장.